金丙

著

时代出版传媒股份有限公司
安徽文艺出版社

图书在版编目（ＣＩＰ）数据

渴夏/金丙著．—合肥：安徽文艺出版社，2019.10
ISBN 978-7-5396-6801-7

Ⅰ．①渴… Ⅱ．①金… Ⅲ．①长篇小说－中国－当代 Ⅳ．①I247.5

中国版本图书馆CIP数据核字(2019)第222734号

出 版 人：段晓静
责任编辑：周　康　　　　　　　　装帧设计：46设计

出版发行：时代出版传媒股份有限公司　www.press-mart.com
　　　　　安徽文艺出版社　www.awpub.com
地　　址：合肥市翡翠路1118号　邮政编码：230071
营 销 部：(0551)63533889
印　　制：浙江全能工艺美术印刷有限公司　(0571)89080268

开本：880×1230　1/32　印张：10.5　字数：280千字
版次：2019年10月第1版　2019年10月第1次印刷
定价：38.00元

（如发现印装质量问题，影响阅读，请与出版社联系调换）

版权所有，侵权必究

目录

Contents

第一章 ———— 001
看得见的光

第二章 ———— 055
赤道穿过的世界

第三章 ———— 093
太平洋上的审判(上)

第四章 ———— 155
太平洋上的审判(下)

第五章 ———— 236
嗨，夏天，你好

番外（五则） ———— 291

后记 ———— 331

书中出现的事件、情节、人物、单位等均为虚构,如有雷同,纯属巧合。

第一章
看得见的光

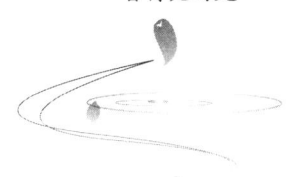

他们已经走了十五分钟,距离中介说的"穿过马路,对面就是"估计还有几条马路。

老寒抹了下脖子上的汗,问左手边的人:"你不热?"

对方指了指路边的叶子。

老寒看了眼,说:"哟,叶子都成自然卷了。"

老寒右手边的中介听了,讪讪地解释:"就在前面了,房主夫妻是开饭店的,那房子就在饭店楼上,坐北朝南,三室一厅,拎包入住,正合你们的要求。"

这个中介刚入行,记错了房子的位置,以为走几步就能到,所以才让他们先停好车。平常多走点儿路也就算了,今年高温天气来得早,现在又是下午一点,一天里最热的时候,烈日下走十几分钟确实够呛。

舍寒先生看着脾气还行,他那位朋友长得高高大大,全程不说一句话,让人心里没底。

"听你们说还没吃午饭,不然待会儿到了饭店,我请你们吃饭?"中介客气地问。

老寒确实已经饿得前胸贴后背了,他转头问左手边的人:"要不先吃饭?"

对方点了下头。

老寒回中介:"那就先吃饭,我们请。"

过马路的时候三人被人流分开,中介终于找到机会悄声问老寒:"林先生他能听,但是不能那个,是吗?"他边说边指自己的喉咙。

老寒扭头扫了眼林道行,一本正经地顺着中介说:"对,他就是哑巴,听力没问题。"

中介露出同情的神色。

林道行走在后面,两人的小动作他看得一清二楚。

六月初,气候反常,高温像突如其来的重拳,打得人措手不及,空气都被太阳烤得扭曲了。

他昨晚没睡好,今天精神不佳,整个人的状态就像路边自然卷的叶子,这会儿也懒得跟老寒计较。

走过斑马线,中介指着临街的一家饭店:"就是那家!"

总算到了!

饭店门面很小,中介掀开隔热的软玻璃门帘让两人先进,老寒嘀咕:"没开空调?"

林道行落后一步跨进店内,一眼就看到了靠门的空调柜机前蹲着一个扎马尾辫、穿校服的女生,旁边地上散落着被拆下来的空调壳子和螺丝、起子,女生手里还拿着本薄薄的白色簿子,像是本说明书。

听见动静,女生边转身边站起来,胳膊肘猛地撞到林道行的腹部,自己没站住,眼看她往边上歪倒,他一把抓住她的手肘,将女生扶稳。距离太近,女生的脸完完整整地闯进他的眼中,让他眼皮一跳。

"佳宝?"厨房门口的中年男人叫了声。

冯佳宝忘记自己蹲了半个小时,起得太猛导致脑部供血不足,站稳后她的视线逐渐清晰,连声说"抱歉抱歉",看清林道行的模样后她的尾音顿了下。

林道行松开手,往里面走了两步。

"没事吧?别蹲着了,去洗把脸歇歇。"中年男人走了过来。

"哦。"冯佳宝将空调壳子往墙角踢了踢,又把细小的零部件都收拢起来,然后才走进厨房。

中介朝中年男人叫了声"喻老板",接着为双方做介绍:"这位是这里的老板,姓喻。这两位想看看你们家出租的房子,这位姓舍,这位姓林。"

厨房里，菜还没炒完，喻老板的老婆去买东西了，他走不开，没办法带人上楼。

老寒说："没事，正好先吃饭。"

喻老板笑容憨厚："你们看看吃什么，看好了叫我。"

他说话时，冯佳宝已经端着托盘走出厨房。她把吊扇的风力调大，走到餐桌边，给三人边倒着冰水，边说："不好意思，店里的空调坏了，三位先喝水。"

中介和老寒都道了谢，只有一个人没开口。

冯佳宝又端来一盘花生米："这是老板送的，几位要不要来点儿啤酒？"

老寒一听，馋虫被勾了上来，问林道行："你喝不喝？"

林道行掏出车钥匙摆到桌上。

老寒一眼领悟："待会儿你开车不就行了？"

林道行把钥匙推给他，你开。

老寒："你也太欺负人了，自己不能喝酒还不让我喝，我不喝人小伙子也要来点儿啊。"

中介听他们说到自己，忙客气地说："我不喝，我不喝，我还上着班呢。"

林道行索性举起菜单，看向冯佳宝，指着上面的字。

字体小，他不开口，冯佳宝只能凑近看。菜单上的手指修长，指甲修剪齐整，如果忽略些微的粗糙感，这手是很适合弹钢琴的手。

冯佳宝不耐热，额角的汗快要滴下来了，她抬起手背擦了一下，对方朝她看了一眼，眼神说不上是什么意味，很快就收了回去。

冯佳宝把手背在校服裤子上擦了擦，记下他点的四道菜。

林道行点完了，把菜单在另两人眼前晃了下，老寒说："够了，不够再加。"

林道行扭头，把菜单递过去，冯佳宝心领神会地收回。

老寒顺嘴解释了一句："别介意，他不会说话。"

冯佳宝礼貌地笑了笑，问："那啤酒还要吗？"

老寒妥协："不要了。"

冯佳宝回到厨房。

店里除了他们，还有另外两桌客人，一桌看似快吃完了，另一桌是个也穿着校服的女孩，在摆弄桌上的手机支架。店里放着歌，音乐声似有似无，头顶的吊扇高速转动着。

老寒嚼着花生米闲聊:"这小孩挺能干,老板的女儿?"

中介摇头:"不是,就是在这里打工的。"

"哦,礼拜天,勤工俭学。"周末还穿校服,老寒了然,"那不容易,还是个高中生。"

中介认同:"我上次来这里吃饭,就看到她一直忙进忙出。"

老寒心说,你来过这儿还带错路?但他不爱为难人。"长得漂亮,不怕吃苦,念个好大学出来,未来不会差。"他以一副过来人的口吻说道。

中介说:"不知道她上高几了,打工多少会耽误学习吧?"

老寒:"我猜高一。"

中介:"为什么?"

"高一学习压力没那么大,最多高二,高三不可能。"

"指不定高三呢?"

老寒摆摆手,胸有成竹地说道:"没几天就要高考了,再怎么样也不能现在还出来端盘子啊。"

"对!"中介觉得有道理。

林道行本来没想参与话题,听到这里没忍住,他伸手比了个"三"。

老寒一愣:"什么意思?"

林道行做口型,高三。

老寒扔了手里的花生米,道:"怎么就高三了?说说,你怎么猜的?"

林道行不搭理他。

"哦,我忘了,你不能说。要不打个赌?"他们跑湖南、四川这几年"相依为命",平常赌惯了。

林道行没反对,赌什么?

老寒说:"就赌——谁赢谁住主卧!"

一旁的中介一口水呛到喉咙。

林道行不屑地勾了下嘴角,拿出手机打字:"她高三,复读生。"

老寒一看,觉得不对:"你认识?"

林道行摇头。

"那你怎么连复读生都说出来了?"老寒狐疑。

林道行打字:"你就说还赌不赌?"

老寒不信邪,拍了下桌子:"赌!"

老寒准备直接问那女生,但他们这桌上菜后又来了几个客人,女生立刻去招呼了,这一等就一直没找到机会。

等他们填饱肚子,老板娘还没回来,老板依旧抽不开身。喻老板只好叫来冯佳宝:"佳宝,你带他们走一趟吧。"

冯佳宝"哦"了声,又被老板拉着小声叮嘱:"大门不要关,三个大男人……"

冯佳宝笑了下,乖巧地说道:"好。"

冯佳宝走在前面,进小区大门后拐个弯就是单元楼。"房子就在二楼,你们要坐电梯吗?"她问。

"不用。"老寒答道。

冯佳宝走楼梯的速度很快,轻巧地一蹦一跳,马尾辫跟着甩动,朝气蓬勃。

"虽然楼下就是饭店,但饭店的油烟都是往下走的,绝对不会影响到日常生活。"冯佳宝见缝插针地向他们介绍。

转眼就到,她打开大门。

老房子门做得不高,中介个子矮,另外两个男人身高都超过一米八,进门的时候都下意识地低了低头。

房子是三室一厅,几年前重新装修过,窗明几净,环境很好。

客厅里堆着一些行李,冯佳宝说:"家具、家电全都不搬,你们进来就能住。"

房子状况好,他们对住处的要求不算高,两人商量几句就定下了,价也不还,极为爽快。

冯佳宝多问了一句:"你们几个人住?"

"三个,还有个小孩。"老寒说着,拍了拍行李堆边上的吉他,"老板家里还有人弹吉他?"

"哦,这是我姐的。"

"你姐?喻老板是你爸?"老寒诧异。

林道行正在看摊在茶几上的旅游册子,闻言看向冯佳宝。

冯佳宝察觉到茶几附近的视线,她的目光坚定不移地回视老寒,说:"不是,他是我舅舅。"

原来不是勤工俭学……

老寒刚想到还有个问题,就听到冯佳宝问:"对了,方便说下你们的职业吗?"

"哦,我们是拍片的。"

"拍片?"

"我是摄像师。"老寒做了自我介绍,没提林道行。

冯佳宝没有刨根问底,租房子了解住户职业和身份证信息也就够了。

她去一旁打电话问舅舅,老寒走到林道行边上,问:"看什么呢,刚就看你一直拿着这个。"

林道行把旅游册子递给他。

老寒仔细一看:"拉加厄斯帕群岛……这么巧,这家人也要去这里?"

谁知道。林道行放下册子。

喻老板在电话里同意了,几人回到店里签合同。喻老板是老花眼,看不清字,把合同交给冯佳宝。

冯佳宝低着头一字一句地细看。她皮肤白,几根碎发粘在嘴角,衬得嘴唇格外红,鹅蛋脸巴掌大,侧面轮廓鲜明,天鹅颈修长。

职业使然,林道行认为这是一张十分上镜的脸,清纯漂亮,毫无攻击性,亲和力强。

他想到刚才下楼梯时,对方轻快的、类似一蹦一跳的脚步,眨眼这人就到了底楼,也许意识到速度太快,她还回头笑了下,颊侧两个酒窝,俨然一副小孩儿模样。

现在她低头看合同,表情严肃认真,他突然觉得挺有趣。

"……你笑什么?"老寒突然发问。

林道行撩了下眼皮,没答话。

桌上的合同边是两人的身份证,冯佳宝一心二用,余光瞟了好几次。

舍寒,三十岁,身份证上的照片应该是新拍的,和本人一致,五官偏硬朗,眼尾到额角有一条疤痕。

林道行,二十九岁,身份证上的照片浓眉高鼻,极其英俊,还带着几分青涩,

皮肤白皙。

冯佳宝偷瞟了眼坐在斜前方的人。

他的五官没变,多了几分棱角分明的感觉,肤色黑了不少,像是经历了许多的风吹日晒。

林道行突然视线一扫,冯佳宝被抓了个正着,她若无其事地说道:"看完了,没问题。"

"那可以签字了。"中介有些迫不及待。

几人离开时已经两点多,烈日依旧气势汹汹,十五分钟后坐进车里,老寒立刻打开空调,风一吹,总算活了过来。

"那我们周五搬?"老寒问。

林道行点头,系上安全带。

"对了——"

林道行侧目。

"忘记问那小孩高几了。"老寒说。

林道行比了个"三"。

"你真不认识她?"老寒狐疑。

林道行懒得理他。

"今天二号……周五高考!"

林道行比了个"OK",周五验证。

两点以后,饭店里没再进客人。舅妈买完糯米回来,顺带还买了三只小酒缸,准备做米酒。

冯佳宝把租房合同给她,舅妈说:"你先拿着,我这儿不用你帮忙,去跟你同学玩去。"

"她还在忙,我先帮你。"佳宝说。

"你同学叫你呢。"舅妈指向墙角。

店内只剩墙角那桌有客,桌上堆满食物,大半还热气腾腾。桌子正前方立着支架,直播仍在继续。

施开开妆容精致,声音甜美,小口咬着一块芋泥,她边吃边说:"我刚才说过啦,上午去学校参加话剧彩排了,还没来得及卸妆就来给你们直播了。

"校服当然也是道具。

"不是我不回答,是留言刷得太快了,我看不过来。宝宝们可以再发一遍。"

三口就能吃完的芋泥,以她这样的速度,能耗上十分钟。施开开的左手在桌底招了招,然后放回桌上,挪了挪小碗边的另一部手机。

冯佳宝想了想,走到柜台找到自己的手机,上面有两条未读微信。

"我实在撑不住了,你来帮我吃点儿吧!"

"救命啊,人呢?!"

看完,冯佳宝去厨房拿了一双筷子和两只碗,绕开手机镜头,站到了饭桌边,让自己的手出镜,夹了一块酱牛肉,又舀了一碗酸菜鱼。

施开开对观看直播的粉丝说:"助理又来抢吃的了。

"对啊,她是女生。声音很好听?你们听过她的声音吗?哦,对,上回她说过话。普通话超标准?当然啊,她也是专业人士。手巨好看?她的手比我的手白,比我的小一点点。我们身高差不多,我一米六六,她一米六五。让她露脸?她不愿意的。"

施开开看向冯佳宝,佳宝摇头。

"她摇头了,不出镜。"她开玩笑,"让她出境,薪水就不一样了好吗?还有出镜费呢。肯定要给啊,她超漂亮的!

"刚才的帅哥不一样啊,那是我偷拍的。真的很帅是不是?谢谢哆来咪的游艇,你这是为刚才的两个帅哥刷的,还是为我刷的?"

一顿插科打诨,桌上的食物被冯佳宝夹走了大半,施开开终于顺利结束了这场直播。

退出软件,施开开松了口气,笑容也收了起来。她瘫坐在椅子上,打了一个饱嗝,声音不再故作甜美,举手投足与直播时判若两人。

"我吃了两个小时吧?"她问。

"没,大概一小时四十分。剩菜给你打包?"冯佳宝问。

施开开挥挥手:"我不想再看到这些了,倒了吧,再好吃我也不想吃了!"她又说道,"四舍五入一下,今天真的吃了两个小时。"

"别人想吃还要排队。我给你打包,晚上要是不吃你再倒掉。"冯佳宝去

拿打包盒。

"算了,我带回家给我后妈当晚饭。"施开开说道。

两人一起将食物打包,施开开想到今天赚到的那些高价礼物,说:"刚才跟你们租房的那两个人一出镜,我的天,直播间里都疯了。"

"你把他们拍进去了?"冯佳宝问。

施开开点头。她慧眼如炬,那几人等菜的时候她特意转动手机支架。她是做吃播的,粉丝里的女性数量不少,只拍了十几秒,直播间就被狂刷礼物,大家不停追问那两人是谁。后进直播间的粉丝莫名其妙,她又偷转了一下镜头,刚好拍到五官更出色的那人伸手比了一个"三"。

粉丝又是舔脸又是舔手,忙都忙不过来。

"他们刚才说你的手跟那个人的手都可以去当手模了。"施开开张开自己的手,"我的手很难看吗?"

冯佳宝把打包盒塞到施开开张开的手上:"好看得不得了。好了,你可以回家了。"

"不回。"施开开放下打包盒,人往椅子上一坐,说,"我后妈和那两个小屁孩今天都不出门,我看着烦,等晚上我再回。"

"你待这儿不热?"佳宝问。就这十几分钟,她又出汗了。她不喜欢夏天,闷热和蚊子让她难以忍受。她还格外怕热,动作大点儿就出汗,尤其今年,高温不打一声招呼就来,晚上不论吹不吹冷气,她都难以入眠。

苦夏又到了。

施开开被佳宝一提醒,拎了拎校服领口散热:"心静自然凉,我刚刚吃酸菜鱼的时候还真是热得受不了。不过你家空调坏了也有好处,客人少,安静,方便我做直播。"

"明天这里就会吵起来了。"

"为什么?"

"明天空调就能修好。"冯佳宝也学她拎着校服领口散热。

"明天要上学,以后的事情以后再说,现在——"施开开道,"你能把背景音乐关了,打开电视机吗?"

冯佳宝边说边起身："歌不好听吗？"

"你这儿春天一首歌，夏天一首歌，再好听也听腻了。我看会儿新闻。"

电视机挂在收银台上方，冯佳宝把歌关了，打开电视机，问："哪个台？"

"这时间也没什么新闻，我自己换台，你这是智能电视吗？"

"有盒子。"

"遥控器给我，我自己找新闻。"

冯佳宝把遥控器给她，留她自己看新闻。舅舅、舅妈在厨房备菜，厨房没装空调，夏天本来就闷，外面的立柜空调又坏了，一丝凉意都进不来，二老已经满头大汗。

冯佳宝来到厨房，说道："我打客服电话约维修师傅吧？"

"别别别。"喻老板夫妻异口同声地说道，"你李叔叔就是有事，明天肯定过来。我们家电器坏了都是找他修，十多年的交情了，不好找其他人。"

空调已经坏了三天，这三天不停赶客，他们也受罪。可两人老实惯了，磨不开情面。

冯佳宝回到外面，她又把空调说明书翻出来，还拿手机搜索了半天，依旧失败。

她想了想，拿手指在地上抹了点儿灰尘，往自己的脸颊和校服上擦，看着像是修空调把手弄脏了，又不停擦汗才造成的狼狈样子。

弄好了，她正要去厨房，手机铃响，是表姐打来的电话。

表姐工作忙，电话讲得急，她问搬家没有，冯佳宝说："还没呢，行李打包了一半，周五前肯定能搬。"

"楼上租出去了吗？"表姐问。

"今天刚租出去。"

"我爸妈没反对？"

"别墅都已经装修好了，总不能空着吧？他们没反对。"

"他们有没有说过饭店的事？"

"没有。"

"那你别老去店里帮忙，他们要是忙不过来，我正好再去劝他们关店。你要记住，你现在学习才是第一位，顾好自己知道吗？"

"嗯,好。"冯佳宝很听话。

两姐妹又聊了几句才结束这通电话。

舅舅、舅妈辛苦了二十多年,现在表姐希望他们享福,二老勤劳又老实,很多时候利诱没有用,只有威逼才可以。

可意志是自己的,小孩也许没得选择,成年人又何必总为他人瞻前顾后?

冯佳宝想通了,拍了拍校服上的灰,走到施开开边上,搬了张椅子坐好。

她抽了张纸巾擦脸颊,施开开在百忙之中瞥了她一眼,问:"怎么灰都上脸了?"

"空调没修好。"

"你能修好就怪了。那明天这里是不是还这么安静?"

"大概吧。"

"那我明天再来。"

"你不是说明天要上学吗?"

"学业赚钱两不误。"施开开指着电视机,软件里一条条新闻不停轮播,"等我坐上主播台,你求我来我也不能来了,趁现在有机会,你好好把握。"

冯佳宝去冰柜里拿来两支棒棒冰,一支递过去,一支拆了,说:"你把我忘了?"

"你要是想,你会是我强有力的对手。"施开开咬了一大口棒棒冰,扭头朝冯佳宝说,"可你又没兴趣。"

她说得很随意,说完又看向电视机。

冯佳宝舔着棒棒冰,没有接话。

施开开又看了几分钟,换了张椅子,坐到冯佳宝对面,说:"各地举行丰富多彩的活动庆六一……

"丈夫沉溺赌博,妻子喝药自杀……

"毛坦厂的陪读家长……"

她学着新闻里的主播字正腔圆、严肃认真地播报新闻,偏偏人又穿着高中校服,脸上浓妆艳抹,手里还捏着一根咬了一半的棒棒冰。

冯佳宝笑得不小心把棒棒冰蹭到了脸颊上,左边的小酒窝里刚好有一滴绿色的汁。

施开开看得差点儿破功,她及时转移注意力,把剩下的棒棒冰吃完,朝冯佳宝踢了一脚,让冯佳宝别捣乱。

"我省将通过三个月的专项活动,全面推进'访调对接'长效工作机制,力争各市、县、区实现'无新增积案,无历史陈案'的目标……

"'星海号'事件已过去五年,遇难者家属齐聚……

"开发商既收租金又拿补贴,签阴阳合同……

"女子于渔船上失足落海,漂十小时获救……"

冯佳宝起初还在笑,后来看施开开神情端庄、丝毫不受旁人影响地背着刚刚轮播的那些新闻,她将笑容渐渐敛去,认认真真地做起施开开的观众。

施开开念完新闻,口干舌燥。"像样吗?"她问。

"像!"冯佳宝肯定地说。

小饭店的空调最后在周三才等到李师傅来修,等到周五新租客搬来,空调才算完全修好。

林道行他们的行李不多,这几天他们租好了工作室,很多东西都堆在那里。

车子停在单元楼前的路面停车位上,林道行只负责搬其中的两只箱子,其余的都扔给了老寒。

"我是苦力吗?"老寒质问。

林道行朝他身后抬了抬下巴,老寒回头看了眼,又质问林道行:"你好意思让小孩当苦力?"

林道行不管他们,他拖着两只箱子先进楼,没几秒身后就传来动静。

"我就当你们一个小、一个残,我吃点儿亏。"老寒大方地说。

林道行侧靠着电梯旁的墙壁,电梯门刚好打开,他做了个"请"的手势,老寒先进,身后跟着那个所谓"小"的,其实是个十五岁的少年。

二楼很快就到,一行人开门进屋,早前堆在客厅的行李已经搬走了,沙发靠枕摆放得整整齐齐,桌椅、地面纤尘不染。

老寒把东西放在客厅,他四下里转了一圈,回来说:"这房东真不错,我摸了一圈,一点儿灰尘都没有,锅碗瓢盆堆得整整齐齐,省得咱们买新的了。"

他说完没人理,小屁孩坐在沙发上自顾自地玩手机,也不见林道行。

"严严,你林叔叔呢?"

严严抬头,指向主卧。

老寒这才发现那家伙的行李没放在客厅,他大步走向主卧。

林道行已经打开行李箱,准备整理衣柜,见有人冲进来,他拿出衣柜里的一只衣架,在老寒跟前晃了下。

看,现成的。他示意。

老寒一把按住他:"走走走,咱们先去找那小孩。"

林道行懒洋洋地比了个"三",没打算浪费时间。

老寒从他手里把衣架硬拽出来,说:"咱们下楼,耳听为实。"

一场赌局,不论输赢,都要让对方心服口服。

正巧临近饭点,两人准备带上严严一起下楼,顺便解决晚饭。

喻老板在饭店门口送客。目送对方走远,他有点儿走神,心不在焉的,没留意前面走来的三人。

"老板?老板?"

"啊,啊?"喻老板回过神来,"哦,是你们啊。"

"你这儿现在有饭吃吗?"老寒笑着问。

"有有有,现在店里空,你们先进来坐,看看要吃什么。"

喻老板撩起门帘,一股凉意袭来。老寒问:"空调修好了?"

"修好了,今天刚修好。"喻老板请他们坐到空调斜对面,这位置又凉快又不用对着吹风口。他把菜单给他们,问:"搬来了吗?"

"搬来了,刚放下行李。"老寒把菜单给严严,想让他点单,严严坐下就玩手机,不声不响地把菜单推回给老寒。老寒没在意,继续跟喻老板说话,"刚一进屋就把我们惊到了。"

"啊?"喻老板心一提,以为出了什么问题,"怎么了?"

"那房子打扫得太干净了,角角落落没半点儿灰尘,东西还齐,你们这房子是我租过最舒心的。"老寒夸道。

老寒长相硬朗,脸上还有道疤,虽英俊,但看起来有些凶悍,可他待人接物却意外地客气和善。反之他边上的林道行,外形极为出众,可与人似乎有距离感,不易亲近。

喻老板愿意跟老寒聊天，他笑着说："那都是我老婆和我外甥女打扫的，她们爱干净。"

"你外甥女叫……"老寒回忆着名字，"佳宝？我听你是这么叫的。"

"对，她叫冯佳宝。"

"哦，对了，她现在念高一还是高二？"老寒终于问出了这个问题。

"啊？不是啊……"老板说。

林道行闻言，给老寒一个眼神，看！

却听老板紧接着说："她都上大一了！"

林道行、老寒都愣住了。

林道行皱眉，拍了下老寒的手臂，让他提问。老寒不是林道行肚里的蛔虫，此刻他想到的是他俩谁都没猜对，他先问林道行："那主卧怎么算？"

林道行看他脑回路清奇，拿出手机，速度奇快地打出一行字："上周日，见她穿着高中校服。"

喻老板凑得不远不近，老花眼也能看清这句话，但他记性没那么好，平常早出晚归只顾开店，大男人也很少留意服装问题。

喻老板："她上回穿着高中校服？"

老板娘正在收银柜整理东西，她问："怎么了？"

老板解释了一句，老板娘说："哦，我知道，她学校社团在排话剧，她演高中生，正式演出就是今天，她今天也是穿着校服出门的，说省得换衣服了。"

原来如此，这误会也真是……

"我们都以为她是高中生呢。"老寒好奇，"她学的是什么专业？"

老板娘在柜台后回答："她学播音主持的，就是电视台那些综艺啊、新闻啊什么的主持人。"

老寒看了眼林道行，想说什么，话到嘴边及时转弯："这专业好！她是哪个学校的？"

老板还没回答，一只手机就朝他伸了过来，老板逐字念道："她高考考了多少分？"

这时，门口的软玻璃帘子被掀起，冯佳宝走进来，正好听见舅舅的话。她看了眼举着手机的林道行，条件反射地叫了声："舅舅！"

她怀里抱着的大白鹅粗哑地嚷——嘎啊!

今天是周五,下午时话剧正式开始演出,大白鹅是社团众筹购买的道具,演出结束后没人要它,冯佳宝干脆把它装进纸箱,准备带回来。

在校外等车的时候施开开离佳宝三尺远,就怕大白鹅在她手里失控,鹅的攻击力不亚于战犬。

但两人买了棒棒冰和雪糕,冯佳宝腾不出手,施开开只能靠近喂她。

"你又要跟我回去?"冯佳宝咬了口棒棒冰问。

"我不想回家,我都安排好了,跟你混到晚上十一点我再走,到家他们都睡了,彼此眼不见心不烦。明天再跟你去旅行社下单,拉加厄斯帕群岛,天哪,我太期待了!下完单我们再去看电影。"施开开把一切安排得井井有条。

"你问没问过我?"冯佳宝故意说。

施开开撒娇:"你就答应嘛!"

"啊——"冯佳宝面无表情地张开嘴。

施开开赶紧给她塞一口棒棒冰,冯佳宝咬下一口,含在嘴里说:"准了!"

施开开高兴了,谁知大白鹅趁她不注意,一口叼住了她手里的雪糕,她吓得松手跳开,雪糕掉到纸箱上,箱子被糊了一团奶油,没法再抱着了。

"看你大惊小怪的。"冯佳宝索性把大白鹅抱出箱子,然后踢了下搁在地上的纸箱,让施开开拿去扔了。

"你你你……你不怕啊?!"施开开有些受不了。

"不怕。"冯佳宝说着,还抚摸了一下大白鹅。

冯佳宝的父母向来工作忙,她哥比她大七岁,小时候她跟在哥哥屁股后面长大,念小学前她上树、下河什么都干过,野得很。

见施开开不敢再靠近,冯佳宝眉眼弯弯,突然把大白鹅往她面前一凑。

大白鹅的大长嘴一靠近,施开开连忙尖叫着后退,等她反应过来,佳宝已经逃跑。

前面是夕阳的方向,云层厚重,路边的两排梧桐威严肃穆。

施开开大喊大叫,在后头追着佳宝的马尾辫。

两人最后带着大白鹅坐出租车回来,冯佳宝抱着一只鹅进门,成功地成为众人视线的焦点。

喻老板直接问:"这个哪儿来的?"

冯佳宝解释这是话剧道具,没人要她就带回来了。喻老板说:"哦,别墅的院子里能养鹅吗?"

佳宝愣了下,才说:"我是想今晚加菜的。"

前面桌传来笑声,佳宝扫了一眼,看到林道行弯着嘴角。

笑声短暂,林道行一发声,老寒瞅着他"哎哟"一叫,他神情自若地瞥老寒一眼,又看回冯佳宝。

喻老板夫妻倒没奇怪,哑巴能发出声音也很正常。

喻老板从佳宝手里抱走大白鹅,老板娘去后厨烧热水,佳宝又提醒了一句:"血别浪费了。"

施开开在旁边说:"炒大蒜吧。"

冯佳宝点头:"可以。"

喻老板答应下来,他没马上走,看着冯佳宝欲言又止。

冯佳宝想到了刚进门时看见的场景,她咬了下嘴唇。

"我先去处理鹅,你帮舍先生他们点菜。"喻老板抱着鹅回厨房。

施开开自己照顾自己,佳宝拿上纸、笔走到餐桌前,注意到他们二人边上多了一个瘦小的少年,这应该就是那天老寒口中的"孩子"。

老寒看菜单,林道行第一次面对面地打量起冯佳宝,视线和神情毫不避讳。

冯佳宝微低着头准备记菜,额头热热的,她瞟了眼视线来源,两人目光相触,对方不闪不避,还朝她弯了下唇。

"麻辣豆腐吧,中辣,这我跟严严吃,老行你吃其他的。"老寒开始报菜。

冯佳宝收回视线,写下菜单。

没多久,客人渐渐多起来,老寒吃完放下筷子,偷偷跟严严说了什么,接着转头对林道行说:"严严要上厕所,我先带他回去。"

说完,他就带着严严快速撤离,故意留下林道行结账。

林道行三两口把饭菜吃完,又喝完一杯茶,才去柜台结账。

冯佳宝刚给一位客人找零,见他过来,翻出他那桌的单子,说:

"一百六十一。"

林道行晃晃手机。

冯佳宝拿开桌面的纸巾,露出支付宝二维码和微信二维码。林道行低头扫码,忽然听见冯佳宝问道:"你之前跟我舅舅说了什么?"

林道行抬头,什么?

他虽没开口,但表情语言不难理解,冯佳宝特意看了眼他的喉咙,没见有什么问题。

不知道他是装的还是真不能说,去年马路上这样嘈杂,她都能听见他叫她。冯佳宝本来不打算再问,却看到对面的人做了一个口型。

两个字,他眉毛微动,她甚至连他的语气都能猜到——

"高考?"他在反问。

他真记得!"你刚才跟我舅舅说了什么?"冯佳宝立刻又问了一遍。

林道行浅笑,他眉毛微挑,像是没明白的样子,记忆却越来越清晰。一年前的六月七日,高考开考前,这女孩穿着一身同样的校服,在等红灯的斑马线路口掏了下校裤口袋,拿出一包纸巾。

他来这儿出差,当时正在垃圾桶边上抽完最后一口烟,准备扔烟蒂,碰巧看见一张纸被纸巾带出,飘到地上。绿灯一亮,女生在密集的人流中健步如飞。

他也要过马路,扔了烟蒂,走到斑马线路口。纸张被路人的脚步带飞,他捡起才发现是高考准考证。

准考证上,那女生的照片、姓名、就读学校等资料一清二楚。

人已经离得很远,转眼就是红灯了,他叫出她的名字——"冯佳宝!"

女生似乎停了一下,人群涌动,这个早晨太忙碌,上班的、赶考的,大家都在往前冲。

他叫人没叫住。

他拦不到出租车,看了眼时间,打开手机导航,跑向考点。

十年前他也经历过这样的场面,车辆、交警、一堆又一堆的家长、一群又一群的考生,每年都有几则关于粗心考生的新闻。

老师着急得像热锅上的蚂蚁，校门口，冯佳宝垂眸站在老师对面，沉默地咬着嘴唇。

他稍喘口气，走过去把准考证递上。

"你的准考证！"

老师激动万分："谢谢，谢谢，是您捡到的？太谢谢您了，先生！佳宝，你还愣着干什么，快拿上准考证进去啊！别慌，别着急，还没迟到呢。快！快！"

"喂——"

被清脆的声音拉回思绪，林道行重新打开微信准备扫码，他眼神示意，让她继续说。

"你别跟我舅舅乱说。"

林道行随意点开一个聊天框打字："你老师没跟你舅舅说？"

冯佳宝看完，回道："没说，不小心的事情，考完就过去了。"

林道行又打字："那你怕什么？"

冯佳宝双手搭着柜台，摇了下头，像是在说"没怕什么"，又像是在说"没事了"，不想再谈，又或者是她不知道该怎么给他一个标准答案。

一面之缘，时隔一年，佳宝没想到对方竟然还记得她。

林道行也没想到她会认出自己。他再次扫码，输入金额，付款成功。

他看向佳宝，说了一句极轻极轻的话。佳宝听见有声音，但根本没能听清内容，她盯着他的嘴型，又不解地看向他的双眼。

林道行靠近柜台，佳宝双手扶着柜面，微微侧过脸，把耳朵靠近——"我还没来得及说。"

他的声音轻得像羽毛，拂过她的耳朵，痒痒的。

佳宝不适应，很想去摸自己的耳朵，这回她听清了。她没忍住，还是抬手抓了一下耳背。

林道行晃了下手机，钱付好了。

冯佳宝稳定心神："收到了。"

林道行点点头，转身走了。

冯佳宝盯着他的背影，又捏了下自己的耳廓。眼看他就要掀开帘了了，

却忽然转过身。佳宝的视线被他捉了个正着,她顿了顿,才把捏耳朵的手放下,看着对方朝她走来。

佳宝站直了,问道:"还有事吗?"

林道行指指她的身后。

冯佳宝转头,对方手指的方向是旺仔牛奶和凉茶,她不太确定地拿起凉茶,扭头看向林道行。

林道行点头。

佳宝说:"四块。"

林道行扫码付钱后走人。

林道行拿着凉茶回到家,打开门就听见老寒一声"啊哈",他把凉茶放到桌上,老寒看了眼,说:"什么玩意儿,你买凉茶?"

林道行指指他。

老寒:"给我喝?"

林道行点头。

老寒说:"你要是买啤酒,我倒会喝……我也没见你喝过凉茶啊。"

老寒没放在心上,他双腿搁上茶几,躺到沙发上,说道:"对了,老行,你是不是输了?"

林道行进洗手间洗了把脸,出来后甩了甩手上的水,头发也沾湿了,他擦也不擦。

他当年还挺讲究,无论穿衣打扮还是生活品质。现在他已经越来越随意,老寒心想,"时间是把杀猪刀"这句话也可以用在这家伙身上。

林道行甩着水,眼神询问。

老寒笑着说:"反正你都破戒了,还装什么哑巴?医生让你噤声两周,你说说,这才几天?"

林道行刚做了声带息肉手术,医生让他至少噤声两周,并叮嘱他康复后说话也要注意。老寒笃定他憋不过两周,现代社会的职场人士,离不开语言交流。老寒当时跟严严说:"想不想看看你俩谁憋得住?"他们的赌局就这样成立了。

"笑声"也是"声",老寒朝一旁正打游戏的严严说:"他输给你了,快跟他拿钱!"

林道行本来要回房间,闻言又掉转方向。他抹了下脸上的水珠,打开手机付款码放到桌上,严严退出游戏,自觉扫码,领了三百块钱。

老寒笑道:"快谢谢你林叔叔。"

严严抿嘴含笑,一声不吭地拿着手机走了。

老寒看着他的背影,笑容渐渐收敛,叹了口气。事故之后的这些年,严严的病情反反复复,现在他虽然不说话,但比当初已经好转很多,做人有时也该知足。

"我都快忘了我这侄子的声音了,他现在应该处于变声期吧?"老寒轻声说。

这略带伤感的话一出,林道行拍拍他的肩膀。

老寒不再多愁善感,他说:"玩笑归玩笑,你这嗓子还是憋着吧,听医生的话没错。"

林道行点了下头,转身走向主卧。卧室门开着,就像他离开时的样子,可他的行李已经不在里面,反倒是老寒的行李神不知鬼不觉地出现在了这里。

"哥们儿,主卧你也输了。"老寒走到林道行身后,搭着他的肩膀说。

林道行瞥他一眼,你也没赢。他去敲次卧的门,严严从里面把门打开,林道行举起手机:"你去睡主卧。"

"严严,你知道这叫什么吗?"老寒站在一旁,自问自答,"这叫'鹬蚌相争,渔翁得利'!"

林道行去另一间卧室收拾自己的行李,没再理他。

小饭店货架上的凉茶卖掉了,冯佳宝翻柜子没找到货,走进后厨问:"舅舅,店里还有凉茶吗?"

"架子上还有一罐。"喻老板边炒菜边说道。

"刚刚卖掉了。"

"哦,那我明天让老刘送一箱来,对了——"喻老板迟疑了一下,叫住佳宝。

"怎么了?"佳宝问。

"之前电视台里来了人,说想给我们店做一期节目。"

喻老板夫妻手艺好,人又实在,饭店虽小,但声名远播,从前也上过两次电视,这回外传他们即将收山,所以电视台的人想来做一期民间美食专访。

喻老板说:"之前邻居知道我们要搬家,说我和你舅妈要享福了,问我们店还开不开。我是说过一句开店太累,能关也想关了,但这只是随便说说,谁知道他们到处瞎传。不过现在呢,我也有点儿犹豫……"

佳宝问:"你想关店了?"

"偶尔是想过。"饭店里连早餐也卖,他们夫妻从早忙到晚,确实累,但精神却充实,如今他们在关与不关之间犹豫不决。

喻老板欲言又止地问:"你姐是不是希望我们关?我们要是上电视说不关店,她是不是要生气?"

"……舅舅,你之前在外面是不是就想问我这个?"

"是啊。"

冯佳宝想问,刚才她回来的时候那人为什么会问她的高考成绩,想了想她还是没问出口,她尽量避开此类话题。

冯佳宝帮舅舅递上菜盘,笑着说:"只要你们开心,姐姐不可能生气。"

"对,对。"喻老板点头。佳宝虽然年纪小,但想事比他们通透,她这话一语惊醒梦中人,喻老板放下心来,转而关心她,"对了,你要去那个什么岛旅游,跟你爸妈说过没有?"

"还没。"佳宝捏起一根胡萝卜丝,慢慢咬着说。

"那你跟他们打个电话说一声,算好时差再打。他们平常工作忙,早上和晚上要让他们多休息。"

"嗯,知道。"佳宝说。

"你上回说去那个岛要先转机到M国吧?你不如早几天去,到了M国陪你爸妈住几天,然后你再去玩。"

"到时候再说吧。"佳宝抓了一把胡萝卜丝往外面跑,"我先出去了,还有客人呢。"

旅行已是板上钉钉的事,佳宝也许还会犹豫,施开开却是一定要去的。暑假两个月,她至少能有半个月不用见到后妈那张脸。

所以次日,施开开一大早就开车来接冯佳宝了。

她把她爸的保时捷给开了出来,后座还绑着一张儿童安全座椅,仿佛让他们少一辆出行工具就是她的胜利。

施开开心情颇好,见佳宝上车后没什么精神,她嚼着口香糖问:"怎么死气沉沉的?"

冯佳宝歪歪地坐在车中,揉了揉眼睛说:"没睡好,好困。"

"晚上追剧了?"

"没,我一到夏天就睡不好。"

"为什么?太热了?"施开开问。

"苦夏吧。"冯佳宝说。

施开开没这毛病,她向来睡眠质量绝佳。她问冯佳宝:"要不要嚼片口香糖提提神?"

冯佳宝的眼睛四处瞟,问:"放哪儿了?"

"纸巾盒里。"

"真会藏。"冯佳宝从纸巾盒里挖出口香糖,拆一片送进嘴,薄荷提神醒脑。

"随便塞的啦。"施开开笑嘻嘻地说。

两人一路聊到旅行社。

这家旅行社是私人开的,虽然规模不大,但宣传做得很好,同学中有人报过这家的团,回来后基本都是夸。

冯佳宝和施开开早前在校门口收到过这家旅行社发的传单,施开开一眼就被上面关于拉加厄斯帕群岛的介绍吸引了,后来又屡次收到一些推送的广告邮件,才下定决心要去那里旅游。

远赴太平洋的旅费不便宜,施开开家里有钱,自己也能直播赚钱,冯佳宝的存款不会比她少,在施开开的软磨硬泡之下,冯佳宝才终于在上个月松口。

佳宝上次领了旅游册子回去,已经做过一些攻略。前段时间忙着社团话剧演出,直到今天她们才有时间来签合同交钱。

接待她们的是这里的负责人,名叫殷虹,是位女士,看起来四五十岁,头发烫染过,绾成一个髻,人很瘦,待人很亲切。

冯佳宝仔细地翻看着合同,施开开做甩手掌柜跟殷虹聊天。

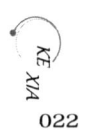

"你们上回咨询之后没再过来,我还以为你们这次不准备报团了。"殷虹微笑着说。

"学校里事情太多,我们今天才有空。这个团总共多少人啊?"施开开问。

"全团有好几十人,大家先一起玩,等到了拉加尼斯帕群岛,我们再分小组,住宿都在游艇上,到时候还能游览外围岛屿。"殷虹有问必答。

"带团导游是当地的吗?"冯佳宝翻了一页合同问。

"都讲英语吗?我英语不太行。"施开开说。

"导游大多数都是当地的,不过这次我也会去,语言沟通方面你们不用担心,有什么不明白的到时候可以问我。"

合同看完,情况也已了解,两人签字准备交钱,冯佳宝正低头用手机转账,旅行社的前台人员忽然带来两名身穿警服的警官。

冯佳宝和施开开对视一眼。

警官做了简单的自我介绍,殷虹对冯佳宝二人说:"你们先等一下。"她说完便带着警察去了会议室。

施开开小声说:"这是查消防还是其他情况?"

冯佳宝摇头,她刚转账成功:"不知道。"

施开开好奇心重,想知道警察上门的原因,就借口去上厕所出去了。

会议室内,一位姓项的警官简单说明来意:"……王杰跟你丈夫是牌友,我们想了解王杰的情况。你丈夫现在电话打不通,我们想知道你丈夫现在人在哪里,怎么才能联络到他。"

殷虹说:"我老公前几天出差去北京了,今天才坐飞机回来,现在……"她看了眼时间,"应该还有半小时就下飞机了,他现在肯定手机关机。"

她有些担心地问:"王杰怎么了?你们为什么要找我老公?"

项警官说:"别担心,我们只是想向他了解王杰的一些事情。"

"什么事情啊?跟我老公没什么关系吧?我老公跟他也不熟,他们平常最多一起打打麻将。哦……"殷虹猜测,"我知道王杰的老婆前几天自杀没了,新闻上说他赌博赌疯了,所以他老婆才自杀。你们找来是不是因为这个?这跟我老公可没关系,他们平常就一起打打麻将而已。"

普通人被警察特意找上门肯定忐忑不安，没事也会东想西想。

上周，王杰的妻子吴慧死亡，警方原本已做自杀案处理，媒体新闻也有报道"丈夫沉溺赌博，妻子喝药自杀"。

但前天，死者吴慧的父母在为死者收拾遗物时才发现死者生前购买的彩票中奖百万，目前兑换时效还没过。

死者中了奖，家里的债务轻而易举就能解决了，为什么还会自杀？

警方有了新的疑点，但只是这一个疑点，还不足以推翻他们之前对案情的判定。

具体情况警方暂时不会对外说，项警官只是安抚她："你放心，没什么大事，我们只是想请你丈夫协助调查吴慧和王杰的一些情况而已。"

旅行社接待区，冯佳宝早已转完账，坐在椅子上无聊地翻着旅行社的一些宣传手册。施开开上完厕所回来，鬼鬼祟祟地趴到她耳朵边问："'丈夫沉溺赌博，妻子喝药自杀'，还记得吗？"

冯佳宝记性不差，她问："你上回背过的那条新闻？"

施开开小声说道："我没太听清，但应该没错，就是这个事，那则新闻里的丈夫王某跟这位殷总认识，他老婆吴慧的自杀有疑点。"

正说着，会议室的门打开了，殷虹送两位警察出来。警察客气地说不用送了，她这还有客人，不耽误她做生意。

冯佳宝和施开开已经交完钱，打了一声招呼，也没多留，背上包走出旅行社。那两名警察竟然还没走，二人正站在车边抽烟说话。

保时捷恰好停在他们边上，冯佳宝和施开开走到车边，正好听见其中一名警察说："我肯定在什么地方见过这个殷总，就是最近见的，可就是想不起来。"

见她们要上保时捷，两名警察让了让，其中一人还轻声评价："现在的小姑娘条件可真好。"

施开开和冯佳宝驾车离去，她们头一次在现实生活中近距离接触警察查案，两人在回去的路上还讨论了好一会儿。

行程已经定下，她们一放暑假就去旅游。只有不到一个月的时间就要出

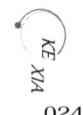

发了,冯佳宝打电话告知在 M 国的父母。接下来她开始为期末考试做准备,周末过完,连续三天她都没去饭店帮忙。

林道行和老寒也十分忙碌,他们白天都在外面,通常天黑后才回家。选租这套房子还有一个重要原因,就是房东夫妻十分和善,并在楼下开着一家小饭店,严严的午饭能够自己解决。

周四下午没课,冯佳宝带着书本来到饭店,看到一个少年坐在餐桌前,面前摆着菜单,还没上菜。

舅舅应该在后厨,没看到舅妈,冯佳宝放下书,拿着纸、笔走到少年边上,问:"你一个人吗?"

少年原本正专心看菜单,忽然听到声音,吓了一跳,抬头看人,双眼湿漉漉的,像受惊的小鹿。

冯佳宝上回没仔细看他,这次才发现少年长得很清秀,受惊后尤为楚楚可怜,但她不知道自己哪里吓到对方了。

她上回听到他好像叫严严,冯佳宝微笑着问:"严严,你点单了吗?想吃什么跟我说。"

严严的神情慢慢恢复正常,他避开冯佳宝的眼神,低头盯着菜单。佳宝等了半天都没等来他说话,倒是看到他的头越来越低,都快要贴上菜单了,佳宝这才注意到他不知什么时候伸出了一根手指,正指着菜单上的某道菜。

她不由得想起林道行第一回点菜时的样子,估计这俩人是亲戚……

佳宝弯下腰,凑近菜单。严严趴得太近,基本把整张菜单都挡住了,佳宝歪着脖子,小心翼翼地跟他说:"那个……我看不到字。"她已经看出严严的行为有些异常。

林道行走进饭店的时候,正好看到佳宝姿势奇特地站在严严的桌前。

他双手插兜,退后一步,把距离拉远,脖子往左边微歪,想看清他们在做什么,最后只看到女生的马尾辫铺到了桌上,辫尖垂挂在桌子边缘。

他这几天比老寒要忙,去年他来这座城市谈项目,今年视频网站正式立项,他们不久之后就要出发踩点做资料收集,为自制节目做前期准备工作。经费有限,人手不足,项目又是他主导,很多事情他都要亲力亲为。

他白天在外面跑,晚上回来要是没吃饭,基本就来这家店。这几天他都没看到冯佳宝,没想到今天碰上了。

　　老寒还没回来,林道行走到餐桌边,揉了下严严的头顶,严严猛抬头,把冯佳宝吓了一跳。

　　马尾辫嗖地一下离开桌子,林道行的视线跟着走。冯佳宝站好了,视线对上林道行的视线,看到对方朝她莫名其妙地笑了一下,冯佳宝有点儿不自在。"他还没点菜。"她找话题。

　　林道行看向严严,揉了揉他的后脑勺,严严躲了一下,伸手搓了搓头发,像是在梳理,接着他神态正常地点向菜单上的某道菜。

　　林道行又加了几道。

　　冯佳宝等到舅妈倒垃圾回来,才坐到收银柜后面看课本,有需要了她再去帮忙。

　　她成绩一般,力求不用补考。起初她看书看得认真,后来见舅舅从厨房出来,跟林道行说着什么,她忽然想起上周林道行在她耳边说的那句"我还没来得及说",明知他应该不会那么无聊去跟舅舅说这个,但她的视线还是不自觉地跟着对方走。

　　等舅舅离开了,她又想上周他为什么要问她的高考成绩,他们又不认识,她的视线再次离开书本,悄悄移向对方。

　　严严已经吃完,他本来在打游戏,余光忽然发现身边人状似随意地抬起左手摸了一下鼻子,手指掩盖下,嘴角弯起。

　　莫名其妙,他想。

　　饭后回家,林道行打发严严去卧室看会儿书,别老捧着手机打游戏。

　　严严情况特殊,他学东西快,智商没问题,但他不适应跟人相处。老寒说他小时候并不这样。小时候的严严调皮捣蛋,很让人头痛,直到当年那场事故,他父母双亡,只有他活了下来,这之后他才逐渐变成现在这样。

　　林道行在工作中认识了老寒,这几年和他们叔侄相处久了,严严才慢慢跟他亲近起来。他想起之前见到冯佳宝和严严讲话的画面,这两人一坐一站,双双头贴桌子,也是有趣。

刚才结账的时候他没看见她，倒看到了收银柜上摊着的书本，上面写着他熟悉的课程名字，封面图案是他陌生的。

今天这顿饭，倒勾起了他不少关于大学时光的回忆。

林道行躺在沙发上伸了个懒腰，正准备打起精神回房工作，严严忽然打开卧室门走了出来。

等他走近，林道行才看到他摊开的手心中躺着一张一寸大小的大头贴。

林道行拿起来一看，大头贴中是一男一女两个孩子，男孩十一二岁，女孩还是个低龄儿童。女孩顶着齐刘海的娃娃头，咧着嘴对镜头笑，这笑傻憨傻憨的，跟现在这个正念大一的漂亮少女不像一个人。

但林道行还是一眼就认出了这位低龄儿童就是冯佳宝。

林道行问，哪里来的？

严严招招手，林道行跟着他走进卧室，严严打开床头柜的抽屉，抽走林道行拿着的大头贴，塞进抽屉内的直角缝隙。

这还不够，他又摁着大头贴往里面推了推，直到大头贴仅露出一个蚂蚁般大小的角。

林道行明白了，大头贴掉进了缝隙，藏太深没被主人发现。

难为严严居然能找到它，林道行揉了揉他的脑袋，不是说进来看书吗？

他让严严老实学习，走前他把大头贴从缝隙中抽了出来。

第二天是周五，大教室里有两堂课，冯佳宝和施开开坐在中间的位置，课间休息的时候两人刷着手机购买出游物品。

"我要买比基尼，买三套！你买不买？"施开开问。

"待会儿再说，我先买防晒霜。"佳宝说。

"对对对，防晒才是关键！"施开开重新搜防晒用品。

"还有驱蚊水。"佳宝提醒。

"对对对，驱蚊水也是关键。"施开开点着头。

冯佳宝拉出手机备忘录，截图发给施开开，让她干脆照着买。

"你们定好去拉加厄斯帕了？"坐在她们后面的李乐斌问。

施开开盯着手机回答道："是啊，钱都已经交了。"

"你们报的那个团还有名额吗?"

"你也想去?"施开开转头。

"是啊,怎么样,还有名额吗?"李乐斌问道。

"我不清楚。"施开开说。

"就你一个人吗?"冯佳宝扭头看向李乐斌,"我帮你问问旅行社。"

"就我一个。"李乐斌回答。

施开开挑眉:"就你一个?你确定想去?跟我们做伴啊?"

冯佳宝上回添加了旅行社负责人殷虹的微信,她发了一条消息过去,很快收到回复。

她打断那两人的聊天:"旅行社那边说已经满员了。"

"满了?"李乐斌一脸失望。

上课铃响,施开开转回来,凑近冯佳宝说:"你说李乐斌是为了我还是为了你想去拉加厄斯帕?"

冯佳宝觉得施开开的思维太发散,别人想去旅游而已,关她们什么事。

施开开将手臂搭在她的肩上,摇摇头说:"年轻人还是太单纯,有空多照照镜子,欣赏一下自己的美。"

冯佳宝笑出声,老师在讲台上抬起头,她连忙捂嘴。

晚上,佳宝又失眠了,上厕所照镜子的时候忽然想起白天施开开说的那句玩笑话,她把镜前灯打开,仔细打量镜中人。

夏天才开始,她就感觉自己瘦了不少,她祈祷秋天快点儿到,可以让她吃顿好饭,睡个好觉。

冯佳宝捏捏自己貌似少了肉的脸颊。

重新回到床上,她闭目躺好,等了半天再睁眼,一看时间,凌晨三点。

她起床穿好运动衣,下楼的时候舅妈正在厨房。今天,电视台会来人录制节目,二老准备待会儿到菜市场挑选最新鲜的食材。

舅妈看见佳宝,问她:"怎么这么早去跑步?不多睡会儿?"

"我想一路跑到饭店,正好打扫下卫生。"

从这里跑到饭店不超过一个半小时,舅妈知道佳宝有苦夏的毛病,运动累了也许就能睡个好觉,她让佳宝路上注意安全。

凌晨天未亮,城市还在沉睡,空气不像白天时那样燥热、沉闷,林道行没开车内空调,他吹着微热的夏风,开车行驶在马路上。

今天团队加班开会,老寒不放心严严,林道行让老寒先回,他自己则和同事们忙到现在。

这会儿他又累又困还饿,想抽烟提神,可是又要遵医嘱禁烟酒。

眼看马上要进小区,他打了一个哈欠,视线一飘,忽然注意到了人行道上正弯腰呕吐的冯佳宝。

起初,他觉得自己是认错人了,不知道为什么会平白无故地想到佳宝,等车靠边停下,他才确定自己没认错人。

林道行按了按车喇叭,嘀——

佳宝一手扶膝盖,一手撑腰,弯着腰干呕。听见喇叭声,她掀起眼皮瞟了下,看到半昏半暗的夜色中林道行那张俊朗的脸,她的头脑是空白的。

她收回视线继续呕吐,依旧什么都吐不出来,双腿越来越软,难以站立。

林道行迅速解开安全带,开门下车走到她身边,一把抓住她的手臂,感觉她的身体在往下坠,他的另一只手撑住她的胳肢窝,把她提了起来。

能不能站?

哪里难受?要不要送你去医院?

还能不能说话?你先说句话!

冯佳宝难受得仿佛身体已经不是自己的,这副躯干脱离了她的掌控,她头晕目眩,像在有屏障的空气中四处乱飞瞎撞。

她哪里还能跟林道行进行眼神交流?也不可能知道他在问什么。

她全身的重量都在这个男人身上,佳宝抓住对方的衣角,人往他胸口靠。

林道行见她似乎不吐了,又把人提起来一些,想让她站稳。她从抓着他的衣角改成抓住他胸前的衣服。

林道行转而抓着她的手臂,视线正对她的侧脸。她额头四周的头发全部湿透,原本白皙的脸颊此刻充血通红,双眼似乎还没找到焦距。

林道行腾出一只手探向她的额头,另一只手要扶稳她,只能把她往怀里按,怀中贴着一具陌生的、柔弱的,并且相对于他而言太过瘦小的少女的身体,他有半秒僵硬。

而后他把注意力放在她的额头,她的额头是凉的。

她这是运动太剧烈导致的。

林道行放下手时,顺便将她贴在脸上的那些湿发捋到了后面。

现在好点儿没有?

能不能站?能不能说话?

他胸口的衣服被攥得很紧,怀里依旧是她的重量。

"冯佳宝。"林道行开口。

昏睡中的城市寂静无声,意识在空气中乱撞的佳宝听见一道声音,像尘封已久的古老乐器在漂浮着尘埃的夜色中拉奏出来的、带点儿沙哑的低音,念着她的名字——

冯佳宝。

佳宝愣了愣,屏障逐渐消散,她模糊的视线有了焦点。

声音是个很奇妙的东西,物理学的解释是,声音是由物体振动产生的声波。

有趣的是声音还有许多特殊的用途,比如使用HIFU(高能聚焦超声刀)治疗癌症,音乐能促进植物生长,特殊频率的歌曲能平衡人的脑电波。

这些都是老师在课堂上告诉她的。

播音主持专业中的发声是一门科学,他们要学会如何去呼吸,如何控制气息,他们要掌握"提打挺松"的要领,吐字时口腔前后都要呈"U"形。

只有这样,在未来,他们才有资格站在镜头前,用他们的声音告诉世人,这个世界发生了什么。

佳宝想,原来她在学校也是学进去了一些东西的。此刻,她第一次完整、清晰地听到这个叫作林道行的男人的声音。

极度浑厚的男低音,比她听过的所有男性主持人的声音都要好听和特别。

"要不要送你去医院?"他又说话了。

佳宝把出走的意识拉回来,她暂时讲不出话,只能摇头。

"你现在还能不能走路?"

佳宝抬了下手,做了一个"等等"的动作。

又休息了一会儿,她吐口气,慢慢直起腰。

林道行见状,想带着她往边上走两步,"别别。"佳宝及时叫住他。

林道行的手臂被人当浮木似的抓住了。

"别动,"佳宝一手抓着他的胳膊,一手捂着自己的小腹,说,"你别动,等一下。"

"怎么了?肚子痛?"林道行观察了一会儿,问道。

佳宝点头:"再让我休息一下。"

小腹在阵痛,下坠得厉害,像是痛经的感觉。佳宝高中时,某次跑步后也出现过这样的情况,体育老师说这是长期缺乏锻炼造成的。

林道行从没缺乏过锻炼,他没有过这种症状。"真不用送你去医院?"他蹙眉问。

"老毛病了,没事的,不用。"佳宝语带感谢。

林道行现在像根桩子似的任由对方抓着胳膊,他很长时间没开口说话,今天突然开口,嗓音有些沙哑。

"你这时间是在跑步?"他问。

"嗯。"佳宝有气无力地回应。

她本事真大。"跑了多久?"林道行问。

"一小时多点儿吧。"

"平常是不是从来不锻炼?"

佳宝也没料到会出现今天这样的情况,她说:"我上次跑步是一个月前,谁知道隔了一个月会跑不动。"

"跑太快了?"

"可能吧。"

"现在好点儿了吗?"林道行低头看她,问道。

"嗯,好点儿了。"佳宝点头,但她感觉自己暂时走不动。

她也不跟林道行客气,依旧让自己的身体重量都落在对方的手臂上,没打算放他走。

她转移注意力,找话题说:"你怎么这么晚还上街?"

林道行一听就笑了,看她抓得累,他好心地扶住她的手臂,帮她分担点儿。他说:"这话是不是应该我问你,你怎么这么早跑步?"现在是凌晨四点多,她说她跑了一个多小时,显然她三点就出门了。

"我睡不着就出来跑一会儿。"佳宝老实回答。

"你家里大人不管?"

佳宝偏头看他一眼,说:"我舅舅、舅妈也起床了,他们应该也快到这儿了。"

原来她跟她舅舅一家住,林道行问:"店里是不是还卖早饭?我加班忙到现在,饿了。"

"今天不卖,今天电视台要来做节目。"

林道行第一次听说:"你们饭店这么有名?什么节目?"

佳宝虽然一直在说话,但她其实处于半敷衍的状态。她肚子痛,体力消耗殆尽,双腿酸胀无力,对聊天心不在焉。

所以她没法替舅舅宣传饭店,只能简单地解释:"名气还行,之前也上过电视,这次应该是档美食节目。"说完,她又问,"你介意随便吃点儿吗?待会儿我们也要吃早饭,你可以跟我们一起吃。"

林道行并不是非吃不可,他现在困乏大于饥饿,因此他没回答。

他观察着佳宝的脸色,现在红潮逐渐褪去,她的唇色还有点儿泛白。"还难受吗?"

"好多了。"佳宝自我感觉了一下,慢慢放开林道行的手臂。

林道行虚扶着她。

佳宝虽然仍然腹痛,但走路已经没问题,剩下的路程步行还需要十分钟左右,她偏头看了眼林道行的车子,想偷个懒:"你能不能送我到饭店?"

林道行二话不说拿出车钥匙,咔的一声,车门上锁。

"走吧。"这丫头倒不见外,念头一闪而过,他利落地说。

她站在那里看着他,欲说还休的样子很有意思。林道行笑着说:"你这样不能马上坐,多走几步,别偷懒。"

道理她懂,她感谢林道行的好意,点头说:"嗯,也好。"她又说道,"那你不用陪我走,我没问题了,你回去吧,不是说刚加班回来嘛。"

"我好事做到底,别客气了,走吧。"林道行下巴一扬。

佳宝又看向车子。

林道行好笑，看来她真不想走路，他打算迁就她，正要按下开锁键，忽听她开口："那你车就停这里？"

林道行不动声色地把车钥匙放回口袋："没事，晚点儿我再来取车。"

冯佳宝一年前就知道他是"热心肠"，他刚才的语气中还把她当孩子，他既然不放心，佳宝索性也不跟他客气。

"那你早饭跟我们一块儿吃吧，你想吃什么，我让我舅舅做。"她投桃报李。

"我对吃不讲究，那我待会儿就蹭一口。"林道行这次答应了。

佳宝笑了笑，和他一起走向饭店。

"对了，严严，"林道行照顾佳宝的身体，他双手插兜，走得很慢，说到严严的名字的时候，他解释了一句，"就是跟我一起住的那个孩子……"

"我知道。"佳宝迟疑地问，"对了，我上回是不是吓到他了？"

林道行解释："没有。他情况比较特殊，下次你跟他说话，别一直盯着他看就行了。"

"哦。"佳宝点点头。

林道行拉回话题："严严在他卧室的抽屉里找到了一张大头贴，上面有个四五岁的小女孩和一个十一二岁的男孩，大头贴是你的？"

"什么？"佳宝对那张大头贴有印象，"应该是我的，在卧室抽屉里找到的？"

"在靠门的床头柜抽屉里，掉进缝隙了。我待会儿拿给你？"林道行询问。他心想，这种老旧的大头贴，佳宝不一定还要。

"好，你方便的时候拿下来吧，谢谢。"佳宝直接说。

林道行问："那上面的小女孩是你？"

"是我。"

"小男孩呢？"他闲聊。

"是我哥。"

"你有哥哥？亲哥？"

"亲哥。"佳宝回答。

"你哥在这里工作？"看年龄，她哥比她大不少。

033

佳宝摇头："他不在这里。"见林道行咳了几声，似乎喉咙不适，她将视线在他的喉结处停了停。

林道行嗓子不舒服，他默算时间，来这里租房子的前一天他刚做完声带息肉手术，到此刻为止，距噤声两周的期限还有九小时左右。

他扯了下嘴角，瞥向佳宝，说道："没哑，之前做了声带息肉手术，所以两个礼拜不能说话。"

"哦……"她的某位老师也曾得过这病，老师的病因是说话太多，导致嗓子嘶哑疼痛。"那两周到了？你现在能说话了？"佳宝问。

林道行点了点头，模棱两可地"唔"了声。

其实医生曾建议他最好让声带休息一个月。

路程还剩不到一半，马路上已能见到环卫工人，扫帚沙沙声让这个夏日的凌晨不再沉寂。

"听说你是学播音主持的？"林道行问。

"嗯。"佳宝侧头看他，"我舅舅、舅妈说的？"

"唔。"林道行点头，"你在什么学校？"

"传媒大学。"佳宝回答。

"你去年高考考了多少分？"

她再一次想起那天他在她耳边说的"我还没来得及说"，佳宝下意识地搓了搓热乎乎的耳背。

林道行比她高约一个头，视线往斜下方一移，正好捕捉到她的小表情。

他记起前天她拿着书本，坐在收银柜后面，时不时偷瞄过来的场景，他的嘴角再次像那天那样翘起。

"我是艺术生。"佳宝终于开口。

"我知道。"林道行说。

佳宝把文化课成绩说了。

林道行点头："还不错。"

把高考成绩告诉他，佳宝有种心头大石落地的感觉，她往前小跑几步，掏出钥匙，迫不及待地蹲到饭店门口开锁。

林道行站在她身后，低着头，含笑看着蹲在地上的人。

佳宝打开灯,进门就坐,双手成拳捶打小腿。她小腹疼得想上厕所,但先要招呼客人。

"你渴吗?想喝凉茶自己拿。"佳宝说。

"不用。"他其实不喝凉茶。

佳宝从冰柜里拿出两瓶矿泉水,一人一瓶。

没多久,喻老板夫妻就到了,他们第一次听到林道行说话,吃惊不小。

半小时后,林道行填饱肚子离开,太阳还没出来,天色已亮,马路上有少量车子经过。

他走到门口回头,看到佳宝还趴在饭桌上休息。可能察觉到了门口的视线,她抬起头,朝他懒懒地挥手。

林道行笑了笑,回了一个"再见"的手势。

至少二十个小时没合眼,林道行一觉睡到了大中午,最后他是被客厅里的动静吵醒的。

他光着脚,睡眼惺忪地走出去,客厅里的两人正一边操控电视机上的游戏,一边贴着阳台往楼下看。

"吵醒你了?"老寒在百忙之中回头问他。

你说呢?林道行倒了一杯水。

"楼下在录节目。"老寒说。

我知道。林道行喝水。

"你几点回来的?"

林道行比手势,接近五点。

"忙到这么晚?那你回去多睡会儿,我们声音轻点儿。"老寒叫严严,"去,把声音调小。"

林道行拿着水杯走到阳台,往楼下望。

围观群众较多,他只能看到摄像师扛着机器站在门口。

老寒放下游戏,凑过来说:"知道哪个台吗?"

林道行摇头。

"你猜什么节目?"

林道行做口型,美食。

"吃的啊?你怎么知道?"老寒问。

林道行没答。

"哎,想不想下去看看?"

林道行兴趣不大,他摇头。

楼下的围观群众慢慢让出一条路,饭店内走出一个长发女人,她和摄像师说着什么,两人四处打量,抬头时无意中扫到了二楼阳台。

"林老师?舍老师?"长发女人惊喜叫道。

"哈,"老寒拍拍林道行的胳膊,"是黎婉茵,真巧。走,下楼看看。"

黎婉茵也在楼下招手。

林道行想了想,让老寒等一会儿,他回卧室打开抽屉,带上了大头贴。出门前他快速洗漱了一番,下楼时脸上的水还没干透,他随意抹了几下,手拿下来,就看到黎婉茵在小区大门口张望。

"舍老师!林老师!"她招手,眼神落在林道行身上,"你们怎么会在这里?"

林道行没有回应,黎婉茵有点儿尴尬。

"我们来这儿工作。"老寒替林道行解释,"他刚做了声带息肉手术,现在还不方便讲话。"

"原来是这样。"

林道行对着她点点头。

黎婉茵问:"声带息肉要不要紧?"

老寒故意奚落:"没事,反正他有嗓子没嗓子都没差,平常对人爱搭不理,训起人来倒是嗓门儿大得很。变哑巴了也是活该。"

"舍老师真会开玩笑。你们是住在这里吗?"黎婉茵和他们边走边说。

"是啊,我们刚搬来。你别老叫我'舍老师',说过多少次了,听着别扭。叫我'老寒'或者'舍寒'。"

黎婉茵看了眼林道行,说:"那多没礼貌。"

那两人走得慢,接近饭店,林道行做了个"我先走"的手势。他对黎婉茵点个头,算打过招呼,一个人先走了。

"林老师还是这么酷。"黎婉茵说。

老寒:"别搭理他,反正他也不能聊天。"

黎婉茵笑笑:"对了,严严也跟你们一起来了吗?他最近怎么样?"

"他现在不错,谢谢你当初介绍的心理咨询师。"老寒真心实意地表达谢意。

他们和黎婉茵是在两三年前的某个活动上认识的,机缘巧合下黎婉茵见到了严严,了解他的情况后,黎婉茵为他介绍了一位十分有名的心理咨询师。

老寒说:"他现在长大了,也懂事了很多,自己也在努力调节。目前他的创伤后应激障碍基本痊愈了,就是还不爱说话。"

"他年纪还小,迟早能克服这些障碍的。"黎婉茵安慰道。

饭店内基本都是节目组的工作人员,喻老板夫妻在和他们说话。

林道行进门的时候没见冯佳宝,他插着兜,手指摸了摸口袋里的大头贴,站了一会儿,正打算离开,转身时忽然扫见收银柜后面露出的头顶。

他脚步一顿,朝那儿走去。

靠背藤椅里的人抱着小腿缩成一团,头朝一侧歪,双眼紧闭,睡得不知世事。

林道行不自觉地弯起嘴角,他一手搭着柜台,指腹一下一下慢慢地敲击着。

思索片刻,他最终没把人叫醒。

绕到柜台后,他站在佳宝跟前,拿出大头贴,捏在手里,打量四周,准备把大头贴放到柜面底下一个没门的抽屉里。

她的手机也搁在里面,压在手机底下,她醒来就能看见。

林道行刚把手机拿起来,藤椅里的人突然动了动,眼睛要睁不睁,纤长的睫毛微微颤着。

林道行笑了笑,索性把手机放下,低声叫醒对方:"佳宝?佳宝?"

"嗯?"佳宝眯着眼睛,视线蒙眬,前方堵了一面人墙。

她抬手背揉眼,问:"你怎么……"刚醒,她咳了几下清嗓子,"你怎么在这儿……要吃饭?"

"不是,给你送照片。"林道行见她两只光脚放下地,移开视线,手指夹着大头贴,递给她。

"啊……你拿来了啊?"佳宝从他手中接过,低头看照片,说,"没错,就是这张。"

"你就这么睡到现在?"林道行指她蜷成一团的样子。

"嗯,困了。"佳宝说。

"那半夜还出来跑步?"

"我夜里睡不着。"佳宝解释,"我夏天睡眠质量很差。"

林道行说:"那你接着睡,我先走了。"

"我也起来了,不睡了。"佳宝套上拖鞋,从椅子上起来,问他,"你睡醒了吗?这么早就出门?"

柜子上放着一盘新鲜的圣女果,她抓起几颗,自己吃一颗,将手心摊开,问道:"吃吗?"

圣女果颜色鲜红,像热烈的夏天。

林道行笑笑,从她掌心拿起一颗,吃了问:"洗过了吗?"

"没洗,你吃出泥了吗?"佳宝故意说。

她睡饱后精力充沛,林道行说:"没尝出来。"

佳宝笑眯眯地推推果盘:"那你多尝点儿。"

饭店门口,黎婉茵和老寒叙着旧。她的视线时不时扫向屋内,聊着聊着,她忽然问道:"咦,林老师现在能说话了吗?"

老寒往店内看,发现林道行站在收银柜那儿,低着头,嘴巴一张一合,眼神专注地落在他对面的冯佳宝脸上。

两人在聊天,有说有笑。

老寒一脸探究地搓着自己的下巴,朝黎婉茵看了眼,然后走进店内,黎婉茵跟上他。

"我妹妹和妹夫都是记者,你们应该在电视上见过他们……"喻老板和工作人员说着话,见到黎婉茵过来,他叫了下对方,"黎主持人!"

黎婉茵朝林道行的方向看了眼,停下来,含笑问道:"喻老板,刚听你说你妹妹、妹夫是记者?没想到是同行,在我们台吗?"

"不是,不是,他们是驻 M 国的记者,是时政记者。"喻老板忍不住骄傲,

又转头叫佳宝,"佳宝,过来。"

他对黎婉茵说道:"她爸妈是记者,她自己学的是播音主持,将来当主持人。"

"是吗?她现在大几?将来有机会可以来我们台实习。"黎婉茵说着客气话。

喻老板不懂,听对方这样说,连忙让佳宝今天好好跟人家学一学,看看别人是怎么主持的。

佳宝知道对方只是客气,在边上乖巧地微笑。

"我没什么,有时候还老说错词,林老师他更专业,我以前还想向林老师请教呢。"黎婉茵说。

林道行手上捻着一颗圣女果,闻言才看向对方。

"咦,你们认识?林先生也是主持人?"喻老板问。

老寒说:"他是主持人出身,现在跟我混,哈哈!"

黎婉茵望着林道行,用一种开玩笑的语气说道:"林老师,你今天要是有时间,不如留在这里,帮我指导指导呗。"

老寒蹭了一颗圣女果,嚼着说:"唔唔,什么时候开始?我也看看。"

录制马上就要正式开始了,人员该清场的都清场了,佳宝小声问林道行:"你是主持人出身?"

她太惊讶了,双目炯炯有神地盯着他,像是点燃的烟花棒一下一下戳过来。

有火花,但她不想掐灭。林道行把手上的圣女果吃了,盘子里还剩两颗,他拿起来,摊开手掌心,低头对佳宝同样小声地说道:"都是几年前的事了。"

他抬抬手,让佳宝吃。

"你之前怎么没说?"他早上还问起她的专业,佳宝心里想着,拿起一颗圣女果吃了。

"你也没问。"他大学还没毕业就进入电视台工作,一进去就成为实习主播,后来逐渐从台前转到幕后,没什么好说的。

佳宝吃完了,低头盯着他的手心。

他的手心里还有最后一颗红色圣女果,林道行轻笑了声,递到她面前:"你吃。"

他的手很适合做手模,手骨纤长有质感。

佳宝回神,推开道:"你吃吧,我吃饱了。"

佳宝将手垂到大腿边,轻轻地在裤子上擦了擦。

林道行还想上楼补眠,节目开始录制没多久,他跟佳宝打了声招呼就走了。

老寒没走,他认真地看节目录制,手痒痒,还想上去帮摄像师调整机位。他慢慢挪到佳宝边上,问她:"你俩刚聊什么了,这么起劲?"

"没什么,就随便说了几句。"佳宝回答。

"哦……"

节目录制到傍晚才结束,老寒和黎婉茵讨论着刚才录制的内容,工作人员在收拾东西,朝他们看了看,问佳宝:"林老师什么时候回去的?"

"早走了。"佳宝问,"你也认识他?他以前在你们台工作吗?"

"不在我们台,我就知道他这么个人,我俩不认识。"工作人员说道,"听说他以前风光无限,在最辉煌的时候是他们台晚间新闻的主播,那会儿他才多大……"

"多大?"佳宝好奇地问道。

"呃,不清楚,那也是四五年前的事了。"

真久远,那时她还在念初中。

"后来听说他得罪了我们领导——"工作人员撇嘴,"就是我们去年新来的那位领导,以前他们在一个台工作,跟他不对付。据说林老师长得帅,主持功力一流,一去就干得风生水起,成了他们台最年轻的早间新闻主持人,后来还被调到了晚间新闻。"

"我们那位大领导妒忌人家,没长久就把人挤到了山区,让人家去主持扶贫节目。"

佳宝听得入神,刚才林道行三言两语就说完了自己的工作经历,她没想到他身上会有一段如此曲折的故事。

"后来他慢慢地不做主持人了,从台前转到幕后,做过几档节目,全都很成功,就是可惜,我们那位领导吧……"他的最后一句,语气中带着不屑,在佳宝的追问之下,他还是没有把那句话说完。

他口中的领导叫万坤,去年跳槽来到本省,新官上任三把火,林道行他们几个人的日子并不好过。

尤其是黎婉茵。

这是她主持的最后一期节目,她接下来的工作,台里还没有安排。

天快黑时他们一组人才回到电视台,黎婉茵对待自己的工作很负责,知道上期节目还在剪辑,她去了一趟剪辑房。才看到一半,她就接到了万坤的电话,让她去趟办公室。

黎婉茵抬手看时间,想了想,让好友在十五分钟后给她打一通电话。

她把衣服的领口往上提,敲门进去,听到万坤开门见山地说:"听说你今天录节目的时候碰上林道行了?"

黎婉茵一愣:"是的,正巧碰上。"

"他怎么会在这里?"

"听说他跟视频网站合作,准备制作一档节目。"

"什么节目?"

"不是很清楚,他们没说。"黎婉茵斟酌着说道,"我只知道他们过几天就要出国,节目应该不是在国内录制。"

万坤坐在椅子上,想了想说:"这样,我知道你跟他们的关系还不错,你去打听打听。"

"这个……"

"把节目打听来,也是为台里做贡献,最近台里几个节目的收视率都不高,你的更不用说,今天已经是你最后一期录制了。"

"我就算约他们出来吃饭,也没机会探出他们的口风,再说他们过几天就要走了,我很难打听到。"

"你不是没活儿了吗?"万坤优哉游哉地说,"我给你批个大假,他们去哪儿,你就跟到哪儿,把他们要做的节目,完完整整地打听到。"

他这番话脱口而出,连想都不用想,仿佛以前已经操作过很多次。黎婉茵听说过他抄袭林道行创意的事,没想到今日她会亲历。

眼前这人不到四十岁,身材微微发福,镜片后的双眼很混浊。他也曾是记者和新闻主播,台前和台后的嘴脸判若两人。

黎婉茵准备拒绝。

"为台里做贡献,对你自己也是种帮助。"万坤从椅子上起来,慢慢走到她面前,"如果办得好,那他们这个节目,我可以考虑交给你。"

黎婉茵怔了怔,沉默了。她开始仔细回忆老寒口中的那个目的地——拉加厄斯帕群岛。

这个夜晚,佳宝睡得很好。

也许是运动量过大导致她太疲惫,又或者是因为睡眠不足,她十点沾枕头,早晨五点睁开眼,一觉醒来,旭日初升,房间内的空调继续运作着,窗帘没拉,橘色的早晨凉爽又灿烂。

佳宝翻了一下身,搂着被子,闭上眼又睡了过去,隐约听见一声——

"冯佳宝。"

声音低沉,带着一点点沙哑,极好听。

她处于半睡半醒的状态,知道自己是在做梦,又隐约觉得这是现实。

佳宝猛然睁眼。

大脑放空了一会儿,她够到床头柜上的手机。握着手机想了想,她打开搜索引擎,输入"林道行"三个字。

出来了,有他的信息。

他就读的大学,上大学时的学号,曾工作的电视台……

信息零散,并不全面。他入行时间早,做主播的经历短,四五年前的新闻视频在网上已经找不到。佳宝又重新查看他的学校信息,名校,他入学的时间比她早十年……

虫鸣鸟叫,林道行早已起床。

他昨天白天睡够了,晚上睡不着,天微亮就走出卧室,听见楼下传来拉卷帘门的声音,他走到阳台。

喻老板夫妻正在开门,没见冯佳宝。

"这么早?看什么呢你?"老寒打着哈欠,从卧室出来,走进厕所。

林道行没回答。

老寒冲完马桶,走向他说:"你昨天不是跟人家小妹妹说话了吗?什么毛

病,区别对待?"

林道行转身回客厅,被老寒一把勾住脖子:"哥们儿,你心里有什么小九九?"

林道行笑了,甩开他的胳膊:"滚滚滚!"

过完周末,林道行又过了一个忙碌的周一。

周二晚上八点,他总算从工作室脱身,和老寒一起回来后,照旧到小饭店填肚子。进门时他先听到一串流利的报菜名——

"金针小炒、回锅肉片、糖醋排骨、酱汁鲤鱼、青菜香菇……"

他扯了下嘴角,找到位子坐下,老寒喊:"点菜。"

"来了!"佳宝替别的客人下完单,立刻走到他们桌前。

等老寒点完菜,林道行才问:"要期末考试了?"

"嗯。"佳宝点头。

"练发声考试?"

佳宝正在写最后一道笔画,闻言看向林道行:"你怎么知道?"她有些吃惊,又立刻联想到他的专业。

林道行笑着说:"慢慢练,祝你考个好成绩。"结果,他吃饭的时间里就听佳宝在那里报菜单。

她报得字正腔圆……

他吃几口就抬头朝她看,连老寒都笑了:"你们专业这么有意思?"

林道行评价:"她没好好学。"

老寒说:"这么刻苦学习还叫'没好好学'?"

林道行瞥他:"这叫临时抱佛脚。"

饭菜吃得差不多了,林道行去结账。

佳宝坐在柜台后,下巴垫在桌上,前面搁着课本,嘴巴一张一合。

林道行敲敲桌子:"在念什么?"

佳宝抬头,用指背擦擦下巴,说:"短文。"

"口语考试?"

"嗯,其中有四分钟的短文朗读。"

林道行今天心情尚可:"念一段来听听。"

佳宝没吭声。

"怎么？"

"没事。"佳宝清清嗓子，读林清玄的《和时间赛跑》，"所有时间里的事物……"

"老行，干吗呢？"老寒喊道。

林道行让佳宝暂停，回头说："你先回吧。"

老寒："再见。"

"继续。"林道行对佳宝说。

"所有时间里的事物，都永远不会回来了。你的昨天过去了，它就永远变成昨天，你再也不能回到昨天了。……"佳宝读了两分钟，读完问，"怎么样？"

"要我评价？"

"当然，你让我读的。"

"那我说了？"

"说吧。"

林道行想了想，还是温和地说："你的气息不够。"

"我平常也有练气息，但就是练得不太好。"佳宝说。

林道行问："要我教你吗？"

"好啊。"佳宝一口答应。

"确定？"

"其实我自己也能练，很晚了，还是不耽误你的时间了。"店里没几个客人了，佳宝怕林道行想回去休息。

"不会耽误时间……算了，我教你吧。"林道行生平第一次"为人师"，"你要用你的横膈肌把你的气推到胸腔，腹部要往外用力。"

佳宝试了试。

林道行说："你走出来。"

佳宝走出柜台，顺便又帮最后两桌客人结了账。

林道行指导她："横膈肌在这里，你运气的时候，腹部记得往外使劲。再来一遍。"

佳宝点头，乖乖读："所有时间里的事物……"

这遍听完，林道行眉头微蹙："'提打挺松'的要领忘了？声音太靠前，你读稿读久了嗓子也会疼。"他教她，"挺软腭，好好挺。"

佳宝觉得他现在讲话的语气就像阶梯教室讲台前的老师，她不由得挺起脊背："所有时间里的事物……"

"又忘记气息了？"林道行认为这是学播音主持最基础的技能，他耐心地说，"胸部联合呼吸法没学过吗？你现在慢慢呼吸，数数字。"

佳宝酝酿了一下，老老实实地数数："1，2，3，4……"

喻老板夫妻本来还待在店内，见他们一个在教课，一个在学习，夫妻两人面面相觑，回到了厨房。

林道行说："继续，这次注意咬字，你'j'的发音有一点儿尖音，要注意，再来一遍。"

真严格……

佳宝站在林道行对面，仿佛在课堂上被点名："所有时间里的事物……"

一分钟后。

"你上课的时候是条咸鱼吗？"

什……什么？佳宝愣了愣。

柜台上放着佳宝的课本，林道行把课本卷起来，敲打她腰部两侧："运气的时候你这两个地方有什么感觉？"

佳宝条件反射地扭了扭。腰部太敏感，她不太适应。她摇摇头。

林道行不动声色地叹了口气："我让你用横膈肌把气推到胸口，你白推了？再来！"

佳宝血气慢慢上涌，脸色微红地又读了一遍。

她下巴绷得太紧，声音也轻微发紧。林道行听得仔细，看得也仔细。

不到二十岁的播音系学生，下学期要念大二了，她的基础不能说差，艺考并不是那么容易通过的。

他第一眼见她，就觉得她长了一张极其上镜，并且会讨人喜欢的脸。她外形出色，普通话在常人听来已经十分标准，平均分肯定不错。

但他就是觉得，她在学习这方面有种说不出来的矛盾和违和。

"'提打挺松'又忘了？这都不是大一才学的，你艺考之前是怎么学的？大一整个学年你都在教室里晒盐巴？"

佳宝愣了愣。

林道行教训起人来声色俱厉，完全不像平常跟她说话时那样和颜悦色。

他板着脸，严肃又面无表情地看着她，佳宝能读懂他的意思——

真差劲！

佳宝从没觉得自己那么差，她被林道行教训得气息没升上来，小火苗倒是升上来了。

"我有这么差吗？"佳宝凶道。

"你说呢？"林道行看她这副"凶"样，手痒得想敲她的脑袋。

"你大一的时候有多厉害？"佳宝反问。

林道行懒洋洋地靠着柜子，手上还攥着佳宝的课本。

"我大一的时候，每天都出早功，从没一天间断，逢节假日就跑到电台去实习，奖学金拿到手软，专业课的成绩一直都是第一。"

佳宝觉得自己跟他比，确实是条咸鱼。

佳宝的火气来得快，去得也快，她问："那你为什么要改行？学了那么多年的播音主持，就这么放弃主持了？"是因为在职场上被人对付？

"技多不压身，我想主持就主持，不想做就不做。我有这个底气。"林道行举起课本，敲了下她的脑门儿，"小东西，少给我顶嘴，再读一遍。"

佳宝其实很久没有过这种情绪了，被人惹生气，接着又很快被气得没脾气。

她咽咽口水，刚要开始念，就被林道行忽然掐住下巴。

佳宝浑身一僵。

"给我放松，忘记自己的下巴！"林道行捏了一下她的下巴，随即放开。

他的指腹温热有力，仿佛有静电。佳宝张了张嘴，下巴绷紧，有点儿不听使唤，见对方一直盯着她看，她微微低头。

"所有时间里的事物……"

佳宝这次念完，林道行中肯地评价道："尖音的问题是你舌头的位置不对。"他教她，"一寸光阴一寸金，金，你看舌尖……"

佳宝认真学习，边观察他吐字，边下意识地咬住自己的舌尖。

她的唇缝中,两齿间,露出小小一点。

灯光明明足够亮,林道行却有种昏暗感。"嗯……多注意'j、q、x'的尖音问题。"林道行清清嗓子,"还有,你读稿的时候,没有对象感。电台里有些主持新人也会遇到这种问题,任何时候读稿,你都要想象自己面前有观众,把你的感情融进去。"

对象感……

佳宝说:"那我看着你?"

"嗯。"

林道行目不转睛地看着她。

"那哀痛的日子,断断续续地持续了很久,爸爸妈妈也不知道如何安慰我……

"所有时间里的事物,都永远不会回来。你的昨天过去,它就永远变成昨天,你不能再回到昨天……"

佳宝的声音干净、纯粹,双目水光盈盈。林道行想起夏季雨后的天空,他的心情变得极度平静。

读完了,佳宝默默地看着他。

"很好。"林道行说。

佳宝笑了,眉眼弯弯。

林道行卷起课本,佳宝的腰条件反射地扭了一下。

这只是他的一种习惯性动作,课本、新闻稿、文件,他拿到手上,总喜欢将它们卷起来。

开会的时候敲敲桌子;教训人的时候可以指着人;播完新闻的时候,他卷着稿件,一下一下地敲着,有一个思考的过程。

他已经很久没卷新闻稿了。

林道行卷着课本,轻轻地碰了下佳宝的额头。"走了,还你。"他笑了下,把课本放到她面前。

"再见。"

"再见。"

帘子掀起又垂落,佳宝摸摸额头。

第二天回学校,佳宝读文时的发声有明显改进,连施开开都能听出来。

"最近很用功嘛!"施开开说。

"嗯……"佳宝点点头。

林道行的集训很管用,一对一教学,两个小时就把她的几个小毛病都纠正过来了。

佳宝听过林道行的声音,听过他的发声和咬字,她能想象他读新闻稿时的样子,应该是信手拈来、意气风发的。

在遇见林道行之前,佳宝从没产生过"向往"的念头。她现在有那么一刻,向往坐上主播台,坐上他曾坐过的位置,面向全国的数亿名观众,播报时事新闻。

傍晚回到小饭店,她进进出出,在门口张望着小区的大门,直到天擦黑也没见到林道行。

她要好好复习,准备期末考试了,明天不能再来这里帮忙。

林道行昨晚"为人师"后回到家,已经过了十一点。他说话太多,嗓子有明显不适。

吃了两粒药,今天工作时他讲话的次数骤减。团队的成员很快就要分头行动,他整个人都埋在工作中,到家时已经过了零点。

后来几天,林道行一直没碰上佳宝,他估计她在抱佛脚,应该没时间再来饭店帮忙。

这天,他们半夜才回去,老寒在那儿边开车边唠叨:"少订一间没事,严严跟我住。本来就没打算带他去,这次纯粹是计划外。唉,不幸中的万幸,E国对咱们中国免签。"

老寒以前在国内跑,家里留保姆照顾严严,有事他也能把严严带在身边。这次出差预计十天,跑得太远,他不方便带着孩子。

他们来这座城市之前,照顾严严的保姆说好会尽快过来,所以这一个月他也一直没找新保姆,谁知对方上周突然变卦,说要去带自己刚出生的外孙,不能来这里了。

老寒临时怎能找到可以让严严接受的保姆?没办法,他只能把严严带上。

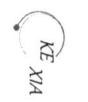

林道行说："不差一个房间，到那儿有空房就开。"

"那到那里再说吧。"老寒问，"对了，赵总联系好导游了吗？"

拉加厄斯帕群岛受国家公园管理，游客不能自由行动，必须有持证导游带领才能登岛。视频网站的老总帮忙联系导游，确保他们的行程能顺利进行。

林道行正要回答，忽然看见左侧马路上有女孩在夜跑。

他的视线越过老寒，投向窗外。老寒深觉开车被他干扰，往窗外瞟了眼，问："在看什么？"

林道行摇头："开你的车。"

一切准备妥当，两天后出发。飞机先飞M国，在M国转机前往E国首都亚基，他们会在亚基停留几日，再前往隶属于E国的拉加厄斯帕群岛。

傍晚时分，他们将行李装上车。

林道行准备自己开车去机场，到时车就停在机场的停车场，回来的时候也方便。

时间不早了，老寒和严严还在磨磨蹭蹭地抢厕所，林道行说了声："我先下去。"

"哎，快了，快了，你下楼抽根烟，我们马上好！"老寒在厕所里喊。

林道行舔了下牙根。

这段时间戒烟、戒酒、戒辛辣，他身上半支烟都没有。走到车边，他握着车门把手，想了想，掉头去了饭店。

现在是饭点，店里客人不少，佳宝不在。林道行点了一些饭菜，要求打包。

"今天怎么打包啦，回家里吃？"老板娘问。

"不是，要出差，赶着去机场。"林道行说。

"啊，是去哪里啊？要走几天？家里留人吗？"怕林道行误会，老板娘好心解释，"我怕你们家里长时间没人，小偷进去了也没人知道。"

"去国外，大概十天。"

"哎哟，有点儿久了。我有时间就上楼转转，你们放心出门。"

林道行谢过老板娘的好意，他语气如常地问："佳宝最近没来？"

"她忙着考试，今天考完了，估计马上就会过来了。"

等饭菜打包完，林道行没急着走。他坐了一会儿，手机响了。

老寒在电话里问："你人呢？我们在车里了，你快过来。"

"快了。"

饭店门口的帘子被掀开，一股热浪涌进，佳宝从外面进来，林道行把电话挂断。

"你来了？"佳宝刚从公交站走到这儿，热得不行，站在空调前对着风口吹，手还在不停地扇风。

"正要走。"林道行离她一张桌子的距离，他起身拎上打包盒，问，"考得怎么样？"

"应该没有挂科。"佳宝谦虚地说。

"不挂科就好。"他不该问小咸鱼的成绩。

佳宝注意到打包盒，问他："你今天回家吃？"

"赶着去机场，这个在机场吃。"

"哦……出差吗？"佳宝问。

林道行点头："去国外十天。你手机呢？"林道行走近她。

佳宝掏出手机，递给他，问："干什么？"

林道行拿过来，低头输入号码："等普通话语音和发声考试的成绩出来了，跟我说一声。"

那门课有总计十分钟的口语考试，其中四分钟是短文口语考，他居然还记得……

林道行的手机响了。

林道行把老寒来电挂断，用佳宝的手机拨通自己的号码。他拨完电话，见佳宝还没答应，看向她："怎么？"

"哦。"佳宝笑了笑。

林道行笑着把手机还给她："自己存一下，我赶时间，先走了。"

他一下就没了人影，佳宝掀开帘子，往外面望。她明天上午的航班，也要出国旅游，没来得及跟他说。

佳宝攥了攥手机。

佳宝旅游出发的时间就定在期末考试结束后的第二天。佳宝和施开开准

备充足,拉上行李箱,就坐上了前往机场的旅行社的大巴。

施开开一上大巴就高喊:"自由了——"

冯佳宝打断她:"你目前离你家只有十分钟的车程。"

"很快就自由了!"施开开哼哼。

到了机场,走完登机流程,众人陆续上飞机。佳宝找到她们两人的座位,隔着过道,另一头恰巧就是殷虹。

施开开拿出零食和杂书,趁起飞前拍了一段视频发上网。她要拗人设,杂书有几分高大上,讲的是十六型人格。

佳宝躲着镜头往过道挪了挪,也拿出手机,给舅舅、舅妈发了一条微信。发完后,她迟疑片刻,大拇指慢慢点开通话记录。

他按下的那串号码,她还没有保存。她双手握着手机,打出"林道行"三个字。

"干吗呢?"

佳宝吓了一跳,手一翻,把屏幕朝下。

"你干什么?"佳宝问。

"关机,要起飞了。"施开开提醒。

"哦。"

佳宝把手机翻过来,屏幕显示"正在呼叫"……

她瞪大了眼,手忙脚乱地把电话挂了。

机场广播已经在提示,佳宝赶紧关机。航程远,两人吃了一会儿零食,又听了一会儿歌,实在无所事事。

佳宝指着施开开的那本书:"什么时候买的?"

"上个礼拜。"

"看过了吗?"

"没呢,忙着期末考试哪儿有时间,我就是买来拗人设的。"

"我看看。"

佳宝没事做,正好翻书消遣。看了一会儿,她撞撞施开开的胳膊:"开开,有题可以做。"

"是吗?"施开开靠过来。

书上有四十多道题，做完计算分数可以测试人格。施开开先做，她懒得计算，让佳宝帮她。佳宝算完说："你是 ENFP。"

"解释一下。"施开开吃着零食说。

"健康热诚，温柔敏感，是具有冒险特质的记者型。"佳宝说。

"很准啊，你呢？"

"等等——"佳宝做完题，说，"我是 ISFJ，保护者？"

"什么意思？"

佳宝一行行往下看："天生热情友好，会花大量精力完成自己的任务。"

施开开评价："你这个太空泛了，我也是这样的吧。还有吗？"

佳宝继续看下去："通常隐藏自己的需求，很难走出往日阴影……"

施开开说："瞎扯，你自己测得不准。"

佳宝笑笑，她翻了几页，看其他人格的解说。

不知道林道行是什么样的人格，佳宝想起他教训她的那副样子，翻着书本，她一个个对照着寻找。

"哎，让别人测测，看准不准！"施开开忽然说。

"嗯？"

施开开轻声喊："殷经理。"

过道另一边，殷虹刚吃完药。她拧上药瓶，转头回应："怎么了？"

施开开："玩个游戏啊！"

殷虹："什么游戏？"

施开开："做题！"

七八月是旅游旺季，天气好，学生又放暑假，好的旅游团早已被预订完。

公安局里有同事说家里孩子想出国旅游，让大家推荐靠谱的旅行社，有人扔了张名片过去，说："这家旅行社，上回我们去查案拿回的名片，看介绍价格挺实惠，你自己查查。"

同事问："这家有没有什么坐邮轮的线路？我家那小子说想体验一回海上漂。"

项警官在一旁听着，突然一怔，记忆像洪水开闸，轰一下将他淹没。

"我想起来了!"他倏地拍桌。

"哎哟,你吓死我了,干什么呢?想起什么了?"同事吓了一跳。

项警官立刻打开电脑搜索新闻,没多久就被他找到了:"果然——"他说,"王杰老婆自杀的那则新闻出来的同一天,电视上还放了星海号五周年的新闻,记得吗?"

"没留意,怎么了?"同事问。

项警官说:"我在星海号的新闻里,看到了殷虹,你看——"

他指向暂停的视频画面,画面里全是哀痛的遇难者家属。

穿着黑色衣服、绾着发髻的殷虹站在一个不起眼儿的角落,刚好被镜头拍到。她存于画面中的时间足有三秒,所以项警官对她有印象。

同事惊讶:"你记性也太好了。"同事又皱眉,"她是遇难者家属?就算是,两则新闻出现在同一天,是挺巧的,不过这说明什么问题?你怎么老想着这个?"

项警官的直觉告诉他,有迹可循的巧合绝对不仅仅是巧合。

他迅速查找记录,翻出王杰的妻子吴慧的档案,看完后又继续查找其他资料,并拜托同事:"你去查一下殷虹的哪个亲属是星海号的遇难者。"

同事照做。

片刻后,信息汇总,项警官说:"五年前星海号上,游客和船员总计252人,其中212名游客中,154人都是广电集团员工以及员工家属,星海号在太平洋上出事,最后遇难49人。吴慧当年正是广电集团的员工,她参加了这趟由集团组织的旅游,并且,她是幸存者之一。"

同事说道:"我查过了,遇难者中有一个叫齐嘉俊的,五年前二十一岁,刚入电视台实习,他是殷虹的儿子,遇难者之一。"

信息都已找到,遇难者齐嘉俊的父亲和幸存者吴慧的丈夫是牌友,幸存者吴慧自杀了,自杀时间碰巧是星海号事故五周年之际。

太巧了……

但又不能证明什么。

项警官看着电脑里的视频,过了会儿,开口:"你看,她面无表情,不哭不笑,不吵不闹,是不是比周围的人都要冷静?"

"好像是。"

"儿子死了,儿子的同事活了下来,然后这同事,五年后又死在了她儿子遇难的这一天……"项警官自言自语。

"什么意思?她儿子又不是人家杀的,那一整艘邮轮上的大部分人都遇难了。难道她找人给她儿子陪葬?变态?"同事胡说八道。

项警官倏地看向对方:"也不是不可能。"

"别开玩笑了,我就是随口瞎说的……"同事最后那半句话语带迟疑。

从警多年,他们不是没有遇到过更不可思议的案子,很多罪案也是在大胆假设中才求证出结果的。

"殷虹现在在哪儿?"项警官问。

飞机上,殷虹做完十六型人格测试题,佳宝帮她计算结果。

殷虹问:"算出来了吗?"

佳宝说:"算出来了。"

"是什么?"

"INTJ。"

"这是什么样的?"

佳宝:"INTJ 的人是完美主义者,他们具有极富创意的头脑,并且思维严谨,逻辑缜密,有不可动摇的信仰去促使他们达成目标,对自己的行事方式十分坚决,无视反对意见。"

佳宝大概说完,问殷虹:"准吗?"

殷虹笑着说:"似乎有点儿准,有些时候我要是拿定了什么主意,确实十头牛都拉不回。"

佳宝笑了笑。

行程过半,机上的乘客都在休息,佳宝没再跟人聊天。

她也准备睡一会儿,那一页还有一行小字:"INTJ 在世界总人口中只占 1.5%。"

随着她合上书本的动作,小字渐渐被阴影笼罩,直至彻底被覆盖住。

第二章
赤道穿过的世界

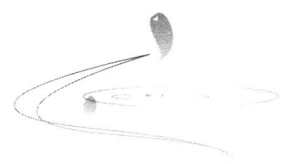

连飞了十几个小时,飞机才抵达 M 国。施开开最初的兴奋劲已经过去,她颓废地靠着佳宝的肩膀休息。

转机等待中,佳宝把手机开机。国内现在是半夜,她怕打扰舅舅、舅妈休息,于是没打电话,发微信向他们报平安。

没想到舅舅回复得很快。

舅舅让她别忘记跟她爸妈说一声,既然去的时候不能陪爸妈住几天,回程的时候看看能不能多留几天。

佳宝回复:"好的。"

和舅舅聊完,她正准备联系爸妈,手机突然响了。

施开开从半迷糊中被惊醒,整个人一抖,脑袋从佳宝的肩膀处离开,睁开眼,她先瞄到的是佳宝手机的来电显示。

"林……道行?谁啊?"施开开问。

佳宝有点儿蒙,她捏着手机,纠结着接还是不接。

他打她的电话干什么?

"喂,你傻了?"施开开戳戳她,"快接呀,铃声一直响着,公共场合多不文明。"

"安静。"佳宝小声说,然后按下接听键。

施开开同时冒出一句话:"你是不是背着我交男朋友了?"

"嘘!"佳宝毫无威慑力地瞪了她一眼,一巴掌推开她的脸颊,电话那头此刻已经传来声音。

"佳宝?"

背景音很嘈杂,不知道他在什么地方。

"嗯……是我。"佳宝说。

施开开眯着眼,表情写满"你很可疑"四个字。

佳宝视而不见,屁股扭到一边。

"在忙?这么久才接电话。"林道行说。

"没有,你打我电话有事?"佳宝问。

"不是你打我电话的吗?"

佳宝:"啊?"

林道行:"我之前回你电话,你手机一直关机。"

佳宝被他提醒,总算想起了她之前在飞机上的误拨。

亚基当地时间下午三点多,林道行和老寒、严严正在餐厅吃迟到的午饭。

林道行是在M国机场等待转机时,接到佳宝的电话。当时电话响了两声就挂了,他手速慢了一拍,没接到。

他立刻回拨,可对方已经关机。等了五分钟,他又回拨一次,依旧关机。

他第三次回拨是在登机之前,对方还是关机状态。等到今早八点半左右走出机场,他又拨了第四次。

老寒当时忍不住说:"我看你打了三四遍了,怎么对方一直不接?有急事?谁啊?"

林道行顾左右而言他:"先去放行李,放完行李直接工作,别耽搁时间。"

去酒店放下东西,他们没休息,带上严严,马不停蹄地开始为项目做前期踩点工作。

东奔西跑直到现在,他们才有工夫吃饭。

等餐的间隙,林道行想起那通电话,他试着又拨了一次,拨出后才想起国内现在是凌晨。他忙昏了头。

但既然她的手机现在已经不是关机状态,他就不准备挂了。

他没想到这次倒是接通了。

他说:"我之前回你电话,你手机一直关机。你找我什么事?"

"没事。"电话那头的人回答,"我不小心碰到了。"

午餐送到,林道行喝了口水,拿起叉子,听到对方给出的回答,他的动作顿了顿。

"是吗?"他轻咳一声,说,"没事就好。"

他又问:"你这个时间怎么没睡觉,又准备半夜三更跑步?"

"那你怎么这时间打电话来?半夜三更不睡觉?"

林道行笑了。

她语气轻快,显然心情不错,背景声颇为嘈杂,刚才他还听见了她那位好友的说话声。

一听就知道她并没休息。"真出门跑步了?听着环境有点儿吵。"他说。

"没跑步,我现在在机场。"

"机场?这么晚?"林道行问,"准备去哪里?"

"去旅游……哎,我先不跟你说了,我有事。"

电话被挂,林道行举着手机看了一会儿。

老寒敲敲桌子,问:"女人?"

林道行把手机放到一边。

"难得见你跟女人聊工作以外的事……谁啊,我认不认识?"老寒一脸好奇地问道。

"想知道?"林道行问。

"当然想,你快说!"老寒催促。

林道行轻咳两声,用手捏了一下喉咙。

不舒服,他讲不出话。

老寒叹口气,转头逗严严:"我们俩明天去一个离地球中心最远的地方,远离你林叔叔!"

机场。

施开买了两杯咖啡,走过来时不小心跟别人撞了一下,一杯洒在了对方身上,半杯甩到了自己身上。

佳宝匆忙挂断电话,和施开开一起向别人赔礼道歉,对方没有计较,接受她们的歉意后就走了。

施开开一身咖啡渍,庆幸地说:"幸好咖啡不烫。"

佳宝指着她:"你这样……包里没衣服可以换吧?"

"没有。"她的行李都在托运。

施开开丧气地扯扯衣服,说道:"出师不利,我怎么有种不好的预感呢?"

佳宝推她去厕所:"别预感了,快点儿去洗洗。"

当地时间晚上十点半,佳宝和施开开终于走出了亚基的机场,入住酒店。

算上车程,她们这趟行程总耗时已经超过二十五个小时,不需要调整时差,佳宝也没再失眠,两人一碰床就累得睡着了。

第二天一早醒来,施开开生龙活虎地说:"我帮你化妆吧!"

佳宝老实坐着,配合着对方的动作,过了半天,她闭着双眼说:"你别弄到我的眼睛里。"

施开开快被她气死了:"你闭着眼睛我怎么帮你涂睫毛膏?你来!你来!"

佳宝眼睛敏感,平常自己滴眼药水,她也是睁不开眼。一有碰到睫毛的征兆,她的眼睛就像受惊的河蚌似的,啪一下就合上了。

佳宝拿走睫毛膏,说:"我自己来,你帮我弄头发。"

施开开一边帮她卷头发,一边看她在眼皮的紧张颤抖中刷着睫毛膏,最后竟然还刷得挺完美,她佩服得五体投地。

吵吵闹闹一小时后,两人带上行李,进队伍集合,坐上了大巴。趁国内还没到深度睡眠时间,施开开在车上打开直播。

"今天在亚基有半天的游玩时间,下午我们再飞拉加厄斯帕群岛。

"只要有网、有时间,我就会一路给大家直播,但是有时差是没办法的事,宝宝们也尽量别熬夜。"

施开开把镜头对准车窗,录下一路的美景。

海拔高,气候宜人,天空碧蓝,沿路的建筑都是西班牙殖民时期的风格。这里是离地球中心最远的地方,赤道横穿而过。

佳宝望着窗外,欣赏着夏日里难寻的风景。

没花太长时间,旅行团就到了赤道纪念碑。

施开开听说在这里称体重会轻一斤,她迫不及待地跑去问导游哪里有体重秤。

佳宝的电话响了,是父母来电。

赤道线上,地球引力小,人的体重会相对变轻,鸡蛋也可以轻易地立在钉子上,立鸡蛋这一项目吸引了无数游客。

排队等着立鸡蛋的人太多,林道行没加入队伍。

林道行正翻着单反相机里的照片,这些都是昨天踩点时拍的,看完照片,他闲着没事,跟老寒招呼一声:"我逛一逛,有事电话。"

"拜——"

林道行漫无目的地走走拍拍,用镜头记录着眼睛看到的人和物。他忽然想起以前听别人说,他们做新闻主播的,嘴巴就是在记录历史。

他又想到前几天那小家伙问他:"学了那么多年的播音主持,就这么放弃主持了?"

想到这儿,他放下相机,觉得有点儿意兴阑珊,准备回去找老寒。

忽然听见熟悉的歌声,他脚步一顿,转头四顾。

这歌经常在小饭店里播,不知道歌名,歌词他没去记,调子却印象深刻。

他想了下,辨别着歌声的方向迈开脚步,下一秒,歌声就消失了。

他环视周围,看见了一道纤瘦的背影。

她穿着米白色连衣裙,长发微卷,一只脚的脚尖抵着地面,手机贴着耳朵说:"……接打电话一分钟要九毛九。"

林道行算了算时间,昨天那通电话不足三元。

他慢慢走近,停在她背后不到半米处,非常有耐心地等着她讲完电话,他叫她:"佳宝。"

佳宝回头,长发拂过他的胸口。

地面中间有一条长长的黄色界线,他们一个站在北半球,一个站在南半球,赤道从他们中间穿过。

风吹起她的长发,发尾迎向眼前的男人,柔柔地勾过他的衣服。佳宝抬手把头发压住,从惊讶中回过神。

"你怎么在这里?"她又很快想到,"你出差的地方是这里?"

她今天化了淡妆,身上还有一股清香,随着赤道的风送至林道行的鼻端。

"对,我来这里出差。你旅游的地方是这里?"林道行问。

"嗯。"佳宝点头,刚想说她下午要去拉加厄斯帕,就听林道行开口了——

"拉加厄斯帕群岛?"

佳宝:"你怎么知道?"

林道行终于想起了他那时在茶几上看到的旅游册子。

他笑了下,不答反问:"你什么时候去?"

佳宝:"我今天中午出发,跟着旅行团。"

"我也中午出发,去拉加厄斯帕。"

佳宝有种他乡遇故知的欣喜感:"你几点的飞机?"

"你哪个航班?"

他俩同时问对方。

两人沉默了一下,忽然都笑了,紧跟着核对彼此的时间。佳宝是直飞,林道行是转机,但到达目的地的时间差不多。

正要说巧,施开开从远处跑来,气喘吁吁地说道:"真的轻了一斤!一斤!"

说完她才发现佳宝身边的男人。她愣了下,指着对方问:"你……"

佳宝说:"他来这里出差。"

"好巧啊!"施开开大方挥手打招呼,"你好,我在饭店里见过你好几次了,我叫施开开。"

"林道行。"简单明了,林道行做了自我介绍。

施开开听到他的名字后,狐疑地朝佳宝看,佳宝捏捏她的胳膊。

"哦,对了,你也去称一下体重,真的轻了!"施开开说重点。

冯佳宝道:"我很久没称重了,也不知道之前几斤。"

"没必要去称,体重秤都是调过的。"林道行说。

"真的?"佳宝问。

施开开:"不会吧。"

佳宝也觉得轻一斤太过夸张,她拉住施开开说:"要不要去立鸡蛋?"

施开开一听,打了鸡血似的拽着佳宝就要走。佳宝被拽了几步,回头叫人:"林道行——"

林道行慢悠悠地走在她们后面:"嗯?"

"你要去玩吗?怎么没看见舍先生?"

林道行说:"你马上就能看见他了。"

果然,一到目的地,佳宝和施开开老远就看见了那一大一小的两人。

老寒刚和严严成功立住鸡蛋,正打算给林道行打电话,就见他回来了,还带回两个女生。

"哎——"老寒指着佳宝和施开开。

佳宝笑眯眯地跟他打招呼:"嗨!"她又跟严严挥了挥手。

也许笑容是这世上最有包容感的表情,严严这次没有怕生。

两边一聊,老寒才知道世界有多小。

小女生们去排队了,老寒点上一支烟,顺手递给林道行一支:"嗯?"

林道行随意地坐在一处台阶上,他喝完矿泉水,拧上瓶盖说:"气我呢?"

老寒哈哈大笑:"我这叫馋你!"他提了提裤子,蹲到林道行边上,撞了一下林道行的胳膊,"我怎么觉得你对冯佳宝特别不一样?"

林道行看了他一眼。

"你是不是对人家有意思?"老寒问。

"胡说什么?"林道行说。

老寒:"真的,你没觉得你对她特别和蔼可亲?"

林道行:"怎么?我对你凶神恶煞了?"

"你瞅瞅你现在对我讲话这态度,再看看你跟人家说话那态度,你摸着自己的良心对比一下。"

林道行把矿泉水瓶甩给他:"放好。"

老寒一边把矿泉水放回包里,一边说:"这就先不说了,你说你前几天还不能说话的时候,怎么只跟她说话,嗯?答不上来了吧?"

林道行支着一条腿,手指随意地摩挲着单反相机的按键,说道:"老寒。"

"嗯?"

"我只是不跟你说话。"

老寒眼珠一转,问道:"哎,你说那两个小姑娘,哪个更漂亮?"

林道行瞥他一眼,不上他的当。

边上的严严突然指向前方,林道行眉毛一挑。

老寒乐了,严严难得这么主动:"哎呀,你指的是哪个啊?"

严严指指前面。

两个女生站在一起,严严手指着的方向根本无法分辨是哪个。老寒引导他开口,严严干脆走了过去。

林道行坐在地上想了下,也跟了过去,看到严严慢慢靠近,然后指了下佳宝。

佳宝一头雾水:"怎么了?"

老寒:"没事,没事。"他又悄悄跟严严说,"你小子眼光不错。"

林道行扣了下老寒的后脑勺,越过他,含笑走近佳宝。佳宝刚拿到鸡蛋,她偏头问了声:"他们两个刚才在干什么?"

"你待会儿自己问他们。"林道行说。

佳宝没放在心上,她捏着鸡蛋,全神贯注地将它放到钉子上。摆了半分钟,鸡蛋却一直没立住。

"不行?"林道行在旁边开口。

"你别吵我……"佳宝蹙着小眉毛。

她的眼睛都快成斗鸡眼了,林道行抱着胳膊,在一边说风凉话:"不行就算了,后面还有人等着呢。"

"喂——"佳宝警告。

施开开也催:"对啊,我还等着呢。"

佳宝心态不稳,这一个鸡蛋最后砸在了她手上。

她不服输,又快速试了一次,这一次还是没立住,施开开终于找到机会把她挤开了。

佳宝质疑:"这里的重力真的是最小的?"

林道行说:"你在质疑科学?"

佳宝反驳得很快:"科学不就是在质疑声中得到进步的吗?"

"哦,想不到你对科学也有所涉猎。"

"过奖。"佳宝说。

林道行好笑,他招招手:"过来,我帮你验证。"

"验证什么?"

"验证你对重力的质疑。"

"怎么验证?"佳宝跟着他走到一边,问,"称体重吗?你不是说体重秤被调过了吗?"

林道行让她站好,他走远几步,说道:"你跳起来,跳得高一点儿。"

佳宝没动。

林道行:"跳啊。"

佳宝的脑子一时没转过弯来,她问:"能飞起来?"

林道行愣了下,过了几秒才明白她的意思。

重力最轻,跳起来能飞?

他"哈"了一声,单手叉腰,舌尖舔过下唇,笑意溢出眼眶,视线忽而看佳宝,忽而移向旁边。

明明白白的"不忍直视",佳宝觉得他应该是把她当笑话了。

亚基这座城市虽然在赤道上,但它海拔高,因此没有炎热感,佳宝感觉这里比国内要凉快不少。

可她的脸现在却热了起来。

她叫停:"我开玩笑的,这么好笑?"

林道行抬手示意,OK,笑够了。

他咬了下嘴唇,使劲收起笑意:"行了,跳吧。"然后,他拍了拍手中的单反相机。

佳宝退后两步,林道行跟她一点头。

两人一言不发,也从没合作过,但似乎都能读懂彼此的意思。

佳宝拨了一下头发,做好准备,她将手臂伸向太阳,米白色的裙子随风飘扬,一头乌黑的秀发在半空中散开。

她跃向天空的一瞬间,咔嚓一声,画面定格。

"好看吗?"佳宝小跑着过去。也许是错觉,她确实觉得在这里跳跃,身体变得轻盈了许多。

林道行调出照片给她看。

"怎么样?跳得好吗?"佳宝问。

"很好。很美。"林道行说。

佳宝近几年的旅行次数不多,最近一次是在去年,高考结束后的那个暑假。原本表姐想奖励她,带她出去玩,但她考虑到表姐的工作性质特殊,和她旅游不一定能尽兴,所以最后她是和几个高中同学一起去的。

她们去了新疆和海南,她拍下了很多照片,也曾跳向天空,但没有一张比得上此刻——

她仿佛就站在这片碧蓝天空中,扬手是云,呼吸是风。

佳宝喜欢极了,她低头盯着照片问:"能发给我吗?"

林道行看着她头顶的小发旋问:"验证的结论是什么?"

"嗯?"佳宝抬头。

他看不到她的发旋了。"你的结论呢?"林道行重复了一遍。

佳宝觉得林道行这人,做事一定极其严谨和专注,不论经历了怎样漫长的过程,他都不会忘记自己的初心。

佳宝用力点头:"嗯,我相信科学!"

林道行忍俊不禁,清了下嗓子,拿出手机,说道:"微信。"

佳宝和他加上微信。

"回头发给你。"林道行摇了摇手机。

时间已经不早,他们要去机场了。佳宝她们的行李都在大巴车上,直接就能走;林道行几人的行李却还在酒店,他们要先出发。

老寒和严严已经等着了,林道行说:"到时见。"

佳宝摆摆手:"再见。"

施开开早已做完立鸡蛋的游戏,等那三人走出视线范围,她跳到佳宝背后,两只胳膊箍住佳宝的脖子,厉声道:"说,什么情况?"

"咯咯……"佳宝被她拽得向后倒,艰难开口,"什么什么情况?你该减肥了!"

"去你的!"施开开把人松开,笑着挽住她的胳膊,"你说,之前转机的

时候他为什么给你打电话？'房客跟房东不可言说的二三事'？"

佳宝说道："你平常都在看些什么乱七八糟的东西！"

施开开："你别否认，我刚才还看到你对着人家的背影依依不舍。"

她越说越离谱，佳宝一把捂住她的嘴。直到坐上飞往拉加厄斯帕群岛的飞机，施开开仍在喋喋不休。

这里的机场安检格外严格，乘客禁止携带任何动植物上机，包括水果，以免破坏海岛的生态环境。甚至连他们的随身包包都被喷了杀虫剂。

佳宝贴着舷窗，无视施开开的唠叨，她拽了拽施开开的手臂："你看。"

"什么啊？"施开开看向窗外。

"是火山口。"坐在她们后座的殷虹说。

"火山口？"施开开转头，"这里还有火山吗？"

殷虹笑道："你没看过关于这里的介绍吗？"

施开开说："我旅游从来不管这个，不是报了旅行团吗？反正有导游会介绍。"

殷虹说："也对，那等下了飞机，我再慢慢给你们介绍。"

"殷姐，我叫你'姐'吧，这样亲切。"施开开自来熟。

"我儿子都比你大好几岁，你叫我'阿姨'还差不多。"殷虹说。

"可你看着年轻啊。"

殷虹笑着说："好，那我就年轻几岁吧。"

拉加厄斯帕群岛的机场坐落在一座荒岛上，机场大厅竟然没有空调，佳宝在等待出关的过程中已经出汗。等踏上这座小岛荒凉的土地，佳宝呼着气，不停地给自己扇风。

好热。

不是说这里七八月份的平均温度就二十摄氏度左右吗？

佳宝找水喝，顺便拿出手机看了眼。

她没收到任何信息。

施开开举着手机自拍杆，问她："你手机的网络怎么样？"

"正常。"佳宝说。

"我的怎么不太好？"施开开点了点直播软件。

佳宝一听，点开微信，没发现网络异常，与新添加的那位好友的聊天框依旧是空的。

殷虹和她们走在一起，说："这里只有居民区有信号，在远离居民区的地方是没有任何信号的。"

"那这里是有信号的吧？"施开开问。

"这里有，我们待会儿去的贝拉岛也有，那里居民多，比较热闹。有些小岛不住人，只有动物，那些地方就没信号了。还有，我们晚上住宿的游艇，上面是没有 WiFi 的。"殷虹尽职尽责地解释。

拉加厄斯帕群岛总共有十三座主岛，其余小岛数量上百，岛屿之间的交通工具只有船。为了保护海洋生物，每座岛都不建码头，严禁大型船只靠岸。

他们现在要先坐车去码头，再乘坐快艇前往深海处登船。

施开开一听就来劲儿了，拉着佳宝快步走进公交车，在这片荒岛上颠簸了一会儿，总算见到了码头。

殷虹带着游客分批坐快艇，旅行团里她们两人年纪最小，殷虹对她们似乎格外照顾。

"我还要去接几位客人，你们自己上去，当心点儿。"殷虹说。

佳宝点头，领着施开开准备上船。

佳宝背着包，拖着行李箱，手上还拿着一瓶水，走路有些费力。尤其之前在机场被热到了，到现在还没凉快下来。

压下拖杆，佳宝吸口气，正准备提箱子，突然一只粗壮的手臂在她眼前一闪，箱子被人提走了。

"舍先生？"

"叫我'舍寒'或者'寒哥'。"老寒笑哈哈地说。

"寒哥！"施开开热情似火。

"哎！"老寒早就已经把她的行李也包揽了。

佳宝看向另一边。

林道行穿着休闲装，戴着墨镜，扛着一只大黑包，一左一右还有两只行李箱，脸色看着有些难看。

老寒心情极好,吆喝道:"赶紧的,你说的那导游呢?找人去啊。我先上去占个好位子!"老寒总算把搬家时吃的亏给补上了!

林道行身材颀长,外形出色,气质上佳。阳光码头,人来人往,他站在那里极易吸引眼球。

佳宝注意到有几个结伴的金发妹子在盯着他交头接耳,她心想,全球的人审美观虽然各有差异,但本质上还是大同小异的。

"林先生?是林道行先生吗?"

佳宝一看,居然是殷虹。

"我是。"林道行终于开口说话了。

殷虹在大太阳底下走得快,有些气喘,她伸出手,友好地说:"您好,我是殷虹。"

林道行同她握手,说:"您好,殷女士。我们这次多来了一个人,不知道赵先生有没有跟你说。"

"他已经通知我了,没问题,我已经安排好了。"殷虹又和老寒握手,"这位想必就是舍寒先生了?"

"你好。"老寒松开两个小丫头的行李箱。

殷虹和气地笑道:"之前赵先生联系我们旅行社,让我们务必配合二位。您二位放心,环岛线路、游览地点都符合你们的要求。

"您二位也知道,拉加厄斯帕群岛属于国家公园,必须由这里的持证导游带领,才能游览景点。对于这些,你们不需要有后顾之忧,我这次虽然名义上是带团,实际上也就是个游客,但我会做好所有的后勤工作,配合二位完成工作。

"当然,有任何需要,您二位都可以随时提出。希望这趟旅行能让二位满意。"

殷虹的专业素养特别高,老寒听着很满意,他客气地说:"一定满意,有吃又有玩,这就是在度假!"

殷虹含笑,又看了看佳宝她们二人:"没想到你们竟然互相认识,那从现在起,大家就是团友了,不用我再介绍了。"

佳宝和施开开双双感叹，真巧！

导游是赵总帮忙找的，林道行在刚出机场时和对方联系了一下，对方说在码头碰头，没想到正好是殷虹。

他把一只行李箱推给严严，隔着墨镜看向佳宝，偏了下头，说："走吧。"

佳宝抿着笑跟上他，说："你应该早点儿跟导游联系，这样我们不就可以坐同一班飞机了？"

上了快艇，林道行领着老寒走向船尾，转头见佳宝没跟来，他叫了声："佳宝？"

佳宝招招手："我们坐前面！"

林道行随她去，他把老寒的大黑包扔到地上。

"哎，哎，我说，你温柔点儿！"老寒去抢救包。

包里装了老寒的家当，有摄像机、单反相机、长焦镜头、水下相机、GoPro，林道行注意着力道，没有真扔。

林道行坐下来，双臂舒展在椅背上，快艇启动，水花形成巨浪。

严严目不转睛地看着巨浪，脸上没有丝毫表情。林道行揉了揉他的脑袋，转头看向老寒，踢了老寒一脚。

老寒没再管自己的家当，坐到严严身边，大着嗓门儿跟他聊起了天。

快艇速度惊人，林道行跷着腿休息了一会儿，想了想，起身离座，朝船头的方向走去。

一看，冯佳宝坐在船头的座位上，低着头，像只泄了气的皮球，她边上的好友也是。

林道行走上前，摘下墨镜，点了点小丫头的脑袋："说了让你跟上来。"

佳宝晕乎乎地抬头，见是林道行，她蹙了蹙眉："嗯？"

林道行双手扶着膝盖，弯腰看着她问："晕得厉害？"

"嗯。"佳宝点头，胃里恶心，"你不晕啊？"

"坐后面会好一点儿。"

"真的？"

"嗯。"林道行说。

"后面还有座位吗?"佳宝问。

"过来挤挤。"林道行说。

"我……我挤得下吗?"施开有气无力地开口。

林道行已经在往后走了,头也不回地说道:"你让寒哥让个座给你。"

半分钟后,老寒抱着他的大黑包,被迫坐到了船头。

终于到了游艇处,殷虹安排团员们办理登船手续。

佳宝晕船的后遗症还没消失,整个人都蔫蔫的,看起来随时都有可能歪倒。

林道行在后面扶了她一把。

老寒依旧帮小丫头们提箱子,他走上游艇,感叹道:"还真是度假来了,真豪华啊!"

高级游艇,装修豪华,配阳光甲板、按摩浴缸,客厅、厨房、吧台一应俱全,客房共九间,可住十八人,船员总计八名。

船员们帮他们把行李送进客舱。

船长是E国人,一脸络腮胡,看起来五六十岁,他自我介绍名叫巴布罗。他说的英语里带着浓重的西班牙口音。

佳宝的英语水平一般,能听,但说得不够标准,这会儿她还在反胃,带着西班牙口音的英语更是听得她发蒙。

忽然,一道声音插进来:"林道行?"

佳宝跟林道行一起循声望去。

对方也是同团游客,佳宝对他们夫妻有点儿印象,说话的是丈夫,年纪看起来四十岁左右。

"真的是你?我果然没认错。你还记得我吗?"对方笑着问。

林道行眯了眯眼:"罗勇勤?"

"对,是我!哈哈,我刚在码头就觉得像你,但又怕认错!"罗勇勤偏头跟太太说,"这是林道行,我以前的同事。"

罗太太恍然大悟:"哦,我记得,以前做过你们台的主持人。你好你好!"罗太太伸出手。

林道行同对方握了握手,和气地说:"你好!"

"太巧了，你也是来这里旅游的？"罗勇勤环顾四周，"还刚好跟我们坐同一艘游艇。没想到这么多年都没机会碰上，反而能在这异国他乡碰上！"

林道行笑了笑："是啊，挺有缘。"

房间做了分配，行李也安置好了，殷虹召集众人，为他们做了介绍。

此行除了冯佳宝和林道行几人，还有一对朱姓老夫妇和他们的孙女；一个中国女孩和一个外国男孩，两人是情侣，目前都在英国读博士；还有就是罗勇勤夫妇。

殷虹介绍完，解释道："还有五位客人是两位中国人和三位法国人，他们的航班延误了，所以目前还没到。当然，我们也不会耽误各位的时间，接下来的几个小时，我们先去贝拉岛游玩，晚上人到齐后，船长会为大家举办欢迎派对。"

要去玩了，佳宝努力打起精神。

游艇配有两艘冲锋舟，众人坐上冲锋舟登岛。向导先生跟他们说话，海风大，佳宝一时没听清。

林道行跟老寒拿上大背包，朝佳宝说："脱鞋上岸。"

"哦……哦！"佳宝迟钝地脱掉球鞋。

林道行问："还晕着？"

"好多了。"佳宝说。

海岸边潮湿，佳宝把鞋和袜子都脱了，光脚踩进海浪。

放眼望去，一片黑色岩石，阳光灿烂，海风凉爽，几只小企鹅在石头上或走或站。

向导先生用英语跟众人讲解。

大家都没什么心思听，眼中只有那几只小企鹅。施开开乐疯了，摇着佳宝的手臂说："这帅哥在说什么？你翻译一下。"

佳宝东看看西看看，说道："他说这里有一千多种生物共存，因为这里气候特殊。"

施开开说："感受到了，这里多凉快啊！"

佳宝道："他说了个什么词，我没听懂。"

林道行和老寒两人边拍照边讨论。

六月到十一月是拉加厄斯帕群岛的旱季,这几个月几乎不下雨,多雾,海浪大,活动的生物也比其他月份多,尤其是海洋生物。他们此行还要去潜水。

听见佳宝的话,林道行退后几步,按下快门,说:"这是洋流交汇的原因。那些赤道企鹅——"他扬了扬下巴,说道,"为了适应这里的环境,把身高缩小到了五十五厘米,还有那些海鬣蜥……"

"啊——"施开开尖叫。

佳宝被她吓了一跳。

"好恐怖的蜥蜴!"施开开喊,然后朝恐怖的蜥蜴冲了过去。

佳宝干脆跟着林道行,看他怎么拍照。

老寒扛着摄像机在录像,佳宝怕打扰他们工作,想问也要憋着。林道行注意到了,他停下动作,准备牺牲点儿时间:"怎么了?"

佳宝摇头。

"想说就说,别憋出病来。"

"你们出差就拍这些吗?是拍纪录片?"佳宝终于问了。

"就这问题?"

"嗯。"佳宝点头。

"唔……"林道行调着单反相机,低着头说,"我们要做一档综艺节目,这是前期准备工作。"

"哦。"佳宝点头,没再问。

林道行把单反相机凑近她,给她看照片。佳宝觉得照片比眼睛看到的更清楚,她指着上面的海鬣蜥又问了林道行几个问题。

林道行跟她说完,抬头看她:"你往那边站站,我帮你拍几张。"

佳宝毫不扭捏地跑到他指定的位置站好。

她笑起来有酒窝,甜美又可爱,林道行给她拍了好几张。

"太美了!"施开开疯玩了一阵,又回到佳宝身边。

"美的不仅是这些,你还有很多没看到呢。"殷虹笑着走近他们,"以前的人说,这里是地狱。"

"地狱?"佳宝问,"为什么说是地狱?"

"因为太美了,美得不像人间,所以他们说,这里是地狱。"

"更普遍的说法是,这里是最后的伊甸园。"林道行一边收拾包,一边说道。

殷虹笑了笑:"是啊,更多的说法是这个。"她感叹,"谁知道呢?地狱和伊甸园居然会用来形容同一个地方。"

一行人慢慢到了居民区,这里有建筑,也有人,还有手机信号。施开开第一时间打开直播软件,可惜网络太差,一直卡顿,她不停研究,见老寒也在弄手机,她凑过去问:"你的网络好吗?"

老寒正皱眉回复微信,见施开开靠近,下意识地把屏幕向后翻,回答:"还行,聊微信没问题。"

施开开敬着礼说:"不好意思,我没看到你的聊天内容。"

老寒笑了:"没事,怎么,你上不了网?"

那两人在研究网络,佳宝坐在长椅上休息,见林道行在跟岛上的商人聊天,她用胳膊肘抵着大腿,手托住腮,有些无聊。

微风阵阵,腿边有动静,佳宝随意地低头一瞄,愣了下,不敢再动。

林道行跟商人聊完这里的风土人情,准备回头找老寒,一转身,他竟看见一只小海狮上扬着身体,用前肢往长椅上爬。

坐在长椅左边的人眼睛越睁越大。

林道行笑了下,冲老寒"嘿"了声,老寒心不在焉,没有听到。林道行走近他:"干什么呢?干活儿!"他朝佳宝那边偏了下头。

"哦!"老寒回神,扛着机器移动镜头。

佳宝察觉到了,朝林道行看。

林道行大喇喇地蹲下来,跟她说:"别怕,海狮不咬人。"

"我没怕。"佳宝说,"我被它萌到了。"

林道行忍俊不禁。

"它好可爱。"佳宝又说,"脸是圆的。"

"嗯。"你也挺可爱。林道行心里道。

这只海狮还未成年,此刻孤身一狮奋力爬椅子,偶尔还发出叫声,可爱到让人失控。

施开开也不再管渣网络,赶紧开始录像。

殷虹走过来说:"你不要摸它,母海狮靠气味辨认孩子,如果小海狮沾染了人类的气味,它妈妈就不会认它了。"

佳宝本来还犹豫着要不要伸手摸一下,闻言她把手一缩,说:"我不摸。"她又问,"我要是站起来,会吓到它吗?"

"不会。"殷虹说道,"这里的动物全都不怕人。"

佳宝尝试着站起来,她起来得小心翼翼,一离开海狮宝宝身边,她就跑向施开开,紧拽住施开开的手问:"你拍下来了吗?"

"我在录像。"施开开太兴奋了,"它太萌了,我的天,好想抱养!"

海狮宝宝爬上长椅,占据了整张椅子,躺在那儿悠闲地晒着日光浴,偶尔还用后肢挠痒痒。

佳宝和施开开看得不愿挪步,严严也是。殷虹在旁边小声地跟他们介绍这里还有哪些动物。

老寒放下摄像机,又一次拿出手机。林道行看他状态不对,问道:"有事?"

"嗯?"

"怎么这表情?"

"没,"老寒说,"没事。"

林道行点头,问他刚才那段片子怎么样,老寒答得心不在焉,手机微信又响了一声,他看完后,跟林道行说:"有个事。"

"说吧。"林道行翻出矿泉水,拧开喝了一口。

"黎婉茵来了。"

林道行一顿,喉咙里的水慢慢咽下去,他盯着老寒,问:"你跟她说了我们的节目?"

老寒道:"她问过,我没说,但她知道了我要来拉加厄斯帕。"

林道行知道老寒的性格,这家伙虽然长得一副硬汉样,但待人接物比大多数人都要温和。

黎婉茵帮过他的忙,所以他也把人家当朋友。

林道行正要说"算了",又听老寒开口:"她不是一个人……"

林道行看向他。

"万坤也来了。"老寒一鼓作气说完。

林道行深呼吸。

黎婉茵比他们晚出发。

那日在办公室谈完,万坤给她批了长假,她查线路,定时间,买机票,最后坐上飞机。

谁知道她在飞机上竟然碰见了万坤。

她坐的是商务舱,万坤也是,她的隔壁位置还没来人,万坤在她旁边坐下。

黎婉茵尽量让自己表情自然,她笑着问:"您这是……"

万坤低声说道:"我想了想,那地方实在太远,你一个女人自己去,有些不太安全。正好我有假,就顺便请了。

"一来,我刚好度个假;二来,你汇报情况不用延时;三来,有个男人在,你出差时多少会安全点儿。"

黎婉茵笑不出来:"谢谢主任。"

"叫我万坤。"万坤目不转睛地看着她,"这次出来,就别这么见外了。"

黎婉茵一下飞机就给老寒打电话,但当时老寒的手机没信号,直到来到居民区,他才看到微信留言。

此刻,老寒把前因后果交代清楚,说:"黎婉茵问我现在在哪儿,她想过来跟我见一面。"

林道行垂着眸,没有吱声。

老寒知道自己惹了麻烦,万坤抄袭林道行的创意不止一次,他说:"现在怎么办?想骂我等回头你再骂,怎么办你说!"

"你横什么?把条狗引来了让我给你擦屁股?"林道行眼神凌厉,贴着他的脸压低声说道。

这次轮到老寒哑巴了。

过了会儿,林道行踹了下长椅:"有本事让他来!"

正晒太阳的海狮宝宝依旧懒洋洋的,不为所动。

佳宝和施开开玩得开心,严严正吃着她们给他买的冰激凌。

佳宝注意到了林道行那边的动静,她犹豫了一下,还是把多买的冰激凌给他们送了过去。

"给。"佳宝给他们一人一支,"这里的东西特别贵,你们快点儿吃了,别浪费。"

林道行神情自若地问:"不晕船了?不怕吃了吐?"

佳宝道:"这点儿风浪算什么!"

林道行一笑,暴躁的情绪缓解了不少。

没多久,黎婉茵按照地址找了过来。

当时佳宝正在拍风景照,她在镜头中看到了从前方走来的黎婉茵,还以为自己眼花了。

"那不是什么主持人吗?"施开开也看到了。

佳宝点头:"嗯,是她,黎婉茵。"

临近傍晚,太阳的颜色变成火红,黎婉茵空手而来,行李放在了暂居的酒店中。

她也不拐弯抹角,见到林道行二人,开门见山地说:"万坤让我来打听你们的新节目,我不来就要失业。上次我在饭店拍的那期,原本就是我的最后一次节目。"

老寒没料到,他皱了皱眉。

林道行面上看不出什么变化。

黎婉茵观察完两人的神情,继续说:"我想先来了再说,舍老师——"她看向舍寒,"对不起,我知道自己的行为很无耻,也知道我所谓的苦衷并不能作为借口。但我什么都能轻易放弃,只有主持事业是绝对不会轻易放弃的,我绝对不会为了这种事情放弃我的事业!"

老寒听她说完,深有感触,眉头松了松:"我知道你也不容易,但你现在来了也没用,这趟注定交不了差。"

黎婉茵低下头,过了会儿说:"至少先把这一关渡过。万坤这趟也来了,我不能当着他的面什么都不做。"

老寒叹气。

林道行扯了下嘴角,不为所动地吃着佳宝买来的冰激凌。

黎婉茵又说了几句,才道:"舍老师,你们这几天住在哪里?"

老寒道:"我们住游艇。"

"游艇?你们那儿还有空房吗?"怕他误会,黎婉茵立刻解释,"这次来这边,只有我和万坤两个人,我担心……会发生什么不好的事。"

老寒倒从没往这方面想过,闻言,他皱眉道:"我们船上九个房间都满员了。"

黎婉茵"哦"了声,有些失落和茫然,不知道接下来该怎么办。

"您要找地方住吗?"

老寒和黎婉茵看向说话的人,老寒介绍:"这是旅行社的殷虹经理。"

"您好,殷经理。"黎婉茵说。

殷虹道:"您好,我刚听到您说要找住宿的地方?"

"是的。"黎婉茵看了眼老寒,"但你们的游艇上好像没有空房了。"

"本来是没有的,"殷虹笑道,"我们本来还有五位客人,因为航班延误没有到,刚才我收到通知,那其中三位法国客人取消了他们的行程,所以房间空出来了。现在临时空了三人位,价格也优惠了不少,不知道您有没有意向入住?"

黎婉茵惊喜:"真的?"

黎婉茵向殷虹了解住宿信息,老寒咳嗽一声,问林道行:"现在……"

林道行把最后一口冰激凌吃完,纸筒扔给老寒,问道:"你能把她赶下船?"

"商品买卖,我又不是船老大。"老寒说道,"船上凑巧就有了空房,这谁想得到!"

"那就行了。"

"什么行了?"

"顺其自然吧。"冰激凌降火,林道行不再自寻烦恼,他说,"我们该干什么干什么。"

老寒点头:"行。"

太阳快下山了,一行人该回去了。黎婉茵马上回去通知万坤,旅游团等

了十几分钟,把二人等到。

"嘿,老万!"罗勇勤惊喜地叫道。

万坤愣了下:"哎哟——罗勇勤?"

"好久不见!"

"好久不见,好久不见,你最近怎么样?"

双方一边叙旧,一边跟着导游回到冲锋舟上,再坐着冲锋舟前往游艇。

佳宝跟林道行走在一起,她问:"这个人也是你以前的同事?"

林道行点头:"嗯。"

"哦……"佳宝轻轻地说了声。

众人到了游艇,天色渐暗,过了会儿,殷虹拍拍手说:"最后两位因为航班延误的客人,现在也终于到了。"

客人带着行李进门,看模样是一对母子,母亲四五十岁,儿子可能十七八岁。

她一进门,罗勇勤惊讶:"范丽娜?"

范丽娜一愣:"罗勇勤?"接着,她向四周一扫,"咦,万坤,你也来这里旅游?这么巧?咦,你是……林道行?"

这下,林道行、万坤、罗勇勤都沉默了下来。

派对将在半小时后举行,绝大多数人都很期盼。

游艇停在海上,离岸不远,远离城市喧嚣的海岛,看不见灯火,只能看见明月和满天的繁星。

林道行站在甲板上吹风,身后的脚步声越来越近。

啪,一支烟点燃。"嗯?"老寒递了根烟给他。

林道行顿了顿,拿在手上把玩。

老寒蹙着眉。

林道行把烟往鼻子底下凑了凑,闻着味道,低声说道:"你今天听得最多的一个词是什么?"

"真巧。"老寒转身,看向唯一亮着灯的船舱,说道,"这也太巧了。"

鼻尖是熟悉的烟草味,林道行很久没闻过了。

他以前不抽烟,做主持人的要求之一就是保护嗓子。

高中的时候大部分男生都叛逆,喜欢给自己立标签,显得自己与众不同,抽烟也是叛逆的一种表现形式。

他身边有许多这样的朋友,大家都抽,只有他不抽,反而显得他格外与众不同,有段时间朋友们对他颇有微词。

但他对自己的人生目标太过明确,那是他最为专注的三年。高三艺考,他的专业成绩排名第一。后来进入大学,他依旧没有一天懈怠。

他上课从不缺勤,每天五点起床运动和做早功,禁烟酒,注意日常饮食,习惯成自然,没人随随便便就能成功。

后来离开主播台,他这习惯依旧保持了很长一段时间。但风吹日晒、过河爬山的日子实在经历了太久,久到他逐渐忘了自己穿西装打领带的样子。

反正他也懒得再当主持人,人生短短几十年,抽烟喝酒照样过。

如今一算,他离开光鲜亮丽的主播台已近五年。没想到五年后,他竟能一下子遇见这么多旧同事。

"你怎么看?"老寒吐着烟圈问。

林道行转了转手中的香烟,望着大海,说道:"概率学里有个理论,叫'小概率事件必然发生',但它的前提是多次重复试验。"

老寒只钟爱摄影摄像,没林道行那么博学,他没听明白,问道:"什么意思?"

"打个比方,"林道行说,"彩票中奖号码里,豹子号出现的概率最小,大概就百分之一,多数人都不会买豹子号。但事实上,每隔一段时间,豹子号就会出现在中奖号码当中,这是因为在那之前,摇彩票号码这个随机事件已经重复了许许多多次。'小概率事件必然发生'就是这么回事。

"现在我的这几个旧同事齐聚一堂,就是小概率事件。发生小概率事件的前提是什么?"

他望向老寒,话语随风吹散在茫茫海面。

"我不信什么巧合。我倒很想知道,这里面有什么鬼。"

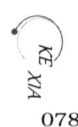

船上厨师的手艺必然不错,施开开隐约能闻见食物的香味,这香勾得她口齿生津。

施开开躺在甲板的躺椅上说:"这里的隔味效果不太好啊,好香……好饿……"

"嗯。"佳宝望着白色顶棚,敷衍地说。

"我们应该去那边坐,这里还有个顶,看不到星星。"

"你去吧。"佳宝说。

"你说李乐斌也是倒霉,他问的时候满员了,结果现在居然有客人不来,加了黎婉茵和她那个同伴,还多出一张床位呢。他要是直接跟着我们来就好了。"

"这谁能料到?"

"也是。"施开开又问,"你家那两个房客在那里聊什么?"

"我怎么知道?"

施开开撑坐起来,伸手在佳宝面前挥了挥:"你在看什么呀?还是在发呆?这么敷衍我!"

"没。"佳宝翻了个身侧躺着,看着施开开说,"你不去换件衣服?待会儿派对就要开始了。"

"对,我去换件美美的裙子,待会儿还要拍照呢!"施开开冲进船舱。

佳宝继续吹海风。海岛温度低,海上其实更凉,吹得久了,她的手臂起了一层鸡皮疙瘩。佳宝垂眸搓了搓自己的胳膊,忽然听到有人在她上方开口:"怎么一个人躺在这里?"

佳宝抬头。

林道行往椅子上一躺,支起一条腿,双手枕在脑后,舒服地叹了一声。

"等着开饭。"佳宝随口说。

"饿了?"林道行问。

佳宝道:"一般吧。"

"那就是不饿。"林道行的手在脑袋后搓滚着香烟,"有没有吃过豚鼠肉?"

佳宝昨天在亚基看到餐厅里有人吃这个,听说当地人就爱吃豚鼠,但施开开接受不了,所以她没尝试。

"没吃过,你吃过?"佳宝问。

"还没工夫吃,有机会再去好好尝尝。"

佳宝的视线被他手上的动作吸引,她好奇地问:"你抽烟吗?"

林道行搓着香烟想了想,回答:"现在不抽。"他偏头看向佳宝,把烟递过去,"给你玩?"

把她当小孩吗?

她一边腹诽,一边拿过香烟。

海风轻柔,稍稍吹起佳宝的裙摆。她侧躺在椅子上,低眉捻玩香烟,从林道行的角度看去,她的脸圆滚滚的,跟今天遇见的那只小海狮出奇地像。

他呵地一笑。

佳宝抬眸:"嗯?"

"没事。"林道行说。

没过多久,船员通知派对正式开始。

说是派对,其实就是一场简单的欢迎仪式,众人喝着香槟,听船长说话。

船长是个开朗的大胡子男人,他用英语说:"我的家族是一个海员家族。从我的祖父起,我的长辈和兄弟们都与大海结缘,因此大海就是我的家。

"现在,我欢迎各位来到我的家,你们是客人,也是主人,是我们的同伴,请尽情地享受这八天的欢乐时光,拉加厄斯帕群岛一定会给各位留下一段难忘的记忆!"

接着是游客们自我介绍的时间。

朱姓老夫妇的孙女看起来二十多岁,应该不超过二十五岁。她长得文文弱弱的,说话也轻声细语:"大家好,我叫朱筱尤,这是我的爷爷、奶奶。"

在英国读博士的那对情侣一直形影不离,此刻坐在客厅里的沙发上,两人依旧手拉着手。

女孩笑容甜美地说道:"我叫秦霜,大家可以叫我'霜霜',没想到我们这船,除了我男朋友,大家竟然都是中国人。哦,我男朋友叫杰克。"

杰克跟众人打招呼:"嗨!"

范丽娜的儿子像个中二少年,他戴着耳麦,跷着二郎腿,嘴里一直嚼着

口香糖。

轮到他了,他妈拍了他一下,他才眼睛朝天看,晃着小腿说:"顾浩!"

各自介绍完,船长巴布罗和向导先生再为众人讲解行程中的注意事项。

佳宝喝完一杯香槟,觉得味道不错,和施开开又各要了一杯。

音乐响起,晚宴开始,众人分坐两桌,餐桌相邻,彼此都能看到,林道行和佳宝几人自然坐在一起。

他们这些人中,只有黎婉茵是公众人物,但她主持的节目都是小制作,收视率也不算高,本市居民也许能认出她,别的地方的人基本不知道她是谁。

黎婉茵和万坤几人坐一桌,丝毫不受瞩目,倒是那个叫顾浩的中二少年频频跟她搭讪。

范丽娜让儿子好好吃饭,她问万坤和罗勇勤:"你们怎么会来这里旅游?"

罗勇勤说道:"旅行社推荐的,听说这里特别热门,我老婆就想来玩玩。"

罗太太笑着说:"是呀,倒没想到居然能碰到老罗的旧同事,也是有缘呢。"

范丽娜扯了扯嘴角。也不知道罗勇勤是什么时候换的老婆,这位新任的罗太太看着年轻又漂亮。

万坤舀了一勺饭说:"唔,这酱汁配饭味道不错,你们别光聊天,都尝尝。我啊,就怕出国吃不到白米饭。咱们中国人啊,不管走到哪儿,还是觉得自己老家的粮食最香!"

范丽娜不急着吃,她问万坤:"你呢?"

万坤看了她一眼。

黎婉茵在旁边笑道:"我们这趟是公务出游。"

"哦……"范丽娜打量起了黎婉茵。她估计这女的是万坤的情人,也就不再问了。

明天的出游安排都写在客厅的白板上了,时间表罗列得清清楚楚,要求众人早起。

第一天到这儿,大家赶路也累了,因此吃完饭,众人很快各自回房休息去了。

冯佳宝和施开开住双人间，房间装修精致，空间宽敞，卫生间也极其干净、整洁，舷窗外就是茫茫大海。

游艇慢慢地朝明天的目的地航行。

佳宝本来就有苦夏的毛病，这会儿房间里还能听到发动机的声音，她更加睡不着，在床上翻来覆去，把施开开吵醒了。

施开开睡意蒙眬地问："怎么了？睡不着啊？"

"嗯。"佳宝说。

"你是不是有心事啊？我怎么觉得你今天晚上心情不太好。"

"没，"佳宝道，"我是在想，不知道期末考试的成绩出来了没有。"

"姐妹，"施开开翻了个身，重新进入睡梦，"当我没问。"

佳宝笑了笑。

林道行的房间和佳宝的相邻，此刻他也没睡着。

他和范丽娜的儿子住一间房，中二少年从洗手间出来，踹墙骂道："网络都没有，什么鸟不拉屎的地方！"

林道行在床上翻了个身，闭着眼问："来旅游前没做过攻略？这里的大部分岛上都没信号。"

"不会吧，这里这么穷？"顾浩大声嚷嚷。

林道行依旧闭着眼睛："一点儿都没了解过，你是怎么想到来这里旅游的？"

"我妈把我拖来的，要不然谁吃饱了撑的跑到这里来，浪费我的暑假！老子的王者啊！"顾浩躺下砸床，恼得气喘吁吁，过了会儿又平静了下来，道，"不过也不算太糟糕，没想到在这里能碰着这么多美女，哈哈！"

林道行一把将灯关掉。

"谁让你关灯的——"顾浩在黑暗中喊。

第二天早上七点是向导要求的起床时间，顾浩睡懒觉，根本不愿起，林道行洗漱完出门，跟一早过来叫儿子起床的范丽娜点头打了个招呼。

今天要进行浮潜，时间原本定在下午，下午海水不会太凉。但由于天气和岛上的其他情况，专业的向导及时调整了活动时间，把浮潜挪到了上午。

潜水服由游艇主人提供，佳宝换好衣服，坐上冲锋舟。

林道行正在和老寒讨论今天的拍摄计划，见佳宝脸色不太好，他暂停讨论，问道："晚上晕船了？"

佳宝摇头："没有啊。"

林道行想了想："又睡不着？"

"嗯，"佳宝点头，"不过后来睡着了，也睡了几个小时。"

施开开极其期待潜水，她想去深潜，问船员行不行，船员说这里不适合初学者深潜，如果她有潜水执照，他们可以满足她的要求。

施开开大感失落。

老寒说道："潜水不是游泳，你们不能以为自己游泳水平不错，就胆大包天。一个不小心会要命的！"

"别看不起我们啊！"施开开拍拍佳宝的后背，"佳宝可是专门练过的，她会潜水！"

"是吗？"林道行闻言，看向佳宝。

佳宝谦虚地说："一般一般，我跟施开开水平差不多。"

施开开一听，摇她的手臂："你这是在损我呢！"

林道行和老寒都笑了。

施开开又问："严严不下水吗？"她见严严没换潜水服。

老寒说："他不下。"

到了浮潜地点，众人陆续下水，冲锋舟跟着他们的方向行驶，保障每一个人的安全。

早晨没出太阳，天色阴沉，碧蓝的海水清澈似镜。佳宝戴上面镜和呼吸管进入海中。

林道行和老寒带着水下相机，也下了水。他们能看清海底的岩石，许多鱼穿梭其中，远处似乎有海龟的身影，林道行做了个手势，准备去追。

海龟游泳的速度极快，也许一眨眼就会消失。

一转头，他仿佛看到有人在水下挣扎，林道行猛然掉转方向，朝对方游去。

他一把捞住对方，对方死死地抓着他的脖子。

林道行去控制她的手，在水中叫她的名字："佳宝？佳宝？"

佳宝抽筋胸闷,模糊的视线中,只能看到林道行的嘴巴一张一合。

林道行箍住她的脖颈,带她游上海面。

哗——两人破水而出。

冲锋舟靠近,船员紧张地叫他们。

"佳宝?"林道行来不及喘气,他摘掉佳宝的呼吸管,拍打她的脸,焦急地呼喊她。

佳宝听见了他的声音,睁开眼,想也没想,一把搂住对方的脖子。

她知道自己在海底走了神,胡思乱想的后果就是命悬一线。她用力地、死死地搂紧对方,在他脖颈间低声呜咽。

她像是后怕,又像是在发泄某种情绪。

林道行抚着她的后脑勺,紧紧贴着她的脸颊,低声安慰道:"没事了,没事了,乖。"

有水珠滑落,分不出是海水还是眼泪,佳宝在他颈间闷声咳嗽,她不撒手,林道行也一直没放开她。

冲锋舟上的船员让两人上来,林道行一边抚摸佳宝的后脑勺,一边贴着她的耳朵问:"先上船好不好?"

"嗯……"她的声音瓮声瓮气的。

林道行扶着她的腰,把她往冲锋舟上送,那边的顾浩听见动静,划水过来,伸手就去抱佳宝:"我来帮忙,小心,小心!"

他的手快要贴上佳宝的胸口时,林道行一巴掌将他的手打落。

"哎哟!"顾浩嗖一下缩回手,他的手背火辣辣地疼,这使了多大的劲儿,待会儿肯定得肿!

"你有病啊,我帮忙,你打我?!"顾浩尖叫。

"滚!"林道行看也不看他,等把佳宝抱上冲锋舟后,自己也坐了上去。

施开开喊着佳宝的名字,和老寒一起也坐了上来。在林道行的命令声中,冲锋舟立刻往回开。

范丽娜和万坤以及朱老先生夫妇都没下水。范丽娜坐在另一艘冲锋舟上,

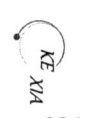

警告着叫儿子:"顾浩,你干什么呢?给我过来!"

顾浩憋着一股气游回去:"那个姓林的垃圾!"

范丽娜的脸色不好看,她抹了抹儿子脸上的海水,压低声音说:"这里看着也没什么好玩的,你不是一直想回去吗,不如我们待会儿回去?"

顾浩一愣:"你没毛病吧,刚来就要走?"

"你不是急着要打游戏吗?让你回去打游戏都不乐意?"

"神经病,老妈你是不是更年期啊!"

一旁的万坤没听清他们母子的对话内容,就听见顾浩的骂人声了。他把黎婉茵从水里拉上来。

"他们都走了?"黎婉茵问。

"是,人都走了,我们也回去吧。"万坤一手拉她,一手搂她的腰,"哎,小心。水里冷吧,你手怎么这么冰?"

黎婉茵不动声色地挣了挣,没有挣开。

昨晚她和殷虹同住一间房,发现这殷虹好像有什么病,又咳嗽又吃药。她怕对方有传染病,特意问船员还有没有其他房间能调换,恰巧被万坤听到,万坤正好一个人住一间。

他当时轻轻抹了抹她肩膀上看不见的灰,说:"你要实在待不住,就去我那里将就一宿。"

在电视台的时候,他还能维持"君子"的形象,到了这里,他似乎没了任何约束。

黎婉茵用力咳嗽:"喀喀喀,还好,不是太冷。"她边咳边抚自己的胸口,趁机挣脱开对方。

罗勇勤和太太也游回来了,罗太太斜眼瞥他:"你跟我出来要是这么不开心,你就回去好了,我一个人留在这里,当我找不到人陪吗?"

罗勇勤一笑,去搂太太:"我什么时候不开心了?我就是有点儿头晕。"

另一头,往回行驶的冲锋舟上,佳宝仍在咳嗽。施开开后怕,不停地问她感觉怎么样。

林道行搂着佳宝,方便她坐着的时候倚靠着他的胸口。他拂开佳宝脸上湿漉漉的头发，用英语问船员："船上是不是有船医？"

船员回答有。

佳宝摆摆手："我没事，喀喀。"

她的眼睛很红，头发也乱七八糟的，看着格外狼狈。林道行没吭声，他的手掌在佳宝的头顶揉了揉。

游艇正前方，站在甲板上的殷虹和船长巴布罗似乎在聊天，林道行听见殷虹喊了一声："你们怎么都回来了？"

他没理，看着佳宝一边咳嗽一边脱脚蹼，他手指动了动，下一秒，他忽地将人打横抱起。

佳宝眼一花，视线随高度转变，她怔了怔，说："不……不用……"

"上去了，你别动。"林道行说完，抱着佳宝登梯上船，穿过甲板也没有将人放下，径直抱着她走向客房。

施开开和老寒跟在后面，两人对视一眼，接着，老寒朝严严的脑袋拍了一下："走！"

臂弯里的人没什么重量，林道行并不吃力，他的胸口被手抵着，那手小心翼翼地推了推，他低头看向自己怀里。

佳宝的整张脸都在发烫，火烧火燎的怪异感袭遍全身，不知道脸有没有红。怕被人看见，她没有抬头，靠着林道行的胸口，轻轻推了他一下，很小声地说："我自己能走。"她始终没跟他对视。

"哦。"林道行抱着她继续往前。

佳宝被他这样抱着，终于抬了下头，对方似有感应，瞬间垂眸，捕捉到了她的动作。

佳宝立刻把头一偏，鼻尖撞到了硬邦邦的胸肌，她疼得皱了皱眉。

林道行顿了下，瞥了她一眼，然后把人往上掂了掂，抱稳了，几步走到客房门口，转头朝施开开示意。

施开开赶紧开门。

进去后，林道行把佳宝放到床沿，佳宝歪了歪，手撑住床让自己坐稳，接着马上弯腰脱脚蹼。

"谢谢!"她还不忘道谢。

船医闻讯赶来,检查过后说佳宝没有问题。

施开开拍着胸脯:"真是吓死人了,你那么专业居然都会溺水。寒哥,都是你乌鸦嘴!"

老寒说:"是是是!"

佳宝道:"你们去问问能不能再去潜水。都是因为我,那么快就回来了。"

"潜水有的是时间。"林道行屈膝蹲在她面前,看着她,似乎还想说什么。

佳宝不自觉地揉着自己的膝盖,微微低头,问他:"你们的工作不是被耽误了吗?"

"没耽误,不用你瞎操心。"林道行朝洗手间一瞥,"赶紧去洗洗。"

"哦。"佳宝下了地,林道行起身,刚好堵住她的出口。

佳宝抬头,林道行想了想,拍拍她的头:"有事叫我,我先回房。"

"嗯。"

林道行回到自己的房间,老寒和严严跟着过来。林道行脱下衣服,随意地往地上一撂,被老寒一脚踩住。

老寒用脚把衣服一勾,一抛,用手接住,再看向林道行。

林道行身材不错,都是这几年到处跑练出来的,风霜雨雪和紫外线最容易打磨男人。他的皮肤变黑了,棱角也分明了,不刻意健身也长出了肌肉。

抱个女人也轻而易举,他不会累得喘气。

老寒往床上一坐,说:"你这样还不承认?"

他没头没尾地冒出这样一句话,林道行根本没搭理他。林道行走进洗手间,关上门说:"你要在我这儿洗澡?"

"可以啊。"老寒回。

"相机呢?跟着我干什么?滚回去把刚拍的检查一下。"林道行提醒。

"哦,我先回去看看拍得怎么样,洗完澡再去问问明天的潜水时间。"他们今天根本没潜多久,明天还要重来。

"我去问吧,你陪严严休息会儿。"林道行说。

"那行,我给你把门关上。"

林道行洗澡很快，擦身的时候卫生间的门被拍得砰砰响。

"出来，你拉屎呢？老子还等着洗澡呢！"顾浩在外面催。

林道行擦着头发开门，顾浩收势不及，整个人往里面一扑，林道行迅速避开，走到外面。

顾浩又想骂人，转头看到林道行一米八几的个子和结实的身材，就把脏话咽了回去。

林道行穿好衣服，走到隔壁准备敲门，想了想，女孩洗澡应该没这么快，就放下了手，打算先去问明天的潜水时间。

还没看到船员，他先遇见了黎婉茵。黎婉茵叫了一声："林老师。"

林道行点头算是回应，从她身边走过。

黎婉茵咬了下嘴唇，转身上前，叫住对方："林老师！"

林道行停下，有事？

上回在国内巧遇，他没跟她说过一句话。这次见面，他依旧没跟她说过一句话，声带息肉不过是借口。她比他们回来得晚一点儿，正好看见了他打横抱着那个叫冯佳宝的女孩。

她认识他两三年了，接触不算多，但对他时有关注，这是她第一次看到他对异性做出特殊举动。

黎婉茵心中羞恼，但她压下这份情绪，微微拧着眉头，诚恳地说："林老师，昨天见面，我就想跟你聊聊，我不想你有所误会。我知道万坤跟你有过纠葛，我现在在他手底下工作，你也许对我有成见……"

林道行抱着手臂，洗耳恭听。

他没什么表情，但听得认真又有耐心，黎婉茵越说鼻越酸，眼眶渐渐泛红。

等她说完，林道行勾唇。

黎婉茵的心跳快了一拍。

"你是个聪明人。"林道行开口。

黎婉茵不懂他的意思，她注视着对方。

"其实聪明人才更擅长说实话，尤其是聪明的女人，懂得用'事实'去营造自己弱势的一面，博得他人的同情和谅解。"

"林老师……"

"这并没有什么问题,人之常情。不过,你得到老寒的那一份同情就够了,我的——"林道行轻描淡写地说,"就算了。"

他抬了下手,到此为止。越过黎婉茵,他直接走了。

黎婉茵面红耳赤。

午饭大家在游艇上吃,上午出了溺水事件,大家都没有玩尽兴,向导先生说下午登岛再好好玩。

殷虹关心地问冯佳宝:"还好吧?"

佳宝说:"我没事了,谢谢。"

殷虹笑道:"旅游最重要的就是要注意安全,下次要当心。"

"嗯,我知道,谢谢。"

下午的行程并不赶,用餐后休息半小时,众人乘坐冲锋舟登岛,寻找野生动物的身影。

路上碰见火蚁的痕迹,向导先生让他们小心,别被火蚁咬了。

林道行和老寒在拍照片,佳宝时不时地扭头看林道行一眼,最后一次看过去的时候,她的胳膊被拽了一下。

"怎么不看路?"林道行抓着她的手臂,示意前方的火蚁痕迹。

"哦,我看了。"佳宝狡辩,睁眼说瞎话。

林道行改抓她的手腕,带她往前:"跟上队伍。"

他们一个人的手心烫,一个人的手腕烫,烫着烫着,一行人来到了岛上的邮局。

这座邮局极特别,可以寄信,规矩是放下一封自己的信,拿走一封前一个人的信,回去之后,再将这封前一个人的信寄出。

佳宝做过攻略,早就已经准备好明信片,她给了施开开一张,拿出笔准备写内容。

林道行原先根本没打算做这种无聊事,此刻他站在佳宝身旁,低声问她:"还有明信片吗?"

"有。"佳宝从包里拿出一沓,"你要哪个图案的?"

"哪个好看？"

"都很好看。"

林道行抽出一张："笔呢？"

"我写完再给你。"佳宝低头写字，头顶灼热，被人这么看着……她伸出左手，挡住明信片。

写完了，她把自己的信投递进去，拿回来一封别人的。

她把笔给林道行，林道行侧过身写字，从佳宝的角度什么都看不到。

下午行程顺利，海岛的风光格外迷人，回去后大家腿都酸了，佳宝估计他们走了三四万步。

赤道地带，太阳六点落幕，晚饭后吹了会儿海风，众人就没什么事做了。

殷虹在白板上写下明天的行程，依旧是早起。

写完，她喝了一口红酒，说道："今晚要开一夜的船，明天大家醒来，正好到达目的地，大家早点儿睡。"

"啊——好期待！"施开开伸着懒腰，准备回房。

众人陆续离开。

殷虹摇晃着红酒杯，微笑着说："祝各位做个好梦。"

佳宝昨晚睡眠时间少，今天运动量大，她预感自己能早早入睡，但躺下半小时后，她依旧没有睡着。

她揉揉手腕，将脸埋进枕头。

不知过了多久，一阵阵噪声扰人清梦，佳宝迷迷糊糊地睁开眼，意识还没完全从梦中抽离。

"什么声音？"她迷迷糊糊地问。

"唔……吵死了！"施开开翻身起来，烦躁地抓头，"外面在干吗？"

"佳宝！佳宝！"

佳宝一愣，立刻爬下床跑去开门。

门一开，林道行搂住她，朝屋内的施开开说了声："着火了，大家先离开房间。"

说完他就要带着佳宝走。

"开开——"佳宝抵抗住林道行的力气,转头等人。

施开开冲了过来,佳宝一把拉住她的手,林道行马上带着她们跟随船员来到客厅。

"发动机舱着火了。"客厅里,一名船员告诉众人。

现在是凌晨两点多,大家都是在睡梦中被拉起来的,全都穿着睡衣。十七个旅客或坐或站,罗勇勤和范丽娜闻言,面色骤变:"着火?着火了?"

"大家放心,我们已经在灭火了,火势并不大。"船员安抚众人。

"赶紧发求助信号啊!不对——"罗勇勤瞪眼,"快快,冲锋舟呢?我们马上坐冲锋舟离开!"

船员还没开口,忽然一道低哑的女声插了进来:"别着急,没听他说吗,火不大,不会像五年前那样,着火……爆炸……然后嘭——沉船。"

北京时间下午四点,公安局会议室。

灯光熄灭,前方的屏幕正在播放资料。

项警官说:"五年前的6月1日,星海号在太平洋海域起火爆炸,随后沉船。船上旅客212名,船员40名,其中有154人是H省广电集团的员工和家属,此次事故最后的遇难人数为49人。"

画面切换了一张。

"事故幸存者、前广电集团员工吴慧,于上上个月,也就是5月30号,被发现死于自己家中。警方当初判定她为自杀,但通过近几日的调查发现,吴慧的死也许跟这个人有关……"

一份资料出现在屏幕上。

"殷虹,女,51岁,旅行社老板。她有一个儿子叫齐嘉俊,于五年前在星海号事故中遇难。

"殷虹于本月5日跟随她旅行社的一个旅行团,前往E国拉加厄斯帕群岛。我们通过调查发现,此次旅行团的成员中,恰巧就有当年事故的幸存者,以及个别遇难者的相关亲属和朋友。"

上首的领导沉声问:"都有哪些人?"

月光迷人,海面风平浪静,海底生物游弋。游艇漂浮在海中央,客厅灯光幽暗。

"各位不如重新做一下自我介绍。"殷虹面带微笑地说。

第三章
太平洋上的审判（上）

除了外国人士，在场所有人都听清了几个关键词。

五年前，着火，爆炸，沉船。

众人面色各异。

朱老先生夫妇直接忽略了殷虹说的最后一句话，他们双臂颤抖，情绪激动："什……什么？你说什么？什么爆炸、沉船？"

朱筱尤紧张又担忧地搀扶住爷爷奶奶，低声安抚着他们。

杰克完全在状况外。

他因女友的关系，能听懂少许中文，但也仅限于日常生活用语，因此他对殷虹所说的话是一头雾水。

他用英语问女友："她在说什么？发生了什么事？是船有问题吗？我们有生命危险？"

秦霜从惊讶、不解和恐惧中回过神，她一边提防着这个突然变得不正常的殷虹，一边小声帮男友翻译。

发动机舱着火，起初所有人都担心安全问题，只有顾浩例外，他一见到穿着睡衣的女孩们，所有因火灾而产生的害怕以及起床气，嗖一下就消失殆尽了。

秦霜的身材最火辣，前凸后翘；黎婉茵气质绝佳，连穿着睡裙都能让人感受到一种职场女性的气场；朱筱尤见犹怜，太过单薄，他没什么兴趣；

那个叫施开开的女孩明艳动人,她旁边的冯佳宝……今天上午他本来能揩到油,都是姓林的从中作梗!

他的眼神在冯佳宝的胸口打转,腹诽她睡觉时竟然穿普通的T恤和短裤,一点儿料都看不到!

最后他的视线又回到秦霜身上,就在这时,他听到那个叫殷虹的女人说了两句莫名其妙的话,他蹙着眉:"搞什么,什么乱七八糟的,她疯了?"

范丽娜一把拽住儿子的手臂,让他闭嘴。

她和罗勇勤的脸色从始至终就没好过。

万坤虽然震惊,但还算镇定。

黎婉茵完全不明白怎么回事,她只觉得殷虹这人现在不正常。她下意识地往后退了两步,边上刚好是老寒和严严,她这才有了点儿安全感。

林道行和老寒互相对视了一眼,两人默契地一声不吭。

施开开搓着胳膊上的鸡皮疙瘩,紧贴着冯佳宝,小声问:"殷姐在说什么啊?她怎么看起来这么吓人?"

而佳宝,她皮肤本就白,此刻双唇血色渐退,她的脸色已苍白如纸。

"从谁先开始呢?"殷虹施施然地说。

"你到底是什么人?!"罗勇勤声音颤抖,大声喊叫,"船长——船长——巴布罗!船员!"

他英语口语不流利,叽里呱啦、语无伦次地冲船员和向导一通比画,旁边的罗太太害怕地抓着他的手臂。

在罗勇勤的大喊声中,船长巴布罗真的赶了过来,随他一起赶来的还有几名船员。

罗勇勤一下子有了主心骨:"巴布罗……"

船长巴布罗由始至终都不清楚这里发生的事,他以为众人在担心发动机舱着火的问题,本着船长的职责,他首先安抚众人。

他抬抬手,打断了罗勇勤的话,告诉大家发动机舱的火已经灭了,但有一个不太好的消息。

巴布罗说:"因为发动机舱起火,目前游艇的动力系统瘫痪了,电力也受

到了影响,现在辅助电源只能提供最基础的照明。"

朱筱尤帮爷爷奶奶翻译了一遍,罗勇勤听清楚了完整的翻译,他焦急地说道:"冲锋舟!那就坐冲锋舟离开!"

"我说了,别着急,先做自我介绍。"殷虹不紧不慢的语气出现在这紧张的气氛中,违和又诡异。

"神经病!"罗勇勤大骂一声,率先冲出去。

殷虹一副胜券在握的模样,慢悠悠地说:"你走不了。"

没人听她的,其他人见状,陆陆续续地紧跟着罗勇勤跑向冲锋舟。

冲锋舟放置在游艇主甲板最前方的位置,众人冲出船舱,船头处忽然响起一声爆炸声。

"啊——"

所有人连滚带爬,鸟兽般散开。

一艘冲锋舟突然爆炸,蹿起了火,威力不小。船长巴布罗立刻让船员们救火,嚷着"疯了,疯了"。

老寒马上转过严严的头,不让他被吓到。林道行反应最快,在众人的尖叫声中,大声喊道:"把严严带进船舱!"

老寒赶紧搂着严严回去。

场面有些失控,这爆炸声足以震慑住众人。

佳宝恐惧地捂住耳朵,耳蜗深处嗡嗡地响。林道行一把将她抱进怀里,搓着她的背安抚。

他的力道有些重,让佳宝回过了神。佳宝放下手,紧紧抱住他的腰。

火势很快被海水浇灭了,月光下,秦霜指着前方喊:"还有一艘冲锋舟!"

"这只是其中一颗小炸弹,如果你们不怕脚下的甲板也炸开,你们就走过去吧。"殷虹说道。

众人猛地缩脚。

殷虹一笑:"有人想上去吗?"

秦霜朝罗勇勤喊:"罗先生,罗先生,我跟着你!"

谁先行动,谁就有可能先死,大家都不是傻子。秦霜怂恿了一会儿,见罗勇勤大汗淋漓地直发抖,她又朝船长巴布罗喊:"你是船长,你要救我们大家,这里有个疯子!"

殷虹用英语警告:"巴布罗船长,请别轻举妄动,即使你现在发出求救信号,到救援赶来的那一刻,我也有足够的时间炸毁这艘游艇,我们所有人,都将同归于尽。"说完,她又用中文说了一句,"我只需要轻轻一按,就能炸毁这艘游艇。"

顾浩从地上爬起来,喊:"别听她的,她也在船上,她不要命了吗!"

范丽娜紧张地捂住他的嘴。

"你说对了,我不需要命。"殷虹说道,"我有肺癌,本身就活不过三个月了。"

罗勇勤哆哆嗦嗦地滴着汗,说道:"你……你说什么我就信?大家……大家别听她的!"

黎婉茵白着脸,摇头说:"不,她真的有肺癌!"她望着众人,"她整晚整晚地咳嗽,还一直在吃药,她真的有肺癌!"

佳宝一直被林道行捂在怀里,闻言她把头挣出来,扭过去看向殷虹。

她也见过殷虹吃药。

林道行的手掌轻轻贴着她的后脖颈,佳宝摇摇头,想说自己没事,但嗓子像被堵住了,开不了口。

船长巴布罗经过深思熟虑,两只手掌向下压压,示意自己的船员们暂时不要轻举妄动。

没人再反抗,四周是无边无际的汪洋大海,甲板上静得落针可闻。

殷虹开口:"既然大家冷静够了,那么都进来吧。"

万坤、罗勇勤和范丽娜彼此对视了一眼,随众人慢吞吞地跟了进去。范丽娜又回头看了一眼冲锋舟。

施开开抓着佳宝的手,含着泪,颤声说:"我……怎么办,我们是遇到疯子了吗?恐怖分子?反社会人格?"

她说得很小声,佳宝拍拍她,白着脸,故作镇定地安抚:"别怕,我们有这么多人。"

"可她有炸弹……说不定还有枪!"

客厅里的灯光依旧亮着,辅助电源不知道能维持多久,这个黑夜似乎格外漫长。

没人坐,全都三两个依偎着站在那里,只有万坤是独自一人站着的。

殷虹扫视一圈,才说:"我看没人想先开口,既然这样,那就由我先做一下自我介绍。"

没人知道她葫芦里卖的是什么药。

"我是齐嘉俊的母亲。"她淡淡地说道。

几人一脸茫然,几人却是一怔,用余光看殷虹。

"他和在座的其中几位曾经是同一家电视台的同事,五年前,他刚满二十一岁,坐上了星海号邮轮。"

星海号?

这艘邮轮的名字,曾长时间出现在新闻中,而一个月前,正是星海号事故五周年。

施开开和黎婉茵茫然四顾。

"那天深夜,星海号发生了一场灭绝性的灾难,很不幸,我的儿子成了众多遇难者之一。"殷虹语气平和,语调不紧不慢,说这话时像在做普通陈述,不悲也不喜。

"而有的人很幸运,在那场几乎全军覆灭的灾难中幸存了下来。"

殷虹从左至右,一一扫视众人:"罗勇勤,幸存者之一。"

除了少数人,其余人猛然看向罗勇勤。

"范丽娜,幸存者之一。"

范丽娜嘴唇发抖,神情紧张。

"万坤,幸存者之一。"

万坤闭了闭眼,几不可闻地叹了一口气,像是悲天悯人一般。

"还有严严。"殷虹说。

佳宝和施开开俱是一怔,难以置信地看向严严。

殷虹没给她们时间消化这一信息,她继续说:"遇难的人虽然走了,但他们的亲人还在世。"

殷虹一一点过去："朱老先生，您的孙子；冯佳宝，你的哥哥。他们和我的儿子，都是同期进入电视台的实习生，也一起，死在了那场灾难中。"

施开开以为殷虹疯了，她目瞪口呆地望向佳宝："佳……你哥……你哥哥……"

老寒同样震惊。

佳宝的脸颊不见任何血色，她仿佛又体会到了白天在水下时的那种窒息感。那种窒息感在五年前出现过，那时她十四岁，初闻哥哥遇难的噩耗。

此刻，没人注意到林道行悄悄握住了冯佳宝的手。

殷虹又看向老寒："还有你的大哥和大嫂，是吗？"她最后瞥向秦霜，"对了，还有你的前男友。"

秦霜的现男友杰克听懂了大概，他诧异地看向秦霜，问："到底发生了什么事？"

却没人回答他。

林道行是最先镇定下来的。

惊愕过后，他反而有种松了一口气的感觉，不用瞎子摸黑，所有事情只要知道原因，就能找到解决的办法。

他不动声色地打量了一圈表情各异的众人，慢慢开口："幸存者和遇难者亲友……所以，都是你召集的吗？"

殷虹看向此刻第一个开口说话的人，回答："是。"

林道行挑重点问："你把大家召集在一起，目的是什么？"

他之前在佳宝房门口叫人时扯到了嗓子，这会儿说话的声音有些沙哑，语气却是四平八稳的。

"这个不急，我会慢慢告诉你们。"殷虹说道。

她是因为痛失爱子而丧失理智，还是有其他隐情？

林道行在短短数分钟内想了很多，他的视线不动声色地从船长、船员以及向导身上扫过。

他又说："严严还小，他患有创伤后应激障碍，我想他没必要，也不适合待在这里。能否让他回房间？"

殷虹想了想,说:"可以。"

她仍存有善心……林道行朝老寒示意,老寒带着严严先回房。

朱筱尤在这时鼓足勇气插嘴:"我爷爷奶奶心脏不好,能不能让他们也回去休息?"

朱老先生夫妇说:"不,我们不用休息,我们想知道究竟是怎么回事!"

殷虹朝他们看了一眼,眼神温柔、平和,她又叫住还没走下楼梯的老寒。

"其实跳海也能离开,如果有的人不怕海底下的鲨鱼,以及确保自己能在体力耗尽前见到活人。"她从口袋里掏出一把小型手枪,轻轻拍在身侧的沙发上,说道,"当然,谁跳海了,我就先杀了谁的同伴。"

她还有枪!秦霜恐惧地咽了咽口水。

"对了,怕你们弄不清楚状况,我干脆一次性说完。游艇里还有定时炸弹,没有我的控制,到了时间,它会自动爆炸。"

她这话,是讲给所有人听的。

所有的路都被她封死了,也许有人仍在半信半疑,但没有把握,谁也不敢贸然对她出手。

老寒听完一连串的警告,正要走,又被殷虹叫住了。

殷虹说:"对了,顺便把你的摄像机带来。"

老寒愣了愣,虽然不知道她要做什么,但他仍旧应了下来。

林道行还在分析殷虹。

这人心思缜密,运筹帷幄,十分自信……

他在众人的沉默中坐到沙发上,这一动作成功地吸引住了所有人的视线。

林道行拉了拉佳宝的手:"坐一会儿。"

佳宝此刻茫然、难受、震惊,几种情绪混杂,反应迟钝了很多,林道行拉着她的手,她就乖乖地跟着他坐了下来。

施开开觉得自己快崩溃了,睡觉之前还是天下太平,一觉醒来,她像是进入了另一个全然陌生的世界。她忍着恐惧,紧紧贴着佳宝,也坐了下来。

佳宝的手一片冰凉。

林道行知道她极度怕热,这不是她平常的体温,他一只手臂环在佳宝背后,给她依靠，另一只手轻轻握着她的小手。

他肩膀宽大，身体温暖有力，佳宝在他的包围中冷静了不少。

林道行的目光依旧放在殷虹身上，他没打算做多余的事，比如逃跑、夺枪、反控制对方之类。

他更多的是在思考和权衡。

殷虹却对他有些刮目相看，她看了眼他和冯佳宝相叠的手，觉得他的泰然自若有些碍眼。

她忽然勾唇说道："我儿子经常跟我提起你。"

林道行顿了顿："是吗？"

"他们三个，我儿子、朱楠，还有冯书平——"殷虹朝佳宝看，"就是她的哥哥，都是你的徒弟，他们都很崇拜你。"

殷虹的话像平地一声惊雷。

殷虹先前的那些话中，从头至尾都没提及林道行，大家都以为他和施开开、杰克、顾浩、黎婉茵这些人一样，既不是幸存者，也非遇难者的亲友，只是被牵连其中的。

但并非如此。

佳宝浑身一震，猛然看向林道行。

她和他相识一个月，他只字未提。她有许多话想问，然而现在却并非提问的时机。

林道行捏紧她的手，佳宝却条件反射地想挣开。林道行不放人，他张开五指，与她的手交缠，然后收紧。

佳宝脑中一团乱麻，理不清任何思绪。

老寒从楼梯底上来，背着大黑包，后面还跟着严严。见众人的目光聚集在他身上，他只看向殷虹，解释："他不肯一个人待着。"

"无所谓，摄像机呢？"殷虹问。

老寒蹲在地上打开包取摄像机，趁机抬眸看向林道行，几不可察地摇了摇头。

没在游艇上找到卫星电话。

林道行有所预料,他没太失望。他握着的小手不再挣扎,他也适时地放松了一点儿力道。

"摄像机。"老寒把家伙放到地上,看向殷虹。

殷虹看了眼摄像机,紧接着把视线移向林道行,开口:"你是主持人。"

林道行不知道她要干什么,说道:"曾经是,现在不是。"

"多久没主持了?"殷虹问。

"快五年了。"

"怀念主播台吗?"

林道行看着对方,眼中意味不明。

殷虹没得到回答,她没追问,反而笑了笑,说:"现在给你个机会,重新做一回主持人。

"舍先生,你是专业的摄像师,你来负责摄像。

"林先生,你看看哪个位置适合做采访。我希望你去采访那三位当事人,还原星海号事故的全部经过。

"我无意杀害无辜,采访顺利结束后,我会让无辜的人平安离开,前提是采访顺利结束。

"我想你们可以提前知道一件事,那就是,齐嘉俊、朱楠、冯书平的死并非这么简单,我们应该有共同的质问对象。

"新闻人、媒体人的精神,应该是报道事实,还原事情的真相。林道行先生,你虽然早已离开主播台,但你曾是一个新闻人,报道事实真相,是你的职责。

"等你们离开这里,这次的采访将会在各大媒体平台播出。

"这条独家新闻,我交给你。"

舷窗外的夜色依旧如墨一般深浓,黑色的世界里,谁也不知道哪一个角落正在上演着什么。

殷虹抛出的这番话,远比之前的炸弹更有威慑力。

"我孙子的死不简单?!这到底是怎么回事?你告诉我!"朱老先生情绪激动。

老寒像忽然被人敲了一棒:"你是什么意思?你指的仅仅是他们三个人的

死？我大哥大嫂呢？跟他们有没有关系？星海号上到底发生了什么事？"

佳宝的身子快要离开沙发了，又被林道行拉了回来。

"冷静。"他小声在佳宝耳边说道。

殷虹始终维持着一副波澜不惊的模样，她平和地说："你们不该问我，我刚才已经说了，需要被质问的对象，是那三个人。"

她手指着的方向，正是范丽娜、罗勇勤、万坤所在的方向。

罗太太一看对方指着这边，恐惧地抓住丈夫的手臂："老罗，老罗……"

罗勇勤甩开她的手："别听她胡说八道！"他的衣领已经被汗水湿透。

殷虹冷笑，视线转向林道行："这里就是你的演播厅，希望你认真对待，完成一次出色的采访。"

林道行没吭声，他一只手还握着佳宝的手，另一只手环在佳宝的背后，手指拨了几下——

他思考时习惯卷纸张、书本，如今手里空空。

"访谈类节目需要做很多前期准备工作。"林道行终于开口，"最基本的一件事就是调研。我可以按照你的要求完成采访任务，但我需要做一些准备。"

殷虹大方地说："可以，你做。"

"你身为知情人，我想这次的调研，就从你开始。"林道行说。

殷虹顿了顿："什么？"

林道行说得有理有据："从目前的情况来看，你显然是除他们之外的唯一知情者，我需要从你的口中了解基本信息。只有针对已知信息，我才能设置采访中的问题，确定访谈内容。否则就是两眼一抹黑，连头也没法开。"

殷虹想了想，说道："好，那你想知道什么？"

林道行问："你说齐嘉俊、朱楠、冯书平的死不是那么简单，你是指仅他们三个人的死不简单，还是指邮轮上的所有遇难者？"

他提出了之前老寒的疑问，却比老寒问得更加深入——所有的遇难者。

老寒一下就绷紧了神经。

殷虹过了两秒才回答："这个，就要靠你去问他们了。"

林道行在她说出答案之后，没有停顿，接着问："你为什么会认为那三个人的死不简单，并且和范丽娜、罗勇勤、万坤有关？"

殷虹说:"有个叫吴慧的女人,告诉了我一些事。"

在她说出"吴慧"这两个字的时候,林道行察觉到他握着的小手动了动。

佳宝对这个名字有反应。

林道行捏了捏她的手指,以示安抚,他依旧没有停顿地问:"吴慧是谁?"

殷虹说道:"她五年前也在广电集团工作,但跟你们不是一个台的。她也是当年的幸存者之一,不过,她上个月已经死了。"

"是你杀了她!警察找过你!"施开开突然插嘴,声音哆哆嗦嗦的。

秦霜和朱筱尤闻言,条件反射地发出一声惊呼。

殷虹这才想起来:"哦,对,警察来的那天,你们两个正好来旅行社签合同。"

"你……你真的杀了她?"施开开心惊肉跳。

殷虹说道:"小妹妹,讲话要有证据。"

施开开认定了殷虹是杀人凶手,她对殷虹的恐惧又深了一层。

佳宝的手动了动,轻轻拽了林道行一下,似乎是在说施开开的猜测有可能是真的。

林道行把环在佳宝背后的手臂收回,他的两只手不动声色地包裹住佳宝的小手。

仿佛有一丝力量注入,佳宝没再动,她继续听林道行提问。

林道行沉默片刻,重新问:"吴慧跟你说了什么?"

殷虹回答:"她说了她所知道的,关于那三个人的事。"说完这句,她没继续。

林道行并没有追问。

他的视线随着殷虹的话语移向那三个人,他仔细地观察那三个人的表情。

罗勇勤汗如雨下,范丽娜强自镇定,万坤垂着眸。

殷虹所说的信息对他们是一种压力,她说得越模棱两可,对他们的压力就越大。

殷虹究竟知道多少,这是在场所有人都不确定的,包括那三个人。

所以待会儿的"采访",他们也许会因为对殷虹的"不确定",而暴露出更多的隐藏信息。

林道行收回视线,再次提问:"你是否对邮轮事故有过怀疑?"

"有过怀疑。"殷虹说。

佳宝的双手快要握成拳。

"资料够了吗?"殷虹又问。

林道行再一次提问:"发动机舱的火是你放的吗?"

"这跟资料有关吗?"

"这是我的最后一个问题。"

殷虹承认:"是我放的。"

林道行点点头:"我还有一个要求,我需要去换身衣服。"

殷虹说:"你要求还挺多,我不知道原来你这么注重形象。"

林道行说:"这是我对主持这份工作的尊重。"

殷虹沉默了一下。

嘉俊也说过类似的话。那时他刚开始实习,不知道从哪天开始就像变了个人,学会了穿衣打扮,注意起了个人卫生。

她这儿子,平常要多懒散有多懒散,她当时打趣他,说太阳从西边出来了。

嘉俊说:"我师父说了,要做主持人,得先学会尊重镜头,尊重观众!"

殷虹想到这里,笑了下,说:"去吧。"

林道行拍拍佳宝的手,起身走了。

他沿着楼梯下去,却没有走向客房。他朝上面明亮的楼梯口看了一眼,立刻掉转方向,轻轻朝最下层的甲板跑去。

他到这里后一直忙着工作,没在游艇闲逛过,但他知道这里的基本构造。

这艘游艇共有四层。

第一层是下甲板,船员房间所在,听老寒说这里还有一个健身房。

第二层是主甲板,客房所在。

第三层是上甲板,客厅、餐厅、吧台,还有驾驶舱和船长休息室都在这里。

第四层是阳光甲板。

而发动机舱,就位于下甲板中。

林道行穿过船员房间,看到尽头处的一扇门。轻轻推门进去,他视线一扫。

里面一片狼藉，确实着过火。

林道行皱眉，他没耽误时间，火速回到楼上的客房，随便抓起衣服、裤子换上，边换边看向舷窗外。

离天亮还有三个多小时……

他拿上笔记本电脑，出来后在佳宝的房门口停了停。

先前众人都忙着逃离，房门全都没关。他走进佳宝的房内，找到她的包，翻了翻后，把她的包也带上了。

不一会儿，他回到众人所在的客厅。此行他没带正装，身上这身只是普通的T恤和休闲中裤，但比之前睡觉时穿得要正规了不少。

殷虹看了看他的穿着，问："现在可以开始了？"

"我还需要写采访稿。"

殷虹皱眉。

林道行说："我需要一个清晰的思路。现在船上没电力供应，摄像机的电池电量有限，采访过程最好能一气呵成，想要顺利，准备工作不能少。"

殷虹问："需要多少时间？"

"不会太久，我还需要一个编导。"林道行又提要求，他直接叫人，"佳宝，过来。"

佳宝怔了怔，她并没有第一时间从沙发上起来。

"佳宝。"林道行把笔记本电脑和佳宝的包放到餐桌上，又叫了一声。

"别耽误时间。"殷虹说。

佳宝这才从沙发上起来，施开开一边观察殷虹，一边试探着也离开沙发，见殷虹没有制止，她赶紧跟着佳宝。

老寒拎着摄像机，和严严一道走了过去。

客厅和餐厅相通，处于不同的区域。虽然不能完全阻隔他人的视线，但至少自成空间，如果说话声音小，别人是听不清的。

佳宝走到餐厅，在桌边站定，看着林道行，不知道说什么，也不知道该做什么。

林道行看得出她此刻的状态。

这一个小时,大量的爆炸性信息一股脑儿地轰向她,她平常表现得再成熟能干,实际上也不过就是个不满二十岁的小姑娘。

她年纪小,没经历过多少事,能维持住现在的"镇定",已经很不容易。

她离他有一张桌子的距离,她不过来,他过去。

林道行绕到她身边,翻开笔记本电脑盖,低声说道:"你哥哥的事,我们迟点儿再说。"

佳宝想,他实在太懂人心,太会抓重点了。

她先前一直坐在他的身边,能听到他的嗓音就像受伤了似的,带着些沙哑。

她学习播音主持的课程足有一年,也看过许多采访类节目,但这是她第一次近距离接触"采访现场"。

林道行思维敏捷,反客为主,短短几分钟时间,他抛出的每一个问题,简洁,条理分明,并且一针见血。他擅长一击即中,专业素养可见一斑。

此刻,她也被他一击即中了。

佳宝强迫自己抛开杂念,冷静下来,如今应该先解开眼前的困局。

笔记本电脑已经打开,林道行站在那儿,看了眼佳宝的神色,然后开口:"你们听着。"

老寒和施开开都看向了他,林道行看看佳宝,见她的目光也过来了,他才继续说:"我们整个行程时间是八天,现在算第二天,还剩七天。正常情况下,所有人都会以为我们还在海上巡游,如果附近一直没有其他船只经过,那就没人会发现我们的失踪。

"而七八月是这里海浪最大的时候,我刚看过外面,海浪一直在推游艇,不知道会把我们带到哪儿去,如果运气不好,也许碰不到其他船只。"

众人意识到了这一点,脸色都不太好。

佳宝想了想,问:"船上应该有卫星电话,我们找一找卫星电话。"

老寒说:"我刚找过了,没找到。"

老寒有些心不在焉,林道行看了看他,眼尾又扫了下客厅处的朱家人。

假如他们现在能离开,他估计老寒也不会走。殷虹抛了个饵,无形中把遇难者家属都转化成了她的帮手。

林道行说回正题:"她虽然说采访结束会让我们离开,但我们不能完全相信她,卫星电话还是要接着找。另外——"

林道行看向佳宝。

佳宝对上他的眼神,她下意识地避开了一下,问:"另外什么?"

林道行担心她会害怕,他盯着佳宝的侧脸,想了想,还是说了:"拉加厄斯帕群岛的安检格外严格,殷虹不可能通过机场带进炸弹和枪支。"

佳宝抬头看向林道行,终于意识到了这个问题。

来时,他们所有人的行李都接受过开箱检查,连随身物品都要喷杀虫剂,由此可见,为了维护拉加厄斯帕群岛的生态环境,当地政府对安检的要求有多严格。

殷虹是怎么把这些东西带进来的?

"别相信除了我们几个之外的任何人。"林道行提醒。

佳宝看着他,不说话。

她的眼睛很大,黑白太过分明,像是不容任何杂质。林道行一手搭着电脑键盘,一手捧住她的半边脸。

佳宝稍微挣扎了一下,想脱离他,林道行将她摁住。顿了顿,他把她披散着的长发拂向脑后,手掌心停留在她的后脑勺。

他低下头,盯着她明亮的双眼,说:"相信我,佳宝。"

佳宝的心脏怦怦直跳。

他眼神专注,语气诚恳,讲话时的热气弥漫在她鼻周。顶着后脑勺那只大掌的压力和灼热的温度,她终于点了下头。

林道行慢慢放开她,把她的包拎到面前,拿出里面的笔和一沓明信片,说:"现在我们开始办正事,相信你也想知道真相。"

他在对着佳宝一个人说。

"你是播音主持专业的学生,不仅要学会说,还要学会写。"他把椅子拉开,率先坐下,双手置于电脑键盘,不再看任何人,心无杂念地说道,"想想该提哪些问题,怎么挖掘真相。"

外出旅游,大部分人都不会带纸、笔,眼下的书写工具只有一只黑色水笔和一沓明信片。佳宝在林道行身旁坐下，手里拿着笔，却不知道如何下笔。

她看向林道行，对方似乎已经完全进入了"工作"状态。

佳宝低头，盯着空白的明信片，努力压抑住混乱的思绪和急促的心跳，绞尽脑汁去想问题。

星海号邮轮上究竟发生了什么事？哥哥的死为什么不简单？难道他不是死于邮轮事故，而是死于谋杀？

心跳越来越快，她紧紧攥着手中的水笔。

佳宝沉浸在自己的思绪中，明信片上突然投下一道亮光，她偏头一看，林道行把笔记本电脑朝她移了移，光落在她脸上，他说："想不出问题，可以先放一放，看看我写的，找一下自己的思路。"

人在这种环境下更多的是沉溺在恐慌的情绪中，他必须给她找点儿事做。

佳宝朝他脸上看了眼，"哦"了一声。为了方便看屏幕，她把椅子朝他挪了挪。

林道行的打字速度很慢，他在思考。过了会儿，他问："吴慧是怎么回事？"

对面的施开听见了，差点儿脱口而出，见林道行的样子不像是在问她，她朝佳宝看了眼，赶紧闭上嘴。

佳宝小声回答："我们之前看过关于吴慧的新闻，新闻上说她是自杀，自杀原因是她丈夫赌博欠下巨债。"

"既然是自杀，警方为什么会找殷虹？警方找她的时候你们也在？"林道行问。

佳宝说："嗯，我们去旅行社签合同，也不知道警方为什么会找她。"

林道行问："这是什么时候的事？"

"签合同的时间？我不记得具体日期了。"佳宝回忆，"不过吴慧的新闻是在6月2日出来的。"

时间很巧，正接近星海号事故五周年之际。林道行问："确定？"

佳宝肯定地点点头："我确定，那天你们正好来租房子，我记得很清楚。"

林道行闻言，视线从电脑屏幕移开，看向佳宝。她离他很近，他连她脸

上细小的绒毛都看得一清二楚。

她的嘴唇已经恢复了血色，双眼亮晶晶的，也许是因为缺少睡眠，有些黑眼圈。

佳宝感觉自己的大脑在正常运转了，那些乱七八糟的情绪已经被她赶到了边边角角。

林道行是一个好榜样，他遇事十分冷静，从头到尾，他的每一个动作都从容不迫，每一句说出口的话都思路清晰。

她从没见过像他这样的人，此时此刻，坐在他的身边，回答他提出的问题，恰好能稳住自己的心神。

佳宝深呼吸了一下，尽自己所能地分析："时间太巧合了，开开怀疑殷虹杀了吴慧不是没有道理。警方当初显然是判断失误了，后来又找到了什么证据，证明跟殷虹有关……我想起来了！"

佳宝看着林道行说："警方找殷虹那天是6月8日，我记得前一天我们正好话剧演出。"

林道行点头："嗯，我记得，你那天抱了一只活鹅回来，让你舅舅宰了吃。"

这一刻，那些堆在边边角角的情绪突然消散，佳宝整个人放松了下来。

记忆像多米诺骨牌，她想起了更多的事，比如，那天他问了她的高考成绩。

她至今也不知道他当时为什么会突然问这个，但现在显然也不是关心这种事的时候。

林道行也想起了她对他的试探，她那种做了亏心事的表情很有趣。

他拧了拧眉心，把此刻不该出现在脑中的画面给挥开，他需要集中注意力。他清了清嗓子，指挥佳宝："去帮我拿瓶水。"

佳宝朝殷虹看了眼。

"去吧，没事。"林道行说。

佳宝这才起身，她的动作自然引起了殷虹的注意，她解释："我想去拿水。"

殷虹点头。

其他人不知何时已经坐下了，他们也渴，但谁也不敢动。

佳宝拿了几瓶水，放到桌上。

施开开不渴，她其实还有些浑浑噩噩，总感觉现在这一切都不真实，也许醒来会发现只是一场梦。

她转头看边上，邻座的严严正拿着一瓶水，使劲拧，似乎拧不开。她知道这些都不是梦，她的梦里没道理会出现严严这个少年。

施开开把眼泪逼回去，抽走严严手里的矿泉水瓶。

严严愣了下，看向她。

施开开帮他拧瓶盖，小声说："你别怕。"她的声音在抖，也不知道是在跟自己说，还是在跟严严说。

水拧开了，严严喝了一口，想了想，又推了一瓶矿泉水给她，让她喝。

这种时候，没人会有心思观察他们的互动。

林道行喝了几口佳宝递来的水，问："你对星海号的事了解多少？"

佳宝攥紧了笔："新闻上说，邮轮着火后发生了两次爆炸。"顿了顿，她又说道，"我那个时候还在读初中，很多事情都不清楚。"

林道行的记忆比她的要具体。

星海号是一艘小型邮轮，共有六层甲板。事发当晚，邮轮曾发出救援信号，但事发海域太远，救援队赶到时已经迟了。

据其他幸存者口述，当晚邮轮起火时，大部分人都在休息，根本反应不过来。爆炸来得也极快，逃生时间极短。

事发后，邮轮残骸被打捞上来，推论是机轮舱内部的问题。

殷虹对齐嘉俊等三人的死亡有着十分笃定的质疑，但他刚才问她的问题："你是否对邮轮事故有过怀疑？"

她答："有过怀疑。"

由此可知她对事故是不确定的。

林道行认为目前可以把星海号事故和齐嘉俊三人的死亡分成两件事看待。

这一切，还是得从那三位幸存者入手。

问题基本罗列清楚，林道行起身，说："可以开始了。"

殷虹在客厅里等待已久，她问："一个一个采访吗？"

"对，一个个来。"

"你想先从哪个人开始？"

林道行的目光从那三人脸上一一掠过，下巴朝某人一点："罗勇勤。"

罗勇勤身子一抖，神色紧张、惶恐。

林道行说："给另外两位暂时换个地方吧。"

殷虹思量了一下，对朱家人说："你们把范丽娜和万坤都捆上，把他们两个分开绑到外面的甲板上。"

朱老先生夫妇和朱筱尤去厨房找来绳子，齐心协力把那两个人都绑上了。

林道行看了看这三个"帮手"，又不动声色地朝船员、船长和向导观察了一番。

解决了另外两个人，林道行按了按佳宝的肩膀，才离开餐厅区。

他的手离开了，佳宝仍能感觉到肩膀上的重量。她的目光紧紧跟随着林道行。

林道行挑选了一个采访位置。

采访位靠近吧台，头顶刚好有一盏射灯。把四周的灯关上，射灯对准罗勇勤，这是一种有压迫力的心理暗示。

两人面对面而坐，林道行手边是一张小茶几，茶几上放着佳宝的明信片和笔，方便他有问题随时记录。

他快五年没做主播了，以前播新闻，直播厅宽敞明亮，主播台上放着新闻稿，他则看着前方的提词器。

新闻稿都是九字格的，字体大，一行只有九个字，看着清楚，读起来也不会出错。

他做主播那几年，只碰到过三次低头念新闻稿的情况，因为突发新闻来不及做成九字格，他只能照着普通格式的小字体播报新闻。

那三次突发新闻，其中一次，正是星海号事故。

遇难者中有49人是广电同事，他如鲠在喉。

殷虹坐在不远处，手边是那把小手枪，罗勇勤呼吸急促，额头汗水不断。

林道行喝了一口水，跷起腿，悠闲地坐着，朝老寒看了一眼。

灯光就位，老寒的摄像机就位。

开始！

111

记忆像潮水，时光瞬间倒退，林道行重回镜头前。

林道行："你是五年前星海号事故的幸存者？"

罗勇勤："……是。"

林道行："你对那天发生的事还有印象吗？"

罗勇勤："我记不清了。"

林道行："哪些方面记不清了？"

罗勇勤："全部！"

林道行："事发后你是否得过创伤后应激障碍？"

罗勇勤："……没有，没得过。"

林道行："你对这次拉加厄斯帕群岛的旅行有没有产生过抗拒情绪？"

罗勇勤愣了愣，然后回答："没……没有。"

林道行："这次旅行是你决定的吗？"

罗勇勤："是我老婆决定的。"

林道行："罗勇勤先生，其实人类对灾难的记忆是最为深刻的，即便当时的记忆你已经没有了，但事后通过身边人、新闻媒体，你也会对灾难有所了解，而不是一无所知。

"你说全部的事情都记不清了，从心理学方面来说，这是一种逃避心理。

"人之所以逃避，是因为内心有所隐瞒。你说你没得过创伤后应激障碍，那么，你的逃避心理，应该是因为对在星海号邮轮上发生的事情，有所隐瞒。"

罗勇勤瞳仁收缩，嘴唇抖动，不假思索地否认："没有，我没有隐瞒！你胡说八道什么？我没有！"

他的汗水已经把棕色的丝质睡衣的领口浸湿了。

林道行一直在观察他的神色，分辨他的语气。林道行在心中自行给恐慌程度划分出了十个等级，罗勇勤现在的恐慌等级应该有七级，还没真正到六神无主、口不择言的时候。

林道行认为罗勇勤是一个最佳突破口。

他们这三个人中，范丽娜虽然紧张，但仍能控制自己的情绪，万坤难以捉摸，只有罗勇勤，他的心理防线是几人中最为薄弱的。

林道行忽然对旁人说："拿点儿纸巾过来。"

老寒一直盯着摄像机,听见林道行的话,他回了下神,不知道林道行要干什么,他正准备去拿,却见冯佳宝走了过来。

佳宝把游艇上的纸巾盒拿给林道行。她走路时带起了风,林道行闻见了淡淡的清香,他没转移视线,接过纸巾盒,他的双眼依旧盯着罗勇勤。

"擦擦,睡衣都湿了。"林道行抽了几张纸巾给他,说道,"你这件睡衣款式不错,你太太帮你买的?"

罗勇勤听见他这番莫名其妙的话,脑中警铃大作,却又不知道有什么问题,于是慢吞吞地接过纸巾,如实回答:"我自己买的。"

林道行问:"习惯穿睡衣睡觉?"

罗勇勤愈发不安了,他擦了擦汗,舔了下嘴唇,回答:"是,习惯了。"

林道行神色放松,嘴角微微上扬:"不如我们来谈谈你当年在电视台的生活?"

他这话没有起承转合,罗勇勤反应不及。

"五年前我们两个是同事,我记得你在星海号事故后不久,就从电视台离职了,是吗?"林道行问。

罗勇勤:"……是。"

林道行说:"我们两个以前分属不同的部门,所以我们虽然共事过几年,但我跟你私底下的往来并不多。我至今也不知道你当年离职的原因。可以说说你那个时候,为什么会突然离职吗?"

罗勇勤说:"我……在事故之后,身体不好。"

林道行问:"你在事故中受了伤?"

罗勇勤思考了两秒:"……是有点儿,是受了伤。"

林道行加快语速:"你现在身体怎么样?我看你昨天进行浮潜时,动作没什么问题,水性也不错。"

罗勇勤说:"我现在身体好了。"

林道行点了点头,又说:"如果我没记错,你离职前是在台里的新闻采访部任职的,是吗?"

罗勇勤答:"是。"

林道行:"你当时主要负责什么工作?"

罗勇勤如实回答:"我是记者一组的组长。"

林道行:"你当时认识齐嘉俊、冯书平和朱楠这三个人吗?"

罗勇勤胸口微微起伏,答得很快:"认识,但不熟。"

林道行问:"对他们三个全都不熟?"

罗勇勤:"不熟,都不熟。"

林道行:"不熟到什么样的程度?是不知道姓名,还是只知道他们的姓名?"

罗勇勤:"我只知道他们的姓名。"

林道行:"工作中有没有过交谈,有没有同桌吃过饭?"

罗勇勤说:"没有,都没有。"

林道行:"虽然你们不熟,但他们有没有做过什么事,给你留下过深刻印象?"

罗勇勤:"没有,我对他们没印象。"

林道行的语气有所改变:"不熟,没印象……确实,他们三个当时只是很普通的实习生,参加实习的时间也并不长。我只是很意外,时隔五年,你还能记得'不熟''没印象'的人的名字。"

罗勇勤强撑:"刚好记得……对,"他忽然想起来,"刚才她提到他们三个是你的徒弟,我才记得。"

"她"指殷虹,罗勇勤不敢用手去指。

林道行视线微移,看向斜前方的一块黑色镜面,装饰用的黑色镜面中,映出佳宝的身影。

她送了纸巾后就回去了,这会儿正低头写字,不知道在写什么。

佳宝似有察觉,忽然抬起头。从她的角度只能看见林道行的背影和一点点侧脸,他身处半明半暗中。其实这样的灯光对采访来说是不合格的,但她又觉得,在这场与众不同的采访中,必须配以这样的灯光——

就像审讯室里的灯光。

林道行看了一眼黑色镜面后,很快接着问:"你认识吴慧吗?"

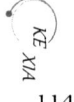

罗勇勤:"……认识。"

林道行:"你跟她是怎么认识的?"

罗勇勤:"就……工作上认识的,知道有这么个人,但往来不多。"

林道行点头:"你和范丽娜、万坤的关系应该很好吧?"

这点罗勇勤不需要撒谎,当初林道行和他们三人在同一个电视台,对他们的关系自然也清楚。

罗勇勤说:"是,关系很好。"

林道行:"近几年你们三个有联络吗?"

罗勇勤摇头:"没联络。"

林道行:"你们既是旧同事,又是朋友,关系这么要好,这几年为什么不联络?"

罗勇勤说:"离得远,平常大家工作又都忙。"

林道行问:"你和他们,是在你从电视台离职后就不再联络了,还是后来慢慢断开了联络?"

罗勇勤说:"离职后就不再联络了。"

林道行:"也就是说,你们三人,最后一次在一起的场合,是在星海号邮轮上?"

罗勇勤的眼神飘忽不定:"……是。"他答完,心里就咯噔了一下。

这一个多小时,着火、冲锋舟爆炸、五年前的事故等等,统统让他措手不及。

他也曾是记者,最擅长提问,越是尖锐的问题越能引爆新闻燃点,但林道行的问题全都不温不火,他答的时候脑子里一团糨糊,如今心里一惊,他仿佛慢慢转过了弯。

罗勇勤入套了,神不知鬼不觉地就入套了。

那头的佳宝攥着笔,捧着明信片,目不转睛地盯着林道行,耳朵留心地听着他说出的每一个字。

手中的明信片上已经被她写下了数行字,罗勇勤已经中了林道行的三个圈套。

第一个圈套,罗勇勤否认对星海号事故的记忆,这恰恰就证明了他确实有事隐瞒，且这事不可告人。

第二个圈套，罗勇勤和佳宝哥哥几人分属不同的部门，他自称不熟也没印象，漫长的五年过后却还能记得佳宝哥哥三人的姓名，最后那句辩解纯属借口。

第三个圈套，罗勇勤和范丽娜、万坤是好友，但几人在星海号事故后很快没了联络。这足以证明，在星海号上发生了什么事，并且这件事与他们三人都有关联。

哥哥的死看来真的有隐情，佳宝越来越认同殷虹的话。

她再次看向林道行稳如泰山的背影，认真听他抛出问题——

"现在，你对星海号的记忆，是不是逐渐恢复了？"林道行徐徐地说。

罗勇勤不吭声。

林道行继续说："那次广电集团组织的旅游，参与人数众多，你、万坤、范丽娜、齐嘉俊、冯书平、朱楠，都参加了那次的邮轮之行。我记得你当时没有带家属去？"

罗勇勤："没带，就我一个人。"

林道行："你一个人住一间房吗？"

罗勇勤："是，大床房。"

林道行："邮轮总共六层是吗？"

罗勇勤："是，六层。"

林道行："你住在第几层？"

罗勇勤："我住四层。"

林道行："你跟范丽娜、万坤住同一层吗？"

罗勇勤："不是，万坤住楼上。"

林道行："范丽娜跟你住同一层？"

罗勇勤："是。"

林道行："我记得冯书平他们三人的房间，也是在四层。"

佳宝正写着字，闻言手一顿，她抬头看向林道行。

没想到他竟然会记得哥哥他们几人当时所住的楼层。

"……是。"罗勇勤说。

林道行："吴慧呢？"

罗勇勤："她……好像也住在四楼。"

除了万坤，他们几个人都住在同一层……

林道行在脑中记下这一点，思考着，同时继续问："那艘邮轮很豪华，上面有什么玩乐项目吗？"

罗勇勤实在猜不透林道行问这些问题的意义，所以他只能如实回答："酒吧、健身、按摩这些，一般都有。"

林道行："你都体验过了吗？"

罗勇勤："差不多。"

林道行："我记得，6月1日那天，邮轮已经在海上航行了一个白天，是吗？"

罗勇勤："是。"

林道行："晚上还要继续航行，这一天一夜的时间应该很无聊，你那天是怎么打发时间的？"

罗勇勤眼神闪烁："不记得了。"

林道行："你仔细想想，你刚才说的酒吧、健身、按摩，或者看电视、看书、上网？上网费用应该比较贵，不能长时间上网。"

罗勇勤说："我就在酒吧喝了几杯，做了做按摩。"

林道行："白天就做了这些？"

罗勇勤点头："是。"

林道行："晚上呢？"

罗勇勤："晚上没什么事，没做什么。"

林道行："很早就睡了吗？"

罗勇勤点头："嗯。"

林道行："那晚邮轮从起火到二次爆炸，整个过程发生得很快，当时绝大多数旅客都在睡梦中，所以来不及逃生。你那个时间确定已换好睡衣，准备睡了？"

罗勇勤："……我还没来得及睡着。"

林道行："没来得及睡着……那当时是已经躺在床上了吗？"

罗勇勤嘴唇干涩，他在极度缺水、灯光直射的环境中，回答着一连串不间断的问题,他实在没有办法用心思考。

"躺到床上了。"他说。

林道行问:"换好睡衣躺到床上了?"

罗勇勤:"是,躺到床上了。"

"五年前你的睡衣是衬衫、西裤?"林道行问。

罗勇勤愣了愣。

"星海号事故,广电同事死亡人数多达49人,当时所有的新闻画面都在我这里——"林道行指着自己的太阳穴,"你身为幸存者之一,是一个被所有人同情和尊重的人,没人会质疑你。罗勇勤,你在获救现场的直播画面中,穿的是衬衫、西裤,而不是睡衣。你当时到底在哪里、在做什么?"林道行沉声质问。

罗勇勤慌乱了,当第一个谎言被戳破,而第二个谎言还没来得及想时,他脱口而出:"我在喝酒,我记错了,我在喝酒!"

他的恐慌程度升高。

林道行:"你是真的记错了,还是你在撒谎?其实你不是在喝酒,而是在杀人,当晚你在杀齐嘉俊他们几人——"

罗勇勤喊:"没有,我真的在喝酒,我在跟万坤、范丽娜一起喝酒,是真的!"

佳宝看得目瞪口呆,忘了记笔记——第四个圈套、第五个圈套。

"哦?半夜三更你们三个人在一起喝酒?你们在密谋什么事?是针对齐嘉俊他们三个人的?"

沙发上的殷虹已经站了起来,她平和的神色不知何时已经改变,此刻她的双眼泛起红血丝,死死地盯着罗勇勤。

罗勇勤呼吸急促,仓皇四顾,六神无主,殷虹举起枪:"说!"

罗勇勤眼一翻,从椅子上摔了下来。

殷虹快步走到他面前,用脚踹他的脸,朱老先生也忘记了当下的环境,冲过来扑通一下跪到地上,扯着罗勇勤的衣领,摇晃着他:"你给我睁眼,你给我睁眼!你快把话说完!"

佳宝捏紧拳,忍了忍,没忍住,她正要朝晕倒在地的人走去,林道行不知什么时候来到了她身边,伸臂将她拦住,低声说:"等他再醒来,不一定还

能问出什么,刚才已经是他心理防线最薄弱的时候。"

佳宝愣了愣。

林道行轻轻握住她细小的手臂,低声同她分析:"罗勇勤这人没什么本事,对高层喜欢曲意逢迎,遇事喜欢推脱。刚才他是没任何准备,太慌了,但他并不是个蠢人,如果他真的要对齐嘉俊几个人的死亡负责,他只要咬紧牙关抵死不认,又能怎么样?殷虹拿枪指着他,他认他是死,不认也是死,结局一样。"他有些可惜,"最佳时机过去了,他晕的真是时候。"

佳宝蹙眉:"那现在怎么办?"

林道行看了看朱家的几个人,又看了看船员几人,衡量过后,还是决定不轻举妄动。

"现在至少知道,事发当晚他们三人在喝酒,说的事应该也跟齐嘉俊他们几个人有关。他们双方应该在星海号上,或者在坐上星海号之前,就发生了什么事。"林道行说。

佳宝心脏揪紧,她舔了下嘴唇,又咽了咽干痛的喉咙。

林道行看了她一眼,说道:"剩下那两个,不像罗勇勤那么好对付。"

"你有办法吗?"佳宝问。

林道行拿起桌上的矿泉水瓶,拧开盖子,递到她嘴唇边。

佳宝顿了顿,然后捧着喝了两口。

桌上其他开了封的几瓶水,也不知道哪瓶是谁的,林道行嗓子不适,等佳宝喝完了,他接过这瓶水,仰头灌下大半。

"再让我想一想。"林道行喝完后说。

罗勇勤是真的晕过去了,怎么叫他,怎么抽他,他都没有睁开眼睛。

朱老先生痛苦地捂着胸口,泪水难以自抑地夺眶而出,朱老太太也没好到哪里去,朱筱尤含着泪安抚二老,三人迫切地想知道真相。

罗太太则整个人缩成一团,害怕地捂着嘴哭,似乎生怕牵连到自己,她根本没打算过去查看丈夫的身体状况。

殷虹闭了闭眼,冷静下来,看向林道行:"马上采访下一个。"

林道行一边拧着矿泉水的瓶盖,一边说:"暂时不行。"

殷虹面色不善："你在跟我讨价还价？"

林道行说："我相信你所说的，齐嘉俊他们三个人的死亡并不简单，现在事情的真相并不只关乎你一个人，为了我朋友的家人，我也会尽全力完成这次的采访。所以根据罗勇勤刚才说的那些话，我现在需要对资料进行补充、收集。"

殷虹的呼吸声略有加重，她的视线扫过冯佳宝和老寒，思忖片刻，最后又一次落回林道行身上："好。"

"我……我能不能一起帮忙？"

在场众人一齐看向突然开口之人。

"我能帮到你们，我也是主持人，而且我对万坤有一定的了解，我真的能帮到你们。"黎婉茵忐忑地看了看殷虹，又看了看林道行。

林道行没搭腔。

"你？"殷虹打量她。

黎婉茵虽然紧张，但语气颇有点儿义正词严的样子："虽然整件事都跟我没什么关系，但真相不应该被掩埋，如果万坤他们真的做了违法的事，我希望他们能得到法律的严惩！"

殷虹对黎婉茵这人没什么了解，她对林道行说："你决定。"

黎婉茵看着林道行，眼神中有几分楚楚可怜，林道行不为所动，老寒略有迟疑。

林道行朝老寒看，老寒酝酿着小声开口："她跟这事一点儿关系都没有，现在肯定很害怕，她挺不容易的。"

林道行起初一言不发，过了几秒，他向心软之人妥协："随你。"

老寒立刻招呼黎婉茵："来吧！"

几人朝餐桌走去。

游艇上的餐桌是长方形的，很宽大，可以坐十个人。林道行拉开椅子，坐在上首主位，老寒坐他左手边，严严自然紧贴着老寒。

林道行的右手边是空着的，黎婉茵走过去，把椅子抽了出来。

林道行朝她看了一眼。

佳宝本来正朝那位子走去，见到黎婉茵的动作，她脚步一刹，看向快她一步的黎婉茵。

黎婉茵穿着一件欧式宫廷风格的白色睡裙，裙子长及脚踝，中袖带蕾丝花边，花边形状的V领开得很低，她的乳沟若隐若现。

这睡裙可以当宫廷的晚宴礼服穿了，黎婉茵看起来性感又优雅。

"林老师。"黎婉茵轻声叫人。

林道行面无表情。

对面的老寒犹豫了一下，他对林道行太了解了。

林道行这人，在绝大多数情况下，对人是不假辞色的，老寒有时甚至觉得他跟严严很像，别人都难以亲近他，很少有人能合他的眼缘，得到他一个好眼色。

估计是他从小家境优良，自己又方方面面都出色，条件太好的人，性格多少都有点儿怪异。

当年他跟林道行成为朋友后，甚至有几分骄傲和欣喜，这种感觉后来想想，其实有点儿犯贱。

老寒怕黎婉茵待会儿难堪，他招呼道："婉茵，来我这边坐。坐在严严边上。"

黎婉茵没动。

她早就已经忘记了林道行在白天时给过她的难堪，经过刚才的一幕幕，她如今觉得只有在林道行身边才会安全，她迫切地说："我坐这里就好了。"

佳宝看了眼林道行，没在他脸上看出什么。她虽然不情愿，但还是朝另一张空位走去。施开开紧跟着她。

佳宝快要坐下了，林道行双眼盯着电脑屏幕，一手按住椅子靠背，开口："佳宝。"

佳宝闻言顿了顿。

林道行一直在看电脑。

她迟疑了一下，走了过去。

施开开依旧紧跟着佳宝，心想这人真是不给人留面子。

黎婉茵尴尬，但她临场反应很快，装作无所谓地笑了下，看了眼冯佳宝："你坐吧。"然后她走到对面，坐到了严严边上。

佳宝终于坐了下来。

林道行的视线离开电脑，朝佳宝看了眼，不喜地皱了皱眉。

佳宝十分留意他的神情，她以为他想到了什么问题，靠过去，低声问："怎么了？"

林道行一顿："没事。"他呛了声，又拿起矿泉水喝了两口。

施开开坐在佳宝边上，对面正好是严严。

她现在已经不像之前那样害怕，大概是因为林道行之前的表现镇住了她，她的大脑有了思考的空间。

施开开忍不住问出了她一直憋着的问题："林老师，你刚才为什么直接说罗勇勤那个时候在杀人，在杀齐嘉俊他们？他们真的杀了人？"

施开开先前也动脑筋想过殷虹的那些话，她怀疑事故当晚，很有可能是罗勇勤三人抢走了救生艇或者救生衣之类的东西，导致齐嘉俊几人没了逃生的机会。

电影里也都是这么演的，所以殷虹才要为儿子报仇。可林老师却直接质问是不是罗勇勤杀了齐嘉俊他们……

施开开没意识到此刻她管对方叫"林老师"，佳宝听着有点儿怪。

林道行的嗓子是真的不舒服，他也懒得说废话，听佳宝的这位好友提问，他朝老寒看了眼。

老寒如今已经缓过气，彻底冷静了下来。头脑清醒的他，思维也能跟上林道行了。

他和林道行默契度极高，知道林道行现在不想说话，他代替林道行开口："很简单，因为罗勇勤隐瞒了他自己的睡前状态。老行问他当时是不是上床睡觉了，他说是，可事实并非如此。

"之前他对于没必要撒谎的事，都是实话实说的，比如他在电视台的工作，他在邮轮上住几层这些。而一旦撒谎，就证明他有撒谎的必要，他要隐瞒什么事情。

"从这一点上就可以推断，他要隐瞒的是睡前的这一段时间，也是事故发生之前的时间。

"事故还没发生，邮轮上的人都还活着，齐嘉俊他们应该也还活着，罗

勇勤要隐瞒的是什么？既然殷虹说齐嘉俊他们的死跟罗勇勤他们几个人有关，那推断罗勇勤他们那时候在杀人，或者在商量杀人，都是合情合理的！"

佳宝其实没有施开开的这份疑惑，她之前想得更多的是关于哥哥死亡的真相。

这会儿听到老寒这番解释，佳宝心头一震。

她震撼于林道行的逻辑缜密度和思维反应速度，她之前看过他罗列在电脑里的那些问题，采访过程中的提问和电脑中的问题并不完全吻合。

整个过程，他一直在控制并且调整节奏，在快频率的思考中，他竟然还能捕捉到对方的逻辑错误，最后问出了一个至关重要的问题。

她之前对林道行的评估还是太低了，他何止是擅长一击即中！

佳宝忍不住问："现在这种场合，你一点儿都不怕吗？怎么还能那么冷静地分析应对？"

林道行听见她说话，偏头看向她，说道："怕，谁不怕死？"

那你怎么还能这么厉害？佳宝这句话没说出口，只听林道行接着说道："但我们还没到死的时候。一有时间，炸弹没爆炸；二有机会，采访顺利结束，殷虹也许真的会放我们回去。什么都不做，慌慌张张认命等死，这我做不到。"林道行看着佳宝，轻声问，"你害怕吗？"

佳宝眼也不眨地望着他，摇头说："不怕了。"因为有你在。

施开开震惊了，她倒没注意林道行跟佳宝单独说的话，她在梳理先前那段采访的逻辑。

在脑中整理了一会儿，她深深地吐出一口气，决定振作。她说："那我们现在要怎么做？像警察一样，查案子，查出当年罗勇勤他们到底做了什么事？"

不用林道行开口，老寒沉声道："对！"

佳宝双拳在桌子底下握紧，她目光坚定地看向林道行。

所有人的目光都看过来了，全都在等他下指令。

林道行的视线一一扫过，老寒、黎婉茵、施开开、佳宝，他们这四个人，一个是摄像师，一个是现任主持人，两个是在校播音系学生。

当年也有这样的场景，新闻编辑部里，播音组、播出组、资料组集体开会，三个新来的男实习生认真、专注地听着众人的讨论，他们对自己的工作仍然有着疑惑和不满。

采编播三位一体，很多主持人都是从记者做起的。

他当时对他们说："新闻要求中立，我们讲述的是事实，而对事实的评判则交由观众。

"但我并不是一个合格的新闻播音员，我个人认为，观众应该有权了解事实背后的深意。

"新闻工作者有时就像警察，我们查寻真相，还原事实，但我们会比警察多做一件事，那就是我们会在镜头前把真相公布于众。

"你们做的所有工作，永远都不会没有意义。"

……

林道行静静地坐着，在十几秒的沉默之后，他说："现在开始对资料进行补充、收集。目前已知最重要的信息时间，是邮轮事故发生之前的这段时间，罗勇勤对这段时间有所隐瞒。"

林道行面前的笔记本电脑发射出幽幽亮光，佳宝按着桌上的明信片，随时准备记录重要信息，所有人都聚精会神。

"我们首先大胆地做出两种假设。假设一，齐嘉俊几人是在星海号邮轮的航程中，与罗勇勤三人发生了矛盾，这个矛盾可能是引发他们死亡的导火索。"林道行条理清晰，娓娓道来，"假设二，齐嘉俊几人是在邮轮航程之前，就与罗勇勤他们发生了矛盾，这个矛盾最后在航程期间爆发。

"如果假设一成立，那真相就只能从罗勇勤他们三人口中得知了，但要让他们在这种情况下说出真相，绝对不是一件容易的事。

"如果假设二成立，那我们或许还有其他的突破口，齐嘉俊他们三人的亲人，如今都在这艘游艇上……"

说到这里，林道行看了下佳宝的神色，见她一切正常，他才放心地说下去："如果他们在航程之前就和罗勇勤几人产生过矛盾，那他们身边的亲人、朋友就可能曾经听他们说起过，因此我们可以从这方面入手查找线索。一旦知道了他们双方矛盾的起因，再推断他们死亡的真相，就会容易很多。"

听完林道行的这番话，黎婉茵发言："那……我们现在是要先从他们的亲

人着手是吗？冯佳宝，你哥哥——"

"先让殷虹补齐资料。"林道行果断地打断对方，他看向佳宝，解释道，"之前殷虹并没有把她知道的情况都告诉我们，只有让她先把话说清，我们才不需要盲目猜测。"

佳宝点点头。

殷虹一直坐在不远处看着他们。她手上拿着枪，表情淡淡的。

餐厅的那一块区域仿佛就是她想象中的新闻编辑部会议室，嘉俊那时经常跟她说他在开会的时候被批评了，部门里的几个领导都没他师父凶，他师父太严厉，严厉到近乎苛刻，他犯了一个小小的发音错误就被师父给揍了。

她当然心疼儿子，嘴上安慰儿子说严师出高徒，但又马上让儿子给她看看伤口。

儿子指着脑袋说，师父卷着新闻稿，敲了他的头。

都二十多岁的人了，还会跟妈妈撒娇，她当时哭笑不得，给了他一记栗暴："幼稚！我看你什么时候才能长大哦！"

其实男孩子，说长大很快就会长大。他开始认真工作，加班变成常态，电视台成了他的第二个家。

她望着林道行，想象着儿子在他面前低头认错的样子，忽然一声"殷女士"，打断了她的神游。

"殷女士，我们现在需要你的帮助。"林道行说。

殷虹缓了缓，问："什么事？"

"现在万坤和范丽娜都被绑在了外面，罗勇勤也被拖走了，你是否能把你知道的所有事情，都告诉我们？"林道行问。

殷虹在思考。

"现在信息依旧太模糊，我们只知道一个时间有问题，起因、经过全都不清楚，这样很难求得结果。"林道行说。

殷虹想了想，说道："不是我不愿说，而是我知道的也不多。"

"你可以把你目前知道的，先告诉我们。"

等了一会儿，林道行才听见殷虹开口：

"一年前,吴慧找到我,告诉了我她在星海号上所看到的事。"

五年前的六月一日,星海号在海上行驶了一整个白天,丈夫没有一起来旅游,相熟的同事又睡觉去了,傍晚时,闲着无聊的吴慧只能一个人去邮轮上的钢琴酒吧。

她进酒吧时就留意到了坐在角落那一桌的人,一个中年男人,三个年轻男孩,她隐约记得其中一个叫齐什么,之前在工作中,她曾见过对方。另外还有四个人,是万坤他们,她都认识。

她之所以会留意,是因为那桌气氛有些严肃,中年男人似乎压抑着怒火,没过多久,中年男人似乎让那三个男孩子先走。

吴慧喝了会儿酒,听了会儿音乐,想去跟丈夫发条信息,问问他现在在做什么,她买了邮轮上的 WiFi,不用就浪费了。

她离开酒吧的时候,正好撞见万坤等四人也出来了,她听见有人说了一句:"除非他们三个都死了!"

也不知道是哪个人说的,她当时并没有在意,回房后就给丈夫发了信息。

但丈夫在三个小时之后才回了一条信息,她当时心里感觉不妙,猜想丈夫趁她不在家,又跑去赌博了。

那晚她实在睡不着,想着不着调的丈夫,想着自己一直没动静的肚子,她离开房间,准备去甲板上吹吹风。

也不知道是什么巧合,她上楼梯的时候正好看见万坤、罗勇勤、范丽娜三人从电梯里出来,其中一人说了句:"那三个小畜生住哪间房?"

她奇怪归奇怪,但毕竟跟他们都不熟,自然不会多想。后来更是没工夫多想,因为没多久,邮轮突然一阵猛烈震动,她吓得连滚带爬,都忘了要跑到逃生集合点,只一个劲儿地大叫着逃命。

过了一段时间,她看到许多人已经跑了出来,逃生希望在即,却生生地随着第二次的大爆炸,消失在了黑夜中。

万幸的是,她当时已经坐上了救生艇。

她随着一众幸存者,在海上漂了许久,终于等来了救援。她在幸存者当中看见了万坤、范丽娜、罗勇勤三人。

林道行皱着眉问:"吴慧跟你说的,只有这么点儿?"

"对。"殷虹说道。

林道行问:"你凭着这点儿信息,为什么会认为齐嘉俊他们三个人的死,跟万坤他们有关?"

"一年前我听完吴慧的话后,调查到了两件事。"殷虹没有卖关子,她说道,"第一件是你在刚才的采访中就问过的,罗勇勤他们三个人,在事故后就没了联络,半年前罗勇勤再婚,他也没请那两个。"

罗太太听殷虹提到自己,更加害怕地把自己缩了起来,仿佛在说她是无辜的,她什么都不知道。

殷虹只瞟了她一眼,根本不在意她。殷虹继续说:"第二件事,邮轮上幸存的人中,住在四楼的,只有范丽娜、罗勇勤、吴慧,还有舍先生你的侄子。"

老寒朝严严看了眼,搂了搂他,说道:"我侄子当年才十岁。"

"我知道,他很幸运。"殷虹看了眼严严,也许是想到了自己的儿子,她沉默几秒钟后,才再次开口,"你不觉得很巧吗?整个四楼的幸存者,只有他们几个,包括当时侥幸不在客房里的吴慧。"

老寒收紧了手:"所以你才会说,我大哥大嫂的死可能跟他们有关,就等着我们去查了?"

"是。"殷虹说道。

林道行随意卷了一张明信片在手,蹙眉思考着。

所以殷虹才没有在一开始就当着万坤几人的面把她已知的信息都说出来,因为她所知道的事并不足以支撑她的猜测,万坤他们大可以尽情否认。

殷虹说得越模糊,越不露出自己的底牌,反而越容易诈出万坤他们的实话。

林道行一边思考,一边问:"吴慧为什么会在一年前把这事告诉你?"

殷虹说道:"她老公赌博欠了钱,她想找我要。"

林道行明白了这个"要"的性质,又问:"钢琴酒吧里,和万坤他们几个人在一起的第四个人是谁?"

殷虹指了下前面:"喏,就是她的前男友,叫什么……沈智清。"

秦霜怔了怔,马上又朝杰克贴近了几分,让他保护自己。

林道行打量了一下秦霜,又接着问:"那个中年男人呢?"

殷虹摇头说:"吴慧不认识,我把所有遇难者的照片找来给她辨认,她也没认出来,时隔太久了,她也就见过那一次。但可以肯定的是,那人一定是你们电视台的某个领导,坐办公室,有权力,吴慧平常又见不到的那种。"

林道行点点头。

殷虹说:"问完了?现在可以开始了吗?"

林道行看了眼外面的天色,天还黑着,但太阳很快就会出来了。

"我还要问几个人。"林道行抓紧时间,打算分头行动。

他命令老寒、施开开和黎婉茵去问秦霜,向她了解有关沈智清的情况。

他则带着佳宝,把朱家人叫了过来。

朱老先生已经擦干眼泪,他一直在竭力克制着自己剧烈波动的情绪:"你想问什么,只管问,我一定要知道整件事的真相!"

林道行问:"朱楠平常的工作、生活,你们有多了解?他有没有提到过他工作上的事,或者有没有提起过万坤、罗勇勤、范丽娜和沈智清这四个人的名字?"

朱老先生说道:"我孙子从小他爸妈离异,后来他爸妈各自成家,他是我和他奶奶一手带大的。他工作之后的事情我们也不懂,好像说过一点儿,但我们都记不住……筱尤,你呢?你跟你堂哥关系好,他有没有跟你说过什么?"

朱筱尤皱着眉,焦急地回忆着,佳宝安抚她:"你别紧张,慢慢想。"

朱筱尤点头:"嗯,我想想……你们让我想想……"

朱家三人围到一起,相互帮助着回忆。

林道行的手臂搭在佳宝的椅背上,侧身在她耳朵边,说:"殷虹筹备了足有一年的时间,她心机深,也忍耐得住,她这人不简单,别因为她也许是受害者,你就对她放下警惕。"

佳宝耳朵边吹起阵阵热风,她"嗯"了一声,侧头看向林道行。他靠得太近,佳宝的视线不能聚焦,她马上把头转回来。

林道行看了眼她的耳朵,过了几秒,他忽然弯下身,抬起佳宝椅子的两边,把她连人带椅转了过来。

佳宝的一声尖叫闷在喉咙里,她瞪大眼看着林道行:"你干什么?"

林道行弯着背,与她面对面。他的视线比她稍低,只能抬头看着她,他轻声说:"他们现在在回忆朱楠,我们两个一起回忆一下你哥哥,好吗?"

佳宝的父母都是记者,从前全国各地到处跑,经常不在家,佳宝从有记忆开始,最亲近的人就是哥哥。

哥哥比她大七岁,以前经常跟她说,她是他一把屎一把尿地拉扯大的,佳宝当然不信,哥哥就拿出证据给她看。

证据是 DV 录像,那时的佳宝还是个小婴儿,七岁的哥哥把她放在沙发上,摘下她的纸尿裤,一脸生无可恋地对父母说:"啊——太恶心了!"

父母在镜头背后哈哈大笑,说:"你小时候也一样,你还把巴巴拉到地板上,用手抓——"

"啊——别说!别说!"哥哥焦急地跺脚,让父母别对着 DV 胡说,这些录像以后都是要给妹妹看的。

后来哥哥学会了换纸尿裤、冲泡奶粉,在父母外出奔波的时候,他一手包办起妹妹的米虫生活。保姆时常说,照顾他们兄妹俩,她太省心了,工资都不好意思拿这么多。

佳宝走路走得利索了之后,哥哥反而不爱带她玩了,他有自己的同龄小伙伴。

佳宝就迈着小短腿一直跟在哥哥屁股后面,她在小区里追哥哥,保姆在后面追她。哥哥拉着小伙伴快速闪开,佳宝撒娇耍赖,一屁股坐到地上号啕大哭。

假哭的小孩子眼泪都没一滴,但还是把哥哥给引了回来,哥哥把她抱起来,无可奈何地让她加入了男孩们的队伍。

她不娇气,人又机灵,哥哥宠她、照顾她、带她玩,兄妹俩极其亲近。

后来哥哥念了大学,开始实习,他有他的忙碌,佳宝也有了小姐妹和学习的烦恼,兄妹俩拥有各自的小世界,不再像儿时那样亲密无间,无话不谈。

佳宝双眼酸涩。

平常不去想,就是云淡风轻;一旦走进回忆,就是深陷沼泽。

但她仍记得自己这会儿该做的事。

佳宝慢慢地说："我那个时候十四五岁，早上六点就要出门去学校，晚上回来要写很多作业，那段时间我很少和哥哥相处，也不了解他的工作。其实在当时，我已经把他当成了大人，他把我当成小孩，大人是不会跟孩子谈自己的工作的。"

林道行说："你说得对，但有时候生活中会有些细节，很容易被我们忽视。比如你在家的时候也许听过他打什么电话，跟谁提起过什么。范丽娜和罗勇勤的名字比较普通，万坤呢？'万'这个姓比较少，你有没有印象？"

佳宝确实想不起来，一个是她当时年纪小，根本不会关注大人的工作；再一个，如今已经时隔五年，过去的记忆，有的会随着时间的流逝而淡化，有的又会随着岁月的更迭被美化。

深刻的记忆都不一定准确，更不用提被她忽视的那些细枝末节。

佳宝蹙眉回忆了一番，摇头说："我想不起来。"她看着林道行，反问，"你呢？其实那期间，跟我哥哥相处最久的人，应该是他的同事。你既然是他的师父，跟他的关系肯定不会生疏吧？"

林道行想到了从前冯书平对妹妹的评价，"小机灵鬼""她一点儿都不娇气""别被她骗了，她只是看着乖巧，脑子可活了"。

她果然不是娇生惯养的那种小女生，镇定得很快，脑子也灵活，一下就把握住时机，问出了她之前的怀疑。

林道行牵起嘴角，答非所问："我记得朱楠还是齐嘉俊，有一次说起你哥哥，形容他，嘴边挂了个挂件。"

佳宝不解。

林道行说："那挂件就是你，他张嘴闭嘴都是你。"

佳宝一笑，林道行却忽然一怔。

他依旧维持着弯背而坐的姿势，身形凝滞了三秒，三秒后，他慢慢直起身，身体往前，用双手捧住佳宝的脸颊，大拇指轻轻地揩去她的眼泪。

她的脸蛋白皙细滑，真跟剥了壳的鸡蛋似的，林道行不合时宜地觉得，自己这两年过得太粗糙，他指甲边有很细小的毛刺，不能伤到她。

他没料到就因为他的一句话，她就哭了。

含着笑哭，无声无息，还能见着她的小酒窝。

其实他对冯书平的了解并不多,那三个实习生里,表现最好的是齐嘉俊,他十分看好齐嘉俊。

至于冯书平,刚进台里的时候,工作期间总爱刷手机。林道行眼里揉不进沙子,他忍到第三回,把文件夹摔到了冯书平的桌上。

冯书平吓了一跳,手机从手中掉出,微信的语音自动切成了外放,一道略显稚嫩的小女孩的声音从话筒里传了出来:

"哥哥,你什么时候回来?回来的时候帮我买点儿卫生巾,我要苏菲42厘米超长夜用的,千万别买短的,短的买回来了你自己用!"

办公室里都是人,大家全都一字不漏地听完了,包括林道行。

林道行面不改色,扫视了一圈,敲敲桌子:"活儿都干完了?那提早开会!"

众人噤若寒蝉,装模作样地把头钻进文件堆。

林道行转身,走回自己的办公桌,他的耳朵红了十几分钟,后来还闪过一个念头:冯书平的音色挺洪亮,很适合播音;他妹妹的声音太甜,也不知道几岁,但既然已经发育,那音色应该成型了。

他那时也年轻,自然会尴尬,只是他掩藏得很好。

因为尴尬,所以他记忆深刻,想忘也忘不掉。

林道行的眉头微微皱着,小心翼翼地对着佳宝的脸:"对不起。"

佳宝起初没意识到自己哭了,是林道行突如其来的动作提醒了她。

眼泪说来就来,她也控制不住,林道行的手很大,这样贴着她的脸,她好像可以让自己尽情地躲在他的手心中,不被别人瞧见。

佳宝一直都认为自己很坚强,从不矫情,此刻也是,她咽了咽喉咙,将眼泪逼回,问道:"你是不是早就知道我是谁?为什么你从来不说?"

"我只知道你的名字,但不知道你长什么样。"

冯书平经常跟齐嘉俊和朱楠聊起妹妹,一会儿问他们荷叶茶到底能不能减肥,他妹妹胖了两斤,最近在喝荷叶茶。一会儿又说他几天没见着妹妹了,也不知道妹妹还会不会理他。

那两个人就说小女生娇气难哄,冯书平又立刻辩解:"我家宝不是那种娇气的女孩子,别看她长得乖,实际上皮得很。哎,什么时候你俩跟我回家,我带你们认识认识,我妹她漂亮可爱性子好,上树摘桃下河摸鱼无所不能,脑子又活,是个小机灵鬼,绝对人见人爱!"

其中一人说道:"干吗?让我们去你家,你挑妹夫啊?"

"做梦,想得美你们,我妹这种条件的,将来对象难找。"

"啊?刚还夸得天上有地下无,现在又难找对象了?"

"没个天下第一的水准,怎么配得上我家宝?"

"你还要不要脸?干脆就说连师父这条件的也配不上你家宝贝就得了!"

冯书平怕被听见,偷偷觑了师父一眼。

林道行坐在办公桌后头低头忙碌,装作没听见,他懒得搭理这几个无聊的小子。

"你哥经常说的是'我家宝',后来我才知道你原来叫'佳宝'。但'佳宝'这个名字并不罕见,何况你们本来住在H省,我没想到会在S省遇见你。"

佳宝的睫毛上还有眼泪,她的视线有些模糊。

她和哥哥从出生起就生活在H省,哥哥在H省念的大学,后来进入H省的电视台实习,那儿才是他们的家乡。

她轻声说道:"我哥离开后,我爸妈调到了M国,我不想出国,所以就来了S省,和舅舅一家生活在了一起。"

林道行点了点头:"嗯……所以我本来以为你只是同名同姓,直到后来,我看见你和你哥哥的大头贴。"

"你……那个时候就认出来了?"

"认出来了。"

小学时期的冯书平,跟成年后有五六分像,加上都姓"冯",林道行看到大头贴的时候,心中已经有九分确定。

他这人性格其实不好,十几二十岁的时候格外孤傲,这些年待人接物稍微会给对方留几分面子,但他一直就不是什么助人为乐的老好人。

但因为是佳宝,看见她体力不支地撑在路边呕吐,他才会停下车去搀她。

问起照片上的小男孩,佳宝说是哥哥,还说他不在这里。

林道行就没再问下去,那一分的不确定也终于被确定了。

活生生的佳宝,跟她哥哥形容的一样,漂亮灵动,性格好,做事利落、稳重,比她的长辈还会做人。

也有不一样的地方,比如她有些厌学。

但她的一颦一笑,依旧很招人疼。

就如此刻,林道行很想把她抱进怀里。但场合不对,还有更重要的事需要他们完成。

林道行克制住自己的欲望,他把佳宝几根凌乱的头发拂到后面。

佳宝用力抹了下脸,手放下时,表情没有调整到位,仍有几分咬牙忍哭的样子。

林道行深呼吸,将佳宝放在膝盖上的双手握住。

佳宝僵了僵。

林道行说:"我跟你哥哥、齐嘉俊还有朱楠,基本只谈普通公事,我暂时也想不出你哥哥跟万坤他们有什么不寻常的地方。这样,我们让记忆倒退着来。"

"怎么倒退着来?"

"我们用倒叙,先从最近的时间开始。你想一想,你哥哥在旅行出发前的状态。早上起床,起床后他在家里吃早饭吗?"林道行引导她。

哥哥基本每天都在家里吃早饭,因为她是走读生,早上要从家里赶去学校。

那一年家里请的是钟点工,一周就来三回,早饭他们要自己解决。哥哥怕外面的食物不干净,每天会亲自给她做早饭。

佳宝脑中闪过什么,但一时没抓住。她蹙着眉,懊恼地看着林道行。

"想起什么了?"林道行问。

佳宝用力想抽出自己的手,林道行拧了拧眉,加了几分力:"怎么了?"

佳宝没抽出来,她直白地说:"你别拉我的手,我集中不了注意力!"

林道行慢慢将她的手放开。

佳宝有些别扭,用力挥赶掉乱七八糟的感觉,她平复心绪,在脑中整理线索。

林道行也在回想。

旅行前一天，台里的气氛前所未有的热烈，难得组织一次豪华的集体游，谁不盼着早点儿下班？

那三个小子的反应……似乎不怎么激动。

相反，他们三人间的气氛似乎有点儿紧张。

他闭上眼，慢慢把记忆勾勒出来。

当时临近六一儿童节，有什么新闻？

他在检查晚上的新闻稿，省里的小学即将举行六一文艺汇演，他那则新闻没有读顺，那三个小子的动静打扰了他。

他不悦地朝他们看了眼，齐嘉俊似乎想来跟他说话，结果被朱楠拉了回去。

他赶他们："要下班就下班，都戳在这里干什么？"

他们老老实实地收拾桌子，准备走了。

他继续检查新闻稿，每一次的直播，他都会用尽十二分的努力。

然后，冯书平在临走前，问了他几句话，他低头工作，回答是回答了，但并没有走心。

"我想起来了！"

林道行从回忆中抽离，睁眼看向佳宝："想起什么了？"

佳宝说："平常我哥会起很早给我做饭，但他出发那一天早上起晚了，没时间给我做饭。他像是睡眠不足。"

"还有吗？"

佳宝努力回想。

记忆的奇妙就在于，一反常态的事就像埋在沙堆里的碎钻，沙堆虽然广博，但用心去找，也许真的能找到碎钻。

佳宝想不起还有什么特别的事，只能描述"碎钻"周边的事物："他没给我做早饭，但给我留了好几百块钱，因为他旅行要走很久。那段时间爸妈出差，家里只剩我一个人，他让我注意安全，放学晚了最好跟同学一起回来。"

很寻常的叮嘱，林道行问："还有吗？"

佳宝摇头，顿了顿，又说："好像还问我班里的男老师对我怎么样……"

林道行等着她继续说，但佳宝没往下讲。

他看着佳宝，佳宝说："就……怕男老师对女学生不规矩。新闻也经常有

这种。"

佳宝已经尽力,若非这是她见到哥哥的最后一天,她也记不起这么多事情。

林道行卷起明信片,低头思索。

过了会儿,朱家人讨论完过来,丧气地说,他们没听朱楠提过什么特别的事,更没听到过万坤他们几人的名字。

但有一点,他们三人的回忆都对得上。

朱筱尤说:"我堂哥旅游前那几天,应该有什么烦心事,他带了很多工作回来,我奶奶凌晨起来上厕所,还看到他在房间里看新闻。我们都觉得他可能工作压力太大。"

"新闻?"林道行捕捉到了朱筱尤和佳宝所述内容的重叠词汇。

凌晨还看新闻……

那段时间,他知道大家的心思都扑在旅游上,难得善解人意地没给任何人工作压力。

朱楠哪儿来的工作压力?

林道行不知不觉地把明信片卷烂了,他停了下来,望向老寒几人:"老寒?"

老寒抬了下手,让他等一等。过了会儿,老寒终于带着施开开和黎婉茵回来了。

"那个秦霜,回答问题时眼珠子乱转,我都不知道她是害怕还是心虚。"老寒开口就说。

林道行问:"你照着我的要求问的?"

"是啊。"

几人落座,将信息汇总。

秦霜的前男友沈智清,当年和罗勇勤同在记者一组工作。林道行跟沈智清不熟,当年只听同事说沈智清快结婚了,到处通知人,他们虽然跟他不熟,但既然被通知到了,怎么也要包个红包。

有人看不惯沈智清敛财的嘴脸,不舒服地说了几句,但也有人表示理解,年轻人结婚买房压力大,红包多少能缓解房贷压力。

老寒说:"沈智清没爹没妈,也是挺惨的,秦霜跟他处了几年,本来都要结婚了。星海号的那次旅游她之所以没去,是因为他俩那时在冷战。"

"因为什么事？"林道行问。

"秦霜想出国深造,沈智清不同意。"老寒说,"出国得花多少钱?秦霜是富二代?"

老寒五年前和林道行不是同事,这些人他自然都不认识。

"没听同事提过,她家世应该很普通。"林道行说。

如今的秦霜倒是圆了梦,在英国读博士。

林道行整理线索。

冯书平临行前睡眠不足,没做早饭,叮嘱佳宝注意安全,询问她班里男老师对她的态度。

朱楠心事重重,凌晨还在看新闻。

跟新闻有什么关系?

林道行把卷烂了的明信片随手一放,旁边的小手忽然递过来一张崭新的。

他看向佳宝。

佳宝伸手递着。

林道行笑了笑,接过明信片,站了起来。他摸摸佳宝的头,弯腰问:"困吗?"她的黑眼圈都出来了。

"不困。"

林道行一手拿着明信片,抵着餐桌,一手停在佳宝的头上。

他又看向殷虹,问对方:"关于齐嘉俊,你还有没有要补充的?"

殷虹摇头:"没有。"

她儿子对工作全情投入,她后来连跟他吃饭的时间都少,她什么都不清楚。

正因为不清楚,她才要找寻真相。

"那么现在,开始采访下一个人——范丽娜。"林道行说。

透过舷窗,隐约能看见遥远的海面浮出了一丝亮光。赤道线上六点日出,林道行默默掐算着时间。

他坐在采访位上,跷着腿,手拿明信片和笔,双眸微垂,边想边书写。

罗勇勤,新闻采访部记者一组组长。

沈智清,新闻采访部记者一组组员。

范丽娜,新闻采访部策划组。

万坤,新闻编辑部播音组组长。

齐嘉俊、冯书平、朱楠,新闻编辑部播音组实习生。

还有一个未知的中年男人,职位必定比万坤大,可能是采访部领导,也可能是编辑部领导,抑或是电视台的更高层的管理人员。只有这三者,才有资格在采访部的人或者编辑部的人面前摆脸色。

但不论这人是谁,现在都已经不在世了,因为幸存的人中,并没有这两部门的领导,也没有电视台的高层。

冯书平叮嘱佳宝——很多家长确实会提醒家中孩子注意异性,但通常不会无缘无故特指,尤其是特指老师这一职业,除非那期间,出现了这样的新闻,引起了关注。

所以男教师性骚扰或性侵的新闻……

还有朱楠,他在看什么新闻?

六一儿童节前夕,有什么跟教师有关的性侵案新闻吗?

林道行依循着这个思路,努力回想。

他没有过目不忘的本事,但他曾经的职业性质,要求他每天必须播读大量的新闻,商业、农业之类的新闻肯定无法记忆多年,但社会要案、大案,只要他曾播读过,翻找记忆并不是一件太难的事。

这时,范丽娜已经被带进来,她进门先找儿子:"浩浩——"

顾浩本来一直缩在角落,见老妈被朱家几人拽进来,他大吼一声:"放开我妈——"说完,他一头冲了过去。

朱老先生夫妇年事已高,经不住这种冲撞,二老一个被撞倒,一个跟踉着躲开,朱筱尤立刻去扶人:"爷爷、奶奶!"

顾浩尿了半天,这会儿再次看到老妈,他清醒了过来。他把碍事的老人推开,大喊大叫:"你们这群疯子,你们就陪着她疯吧,都是一群神经病!我要回去!我们回去!"他抓着老妈往外面冲。

被绑在甲板上的万坤撩了撩眼皮,眼珠子一转,仍旧按捺着不动。

顾浩才跑两步,后领就被老寒大力一拽。

"啊——"顾浩摔在了地上。

"浩浩——"范丽娜要去看儿子，老寒哪儿会让她得逞？他一把架住范丽娜的胳膊。

"砰——"地板猛现一个焦洞。

"啊——"

"啊——"

秦霜和杰克，还有朱筱尤、黎婉茵等人全都抱头尖叫，施开开和严严离得最近，她尖叫着抱住严严。

船员们一阵慌乱，幸好有船长挡在前面护着他们。

佳宝刚从吧台重新拿了两瓶矿泉水，准备送去给林道行。

她听出他嗓子沙哑，知道他声带息肉手术才刚做一个月，现在其实还不能长时间用声。

她想让他多喝点儿水，好歹能润润喉咙，没料到才走几步，就听见枪响，她惊得松手后退，矿泉水砸到了地板上。

林道行倏地站起来，大声提醒："殷女士，请冷静！"

殷虹将枪口一转，对准林道行，佳宝惊呼，想都没想就几步冲至林道行身边，想把他推倒。

林道行条件反射地将她抱住，猛侧过身，用后背挡向枪口。

"殷女士，你要的真相很快就能出来，让范丽娜过来，我马上采访！老寒，过来摄像！"林道行心跳如鼓，急中生智。

殷虹呼了一口气，淡淡的眼神一一扫过众人，她慢慢放下枪。

没人敢和她对视，之前的短暂平静，就像看似风平浪静的海面。巨浪随时可能出现，届时打翻这艘游艇，这一船人都将无声无息地消失在这片海域。

子弹就嵌在顾浩腿边的地板上，他裆下湿透，一股尿骚味弥漫开来。

这一枪，让所有人都老实了。

"那就开始吧。"殷虹拿枪指了下右边，示意范丽娜，"自己过去坐好。"

范丽娜被这一枪震慑住，她最后看了一眼儿子，哆哆嗦嗦地小跑到殷虹指定的地方，但不确定坐哪儿。她朝林道行看了眼，林道行下巴朝对面的椅子处一点，范丽娜赶紧坐下。

林道行抚抚佳宝的后背,松开她,然后拎起旁边的椅子,拖到吧台前面。"你坐这儿。"他说。

背后是结实的吧台,斜对面是他,他能时刻看住她。

佳宝本来已经不再害怕,殷虹突如其来的一出,总算让她认清现状,深刻体会到林道行之前的叮嘱——

她们虽然可能同为受害者,但殷虹手握生杀大权。

佳宝打起十二分警惕,听话地坐到林道行指定的位置上,离他越近,她越能镇定。

佳宝坐下时反手抓住他的胳膊,小声说:"矿泉水,你先喝两口。"

"嗯。"林道行拍拍她的手。

他重新拖来一张椅子,放在采访位,接着捡起地上的明信片和笔,还有矿泉水。他拧开矿泉水喝了一口,让水在喉咙里多停留了一会儿,最后咽下。

他清了清嗓子,朝老寒看了眼。

老寒见严严和施开开待在一起,稍稍放下心来,他打开机器,观察着林道行的指令,开始录制。

林道行强迫自己快速冷静。

他深呼吸——

"你清楚这次采访的性质吗?"林道行开口。

范丽娜不知该怎么回答,她看了林道行一眼,又偷偷瞟向不远处的殷虹。

但她的视线不敢停留太久。

"我想我有必要提醒你一点,殷虹女士所掌握的信息,我们并不十分清楚。她此番求的是你能诚实面对镜头。因此,我希望你的回答,不会让她觉得自己被愚弄了。"

范丽娜听明白了林道行对她的"威胁",她极力让自己镇定,大脑快速思考。

林道行沉默三秒,十指交叉,置于大腿之上,慢条斯理地说:"我们先来聊一聊你对生命的看法。"

范丽娜不理解他的开场白,她继续保持沉默。

林道行问:"你作为星海号事故的少数幸存者之一,你是怎么看待那些不幸遇难的人的?"

范丽娜沉思。

"我们时间有限，采访完你，我还要采访万坤，你知道我们现在的处境，希望你能把握时机。"林道行提醒。

不远处，殷虹盯着范丽娜："这个问题很难回答吗？从现在开始，你的思考时间如果超过五秒——"她举起枪，对准顾浩。

顾浩蹭着地板连连后退："啊——不要杀我！妈——妈——别让她杀我！"

"闭嘴！"殷虹警告他。

"好好，我听你的，我什么都听你的。"范丽娜焦急地说道，"你问什么我答什么，你问，你问！"

林道行从容不迫地接着说道："先回答我上一个问题，你是怎么看待那些，在星海号事故中不幸遇难的人的？"

范丽娜说："我很难过，真的，他们太可惜了。"

林道行："你有没有参加过他们当中某些人的葬礼？"

范丽娜："没有，我那个时候在住院，我本来也想去的，有几个跟我关系近的同事也遇难了，但我当时的身体条件不允许。"

林道行："后来呢，第二年、第三年，那个特殊的日子，每一年都会出现在电视上，你有没有找时间去探望过你那些同事的家属？"

范丽娜没有立刻回答，过了几秒她才说："没有，其实我很怕面对这种悲伤的场合。而且，我在那场事故中侥幸活了下来，我怕我真去看望他们了，反而会刺激到他们，或者勾起他们痛苦的记忆。"

林道行："这么看来，你是一个十分尊重生命，并且注重他人感受的人。"

范丽娜慢吞吞地点了下头。

林道行："那作为这场事故的少数幸存者之一，想必你自己的心情也经历了一番大起大落，你对自己的幸运，有没有诸如感叹之类的心情？"

"有，我很庆幸我能活下来。"范丽娜回答。

林道行："你觉得这场事故，恐怖吗？"

范丽娜点头："嗯。"

林道行："如果时光倒退，你还会登上星海号吗？"

范丽娜："当然不会。"

林道行:"是不是经历过这样一场事故后,你或多或少会对航海出行有一份恐惧情绪在里面?"

范丽娜的脑筋转得很快:"有是有,但是……本来我这次也没想来这里旅游,我是听别人推荐,说这里没网络、没信号,我儿子沉迷网络游戏,我就想着来这里能让他戒掉网瘾,我说的是实话!"她语气诚恳。

林道行弯了弯嘴角:"我并没有问你这个,其实你不用解释这么多。

"不知道你有没有注意过一点,衣服破了洞,才需要缝补;画作上滴了墨,才需要增添几笔,让这点儿墨融进这幅画。如果衣服没有破洞,画作上没有那点儿墨,就不需要做多余的事。

"多余的事做了,就有点儿欲盖弥彰的意味在里面了。"

范丽娜咬牙,双手紧握。

她是采访部策划组的人,林道行很少同她打交道,对她的真实为人并不了解。

几句话交谈下来,林道行可以对她做出初步评价——

沉得住气,有点儿心机,确实不是一个容易对付的人。

她很难像罗勇勤那样被诱导,林道行决定打直球。

"不如我们换一个话题。"他说。

范丽娜看着他,等着他的问题。

"你身为女性,对于女生被性侵,有什么看法?"

"什么?"范丽娜一愣。

"尤其是……女性被老师性侵犯。"林道行慢慢地说。

范丽娜不知是想到了什么,或者是意识到了什么,她的表情在这一瞬间有了变化。

佳宝坐在观看这出采访的最佳位置,将范丽娜的表情变化尽收眼底。

她转头看向林道行,用眼神告诉他,继续问这个话题!

林道行专注于范丽娜,自然不会被旁事干扰。

"五年前,我还是一名新闻主播,每天都要播报至少三十分钟的新闻,我对当时的某条关于性侵案的新闻,印象深刻。你想知道是哪条吗?"林道行徐徐道来。

范丽娜并没有呈现出明显的紧张,她的表现其实有些出乎林道行的意料。

范丽娜四十岁左右,长相并不出色,保养得一般,就像她这个年纪的绝大多数女性的样子,为人妻为人母,会逛超市、菜市场,看着普普通通,毫无特色。

但她此刻的镇定,足以显示她拥有不一般的心性。

林道行已经在脑海中把那一年所有关于性侵案的新闻都搜刮了一遍。

距离六一儿童节最近的那条性侵新闻,说的是——

"小学男教师多年前被女学生诬告性侵,出狱后他寻求媒体帮助,欲寻找当事女学生,还他当年清白。"

范丽娜的呼吸一滞。

林道行说完,稍作停顿。从对方的细微变化中,他得到了确定的答案,有种心头大石落地的感觉,但他并没有松一口气。

这则新闻发生在当年的三四月份,他相信只要是曾经关注这则新闻的人,有生之年都不会忘记。因为在当时,此事引起了社会热议,公众在一段时间内,对国内的司法制度、公安机关和政府部门对未成年受害者的保护的关注度,呈现出一种火箭般上升的趋势,与此事件相关的热搜关键词,占据了微博等各大平台热搜榜足有一个月之久。

林道行说出自己的猜测时,心中尚不确定,但试探后得到的肯定结果,却又勾起了他记忆中那种不是滋味的感觉。

停顿够了,他注视着范丽娜,语气平静地说:"你还记得这则新闻吗?"

范丽娜:"……有点儿印象。"

林道行:"那你说说这则新闻的详细内容。"

范丽娜没看林道行,她的眼神随意地落在旁处,鼻腔呼出长长的气,像是拒绝合作,又像是在表达"你既然已经知道了,何必再问"。

"记不清了。"她说。

佳宝在回想林道行说的这则新闻,但她实在没什么印象。

她那时数理化的成绩比较差,所以一心都扑在学习上,闲暇时最多看些动画片和电影,她对新闻丝毫不感兴趣。

哥哥有时让她陪他看,她也不乐意,总说:"等轮到你播新闻的那一天,

我再来做你的热心观众。"

可是现在,这已经成为妄想。

她深深地吐了口气,继续看着这出采访。

"好,让我来帮你回忆一下。"林道行慢慢陈述。

"当年三月份前后,一位以强奸幼女罪被判入狱十一年的男子,找到记者,诉说自己的冤屈。他自称,十一年前,他是一名小学教师,教五年级。有一天,班上女生武某找到当地派出所,告发这位老师对其性侵。警方随后展开调查,后来这位男教师被捕入狱,被判十一年。

"他找到记者表示,当年这个女学生武某,学习成绩差,上课不服管教,他曾在全班同学面前批评过她,并对她进行过体罚,她由于怀恨在心,想出了这个恶毒的计策,诬告他强奸。"

随着林道行的讲述,在场的黎婉茵、老寒等人,也想起了这则在当年闹得沸沸扬扬的新闻。

"当时他班上的那些学生和学生家长,也曾表示该男子是一位好老师,不信他会做出这种事。而那个女学生武某,自小父母双亡,由残疾的爷爷奶奶养大,家里是低保户。她学习成绩差,生活环境复杂,很多人认为她的话不可信。该男教师出狱后,找到记者,希望翻案,但翻案最困难的一点,就是当事女生武某,已经消失了。

"十一年前,这件案子被盖棺定论之后,当地警方和政府部门为了保护这位未成年的性侵受害者,帮助她改名换姓、转学、更改户籍,他们对她的保护措施做得滴水不漏。十一年过去了,谁也不知道她如今是谁,又生活在哪里。

"记者听完该男子的表述,认为此案疑点重重,又或者说,这件案子太过博人眼球,因此,他们开始帮助这名男子,走访派出所、街道等等地方,到处打探武某如今的所在地。而一些公众看到这则新闻之后,也认为这极有可能是一桩冤案。

"记者和公众把这件事推向了高潮。很快,武某如今的姓名和身份被泄露了,记者披露了她的身份。同时,警方那边确实在当年的办案过程中存在一些疏漏,记者和该男子的律师就抓着这点儿疏漏,帮他翻了案。

"后来,武某精神失常,而这名男教师,获得了一笔巨额的国家赔偿。
"最初报道这则新闻的记者……就是罗勇勤和沈智清。"
林道行讲完这则新闻,问范丽娜:"整件事情就是这样,我有没有记错?"
范丽娜脖颈上的肌肉收缩了几下,她过了一会儿,才慢慢摇头。
林道行沉默。

当年面对这则新闻,他和许多人一样,只不过是一个普通的看客。
虽然他也曾有过一些关注,但他更多的是关注自身以及工作,他的职责仅仅是播报新闻。
如今看来,问题就出在这则新闻上,齐嘉俊和范丽娜几人的矛盾,应该由此开始。
这则新闻有什么问题?齐嘉俊他们是看不过沈智清他们在这件事情上的穷追猛打?还是齐嘉俊他们认为这件案子其实另有隐情?
假如另有隐情,那么范丽娜几人在中间扮演了什么角色?
报道记者是罗勇勤和沈智清,无论他们是不是想借这件案子博眼球,他们身为记者,报道新闻也是职责所在。
当然,采访到这类轰动全国的独家新闻,他们也会获利,比如升职加薪。
但随后的六月一日,沈智清就在星海号上遇难了,而幸存下来的罗勇勤,也火速离职了。
还有,报道这则新闻,与范丽娜和万坤又有什么关系?
他们两人,一个是策划组的,一个是播音员,在此事上没名没利。
林道行觉得前方有堵墙挡住了他的视线,他无法理清这当中的因果关系。
他抬起头,先看范丽娜一眼,接着目光慢慢来到佳宝身上。
佳宝以为他想跟她说什么事,她下意识地身体往前,想做出回应,但下一秒,对方的目光就离开了,佳宝注意到林道行看向了朱家三人。
林道行的目光从朱家三人身上扫过,又来到了罗太太身上。
罗太太立刻双手举在胸前,急切澄清:"我什么都不知道啊,我都听不懂你们在说什么!"
原先被拖到一边的罗勇勤刚刚醒来,他呻吟了一声,一时没弄清状况,

察觉到双手被绑,他正要叫。

"闭上嘴。"殷虹将枪口对准他,语气淡淡地说道。

罗勇勤一声喊叫卡在喉咙里,一动也不敢动。

林道行没管他,视线最后来到秦霜身上。

此刻的秦霜,穿着单薄、性感的睡衣,两手握紧杰克的胳膊,面色如她的名字一般,苍白如霜。

她不敢和林道行对视。

这个女人,先前也不曾这般紧张。林道行卷着明信片,看着她的表情,静静沉思。

"你父母从事什么职业?"林道行问。

秦霜一惊:"啊?"

林道行朝老寒一挥手,老寒立刻掉转摄像机,对准秦霜。

"你父母从事什么职业?"林道行又问了一遍。

秦霜慢吞吞地说:"他们……就是公司员工,普通的员工。"

"你当初和沈智清购买的新房,是你家出资,还是他出资?或者你们一起负担?"

"……他。"

"如果我没记错,那房子地段不错,还是学区房,他全款买的吗?"

秦霜摇头:"不是,是按揭的。"

"首付多少?月供多少?"

秦霜闭了闭眼,再睁开时,咬牙回答:"首付七十万,月供……大概……我记不清了。"

秦霜家境普通,新房由沈智清独资购买,五年前的沈智清二十来岁,他无父无母,只是个普普通通的小记者,薪水最多解决温饱和房租,公积金也不高。

林道行仰头。

这艘游艇很豪华,每一处的装潢摆设都很精致,船舱顶部也设计得极具艺术感。

来拉加厄斯帕群岛旅游价格不菲,船游则更贵。

他深呼一口气,重新看向范丽娜,老寒及时掉转镜头。

"你们四个人,从当年的那笔国家赔偿金中,获利多少?"

范丽娜一抖,攥紧拳头,她嘴巴紧闭,不发一言。

另一头的罗勇勤,呼吸声迅速加重。

"齐嘉俊、朱楠、冯书平,他们发现了你们从中牟利的真相,所以你们在星海号上对他们三人下了毒手,是不是?"

平地惊雷。

空气瞬间凝固。

在这压抑的船舱中,施开开难以置信地呢喃:"这……这还是人吗?"

严严的手腕一直被施开开抓着,从头至尾,他一直盯着受访者。

林道行倏地站起来,对面的范丽娜避开他的眼神,身体往椅子的靠背贴近了几分。

林道行盯了她一会儿。

如果眼神是刀,他已经将对方切开,翻找她的大脑和心、肝、脾、肺。

他叉着腰,垂下头,离开座位,来回踱步。

这是他推论出来的真相,但他心底拒绝相信。现实不是小说、电影,编造的故事再离谱,心情再悲愤绝望,都只是拿来娱乐大众或者警告世人的。

他踏入社会至今,离开主播台后走南闯北多年,并非没有听过恶事,没有见过恶人;相反,他所见、所闻的恶人、恶事数不胜数。

但这些恶人、恶事远离他的实际生活,他可以把这些当成一段故事。

可范丽娜这些人,都是他初出社会时就相识的同事。电视台的工作紧张、繁忙,他也有感觉枯燥无趣的时候,工作中有不少钩心斗角,黑暗的事屡见不鲜,当然,愉快的、振奋人心的事却是占多数的。

他和这些同事的关系不远不近,会谈论公事,议论社会新闻,有时也会一起吃顿饭,上下班开车捎段路。

范丽娜这种有家有子的女同事,最常跟人交流的是育儿经和家长里短,他和她在电视台碰面,一般会客气地点一下头,就当是打招呼。

一个普普通通,已经结婚生子的女同事,这就是他对她的所有印象。

林道行紧皱着眉,整个船舱中,只有众人沉重的呼吸声,以及他的脚步声。

他的步伐由重至轻,由快至慢,最后他停下,目光再一次回到范丽娜的脸上。

不用拒绝相信,从他依照殷虹所说,对这些人进行采访开始,他其实已经做出了自己的判断。

林道行站在那里,看着范丽娜,说道:"现在已经没什么可隐瞒的了,是你说,还是他说?"他偏头指了下罗勇勤。

他的声音嘶哑,长时间说话让他的喉咙感到严重不适,喉结滚动了两下,他的眉头微微皱起。

罗勇勤看看林道行,又看看范丽娜,再一次汗如雨下。

范丽娜脸上镇定的面具其实早已被撕裂,她内心自以为克制,但大多数人都无法控制紧张或恐惧情绪下的面部肌肉。

她看了眼儿子。

顾浩之前为了躲枪口,一直蹲到了沙发边上,他听到现在,整个人又蒙又乱又怕。他们刚才说的那则新闻,发生在五年前,那时他不过十一二岁,从来没听说过这事。

现在他听明白了,但又觉得没明白,他茫然地望着老妈。

林道行坐回椅子上,拿起矿泉水抿了一口。慢慢咽下后,他边放下瓶子,边说:"现在依旧我问,你答。采访继续。"

老寒舔了下干燥的嘴唇,泛着微红血丝的双眼紧盯着摄像机的镜头。

"你、万坤、罗勇勤、沈智清,是不是与那位性侵案罪犯,合谋骗取了国家赔偿金?"林道行平静地问。

范丽娜的喉咙像被一只手掐着,她强迫自己冷静。

事已至此,她不确定殷虹这些人究竟还知道多少,她还有个儿子在这里,儿子绝对不能出事!

她下定决心似的咬了咬牙,回答:"是。"

一旁的佳宝,在这一刻,才重新有了呼吸。

多么匪夷所思的一件事,在她将近二十年的人生中,闻所未闻。她难以想象自己接下来还会听到什么。

"你们是怎么合谋策划这件事的？"林道行继续问。

范丽娜慢慢地回答："最开始……是沈智清找到我们的。他说那个男人找到他，跟他说了案子，他觉得有利可图，如果能帮那个男人顺利翻案，到时候肯定有国家赔偿金。但他一个人做不了这么多事，所以他希望我们能帮他，到时候那笔国家赔偿金，我们和那个男人一起分。"

林道行没对她的这段话提出任何质疑，他继续问："你们帮那个人翻案之初，相信他是被冤枉的吗？"

范丽娜说："我不知道他们信不信，我自己是相信的，整件事确实很可疑。"

林道行点点头："你相信那个人是无辜的，却还是接受了一起分享国家赔偿金的这个提议？"

范丽娜的双眼微微含泪："我知道这个行为确实……但我那个时候跟我丈夫在办离婚，我需要一笔钱，帮我争取到我儿子的抚养权。"

林道行继续问："你们四个人是如何帮那个人翻案的？"

范丽娜说："我们……先是去查户籍资料，然后，找到了那个女孩子，后来案件就重审了。"

"我想知道详细的过程，比如你们如何查找那个女孩的户籍资料，期间又发布了哪些新闻，当时的舆论是如何的。"林道行说。

范丽娜一五一十地回答："先是沈智清去当地派出所问那女孩现在的户籍情况，但是派出所不告诉他，说他没权力查这个，他后来又去找了这女孩的一个亲戚。我们……也帮他出谋划策了，建议他利用舆论的力量，给警方施压。沈智清后来想办法去贿赂了街道办的一个人，向他了解了那女孩后来的情况。"

林道行："你们就这样找到了那女孩吗？"

范丽娜："嗯。"

林道行："接下来呢？"

范丽娜："我们和律师一起查找当年那件案子的细节，沈智清就负责采访当事人过去的那些邻居、朋友，后来……就这么翻案了。"

林道行依旧没提任何质疑，他继续问："现在案件已经过去五年，你认为这起强奸幼女案，究竟是冤案，还是事实？"

范丽娜垂眸，过了几秒，才说："我后来想想，觉得那起案子，可能并不是冤案。那个男人，是沈智清带来的，我也不知道他们最初的沟通过程。"

林道行问："你是什么时候觉得，这可能并不是冤案的？"

范丽娜："翻案成功前后吧。"

林道行："那就是搭乘星海号邮轮之前。"

范丽娜："嗯。"

林道行："齐嘉俊、冯书平和朱楠三人，是怎么发现你们从中牟利一事的？"

范丽娜摇头："这个我真不知道，他们……他们就这么突然知道了。"

林道行："就因为他们发现了这件事，所以你们在星海号邮轮上，合谋杀害了他们？"

范丽娜使劲摇头："没有，绝对没有，我怎么可能杀人，我——"

林道行适时地打断了她："你们几人在邮轮发生事故之前的那段时间，在哪里？在做什么？"

范丽娜没立刻回答。

林道行微微偏头，朝罗勇勤所在的方向瞟了眼。

范丽娜随着他的举动，偷偷瞄向罗勇勤。罗勇勤听了她的那番回答，没再淌汗了，但他的表情有点儿紧张。

范丽娜琢磨了一下，慢慢回答道："我们……那天晚上，我们几个人在一起喝酒。"

林道行："你们哪几个人在一起喝酒？"

范丽娜实话实说："我、万坤和罗勇勤，我们三个人。"

林道行："沈智清不在？"

范丽娜："他不在，他回房了。"

林道行："你们三个人，后来为什么一起去了四楼？"

范丽娜朝罗勇勤看了眼。

罗勇勤心中一紧，他之前根本没提过这个。

林道行轻咳一声，清了清难受的嗓子，范丽娜立刻收回视线。

这就是信息不对称的好处，林道行提醒："怎么？不记得了？"

范丽娜说："我的房间就在四楼，我是回房间。"

林道行："罗勇勤的房间也在四楼？"

范丽娜："嗯。"

林道行："沈智清呢？"

范丽娜："也是四楼。"

林道行："万坤的房间在五楼，他那么晚去四楼做什么？"

范丽娜："他可能……和罗勇勤还有话聊吧。"

林道行点点头："罗勇勤是不是和沈智清一间房？"

范丽娜："嗯。"

林道行："你的房间和罗勇勤、沈智清的房间，相隔多远？"

范丽娜："我们两间房……隔了三四个房间。"

林道行："你后来回自己的房间了，是吗？"

范丽娜："是。"

林道行："从你回房，到发生事故，中间相隔多久？"

范丽娜："这我记不清了，大概是……五分钟？"

林道行："你没带家人一起出游，应该也是和同事合住的。你这么晚回房，你当时的室友睡了吗？"

范丽娜捉摸不透他问这句话的用意，她回答："她睡了。"

林道行："你回房之后做了什么？"

范丽娜想了想："本来我准备洗澡的，但还没来得及洗，事故就发生了。"

林道行："你直接跑出了房间？"

范丽娜点头。

林道行："没穿救生衣吗？你们坐上邮轮之后，一定进行过逃生演练，每间舱房里也一定预备着救生衣。"

范丽娜说："当时我太紧张了，根本反应不过来，一出事就马上想逃跑，所以没来得及穿上。"

林道行："你跑出房间的时候，看到的是什么状况？看见罗勇勤和万坤了吗？"

范丽娜："看见他们了。当时……当时就是整艘邮轮都震了震，然后我们就马上逃出四楼了。"

林道行:"你有看到其他人吗?"

范丽娜摇头:"没有。"

林道行:"你没看见沈智清?照你所说,万坤和罗勇勤,应该一起回了房间,沈智清在此之前,也已经在房间里了。万坤和罗勇勤逃了出来,沈智清呢?"

范丽娜沉默了一下,说道:"这个……我也不清楚。"

林道行:"你当时的室友呢?你逃跑了,没叫上室友一起跑?"

范丽娜:"……我太紧张了,忘记叫她了。"

林道行:"照你之前所说,你是一个尊重生命、重视他人感受的人,并且,也是因为爱子之心迫于无奈,才做出了合谋从国家赔偿金当中获利这件事。

"你和大多数人一样,有普通的善心。而绝大多数人在灾难来临的时候,即使准备自己一个人逃跑,也会下意识地做出尖叫、呼喊之类惊慌失措的举动,可你没有做出这种惊慌失措的举动,也没有提醒你的室友。

"你没有惊慌失措,这点也许能证明你其实是一个泰山崩于前而面不改色的人,可这又与你之前的所述互相矛盾——你说你太紧张,连救生衣都忘了穿。

"你的种种说辞,互相矛盾,逻辑不通。"

林道行拿着笔和明信片,微微低头,写字。

"你们三个人进入四楼之后,都没有回房间。在这五分钟左右的时间里,你们做了什么?"

范丽娜这回再也无法维持她自以为镇定的脸色了。

对范丽娜的这段采访,林道行确定了几件事:

第一,星海号发生事故之前,他们三人确实在喝酒,这点罗勇勤的说法和范丽娜的说法对得上。

第二,从他们进入四楼到事故发生,这中间的时间是五分钟左右。这五分钟他们三人并没有回房。

林道行坐在椅子上,抬头望向秦霜,说道:"秦小姐,沈智清是骗取国家赔偿金一事的主谋,你对这件事有什么话说?"

他转移了目标。

秦霜惊了惊,不知道林道行怎么突然掉转枪口,对准了她。

秦霜白着脸，连连摇头。

"你挥霍着他用不法手段获得的钱财，你对此没话说？"林道行问。

老寒已经及时掉转了摄像机的镜头。

所有人都看了过来，尤其是殷虹，秦霜死死地掐着杰克的胳膊，惊慌失措。

"现在这种情况，你是否应该把你所知道的，原原本本地说出来？"林道行提醒她。

整件事她都是无辜的，她并没有做任何犯法的事，她用不着撒谎！秦霜这么告诉自己。

长时间没有喝水，她舔了一下干燥的嘴唇，说："沈智清不是主谋，几百万的钱他总共才分到了十万，他只是一个小角色，他一个小记者能做什么？还不是听他们的！"秦霜急切地为自己辩解，"但是具体的情况我真的不清楚，我要是知道他们还杀了人，我怎么可能还……还……"她有点儿语无伦次，生怕殷虹一恼，扣下扳机。

林道行敏锐地记下了一个数字——十万。

如果秦霜所说属实，在这则新闻中，沈智清只拿到了十万，而房子光首付就要七十万……

林道行没让自己的思绪沉浸太久，他干咳了两声，摸了下不适的喉咙，对殷虹说："殷女士，范丽娜并没有说实话。"

殷虹在观看整个采访的过程中，一直都将自己保持在一个冷静的状态中，如今听见林道行的暗示，她举起枪，对准顾浩。

"不要——不要——"范丽娜飞身前扑，撕心裂肺地大喊。

老寒一把制住范丽娜。

"啊——你别杀我儿子，你问什么我都说，你别杀我儿子！"范丽娜喊。

顾浩抱着头在地上瞎爬，恐惧地尖叫着。

这声声嘶喊传至外面的甲板，万坤脸色一沉，望向无垠的海面。

客厅中，林道行拿着矿泉水瓶，敲敲桌子："让万……万坤进来吧。"

他的嗓音已经撕裂。

佳宝跑到他面前，仰头问他："你的喉咙……"

林道行摇摇头："没……"

他想说"没事"，可是声音已经发不出来，只能用气音说出最后一个字——"……事。"

佳宝紧张地说："你失声了……你不能再说话了！"

林道行摆手，又对佳宝摇了摇头。

殷虹叫朱家人把万坤带了进来，她听见佳宝的话，看向林道行："你不能说话了？"

林道行张了张嘴，声音几乎发不出来："能说。"

殷虹盯着他："你想用这样的声音继续采访？"

林道行示意自己再休息一会儿。

天色在不知不觉中早已亮了，赤道线上六点的日出并没有出现，悬窗外，是一片灰雾。

四周望不到一物。

六月到十一月，拉加厄斯帕群岛少雨，多雾。这雾不知何时会散去。

殷虹道："没那么多时间了。"她望着林道行，说道，"知道我为什么要你做这一次的采访吗？"

林道行默然不语。

"你是嘉俊的师父，他始终以你为榜样，他的装束打扮，他的播音方式，都在学习你。他想成为第二个你。

"我虽然不知道你究竟厉害在哪里，但他说你是一个了不起的人，那我就认为你应该是一个了不起的人。我想，由你完成这次采访，风风光光地出现在镜头前，把那几个人的罪行昭告天下，嘉俊在天有灵，一定会得到安慰。"

林道行心中滋味难言。

"但你现在已经发不出声音了。"殷虹说道。

老寒几人都担忧地望着林道行。

"你既然不能发声了，那就——"

齐嘉俊二十一岁进入电视台实习，与他同期进入播音组的还有另外两人，他们是竞争对手，也是兄弟、挚友。

他崇拜师父，也尊重并且看好自己的好兄弟。

"——那就，由你来完成最后的采访吧，冯佳宝。"殷虹说。

第四章
太平洋上的审判(下)

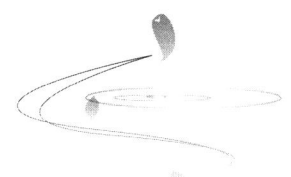

佳宝一怔:"我?"

殷虹:"对,你来。"

佳宝立刻朝林道行看。

林道行的眉心微微皱着,仔细端详佳宝。

她的眼神信任又专注,林道行能感觉到她对他的依赖,虽然不合时宜,但他心中还是产生了一种酥酥软软的感觉。

可佳宝的气色实在不算好,她本就睡眠不足,这几个小时又经历了这么多状况,此刻她的眼睛下面有着明显的黑眼圈。

缺少睡眠的人很难保持清醒、敏捷的头脑。

他无声地问:"你行吗?"

佳宝马上摇头。

不行,她怎么可能做到?这不是游戏,事关法律和人命,这么大的事情,她怎么能做到!

她刚摇完头,就见林道行用严重撕裂、低哑的声音,在她耳边说道:"为什么不行,有我在,你有什么做不到!"

佳宝心头一震。

他说得费力至极,几乎用尽了他的最后一丝声音。

明明只是很简单的几个字,明明轻得贴耳才能听到,但仿佛有一口钟朝她的心头砸了下来。

掷地有声，回声缭绕。

佳宝抬起头，目光与他交汇，她在他眼中看见了自己。

从房间出来后，她一直没照过镜子，客厅里有不少能反光的物品，她也一直没在这当中看见自己。

而他眼中的人，黑发，鹅蛋脸，穿着浅色的小T恤，有血有肉，充满生机，再过一年多，就要满二十一岁了。

二十一岁……

佳宝好像，找到了自己。

"不如我来吧。"

一句突兀的话，忽然出现。

殷虹望过去："你？"

"嗯……"黎婉茵点头，"前因后果我想我已经知道得差不多了，现在就是要他们三个人，在摄像机面前认下自己的罪行，我能办到！"

她看了眼佳宝："冯佳宝只是个学生，她没任何社会经验，她既然做不到，就别逼她了，还是我来吧。"

面对殷虹质疑的目光，黎婉茵鼓足勇气说完这番话。

如今事情基本水落石出，只差那几人的一个认罪态度而已。她想得很明白，现在用不着再害怕，如果殷虹这个女人要把所有人都杀掉，那就另当别论。但如果殷虹只是有仇报仇，不伤害无辜的人，那她就能活下来。

星海号的事故，骗取国家赔偿金的案子，新闻从业者的密谋，这一桩桩都是非同一般的大事件。

作为采访到这一事件，并将其公布于众的主持人，到时必定受到巨大的瞩目，她的事业立刻就能迎来转机！

黎婉茵此刻已经忘记了所有的恐惧和担忧，她心跳如鼓，激动又紧张。

她决心放手一搏。

林道行目光一沉，未来得及做任何举动，边上的人忽然说："我行！"

林道行转头。

"你来帮我！"佳宝对林道行说，接着又看向殷虹，"我来完成接下来的采访，给我一点儿时间，很快！"说完，她抓住林道行的手腕，步伐坚定地走向餐厅。

被晾着的黎婉茵，打量了一下旁人的神色，冷下脸，攥紧了自己的手。

老寒、施开开、严严也聚集到餐厅，黎婉茵随后走了过来。

林道行默默地看着佳宝。

佳宝把桌上的笔记本电脑打开，推到他面前，说："你教我该怎么做。"

林道行扬起嘴角，他把一张椅子拉到身边，示意佳宝坐。

佳宝坐了下来。

林道行也跟着坐下，他一边整理思路，一边打字：沈智清并非主谋，范丽娜把重要罪名都推给他，因为他是一个死人。范丽娜说的时候，罗勇勤的状态明显放松。她之所以不把重罪推给罗勇勤或者万坤，是因为这二人也在这里，一旦推给他们，他们可能反咬她一口。

佳宝心领神会，范丽娜这人太聪明了，在这么紧要的关头都能想办法把自己撇干净。

林道行继续打字：已知的两个重要时间点清楚吗？

他不想打长篇大论，性格使然，多数情况下他认为重复已知内容就是在说废话。

黎婉茵站在他们二人身后，看着电脑上的问题。林道行的提问不清不楚，她还没明白他问的是什么意思，就听冯佳宝回答："喝酒的时间和五分钟！"

林道行看向她，笑了一下。

黎婉茵抿紧嘴角。

林道行又打了几句话，文字极其简洁，但佳宝一看就能懂，她压低声音跟他讨论，林道行时不时地点头，或者再打几个字。

老寒站在林道行旁边，单手撑着桌子，偶尔补充一点儿他能想到的内容。

佳宝忽然抬起头找严严，发现他正和施开开坐在一起，她小声问老寒："严严当时有没有看到什么？"

老寒沉默了一下。

严严的事情，林道行早就听老寒说过，他偏了下头，让老寒告诉佳宝。

"严严当时创伤特别严重，话都说不清楚。听他的意思，就是事故发生的时候，他跑得快，一个人先跑了出来，他爸妈没跟上……"

老寒一想起来就难受，他一个成年人在事故五年后依旧是这样悲痛，更不用提对严严这样的小孩来讲，是多重的打击了。

他继续说道："我只知道他当时已经穿好了救生衣，人也上了甲板，但是邮轮发生了二次爆炸，他直接掉进了海里，后来他也是被别人给救上来的。其他没了，这就是我知道的全部。"

佳宝不难想象这段记忆对严严来说有多么沉重和恐怖。

林道行拍了一下她的肩膀，提醒她时间。

佳宝点点头，林道行打字："万坤城府很深。"

佳宝看着电脑上这简简单单的六个字，问林道行："还有呢？"

林道行只是沉默地回视她。

佳宝突然想到她曾听老师用来形容新闻的一句话，"字越少，事越大"。

佳宝拧眉。

林道行给了她三秒休息时间，三秒后他问：准备好了吗？

佳宝静了一下，然后点头。

两人起身离座，走向采访位。

依旧是原先靠近吧台的那块场地，此刻受访者的席位上，坐着三个人。

从左至右，依次是范丽娜、万坤、罗勇勤。

范丽娜蓬头垢面，罗勇勤局促不安。

万坤，四十岁，曾任H省电视台新闻编辑部播音组组长，当时是林道行的上司。

此刻的他，神色如常。

林道行对他颇为"怀念"。

佳宝坐下了，林道行搬了张椅子，避开摄像机的镜头，坐在离佳宝最近的地方，手边是纸、笔和电脑。

佳宝深呼吸，把自己当成另一个人。

  他像一名检察官,但检察官审问犯人讲求证据,他没有实质证据,全靠引诱和推理,捕捉对方的逻辑错误和漏洞。
  这样的智慧需要经受千锤百炼,她没有,但他就坐在她身边。
  佳宝偏头看了看,林道行温柔地回视她,对她点了点头。
  佳宝双手成拳置于大腿之侧,看向对面的人,准备就绪——

  "我认罪。"
  对面的万坤,叹息闭眼,说了这三个字。
  他先发制人!
  佳宝愣了下,原本准备好的第一个问题,就这么卡在了喉咙里。
  "我知道你们想问什么,我也知道,过去的事情不可能瞒一辈子,你们不用为难他们两个人,他们……以前都是听我的话做事的。"万坤语气低沉地说。
  所有人都愣住了,老寒的眼睛离开了摄像机,与万坤相熟的黎婉茵目瞪口呆。
  连范丽娜和罗勇勤,都诧异地望向坐在中间位置的万坤。
  佳宝下意识地转头看林道行,见他皱着眉紧盯万坤,她也不由自主地学着他的样子,皱起了眉头。
  佳宝回过头,收敛心神,挺起脊背,坐得比先前还要直。
  她对林道行有着绝对的信任,字越少,事越大,他既然对万坤做出了"城府很深"这个看似简单的四字评价,那万坤这人就绝对不简单。
  对方来了这一下,佳宝如临大敌。
  "你是冯书平的妹妹?"万坤忽然看向佳宝。
  "是。"佳宝回答。
  "你跟你哥哥长得并不是很像。"万坤叹了口气,"冯书平是一个很优秀的小伙子,当年省台招聘新人,竞争实习播音员岗位的,足有三四百人,他和朱楠、齐嘉俊一起脱颖而出,台里的领导对他很看好,如果没有意外,他大学毕业之后,就能顺利留在台里,可惜……还有朱楠、齐嘉俊——"
  万坤说着,看了一眼朱家人,又看了看一直紧握手枪的殷虹:"他们也都十分优秀。你们身为他们的家人,有权了解当年究竟发生了什么事。"

佳宝根本插不上嘴，万坤并没有给她提问的机会，他自顾自地往下说："我当年是播音组的组长。林道行，你是我的下属。当年你虽然还很年轻，但就资历来说，已经不算浅了。你大一开始就在电台、电视台各个地方打工、实习，大学还没毕业，我们省台就高价签下了你，可以说，你对台里的情况、部门里的形势，了解得并不比我少，是不是？"

林道行虽然一直盯着万坤，但对万坤的提问，他并没有做出回应。

他刚进省台的播音组时，万坤已经是组长，他为人虽然比较傲，不在乎给不给人面子，但对上级领导还是十分尊重的。

万坤是组长，组长下达的工作命令他都会完成。他热爱播音，把播音界前辈当成老师看待，想从前辈身上学习更多的经验。

但他识人的本领太过高强，什么人真诚，什么人虚伪，接触几次他就能察觉到。

比如老寒，外表凶悍，内心却十分柔软，待陌生人客气，待朋友两肋插刀，对人真心真意。所以老寒成了林道行为数不多的真朋友之一。

而万坤这人，专业技能虽然不错，但他更擅长办公室政治，并且把"教会徒弟，饿死师父"这句话融会贯通，他不会让他手底下的任何人在高层面前有表现的机会。

但他行事不动声色，表面始终是一个公正严明、技术过硬的小领导，所以齐嘉俊他们三个初出茅庐的实习生，对万坤的评价极好。

万坤并没有等着林道行的回答，他继续往下说，语速始终不紧不慢。

"有办公室的地方，自然就会有一些争斗，我知道，有些人，比如你，对我其实有不少意见，看不上我做的某些事。但你有没有想过，我那时的职位，只是一个小小的组长，我的上面还有一个主任、三个副主任，我做的事，很多都要听从于他们。有句老话，永远适合用在这个社会上，叫作'人在江湖，身不由己'。我在电视台工作，很多情况下，我也是身不由己。"

林道行默默地听完他这一大段陈述，想了想，低头写下几个字，写完后，他身体往前，弯着背，胳膊肘抵在膝盖上。

佳宝察觉到身边人换了一个姿势，她侧过头——

林道行手上举着一张明信片，上书：

时间！

把握主持！

仅凭这简单的两句话和两个惊叹号，佳宝就读懂了林道行的提醒。

天亮了，浓雾散去后，也许随时会有船只经过，他们现在想的不是求救，而是有可能功亏一篑。说不定万坤就是在拖延时间。

身为这次采访的主持人，提问权应该在自己手上，不能被对方的节奏带偏。

"万坤，你要承认的是什么罪？"佳宝果断打断对方，直接将话题带回他的第一句话。

万坤一顿，视线第一次专注地落在这个叫作冯佳宝的女孩脸上。

"你还没有交代自己的罪名和罪行，到时候观众朋友们也会看得一头雾水，你身为专业的新闻界人士，不可能不清楚新闻报道应该清晰明了吧？你说了这么多话，顾左右而言他，你到底，想要承认自己的什么罪？"

佳宝的播音腔并不够专业，但咬字标准，语调平稳，这一段话不疾不徐地说下来，令林道行侧目。

施开开觉得坐在那个位置的佳宝，与在学校里念稿子的佳宝判若两人，她恍惚觉得现在的佳宝和之前采访那两个家伙的林道行有几分神似。

施开开紧张地挽着严严的胳膊，祈祷佳宝能顺利采访到事实真相。

受访席上，万坤过了几秒，才再次开口："我刚刚正要说到这里。哎……"他仿佛陷入了不堪的回忆，"就是因为我当初的身不由己，我才犯下了错。范丽娜、罗勇勤、沈智清这三个人，都是听了我的安排，参与了五年前的一次新闻调查，这则新闻，是关于一个男教师十一年前强奸幼女的案子。"

说到这里，他看了看众人的神色："你们已经知道了？"

佳宝说完早前的那段话时，心跳还很快，她还没有适应自己的这种角色转换。如今听完万坤的认罪发言，她反而迅速冷静了下来，沉默不语。

先前的两次采访，万坤均不在室内，他不可能听见里面的采访内容，她想不到，他竟然交代得这么直接。

范丽娜和罗勇勤都愣了愣，见殷虹几人都看了过来，范丽娜连忙点头："是真的，他说的是真的，我们都是听了他的，那个男的也是他带来的！"她生怕殷虹不信,再去伤害她的儿子,只差指天发誓了,"我没必要再撒谎,我儿子在你们手上,只要你们不伤害他,你们问什么,我就说什么!"

罗勇勤也拼命点头。

"还是我来说吧,毕竟有些情况,你们两个也不清楚。"万坤眼神坦荡地望着众人,"所有的事情,都是从那次的新闻开始的。是我把那个男人带过来的,也是我,让他们三个人调查十一年前的那起案子。但是,那个男人并不是我找来的。"

众人都静静地听着他的陈述。

"他是……被王树江找来的。"

佳宝听见了一个陌生的人名,她问:"王树江是谁?"

"是新闻编辑部的主任,也是我和林道行的上司。"万坤回答。

佳宝看向林道行,林道行点头。

佳宝道:"你继续说。"

万坤:"我说我身不由己,就是因为他。当时电视台的情况,林道行也很清楚。传统新闻媒体的生存境况越来越差,更多的观众都投向了网络媒体,电视台的新闻节目很多都是共享的,不具有独家性质,观众看哪个频道,看哪档新闻节目,其实并没有多少区别。

"这种种情况,就导致了台里的新闻节目收视率越来越低。林道行,你作为台里新捧的主播,由你主持的时候,收视率的确会有所上升,但你一个人并不能救全部,是不是?你很清楚当时的境况。"

当年林道行二十三四岁,年轻英俊,台里想力捧他挽救新闻收视,他当年确实引起了一定的话题热度。

万坤说:"王树江做了这么多年的主任,他一直没怎么把收视给做上去。他这年龄已经到了升职的关键期,跟他竞争的人这么多,他不把收视弄上去,怎么争得过人家?所以,他才找到了那个强奸犯,让我们做那个人的新闻。

"而我只是一个小小的组长,我要生存,我在电视台里熬了这么多年,当中的艰辛几个人知道?王树江在这行里混了这么久,他的人脉分布得有多广?他虽然不是多大的官,但他一根指头,就能捻死我这种小职员。

"我需要工作,我也不想离开我钟爱的行业,所以,我向他妥协了。"

佳宝问:"这么说,是王树江威胁了你?"

万坤道:"没错。"

佳宝:"他仅仅是为了收视率?"

万坤:"当然还为了钱,他在让我们做这个之前,早就计算过国家赔偿金。"

佳宝:"那他威胁你一起分享那笔国家赔偿金了吗?"

万坤面不改色地说道:"你还是个学生吧,还没踏入社会,所以你不懂,有时候金钱关系才是最稳定的关系,双方只有同流合污,才能彼此信任。"

佳宝:"也就是说,你并不贪财,你之所以和大家一起分享这笔钱,是迫于无奈?"

"不,也许一开始我是迫于无奈,但是财帛动人心,后来,我确实被诱惑了。"万坤看向左右两边的范丽娜和罗勇勤,说,"其实他们都不知道,这所有的事情,背后的真正主使者是王树江,我也只不过是他的傀儡。他一直躲在背后,从不出面,这样一来,一旦有事,他就能撇得干干净净,而我就是最大的承担者。

"我说的这一切,都是实话,所以我一开始就说,我认罪,你们没必要再问他们两个人了。"

范丽娜愣了好一会儿,听完后看着万坤问:"是他?"

万坤无奈地点点头。

罗勇勤也不可思议。

佳宝问:"王树江现在还在H省电视台工作?"

万坤道:"不,他已经过世了,他也是星海号事故的遇难者之一。"

佳宝看看边上,林道行点头。

当初他们部门,去了一个主任和一个副主任,二人都在星海号事故中遇难了。

万坤这番话,说得太像真相了。佳宝一边思考,一边问:"那……五年前的六月一日,星海号邮轮上,究竟发生了什么事?"

"唉……"万坤深深地叹气,他慢慢回忆道,"冯书平他们三个人,不知道怎么发现了这件事,他们把这件事告诉了王树江,后来王树江把我们都叫到了邮轮上的酒吧。

"王树江当时表现得很生气,他对他们三个人保证,一定会给出一个结果,然后让他们三个先走了。他们三个人走了后,王树江让我给出交代,还说回去后,他一定会报告上级,等冯书平他们三人把他们找到的证据一提交,我们几个人就完了。

"我们四个人离开酒吧后,就在商量这个事该怎么办,我们当时都很怕,他们都找我拿主意,我能怎么办,我说除非他们都死了!但我这只是气话。"

范丽娜和罗勇勤的表情都告诉着众人,万坤说的是实话。

"可他们都不知道,王树江才是真正的主谋,我当时也没想到,王树江最后那句话,是在暗示我,如果冯书平他们把证据提交了,那我们就都完了,所以他们必须死!"万坤说。

黎婉茵、秦霜几人听得倒抽一口凉气。

佳宝极力让自己冷静:"后来呢?"

万坤说:"等我们四个人分开后,王树江把我单独叫了过去,让我解决。那晚我想了很久很久,我下不了决心,后来我把罗勇勤他们都叫了出来,但是沈智清不愿意来,他那个时候已经怕了。

"我买了很多酒,我们三个人就在甲板上一直喝一直喝,喝到半醉了,我脑子也糊涂了,我说,要不然就去把他们三个杀了?"

这下,黎婉茵几人发出了小声的惊呼。

范丽娜和罗勇勤,一个闭上眼,一个转开头,他们承认了万坤的说辞。

万坤似乎克制着悲伤的情绪,他继续说:"我们后来一起去了四楼,我不知道他们三个的房间在哪儿,我让罗勇勤给我带路,我那个时候是真的痛下决心,打算趁着酒劲去杀了齐嘉俊他们,但罗勇勤和范丽娜还在犹豫,我们就在过道上拉扯了半天。"

范丽娜点头:"对……"

"可是没过几分钟,邮轮就出了事,我们一听广播和警报,酒都吓醒了,就马上跑了出去。"

范丽娜闭着眼,罗勇勤朝万坤看了一眼。

"我们当时侥幸都活了下来,冯书平他们,还有王树江,都在这场事故中遇难了。我们都做过违法的事,还死里逃生了一回,这之后,我们三个人,都默认了不再来往,这几年我们也就这么过来了……"

万坤说完这一切，看向冯佳宝，看向殷虹，看向朱家三人："这件事埋在我心底五年了。我承认，我从来不是个好人，我贪赃枉法，昧着良心做假新闻，我还动过杀心，但是齐嘉俊他们三个人的死，真的是意外！千真万确，跟我们无关！"

佳宝抓着自己的大腿，默默地望着万坤。

他说得太像事实了，从头到尾，他都没有推诿什么，他所说的一切，也完全跟他们整理出来的线索对得上。

他们都已经承认了骗取国家赔偿金这件事了，该不该相信他？哥哥他们的死，真的与他们全无关系？

佳宝充满依赖地看向林道行，林道行拧眉思索，一言不发地与她对视。

林道行没有给她答案。

佳宝把头转回来，视线再次落在万坤三人脸上。

天色虽然亮了，光却没有完全照进船舱，他们那一角有些昏暗，顶部的射灯照下来的亮光，将他们几人的神态和表情映得清清楚楚。

佳宝闭上眼，把自己当成林道行。

如果是他，他会问什么问题，他会想什么事情。

他善用逻辑，善抓漏洞。

"你……对他们的死，感到难过吗？"佳宝睁开眼，问万坤。

万坤想了想，回答："有点儿，但是，我也有点儿庆幸。"

他的想法是人之常情，佳宝点点头，又问："如果时光倒退，邮轮上的事情重演，你会杀了他们三个人吗？"

万坤摇头："绝对不会，我当时也是酒劲上来了，一时冲动。真叫我杀人，那不可能！"

"是吗？那吴慧，难道不是你杀的？"佳宝问。

万坤望着她，怔了一下。

林道行看向佳宝，他垂眸思索了几秒，视线立刻投向万坤。

"吴慧的丈夫赌博成瘾，欠债不可能只有一回，她曾经向殷虹要过钱，帮她丈夫还赌债，那其余的赌债呢？她既然手上握着这么一个把柄，她没有向你要过钱吗？"佳宝站了起来，一字一句地说道，"你把整件事讲得太清楚了，所有的细节都没漏下,包括在邮轮酒吧上,王树江对你们的质问,你离开酒吧后一时气话说'除非杀了他们三个',还有你们晚上一起去四楼,你不知道我哥哥他们的房间,让罗勇勤给你带路。

"这三件事,正是吴慧曾经告诉过殷虹的三件事,她既然曾经对殷虹说过,那她对另一个她想勒索的人说过,就不奇怪了。

"为了让我们相信你,你必须把事情说得跟真相几乎一模一样,连范丽娜和罗勇勤都要相信你。

"而你既然已经知道了吴慧曾经对殷虹说过些什么,那为了让我们相信你,你自然会把吴慧知道的事情,给充分地圆过去。

"所以你才能条理如此清晰地把吴慧仅知道的三件事,都交代得一清二楚!

"万坤,吴慧勒索过你,是不是?"

船舱里顿时鸦雀无声。

安静了足有数秒,才听万坤惊诧地开口:"吴慧勒索我?这是哪儿跟哪儿?你开什么玩笑?吴慧跟我有什么关系?"

施开开没有完全跟上佳宝的思路,她还在回想殷虹之前说过的内容,但她的记忆不够清晰,她拽了拽严严,小声问:"殷虹之前说的,是这样的吗?"

严严的手臂有点儿僵硬,他点了下头。

万坤的反问一出,林道行立刻打开笔记本电脑,手指快速打字,想告诉佳宝该怎么质问万坤。

可他才打出一行字,就听见了佳宝的声音——

"你知道范丽娜和罗勇勤在之前的采访中,说了些什么吗?"

林道行停下动作。

佳宝边说边坐下。

先前她的脑子里就像烟花突然一炸,她一鼓作气地说完那些想法后,终于冷静了下来。

现在仿佛烟雾消散,她的思维愈发清晰了。

她缓了缓气,沉稳开口:"他们之前谎话连篇,自以为瞒得过我们,这是

因为,他们不知道我们知道的。因为信息不对称,所以他们撒谎后,我们才能捉住他们说辞中的漏洞。

"可是你刚才的陈述,逻辑实在太通顺,毫无漏洞可抓,并且你的说辞跟我们已知的线索完全吻合。你为什么会这么主动老实?

"我唯一能想到的,就是因为,在这之前,殷虹曾经当着我们所有人的面说过,吴慧告诉了她关于你们三个人的事。

"而你,是因为清楚知道吴慧曾经说过些什么,才毫不挣扎地把所谓的真相交代得一清二楚。因为你知道,撒谎已经没有必要。

"也只有你,跟我们的信息是完全对称的!"

范、罗二人信息不对称,万坤却信息对称,施开开几人瞬间醍醐灌顶。

"殷经理,吴慧是不是你杀的?"佳宝忽然向殷虹确认。

殷虹这次正面回答了:"不是,我没杀过人。"

"警方当时为什么会找到你询问吴慧的案子?"佳宝再问。

殷虹说:"案件还在调查,警方不可能告诉我相关案情,他们只是询问我丈夫的行踪,因为我的丈夫和吴慧的丈夫是牌友,他们想了解吴慧丈夫的情况。"

佳宝的脑子转得很快:"所以警方认为吴慧自杀案有疑点,他们首先怀疑的是吴慧的丈夫。"佳宝将视线转向万坤,"万坤,你真的很聪明,你说得这么准确,差点儿让我们相信了你的话。可是聪明反被聪明误,比如你有一句话是说,你不知道我哥哥他们三个人的房间,所以让罗勇勤给你带路。

"这样一件明明无关紧要的事,你为什么会在整个紧张的叙述过程中特意强调?这又不是拍电视剧,只有电视剧里的犯罪过程闪回,才会连这些无关紧要的细节都拍进去。

"这只是因为,你要让我们相信你所说的是事实,所以才会多此一举。

"万坤,从你否认吴慧勒索你开始,你恰好反证了我原先的猜测和试探,你就是杀害吴慧的最大疑凶!

"知道为什么吗?"

万坤沉默不语。

林道行早已把电脑搁在一边,他目光灼灼地盯着佳宝。

"如果你没做亏心事,你为什么要否认吴慧曾经对你说过那些话,从而勒索你?"

佳宝把自己代入林道行,她在短时间内学会了林道行逻辑分析的精髓,她越说越激动。

"这世上所有事情的发生都有逻辑可循——

"因为吴慧是你杀的,所以你否认吴慧曾经勒索你,你要隐瞒吴慧和你有关系的事实。

"因为我哥哥他们三个人的死跟你有绝对的关系,所以你才会因为吴慧的勒索,把她给杀了!

"我信殷虹的话,她没杀吴慧。你猜警方能不能调查到你在6月1日星海号事故五周年当天的行踪?

"万坤,你还想垂死挣扎吗?"佳宝掷地有声。

林道行一直知道佳宝很聪明。

冯书平生前总形容他妹妹是个小机灵鬼,虽然数理化成绩不好,但买东西讨价还价、用化学实验捣鬼吓唬人,却是学以致用了。

学以致用才是真聪明。

他见到佳宝的时候也在想,很多人是否聪明,从外形和举止上就能看出,她就长了一副机灵样。

他只是没想到,他还是低看了她。她小小年纪,冷静又聪慧,逻辑异常清晰。这是一场精彩绝伦的头脑风暴,他移不开眼。

范丽娜和罗勇勤不知是不是因为听到了万坤杀吴慧的事,二人的表情显得惊诧极了。

万坤微垂着头,盯着佳宝的眼神阴阴沉沉的。

"怎么,你现在是又一次动了杀心吗?"佳宝敏锐地问。

林道行没做任何动作,她知道她的分析都对了。

得到了林道行的肯定,佳宝眼珠一转,不慌不忙地说:"让我继续来分析

一下。

"如果真像你所说,你的违法行为都是被王树江所逼迫的,你又怎么会因为吴慧的勒索而杀了她?

"你杀了吴慧,根据这一点,就能否定你前面的所有陈述。所以,你真的只是王树江的一个傀儡吗?"

林道行还从没有过那种想把人高高抛起的雀跃心情,这会儿他恨不得把佳宝抛起来。

说完这一大堆话,佳宝没能忍住,看了一眼林道行。

林道行勾起嘴角,他情不自禁地站起来,走到佳宝身边,揉揉她的脑袋,然后偏了下头,示意她继续。

佳宝得到了巨大的肯定,她盯着对面,加重语气,继续说道:"这是你们三个人的最后一次机会,别再自作聪明,把真相一五一十说出来!"

先前就算拿枪指着他们,他们这几个老奸巨猾的家伙,说的是真是假,其余人也未必能辨认。事实证明,范丽娜和万坤在如此危急的情况之下,依旧能编出一段看似合乎逻辑的"真相"。

如今情况彻底清晰了,林道行给了老寒一个充满暗示的眼神。

老寒心领神会,关闭了摄像机。

林道行示意殷虹,顾浩!

殷虹扣下扳机——

"不要,不要,我说,我全都告诉你们,是万坤杀人,是他,全是他干的!"范丽娜急切地喊道。

万坤阴沉地瞪向她:"范丽娜,你不要信口雌黄!"

"我没有骗人,罗勇勤可以做证,都是万坤干的,我们都是听了万坤的!"

罗勇勤这回倒是闭着嘴,没有急慌慌地跟着范丽娜的话说。

万坤那些话已经把他的大半关系都撇清了,他低下头,偷眼观察。

罗太太生怕殷虹掉转枪口对准她,着急地低声叫道:"老罗,你倒是说呀!"

谁知殷虹根本没搭理她,殷虹枪口一转,"砰——"

殷虹开出了第二枪。

"啊啊啊啊——"罗勇勤从椅子上滚下来,恐惧地闭着眼睛大喊,"是、是、是，是万坤！是万坤杀了人，他放火，放火烧了楼梯！"

那颗子弹就从万坤的脸颊边飞过，他整个人一颤，椅子往后倒，他踉跄着离开了座位。

"Fire……"

严严张了张嘴，又轻又模糊的声音从喉咙里发了出来。

施开开一直和他在一起，她敏锐地听见了身边之人发出的声音。

她连害怕枪子儿都忘了，诧异地问道："你说什么？"

严严看向他，再一次张了张嘴，可是他长时间没讲过话，声音实在太模糊，难以辨别。

"发？"施开开疑问。

严严说："Fire……"

"我的枪法不太准。"殷虹的枪口依旧对准那三个人的方向，"你们是不是以为我不会真的杀人？"

罗勇勤滴着汗猛摇头。

"我说了，我要的是一个真相，我的耐心不多了，你们接下来说的，最好是百分之百的事实！"殷虹警告，又看向冯佳宝，"继续采访，我要一个完整的采访！"

佳宝早在那一枪过来时，就被林道行迅速带到了一边，她到底是在普通环境中长大的，面对枪支弹药实在做不到视若无睹。

她心有余悸地看着林道行。

林道行拍了拍她的脸，不怕。

接着，他又大力揉了两下她的头发，无声地说，我在。

佳宝点点头，看了看殷虹，又看了眼摄像机背后的老寒。

最后关头了，范丽娜涕泪横流，一直望着儿子，罗勇勤被那一枪吓得快崩溃了。

万坤的椅子倒下了，他站在那里，神色能看出有几分惊惧，但更多的是阴沉。

佳宝忽然撇下林道行,走向餐桌。

没人知道她要干什么。

佳宝找到自己的包,快速从里面翻出一根头绳,她一边走回采访位,一边利落地扎了一个马尾辫。

她要精精神神地完成这一次的采访,她搓了搓脸,深呼吸,郑重地坐了下来。

"都坐好,下面进行最后一次采访。"这是她说的第一句话。

罗勇勤小心翼翼地看着殷虹,在对方冷冷的眼神中,他哆哆嗦嗦地扶起椅子,坐了下来。

万坤没看任何人,他把椅子扶起,依旧坐在中间的位置。

老寒重新打开摄像机,镜头对准他们。

"范丽娜,你就从6月1日晚,你们三个人在甲板上喝酒说起。"

佳宝比较过三人后,首先挑选了范丽娜。

罗勇勤贪生怕死,他似乎不在乎自己太太的安危,只在乎自己。可现在殷虹不会杀他,因为殷虹还需要他接受采访,假如罗勇勤想明白了这点,他还是有隐瞒真相的可能的——反正撒谎了,他暂时也死不了。

而万坤则太奸猾,他比罗勇勤聪明太多,他也没有其他顾虑,大可以跟他们继续耗时间。

只剩下范丽娜了,她太爱儿子了,殷虹暂时不杀她,却大可以杀了她的儿子。

范丽娜自然不蠢,她喉咙里发出一声呜咽:"那天晚上……万坤把我们都叫了出来,这点他说的是真的,沈智清不愿过来,就我们三个人在甲板上喝酒。"

白天经历了那样一遭,范丽娜的心里慌乱得很。

她不知道那三个实习生是怎么发现了这件事的,她只知道,等这趟旅行结束,她就完了。

她刚争取到了儿子的抚养权,学校还没放假,她就没带儿子一起出来,临行前她还答应了儿子的各种要求,要给他买许多礼物带回去。

她是带着庆功的心情踏上这趟旅程的,婚姻失败对她来说无所谓,儿子才是她的一切。

可如果她出了事，儿子怎么办？儿子还这么小，他会被他爸带走，也许还会受尽后妈的虐待，即使将来她能从监狱里出来，儿子还会不会认她？

范丽娜不敢想象。

她和罗勇勤一起来到甲板，看见万坤正在自饮自酌，她说："你还有心情喝酒？！"

万坤冷冷地撩了她一眼："怎么，难道应该跳海吗？"

"你怎么还有心情开玩笑！"范丽娜着急坐下，"我还以为你是想出了什么办法！"

罗勇勤也担忧地问道："老万，你到底有没有主意？"

见万坤自顾自地喝酒不答，他把酒杯从万坤手里抽出，扫了眼边上："那么多酒，你打算醉死算了？我拜托你了，我们俩一直都听你的，你倒是出个主意啊！"

"我能有什么主意？"万坤漫不经心地说。

范丽娜想哭，她在发现前夫出轨时哭了一场后，至今都没再掉过眼泪。

离婚的过程足有两年，她也自认经历过了不少大风大浪。

范丽娜拿起酒瓶，给自己也倒了一杯。酒精度数太高，她呛了一口，把杯子一撂，沉默了一会儿，才颓丧地开口："老万，你孤家寡人，什么都不怕，我不行，我家里还有个儿子，我爸妈也就我一个女儿。我儿子是我的命根子，我爸妈还指望我给他们养老呢，我不能出事。"

罗勇勤也说："我也不能出事，我不想毁了自己的下半辈子！坐牢出来后谁还能要我，我去哪儿找工作？"他还劝万坤，"你也是，你资历再深，斗得过现在那些年轻人？你看看林道行，台里多重视他，现在把他捧得都不分东南西北了，早晚要爬到你头上。"

万坤不为所动："说那么多有什么用？有本事你们给我出个主意，怎么才能让那三个人闭嘴。现在王树江也知道了，你们说，又怎么让他闭嘴？"

范丽娜和罗勇勤都不再说话，两人低头喝闷酒。

邮轮缓慢行驶着，范丽娜也不清楚现在几点，出来的时候已经挺晚了，现在估计离天亮也没多久了。

她喝了一杯又一杯,酒精却没能缓解她的焦灼,她忍不住掩面而泣。

"唉……"万坤放下酒杯,他似乎喝多了,脸已经通红,满嘴的酒气,"哭有什么用?"

"我能怎么办?我容易吗?"范丽娜捂着眼睛,"我一个女人赚钱养家,我容易吗我!几十年了,我就没过过几年舒心日子!我儿子怎么办……"

"你觉得他们几个,贪钱吗?"万坤忽然问。

范丽娜一愣:"贪钱?"

罗勇勤喝了几杯,情绪也十分低落:"贪钱?你想用钱堵他们的嘴?那三个小的就不说了,王树江可不缺钱。"

"既然用钱不成,那你们说,有什么办法,能让他们都闭上嘴?"

"什么办法?"范丽娜和罗勇勤问完这一句,看着万坤的神色,心里咯噔一下。

"这里有大海,有邮轮,真要出个什么事,也不奇怪。"万坤蛊惑。

范丽娜口干舌燥:"你开玩笑的吧?"

"好好好,就当我开玩笑。"万坤说。

范丽娜和罗勇勤面面相觑。

万坤也不再说话了。

范丽娜一阵胡思乱想,也许是酒精上脑,她忽然说:"一个人出事又没用,他们要是全都出事,还能不奇怪?"

万坤瞥了眼酒水,说:"要不然……把他们灌醉?推下海?"

范丽娜气得直接把万坤之前的话当成了玩笑:"行了,你就瞎说吧,还推下海,四个人一起掉到海里是吧?当别人是傻子?"

"如果他们几个人喝酒喝多了,房间恰好电线短路,房间烧了起来,他们又不省人事……"万坤慢慢地说。

范丽娜和罗勇勤一怔。

万坤把最后一杯酒灌下,起身说:"走吧,叫上他们几个一起喝。"

"喝……叫他们一起喝酒?"罗勇勤不可思议,"你说真的?"

万坤踉跄了两下,似乎真喝醉了,他道:"唔,就说,我们想就白天发生的事跟他们好好聊聊,边喝边聊!"

他准备了好几瓶酒,范丽娜也记不清具体数量了,只是在当时,她拿着酒,跟随万坤去往四楼的时候,心中在想,原来他早有准备。

万坤在电梯里说:"待会儿把王树江也叫过来,他住哪间房?"

罗勇勤报了房号。

四楼分普通套房和豪华阳台套房,王树江住在豪华阳台套房。

万坤住在五楼的阳台套房,少了"豪华"二字,他听了后,看着电梯轿厢中映出的模糊的自己,也不知道在想些什么。

电梯门开了,他又问:"那三个小畜生住哪间房?"

范丽娜讲到这里,为自己辩解:"我那个时候糊里糊涂地就跟了过去,后来酒劲差不多散了,我和罗勇勤两个人就劝万坤,杀人是不得了的事啊!"

罗勇勤拼命点头:"我们当时就拉住了他,真的,我们没想杀人!"

万坤坐在二人中间,一言不发。

这两个蠢货!

他被绑在甲板上时,听见里面的动静,就知道这二人已经废了。进船舱后他要求自己一个人说,就是为了拖延时间等待船只经过,也为了不让他们再犯蠢。原本这两人也乖觉,只恨——

万坤垂着眼帘,阴恻恻地盯着前方的冯佳宝和林道行。

佳宝克制着自己,冷静地问:"接下来的五分钟,又发生了什么?"

范丽娜愣愣地没有马上开口,她淌下眼泪,又看了一眼儿子。

顾浩躲在沙发那儿,惊惧地望着这里,仿佛不认识她似的。范丽娜悲恸欲绝:"浩浩——"

殷虹等不下去了:"说!你给我说,到底发生了什么事?"

朱家三人也走近了,怒目圆睁地瞪着他们。

罗勇勤吞咽着口水,紧张地祈祷着范丽娜放聪明点儿。

继续编故事吗?骗得过他们吗?范丽娜泪眼蒙眬地望着林道行和冯佳宝两人。

"当时……当时……"她哽咽着回忆。

"喏,就住这间房,离楼梯最近。"罗勇勤回答。

站在过道上，范丽娜和罗勇勤止步不前。罗勇勤胆子最小，他讪讪一笑："要不，我们还是回去吧……"

万坤瞥他一眼。

"再回去商量商量，这不还有沈智清吗，问问他有没有办法？"罗勇勤忐忑地说。

"就他？"万坤冷笑，"他不反水就已经万幸了。"

"反水？"范丽娜问。

万坤说道："他当了婊子还要立牌坊，一边捞钱，一边良心不安，他今晚为什么不出来？你等着，看他回去后，会不会把我们出卖得一干二净。"

"不能吧……"罗勇勤不确定地说。

范丽娜想了想，也许是冲动劲过了，她拉了拉万坤："要不……再等等？"

"等什么？"

"等明天再说？"范丽娜道。

"你们跟我踏进了泥水，还以为鞋子拔出来能干净？除非你们把脏鞋子扔了。"万坤看着范丽娜，"你也别再想要你儿子。"

范丽娜心乱如麻。

她和罗勇勤对视一眼，正要说什么，脚底下忽然一阵巨大的震动。她整个人倒在了墙上，恐慌地问："怎么回事？"

三人忽听广播和警报响起。

这广播和警报他们并不陌生，刚登邮轮时，人人都被要求参加逃生演练，每间客舱都按人数备有救生衣，逃生路线也有规定，船员会帮助分散游客，众人按照指定的门出去，在三楼甲板集合，乘坐救生艇逃离。只是此刻，警报的内容却令人恐惧。

邮轮失火引起爆炸，广播里让众人迅速去集合点集合。

范丽娜和罗勇勤哪里还顾得上照着逃生演练去穿救生衣？他们撒腿就要跑，却听万坤叫住他们："等等——"

范丽娜说不下去了。

"继续。"佳宝命令。

范丽娜眼前一片阴影,紧张得视线都模糊了。她究竟是说真话还是假话?到底能不能骗过这些人?

贪赃量刑不过几年,可是……邮轮上发生的事呢?

"Fire……"

这声音突兀地出现在至关紧要的时刻,所有人都下意识地寻找发声来源。

"Fire……"

站在餐厅附近的施开开,抓着严严的胳膊,激动地说:"严严说'Fire',他在说'火'!"

老寒一怔,顾不上正在摄像,几步走到严严面前:"严严,你说什么?"

严严艰难地发声:"Fire……火……"

受访席上的范丽娜和罗勇勤,脸上血色尽失。

林道行抓紧时机,给佳宝一个眼神,快,继续!

佳宝回过神,看着范丽娜:"说!这已经是你的最后一次机会了!"

范丽娜心如死灰,她哑声开口:"万坤叫住我们,把所有的酒都洒了,放了一把火。"

"等等——"万坤拦下他们。

"干什么?赶紧跑啊!"罗勇勤着急忙慌地说道。

万坤来回走了几步,忽然停在离楼梯口最近的那间房,把酒瓶狠狠砸下,又沿路洒酒水,一直洒到楼梯口:"还愣着干什么,把酒都给我浇上!"

"你要干什么?"范丽娜难以置信地问。

"你说干什么!趁这时候,当然是放把火了!"

"你疯了?这火能烧死谁啊!"罗勇勤低声喊。

"能让他们都逃不了!"万坤阴狠地望着前方的走廊,"剩下的,就听天由命了,赌一把!"

范丽娜和罗勇勤心跳加速,也不知道谁是第二个动手的,他们全都赌上了这一把!

把好几瓶高度酒洒了个底朝天,万坤按下自己的打火机,扔到酒水中,怕火不够大,他还让罗勇勤快点儿把自己的打火机拿出来。

点上火,火苗迅速蹿上来,他们没时间再管能烧多大,快速从楼梯跑了出去。

客厅中,范丽娜继续说道:"那就是几瓶酒,几瓶酒而已啊!我们当时都喝醉了,都不知道自己干了什么,只是烧了楼梯口,没烧他们!"

罗勇勤也紧张地辩解道:"真的跟我们无关,就算我们不放火,那邮轮也马上就要爆炸了,他们的死真的跟我们无关啊,他们不是被烧死的啊!"

佳宝尚未从震惊中回神,但她的头脑已在惯性分析,她魂不守舍地说:"既然你们都觉得跟自己无关,那你们为什么一开始不说?"

罗勇勤:"纵火罪太大了,我们……我们……"

"啊——"

一声撕心裂肺的巨吼,吓了所有人一跳。

"严严!"施开开惊慌失措。

"啊——"严严悲恸地喊,"火——"

佳宝和林道行猛地起身,朝严严跑去:"严严!"

严严浑身颤抖,一个字一个字从嗓子中撕裂着蹦出:"外国人,叫'Fire',其他人,说,不能走,这边!"

他的叙述太模糊,林道行无声地叫老寒稳住他。

他把电脑拿过来,让严严打字。

严严的视线模糊成一片,双手贴着键盘,不停地颤抖,根本打不出完整的句子,众人就看着残句、错别字,慢慢地在脑中,还原了当时的情景。

逃生的楼梯口着火了,疏散人群的外国船员喊着"Fire"。

严严那时不知为什么,恰好能听见这么几句话。

他当时才十岁左右,英语水平不行,可能就记住了"Fire"这一个英文单词,后来他听见有人说中文。

"火是从这边来的,不能往这边走!"

广播提示了起火和爆炸,所有逃生的人看见有火,不可能还往火里冲,他们会犹豫、迟疑,会另外择路。

而第二次爆炸来得如此之快,他们再也没有机会去做选择。

更甚至,五楼、六楼的人,可能也失去了选择的机会。

佳宝震惊地望着受访席,她慢慢地朝他们三人走去。

"你们,耽误了他们最佳的逃生时机。"她声音干涩,"你们本来,打的也是这个主意。"

范丽娜和罗勇勤,双双颓然地倒在了椅子上。

林道行握住佳宝的手臂,佳宝?

眼眶里的泪模糊了视线,佳宝没让眼泪掉出来。

万坤脸色黑沉,额角也流下了两滴汗,他咬牙切齿地瞪着范丽娜,几不可闻地骂了声:"蠢货!"

佳宝没有听见他在骂什么,她只是长久地盯着万坤的脸看。忽然间,她狠狠甩开林道行,朝万坤冲过去,用尽力气,一巴掌抽在他脸上。

朱家三人也冲了过来,悲恸欲绝地喊着朱楠的名字,疯了似的抽打着那三个人。

殷虹远远站着,目光失去了焦距,也没意识到自己已经满脸泪水。

林道行把摄像机关了,等了一会儿,他才走过去,从背后圈住佳宝,按住她的手臂,用气声在她耳边说:"好了,好了,佳宝!"

佳宝的双手已经失去知觉,她仰头看了林道行一眼,埋进他怀中:"林道行……"

林道行按着她的后脑勺,下巴贴着她的头顶,无声地给她安慰。

他的眼睛火辣辣地疼,使劲眨了几下,把眼泪全都逼了回去。

林道行有时也觉得自己冷血,比如这会儿,在别人尚处于悲痛和气愤中时,他却很快冷静了下来。

他不自觉地亲了亲佳宝的头顶,然后扶住她的双肩,将她推出自己的怀抱。

佳宝泪眼蒙眬,视线茫然。

林道行抬起她的下巴,盯着她的眼睛,一字一句地说:"采访还没结束。"

什么?

林道行:"真相还没全部揭开。"

"还……"佳宝哑着嗓子,"还有什么?"

林道行提醒:"万坤真是傀儡?还有,沈智清只拿了十万,还有六十万的

首付费用,这是哪里来的钱?"

佳宝抹掉眼泪,脑中乱七八糟,她没办法思考了。

林道行把她拉回采访位,让她坐好,他回去拿上笔记本电脑,提醒老寒继续。

老寒用力一抹眼睛,大喊一声:"继续!"

哭声、喊声渐渐消了下去,林道行把椅子搬到佳宝身边,紧靠着她。他在电脑上打出一行字,让她替他发声。

佳宝看完,舔了一下嘴唇,做了一个深呼吸,端端正正地坐好。

老寒打开摄像机——

"万坤,"佳宝带着微微的颤音说,"采访继续。"

万坤三人抬头,不知道冯佳宝和林道行还要问什么。

"如果你所说属实,你真是王树江的傀儡,你为什么连他也要害?"佳宝问。

万坤没回答。

林道行的视线落在范丽娜和罗勇勤的脸上。

范丽娜已经把真相一丝不漏地说完,她似乎认了命,情绪反而镇定了不少。

她摇摇头,回视林道行,语调低落地说:"我不知道万坤刚才说的是真是假。"她也信了万坤刚才的说法,他们的背后主谋是王树江。

从舷窗望出去,已能看见海面,雾消散得差不多了。

林道行看向万坤,这人似乎死猪不怕开水烫。

林道行的脑中回想着刚才的全部采访内容,同时分析着万坤这人。

万坤城府深,表面看似平和,实则争强好胜,为人虚荣。

他无法确定万坤是王树江的傀儡,但有一点,他倒可以猜一猜——

佳宝看了一眼林道行新打出来的内容,并没提出任何疑问,照着林道行的原话,她问万坤:"你忌妒林道行吗?"

万坤直视冯佳宝。

"你忌妒他,他比你年轻、英俊,主持也比你厉害,在电视台的风头一定胜过了你。"

这话林道行没打,他看了眼佳宝。

"你忌妒他,所以星海号事故后你回到了电视台,对他极尽打压,你以前无法对他做什么,因为你上头还有主任和副主任压着,他们很看好林道行。后来你之所以能为所欲为,是因为主任死了,副主任也死了一个,你们整个广电集团损失了四十多人,人手严重紧缺,这个时候不提拔你,还能提拔谁?"佳宝照着林道行的原话,盯着万坤,继续说,"或者你就是想杀害王树江,甚至封锁整个四楼的动机,就是让他们全都死在那里,你盼望着升职,盼望得丧失了人性,是不是?"

万坤冷笑,他咬着牙,不为所动,一个字都不打算说。

摄像机对着他,就算活着离开了,他也已经没有活路可走,他何必让这些人称心如意!

他的视线无意中扫过殷虹握着的手枪,他想到了什么,忽然改变主意。

"我能活着离开吗?"他问。

佳宝蹙眉,林道行看向殷虹。

殷虹的眼泪早已擦干,她比朱家人冷静得快。她沉默许久,才慢慢开口:"采访顺利结束后,我不杀任何人,你们,交由法律审判。"

万坤似乎放心了,他回答:"是,你们猜得没错。"

范丽娜和罗勇勤自以为很了解万坤,听见他的承认,他们依旧倒吸一口凉气。

万坤看着林道行,说:"你知不知道,在那之前,台里打算升你的职?"

林道行点头,他曾听主任暗示过。

"你算什么东西,你才来台里几年?"万坤冷笑,"就因为你长了一张俊俏的脸,所以他们不考虑资历、实力,就要升你?!

"主任和副主任住豪华阳台套房,而我住的是普通的阳台套房,他们有什么资格住那里?不过就是一个娶了个好老婆,一个走了狗屎运升职,他们有什么真材实料?"

这才是真实的万坤,林道行跷起腿,让佳宝继续问。

这人该有多心狠手辣,才会在危急关头,仍不忘害人,仍嫉恨着挡路者?

佳宝从未想过,这种恶人真会存在于现实世界。

佳宝镇静了一下,问:"你刚才说王树江才是背后主谋,其实只是想拉个

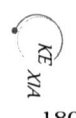

死人出来,给自己减罪?"

"是。"万坤承认。

范丽娜和罗勇勤万万没想到,万坤的城府居然如此深不可测。

佳宝这次没再需要林道行提醒,她问:"还有一件事,希望你如实告知。你们只参与了那一次非法牟利的新闻吗?"

范丽娜和罗勇勤愣了愣。

林道行侧目,把刚打出来的那行字删除:问是否只做了一次非法牟利。

"沈智清的房子首付七十万,强奸案新闻他只分到了十万,另外六十万,他是从哪里弄来的?"佳宝问。

万坤叹息,他闭上眼睛,说:"对,不止一次。"

罗勇勤力气尽失,没想到最扛不住的人竟然是万坤。

佳宝问:"你们还做过什么?"

万坤:"在那之前,我们还隐瞒了一则建筑工地的新闻,从开发商那里拿到了一笔钱。"

佳宝:"还有吗?"

万坤:"没了,就那一次,我们尝到了甜头,后来才做了强奸案的新闻。"

佳宝看向林道行。

林道行垂眸想了想,朝佳宝点了下头。

佳宝最后又问了一句:"强奸案究竟是不是冤案?"

万坤摇头:"不是冤案,是真案。"

真相是如此的丑陋!因为贪婪,他们制造了冤假错案;因为贪婪,他们堵绝了邮轮上众人的逃生道路。

他们当作没事发生,潇潇洒洒地过了五年。如今,在这艘位于太平洋的游艇上,他们终于接受了审判。

问题全部结束。

老寒看向殷虹,殷虹闭了下眼。

采访告终,摄像机关闭。

浓雾已被海风驱散,船舱里安静了一瞬。

"现在……我们……是不是可以回去了?"最先开口的是秦霜,她紧紧贴着男友杰克，忐忑地望着众人。

老寒放下摄像机，他挂心严严，转头找严严。

施开开正搂着严严的肩膀，见老寒看过来，她摇摇头。

严严已经平静了不少。

朱老先生夫妇受到的打击太大，朱筱尤一直低声安慰他们。

林道行离开座位，用气声问殷虹："殷女士？"

殷虹深深地呼了口气，还没来得及说话，就听到一声呼喊——

"啊——"

林道行猛回头："佳宝！"

佳宝痛苦地仰着头，她的脖颈被万坤掐在手里。

万坤拿佳宝挡在身前，大声命令罗勇勤和范丽娜："毁了摄像机的内存卡，快！"

谁都没料到会突生变化，万坤等的就是这一刻，在众人得到真相，精神最为松懈的瞬间发难，他杀了所有人一个措手不及。

林道行反应速度极快，立刻就想冲过去。

万坤按住冯佳宝的喉咙，后退着大声警告："你过来前她已经死了！有种你就试试！"

在林道行即将冲至他面前的瞬间，他已经靠住吧台，拿起一只酒杯敲碎，用尖口对准冯佳宝的喉咙。所有的动作、时间，他都在回答最后那两个问题时计算好了。

林道行猛然停住。

惊变发生前，佳宝的视线一直追随着林道行，对万坤毫无防备。

现在她被对方掐住了喉咙，还有尖锐的玻璃抵着她，她大张着嘴，面红耳赤，脸上的经络都凸起来了。

佳宝求生欲强烈，她奋力挣扎，一手去抠身后之人的眼睛，万坤掐她脖子的那只手立时松开，直接把她的手腕使劲一掰。

"啊——"佳宝的痛呼声被掐在喉中，剧烈的疼痛令她的大脑瞬间空白。

她的脖颈处多出了一道血痕，她没感觉到，可林道行却看得一清二楚。

林道行那一声"佳宝"喊得撕心裂肺,语调根本无法成形,顾不上自己撕裂的嗓子,他惊惧地妥协:"别伤她!"

那头的范丽娜一听万坤的命令,立刻反应了过来,她冲向老寒,但又不敢靠他太近,隔着一段距离喊:"把内存卡给我扔过来!"

不管是放火烧邮轮,还是骗取国家赔偿金,都没有实质性的证据能指证他们,只要把内存卡拿回来,他们脱罪的希望就极大。

罗勇勤还是怕死,他躲得不远不近,没有上前。幸好没有上前,随之两声枪响,他大叫着连连后退。

范丽娜摔在地上,感觉子弹打中了自己,她又痛又惧,大声呼喊。

殷虹就要对准万坤开枪,万坤冲她喊道:"开啊,先给她一枪!"他又冲林道行喊,"林道行,你舍得吗?"

林道行喘着粗气,挡臂对殷虹说:"别开枪!"

冯佳宝被挡在万坤身前,脖颈上渗着血,小小的一张漂亮脸蛋,此刻涨得通红,还爆着筋。殷虹举枪对着,过了几秒,她慢慢放下手臂。

万坤阴狠地笑着:"把你的枪给我从地上滑过来。"

殷虹死死地盯着他,怒从心起,她的手指扣下扳机,万坤喊:"林道行,你要是不想你的小情人出事,就让她把枪给我滑过来!"

林道行看着佳宝的脸。佳宝眼眶通红,像濒死一般,费力地叫他:"林道……"

"快!"万坤命令,玻璃尖口再一次往下刺。

"啊……"这回佳宝感觉到了明显的刺痛,她痛苦地叫了出来。

万坤早就看出了林道行和这个冯佳宝之间有猫腻,他赌对方舍不得冯佳宝死在这里。

果然,林道行转头就跟殷虹说了,下一刻,殷虹蹲下,把枪往前面一推。

万坤没听见的是,林道行在让殷虹推枪前,还问了殷虹一句,里面还剩几颗子弹。

"都别动!"万坤手中的玻璃尖口始终不离冯佳宝的脖子,他胁迫着她蹲下来,双目警惕地望着前方,捡起地上的枪。

破玻璃酒杯没扔，他举枪对准前面，冲罗勇勤二人喊："内存卡！"

范丽娜的大腿中了一枪，她涕泪横流地坐在地上起不来，这回罗勇勤倒是行动了，他紧张地吞咽着口水，命令老寒："内存卡，给我扔过来！"

老寒举起一只手，示意万坤别开枪，他半跪到地上，取出里面的内存卡，扔给了罗勇勤，罗勇勤捡起。

罗勇勤也不是蠢蛋："你这摄像机不是双内存的？还有一张卡呢？"

老寒攥紧了手，看了一眼林道行。

"磨蹭什么！我这手一下去，她就没命了！"万坤威胁。

佳宝疼得闭上了眼睛。

施开开急哭了："你……你给他们吧。佳宝！佳宝！"

黎婉茵几人早就躲远了，丝毫不敢发出声音，怕引起注意。

"好，拿着！"老寒取出第二张内存卡，给罗勇勤扔了过去。

东西到手，万坤盯着众人，命令道："你们，全都给我到甲板上去！"

船员们面面相觑，最后见船长点头，他们才一个个退到了外面的甲板上。

施开开等人也在林道行的示意下，慢慢离开客厅，走上甲板。顾浩却迟疑着没有动。

范丽娜已经忍痛站起来，叫儿子："浩浩，过来！"

顾浩恐慌又紧张，想了想，他还是跑到了老妈身边。

林道行是最后一个出来的，他的脸始终对着万坤他们。

万坤扣着冯佳宝，边上是罗勇勤，以及范丽娜母子。众人走出船舱，眼前是蓝天白云和辽阔的海面，风浪颇大，游艇也不知漂到了什么地方，四下里看不见任何岛屿、陆地。

万坤说："去，把冲锋舟给我放下去！"

罗勇勤急着提醒："上面有炸弹……"

"有炸弹怎么了？我们要是死了，还有人陪葬！"万坤看向林道行，对他说，"你不是能得很吗？要想留你这小情人的命，你就给我看好殷虹！"

所有人都站在了甲板上，万坤扫视一圈，说："大不了同归于尽！"他把这句话还给了殷虹。

现在已经没了退路，如果不是罗勇勤和范丽娜这两个蠢货被吓一吓就把事情全说了，他也用不着冒这么大的险。

不拼就是死路，一上岸，林道行他们将内存卡一交，万坤等人大牢坐定！

万坤拼了，等他们回到陆地，套好说辞，抵死不认，还可以反咬这些人一口。即使他们做的那些新闻被查了出来，星海号上的事却是船毁人亡，全无证据。

钱和人命，是完全不同的性质。

万坤权衡利弊，打算放手一搏。

范丽娜满头大汗，有点儿恍惚。她仿佛回到了五年前的那一晚，那时的她被逼入绝境。

她和罗勇勤对视一眼。不管当年是谁先砸的酒瓶，他们都决定拼一把！

没人敢轻举妄动，这场景像极了数小时之前。

就在几小时前，殷虹引爆了一艘冲锋舟，警告他们游艇上到处都是炸弹，他们连脚都不敢乱放。

几小时后，角色互换。

冲锋舟已经放到水里，万坤命令他们统统留在原地，谁都不许动。

林道行平举着手，看着佳宝，说："别怕！"

佳宝脖颈上的伤口很浅，但还在火辣辣地疼，她眨掉眼泪，想给林道行一些回应。

她极其勉强地牵了一下嘴角。

林道行又对她做了一个口型，只有一个字，但他生怕她不理解，他从没有过这种心脏拼命收缩的紧张情绪。

万坤对罗勇勤几人说："我先下！"

罗勇勤偷瞟他一眼，也不敢说不，范丽娜更不敢多说什么，她大腿疼得厉害，只能让儿子搀着她走路。

万坤扣着佳宝先下，罗勇勤几人警惕地望着前方，不让其他人靠近。

坐上冲锋舟，万坤依旧没有放开佳宝，他的手枪始终对着上面。

罗勇勤他们也下来了，万坤指挥："开船！"

罗勇勤擦了把汗，他从没开过冲锋舟，但之前见船员开过，估计不难，他尝试着操作，马达立刻发动了。

冲锋舟嗖一下破开海面。

游艇上，林道行冲向栏杆，在冲锋舟带起海浪的瞬间，他大力喊："跳——"

林道行一跃而下。万坤一直盯着上面，发现动静，立刻条件反射地猛扣扳机。

砰——

一下。

砰——

两下。

在万坤分神的那一刻，佳宝手肘用力向后一撞，万坤吃痛，力道松懈了半分，佳宝看准时机，毫不迟疑地一头扎进大海。

第三下，万坤使劲扣扳机，再没一颗子弹出来。

万坤扔掉手枪，猛见游艇上又有人跳进海里，他不再恋战，大声催促："开快点儿，快！"

佳宝沉进海中，奋力往前游，不敢浮出水面。她的一只手腕似乎被掰折了，丝毫使不上力气。

眼泪和海水融为一体，她在心底呼喊着林道行的名字。

可是始终看不见他，不知过了多久，她体力不支了，眼皮渐渐合上，她迷迷糊糊地叫："林道行……"

恍惚一道影子，从有光的地方而来。

佳宝被人抱住了，她安心地闭上眼，把自己交给对方。

林道行箍着佳宝的脖子，浮出海面，拼命往回游。

佳宝？佳宝？他叫她。

佳宝没给他回应。

林道行疯了似的往前，撑住，佳宝你撑住！

游艇越来越近，林道行憋出最后一股气，冲了过去。

"哗——"他把人带上了楼梯。

"佳宝！"施开开跌跌撞撞地跑过来。

林道行浑身滴着水，他抬头说："叫船医！"

施开开根本没听清他在讲什么，她着急地想去抱佳宝。

林道行把佳宝打横抱起，吼道："叫船医！"

"哦，船医！"施开开这回听清了，她赶紧跑回去大喊："Doctor——Doctor——"

林道行把佳宝放到甲板上，众人都围了过来，他没管其他人，立刻给佳宝做心肺复苏。

按了几下，他贴近佳宝，正要给她做人工呼吸，一双手臂突然绕上了他的脖子。

林道行愣了愣。

"林道行……"佳宝无力地叫着他的名字，把他抱住。

林道行喉咙一滚，他托着佳宝的后背，顺势把她扶起来。他胡乱拂开佳宝脸上的乱发，又用力给她抹脸上的海水。

抹不干净，佳宝哭了。

佳宝箍着他的脖子，呓语一般，后怕地小声呼唤："林道行，林道行……"

林道行也不管会不会把她的脸擦疼了，他用力给她抹了两下，然后捧着她的脸颊，一下一下地亲在她的脸上。

佳宝倏地一僵，脊背发麻，不自在地别了一下脸。林道行并没有察觉。

他亲得毫无章法，像是胡乱盖章，一个吻接一个吻，一会儿重叠，一会儿分散，又莽撞又用力。

佳宝双手松松地抱着他，眼眶里的泪忍着没掉下来。

不远处，施开开拉着船医，不知道该不该打断他们。

他的气息带着海水的清凉，佳宝莫名地能感受到他的那种在意和疼惜，后怕和难受的情绪随着他一下一下的"盖章"逐渐淡化，一簇簇火苗从脸颊蹿进心口，她苍白的面色被熏红。

佳宝还是挣扎了一下，她感觉古怪，分不清是别扭还是羞赧。

劫后余生的庆幸感铺天盖地地涌来，林道行放纵着自己的感情，他的力气也失了控，直到听见一道细软的闷哼，他的理智才回来。

林道行离开佳宝的脸颊,他喘着气,看着佳宝的双眼。

"我的手腕……"佳宝蹙眉。

"船医!"林道行马上喊人。

施开开早就等着了,见状赶紧和船医一块儿过去,蹲下,查看佳宝的状况。换作往常,她一定有一肚子八卦,但此情此景,她只在乎佳宝的身体状况。

"她怎么样?有没有事?"施开开着急地用英语问船医。

佳宝的手腕无力地垂着,先前她都忘记了,这会儿痛感才回来。

林道行半跪在地,让她背靠着自己,他搓着佳宝冰凉的手臂安慰:"没事的,不会有事。"

佳宝点着头,也拼命安慰自己。

船医检查了一会儿,问她:"你的手腕还能不能动?"

佳宝试着动了一下,勉强可以。

船医说:"应该没有脱臼,但你的情况还是需要治疗,你脖子上的伤口要包扎。"

林道行抬头找了下,叫殷虹:"殷虹,马上联系救援!"

殷虹一直望着海面,未给出回应,边上的老寒不得不打断林道行:"老行,过来!"

林道行循声望去,见老寒站在栏杆前,紧皱眉头,表情焦急。

殷虹捏着栏杆,神色严峻地冲林道行说:"冲锋舟停了,巴布罗游到了那里!"

巴布罗?林道行搂着佳宝,低头看了她一眼,佳宝立刻从他怀里坐起:"你不用管我!"

林道行果断起身,走至栏杆处。

远处的海面上果然停着冲锋舟,舟上坐着人,水里还有一个人,应该就是巴布罗。

具体情形看不清,林道行问:"他什么时候下水的?"

老寒回答:"你跳的时候,他跟着你跳的,就比你慢了一拍。"

林道行蹙眉。

他是为了去救佳宝,而巴布罗却一直追向了冲锋舟。

现在也不知道冲锋舟为什么会停在那里。

他跳下海时,冲锋舟刚刚起步,速度再快也开不了多远。佳宝聪明,也听懂了他的暗示,她马上下了水。

这一段距离不算远,游过去危险性不大,所以他能把佳宝平安带回来。

但此刻的冲锋舟,看起来似乎开得不远,可实际距离是远远胜过目测的。大海的波澜壮阔难以描绘,人类身在其中,比蝼蚁还要渺小。

巴布罗身为一船之长,不可能不知道海浪的危险,他鲁莽跳海,显然不是简单的见义勇为去抓罪犯。

林道行看向殷虹,问她:"巴布罗是你的同伙?"

殷虹一顿,也没什么好再隐瞒的了,她承认:"是。"

一切都解释得通了,只有身为本地人,同时兼任船长,才能轻易把炸药安装在冲锋舟上,还能让发动机舱失火,并且能控制住船员们,让他们都不反抗,给殷虹留下足够的时间完成她要做的事。

佳宝从甲板上爬起来,托着无力的手腕,走到栏杆边,听到殷虹承认的话,她很快想通这一切。

"现在不是说这个的时候,巴布罗一个人在那里会有危险,你们谁能去帮他?"殷虹跟林道行他们说完,又向船员们重复了一遍,请他们想办法去救他们的船长。

此时依旧一头雾水的船员们也焦急万分,可理智告诉他们,海浪有越来越大的趋势,他们如果下了海,危险系数随时可能激增。

殷虹冲林道行几人大声说:"他的儿子也是星海号的遇难者之一。他儿子是负责疏散四楼旅客的船员,他为了不让万坤几个人逃跑,随时可能葬身大海!"

殷虹又指着冯佳宝,怒视林道行:"如果不是为了不伤她,巴布罗用不着等她安全了才下海去抓人,他大可以在船上的时候就让他的船员们把那三个人制服!他是跟冯佳宝一样的受害者!"

林道行快速做出安排:"殷虹,你马上联络救援!船上有没有救生绳?"

后一句话,他是问船员们的。

殷虹点头，马上跑向船舱，秦霜早就迫不及待，她拉住男友，紧跟着殷虹去找救援。

船员们立刻去拿救生绳，但老寒估计绳子再多也不够，他跟了上去。林道行按了一下佳宝的肩膀，紧跟上老寒。

佳宝托着手腕要和他一起，林道行回头冲施开开说："照顾佳宝！她脖子上还有伤！"

他又对佳宝说："待着，别乱走！"

佳宝意识到自己帮不上忙，及时停住，不去给林道行添乱。

黎婉茵追着林道行几人过去："我来帮你们！"

朱家人就守在甲板上，一会儿担忧地望着大海，一会儿看一眼罗太太。

罗太太恨不得把自己缩进甲板的缝隙，她的眼泪都流干了，心中不停咒骂罗勇勤。

救生绳最长只有三十米，船员们把找到的救生绳全部拴到一起，也远远不够到达冲锋舟的距离。

林道行和老寒想了想，又去洗衣房、客房等地，把所有能当安全绳用的东西，全都集结在了一起。

两人行动迅速，最后东拼西凑出了一条超长的救生绳。

这绳子并不十分坚固，长度也不确定够不够，带着绳子游泳也是极大的负累，入海依旧十分危险。

老寒喘着粗气，给自己系上安全绳，说："我一个人下就够了，你在上头看着我。"

林道行没答，他指了几个船员让他们帮忙配合。

老寒从兜里掏出一张东西，塞给严严："看好！"

施开开一见，惊讶道："内存卡？"

其余的人都围住了严严，朱老先生尤为激动："内存卡还在？没给他们？"

老寒说："只剩一张了，最初采访罗勇勤的那段，在他们手里。"

他出国拍摄素材，不可能只带两张内存卡，习惯使然，他拍完罗勇勤那段采访后，在餐桌那儿换下了一张内存卡，顺手就把卡放到兜里了。

刚才罗勇勤问他拿卡，他趁着先前的混乱，把口袋里的素材卡提前攥在

了手中,等到为他们取卡时,他举起一只空手,让万坤别开枪,趁着大家的注意力被他举起的手吸引过来的那一瞬间,他佯装取了卡,把攥在手心里的内存卡交给了对方。

只是他没料到,罗勇勤还会让他交出第二张卡,没办法,他只能把拍摄内容最少的那张内存卡,取出来给了对方。

众人都陷入了惊喜,只有林道行没什么反应,他对老寒了解颇深,知道老寒一开始轻易就投了降,应该是有后招。

准备工作做完,风浪也越来越大,没时间再耽误,林道行刚要动作,就被佳宝抓住了衣服。

她满身的海水还没干,头发乱糟糟的,形容狼狈,湿漉漉的一双大眼睛凝视着人,谁看了都受不了。

林道行捧起她的脸,用力亲了一口,说:"我很快回来,你去洗一洗,处理一下伤口。"

说完,他就和老寒下了楼梯,动作干脆,丝毫不留恋似的。

佳宝跟在一群人身后,眼看着林道行要下水,她忍不住喊:"要当心!"

林道行仰头看了她一眼,朝她笑了笑,然后紧随在老寒的后面,跃进了海中。

老寒往前游,朝后头嚷嚷:"让你别下,你就逞能吧!"他动了下绳子,"拉好!"

林道行没法大声说话,索性没回,专注地向前方的冲锋舟游去。

两人水性都极好,早几年就拿到了潜水执照,有一年某地抗洪,他们还参加过水上救援。

经验是有,但大海波澜壮阔,这是他们头一次在海中冒险。

冲锋舟还在随海浪漂浮,每一秒都在移动,万坤涨红着脸喝道:"给我看油箱!"

罗勇勤手忙脚乱地喊:"没油了,真的没油了!"

巴布罗泡在海中,使劲把万坤往水里拽,他虽然不太懂中文,但能听懂个别词语,也能辨认他们的行为。

"油早就已经被我放了,你们休想跑!"巴布罗喊着,双手用力去拉万坤。

万坤一边反抗,一边为防自己掉下去,使劲扒着船身,整艘冲锋舟摇摇晃晃,范丽娜和顾浩扑在上面大声呼救。

巴布罗转眼就爬上了船,和万坤厮打在一起。罗勇勤顾不得管燃油箱,赶紧过来帮忙。

巴布罗是E国人,牛高马大,几下就用手臂箍紧了万坤的脖子,万坤面红耳赤地挣扎,罗勇勤推着巴布罗,也不管会不会把万坤一道带进水里。

范丽娜哭喊:"你不要命了——"

也不知道她是说哪个人不要命了。

万坤在挣扎中摸到了自己掉落的玻璃酒杯碎片,他捏紧了,往后一划——

"啊——"巴布罗痛叫。

力道一有松懈,万坤立刻将人撞开,反手就要再给巴布罗一下。巴布罗眼疾手快地一闪,同时拽住了罗勇勤,他眼中满是红血丝,声嘶力竭地喊:"你们这群杀人凶手,你们应该死在太平洋,为所有人陪葬!"

罗勇勤被他的双臂勒紧脖子,随着他一个翻身,罗勇勤滚进了海中。

巴布罗要置人于死地,双臂并没有放开。罗勇勤张嘴瞪眼,拼命挣扎,他看见远处有人游来,挣扎得更加厉害了,一声声"救命"冲出了他的喉咙。

万坤又将玻璃碎片扎过去,刺中了巴布罗的脸颊,巴布罗尖叫着松开手,罗勇勤滑进水中,拼命扒着冲锋舟,不让自己沉下去。

巴布罗回身扑倒万坤,再次和对方扭打在一起。

罗勇勤一边咳嗽,一边努力往船上爬,可他力气耗尽,根本上不去。海浪越来越大,眼看他的手快抓不住船了,他余光发现边上游来了人,惊得差点儿魂飞魄散,手一滑,立刻被海水推离了冲锋舟。

他一把抓住手边能抓的东西。"救命——"他喊。

老寒被罗勇勤拽住了,他使劲挣脱,可水中的求生者往往是最疯狂、最难摆脱的人,他一时脱不开身。

林道行眼见巴布罗满脸是血,他拼着一口气,破水往前冲,顺着海浪到了冲锋舟边上,他敏捷地抓住了万坤的衣服。

万坤正骑在巴布罗身上准备再给他一下,衣服一紧,万坤这一下顺手就朝突然冒出的力量刺了过去。

巴布罗看准时机反扑,万坤一躲,随着那股力量落进了海中。

"啊——"万坤发了狠,乍看见林道行,玻璃尖口马上朝他刺去。

巴布罗正要扑来抓人,风云变幻,一个浪头猛打过来,冲锋舟和海里的人瞬间被打散。

"No——"巴布罗的吼声随之远去。

"救……"万坤被卷进了海里。他年过四十,酒肉吃大了肚子,水性远不如他人。

"老行!"老寒心跳如擂鼓,关键时刻一把抓住了林道行。

两人加上死命抱着老寒的罗勇勤,被浪冲了一阵,不知过了多久,势头才缓了下来,他们得以喘口气。

老寒骂了一声,激烈喘息着,眼睁睁地望着只剩一点儿影子的冲锋舟逐渐消失。

林道行整个人突然一绷,老寒及时察觉:"怎么……"

没问完,林道行猛地往下沉去,水中的万坤抓住了他的腿。

游艇上,佳宝望着冲锋舟消失,再也见不到林道行他们的身影,急慌慌地问船员:"绳子有没有反应?"

绳子已经绷断,船员们沉重地摇头。

佳宝抓着栏杆,头脑猛然空白了一下,心脏不由自主地紧缩,缩到极限,像随时都要爆裂。

林道行!林道行!她要看到他,他不能出事!

佳宝朝大海拼命地叫,眼泪倾泻而下。

施开开着急地稳住她的双肩,大声问船舱里面:"救援呢?殷虹,救援呢?"

那几人进去后到现在都还没出来。

佳宝突然一个激灵,冲向船舱:"殷虹!殷虹!"她的声音带着哭腔。

严严忍不住冲下楼梯,施开开怕他出事,但她顾不过来,只能叫他:"严严!严严你回来!"

"有反应了！"船员们大声喊。

船舱内的佳宝脚步一顿，立刻掉头往下冲，其余的人紧跟着她。

船员们拉起绳子，同时抛出数个救生圈，远远的海面上，慢慢露出了几个人的身影。

众人大声呼喊着，在喊声和风浪中，老寒和林道行，终于带着万坤及罗勇勤回来了。

万坤二人一见游艇，求生欲极强地爬到了楼梯甲板上，几个船员立刻拉起二人，紧接着用早已准备好的绳索将他们绑住。

另外几个船员把体力透支的林道行二人给拉了上来。

严严忍着泪扑到老寒身边，老寒还剩下点儿力气，笑着冲他说："我命大，半路又拽到了绳子。哭什么，你亲叔叔我还活着！"

林道行半点儿力气都没了，他仰面躺在甲板上，剧烈地喘着气，头顶的光渐渐被遮挡住，泪眼婆娑、鼻头通红的一张小脸，出现在了他模糊的视线中。

他笑了下，勉强抬起手，对方自然而然地把手给了他。

他慢慢地试探着，放在嘴边亲了一下。

她没抗拒，林道行浑身放松下来。

没事，他说。

佳宝跪下来，脸颊贴了贴他的脸，她另一只手腕抬不起来，没法扶他。

楼上忽然有人带着哭腔喊："完了，我们完了！"

林道行撩起眼皮向上瞧，佳宝抬头。

秦霜站在楼梯口，崩溃般大喊："没有救援，怎么办，我们死定了！"

跟着一起去找救援的向导先生和两名船员，脸色也极差。

林道行强撑着坐了起来，旁边的船员搀扶着他起身，老寒也勉强站了起来，几人慢慢走上去。

"怎么回事？"老寒吃力地问。

上了甲板，才看见正中间站着殷虹。殷虹面色凝重地说："找不到卫星电话。"

一旁的船员紧跟着说道："通信设备和追踪设备都失效了。"

"巴布罗呢？"殷虹立刻问。

老寒顿了顿，摇头说："他……跟着冲锋舟，漂走了。"同时漂走的，还有范丽娜和顾浩。

沉默良久，殷虹疲惫地抵了下额头，闭着眼说："我猜，那些通信设备，是巴布罗做的手脚。"

他怕中间出错，令万坤几人有机会逃脱，所以他把所有能让他们逃生的东西都提前毁了，包括把那艘冲锋舟的油给放了。他知道冲锋舟没几滴燃油，也因此才会跳海追过去。

如今船长巴布罗身处汪洋大海，已经杳无踪迹。

而他们这些人，也成了茫茫大海上的困兽。

除了海浪声依旧汹涌，甲板上陷入了死一样的寂静。

林道行低了会儿头，实在有些没力气，索性退后两步，自顾自地往地上一坐，支起一条腿，后背往舱板上一靠。

老寒也累得慌，跟着坐了下来。

谁都不知道接下来该怎么办，连船员们也从未碰上过这种情况，一时想不到任何应对措施。

静默良久，秦霜率先开口。她瞧着湿漉漉的林道行和老寒二人，慌乱地说："你们两个倒是想想办法啊！"

佳宝和施开开侧目。

林道行和老寒都没理她，两人还在攒体力。

朱老先生气色很差，熬了一整宿，又受到了惊吓和打击，他的身体已然吃不消，站立时需要老伴和孙女搀扶。

他长长地叹了口气，对于目前的境况，他的心情起伏并不大，他把更多的注意力都放在了万坤和罗勇勤身上，这两人似乎刚从鬼门关走过，体力消耗严重，这会儿双手被绑动弹不得，二人像在躺尸。

朱老先生问殷虹："你……不是装了炸弹吗？能引爆冲锋舟吗？姓范的还在上面。"说完，又是一顿，他摇着头，"不，还有巴布罗。"

林道行和老寒撩起眼皮，看向了朱老先生。

殷虹懂朱老先生的心理，至亲被害，他刚知道真相，恨不得手刃仇人，又怎么能接受对方逃出生天！

殷虹摇头："没装炸弹。"

朱老先生也说不上失望，他只是又叹了口气。

秦霜经朱老先生提醒，担心自己的安危，小心翼翼地问殷虹："殷女士，你船上的定时炸弹关了吗？"

殷虹瞥她一眼，视线不愿多在她脸上停留，很快移开，说："放心吧，你死不了。"

"什……什么意思啊？"秦霜不放心。

殷虹不愿多说，干脆道："船上没炸弹。"

"没炸弹？"秦霜震惊，"你的意思是，你一直在唬我们？"

殷虹没回话。

秦霜难以置信："你从头到尾都在唬我们？！你根本不会杀人是不是？你把我们骗上船吓唬我们！"她几步冲到殷虹面前，大声喊道，"你害得我们所有人都被困在这里，我们会死在这里的你知不知道！你这个贱人——啊——"

秦霜撇头，左脸出现了一道清晰的巴掌印。

殷虹掰住她的下巴，冷冷地盯着她，秦霜吃痛地后退。

"你现在之所以不用跟那两个畜生一起被绑着，是因为你当初没坐上星海号。你这些年的生活能这么滋润，又出国又旅游，是因为你吃着人肉，喝着人血。

"你记着，你不无辜，你清楚地知道你那个前男友做了什么。你要是死在这里，这艘游艇上的人，没人会可怜你……"殷虹幽幽地说。

秦霜惊恐地发现，在殷虹威胁她的这一刻，没有一个人准备上前制止。"杰克！"秦霜喊。

杰克迟疑了一下，最终慢慢走过来，一边向殷虹说着"sorry"，一边把女友带回自己身边。

"打死活该！"施开开小声嘀咕。

严严看了她一眼。施开开瞥他，抬手捋过他的后脑勺："小屁孩。"她现在倒不是很怕，知道殷虹不会杀人，她认为只要等待附近船只经过就行。

严严皱了皱眉，倒没有躲开她的动作。

老寒的体力稍稍恢复了一些，他撑着板站起来，说道："巴布罗的目的是

防万坤他们几个人,他不想要我们的命,所以他肯定留着后手。大家再找找,看有没有卫星电话,或者其他的东西。"

老寒看向船员们,用英文问:"你们应该都学过,在海上遇到这类情况,有什么办法自救,或者联络外界?"

船员们嘀嘀咕咕地讨论着办法,老寒见这些小伙子都二十出头的模样,经验应该不够丰富,没把希望寄托在他们身上,他拍拍手,说:"我们几个分配一下,每一层逐一搜查。朱爷爷、朱奶奶,你们俩去歇着就行。"

朱老先生摇头:"我不用,我跟你们一起找。"他看向老伴,"你去歇会儿。"

朱老太太说:"你歇会儿,我跟大家一起找。你身子不好。"

老寒分配完,踢踢地上的林道行:"你怎么样,要不去躺会儿?"他扛惯了摄像机,体能胜过林道行,林道行一看就还没恢复。

林道行伸手,老寒呵呵一笑,一把将他拽起。

林道行没马上进船舱,他拉住佳宝,带着她往前走。

"干吗?"佳宝问。

林道行把她带到船医面前,招呼船医,他手指碰了碰佳宝的脖颈,说:"麻烦先帮她处理一下伤口。"

船医说:"我刚才就想帮她处理,可她担心你,不愿离开甲板。"

林道行望向佳宝,佳宝抓抓头发,然后说:"那我先跟医生去处理一下,等会儿跟你们一起找卫星电话。"

"去吧。"林道行笑笑。

留一名船员看守万坤和罗勇勤,以防他们再次逃脱,众人开始进行地毯式搜索。

游艇足有四层,他们能行动的只有十九人,搜索范围广,每一处都不能落下,任务艰巨。

佳宝处理好伤口,从沙发上起来的时候,整个人晃了晃。

她前一晚就没睡好,今天凌晨到现在又一直没合眼,肚子还是空着的,她感觉自己有点儿低血糖。

船医看她的面色刷白,担心她的身体,让她在客厅休息一会儿,佳宝摇头,

197

问他船上有没有食物。

船医说:"水果和甜点,厨房有。"

佳宝在厨房的冰箱里找到食物。没有电力供应,加奶油的甜品已经有些化了,她拿了一只苹果,顺手勾了一袋没多少重量的吐司,下楼去找林道行他们。

林道行刚把健身房翻了个底朝天,老寒说:"这鬼地方也太大了,到现在半层都没查完。"

不光大,各种柜子、橱子,能藏小东西的地方实在太多,什么信号弹、无线信标,影子都看不到。

林道行肌肉酸痛,头疼肚子饿,身体太疲乏。他扶着墙,手叉着腰,给自己一点儿缓冲时间。

突然听见一道清脆的咔嚓声,他抬起头,看见佳宝咬着一只青苹果出现在门口。

"你们在这里!要先吃点儿东西吗?"佳宝问。

林道行笑了下,接过她递来的吐司。老寒也饿坏了,抓起两片往嘴里塞。

佳宝问:"严严和开开呢?"

老寒说:"在船员房间。"

佳宝:"这里找完了吗?"

老寒:"健身房找完了,我们去发动机舱看看。"

说着,三人一起朝发动机舱走去。

林道行碰了下佳宝脖子上贴着的纱布,佳宝道:"已经上过药了。"

"还痛吗?"林道行问。

佳宝摇头。

林道行看着她的脸,说:"你脸色很差。"

"你也是。"佳宝道。

林道行蹙眉,过了会儿,他拿着快吃完的吐司,问佳宝:"厨房还有多少能吃的东西?"

佳宝想了想:"水果、面包、蛋糕之类的还有一些,其他的食物需要加工,可是船上没电,没法烧。"

游艇为了防火,厨房使用的是电磁炉,如今电力系统损坏,电磁炉自然无法使用,辅助电源仅能支持照明,也不知道还能撑多久。

几人走到半路,施开开和严严也搜索完一个房间出来了。施开开一见吃的,才发现自己已经饿得眼冒金星,看吐司只剩下了林道行手里的半片,她把目标对准佳宝。

"没了,厨房还有。"佳宝说。

"我饿死了,走不动。"施开开抽走佳宝吃了一半的苹果,从她没咬过的地方下口。

吃了两口,见严严盯着她看,施开开把苹果给他。

严严皱眉别开了头。

发动机舱一片狼藉,火烧的痕迹明显,几人从两头分别搜索,向中间靠拢。

佳宝一会儿蹲着,一会儿站立,头有些晕,眼睛也花了。可是她不想毫无方向地漂在大海上,她咬咬牙,抓紧时间继续往前搜索。

施开开也累了,她靠着机器,跟大家伙儿说:"不如我们先去休息休息,吃点儿东西吧。你们不累吗?"

老寒道:"先把这里找完吧。"

"行!"施开开加把劲。

过了一会儿,整间发动机舱都被翻了一遍,仍旧一无所获。

老寒疲惫地说:"先回客厅吧,吃点儿东西再说。"

施开开点头:"对,先吃点儿东西。"

几人刚迈步准备离开,一道影子突然歪向一侧。

林道行抱住倒在他胸口的人。

施开开回头:"佳宝!"

佳宝唇色发白,闭着双眼,手抓着林道行的衣摆,声音低不可闻地说:"我好困……难受……"

林道行立刻说:"我先带她回房间,你们去找船医。"

佳宝意识还在,她摇了下头:"不要……我想睡觉。"

林道行撇开她的头发,摸了摸她的脸,确定她不像身体有什么状况,他才说:"拿杯糖水下来。"

他将佳宝打横抱起,率先冲了出去。

施开开等人赶紧跑到客厅,见沙发、餐椅上已经坐了好几个人,外面还有两个船员在一个桶里烧东西。

施开开吃惊:"他们在烧什么?"

朱筱尤说:"他们说这个烟可以作为一种求救信号,如果有人能看见,我们就能得救。"

施开开兴奋地说道:"对啊,他们好聪明!"

朱筱尤:"嗯,他们毕竟是专业的船员。希望能有人看到烟吧。"

施开开心下松了不少,她问:"那你们找得怎么样?"

黎婉茵摇头:"一无所获。大家现在又困又饿,还是休息会儿再找吧。反正现在在放烟,说不定一会儿就有船过来了。"她看了看,问,"林老师呢?"

"佳宝晕了,他送佳宝回房。"施开开赶紧去吧台开了一瓶矿泉水,老寒去厨房拿白糖。

黎婉茵问:"佳宝没事吧?"

"应该没事。"施开开道。

黎婉茵想到之前林道行不顾场合地拼命亲吻冯佳宝的脸,心里又怒又妒。她站了起来,说:"我也去看看佳宝吧。"

施开开愣了下,虽然奇怪,但她也找不出反对的理由。

客房里,林道行已经把佳宝安置在床上。

她从海里上来后一直没打理过自己,身上的衣服虽然干了,但还有淡淡的海水味,头发也杂乱着。

他还记得前天在赤道线上见到的她,穿着一身漂亮的裙子,一头飘逸的卷发,化着淡妆,看见他时露出惊喜的笑容,令人惊艳。

林道行把她的头发用手顺了顺,又去卫生间拧了一块毛巾。

没有热水,只能用冷水,他回到床边,细心地为佳宝擦脸、脖子、手臂。

佳宝已经昏昏沉沉地入了梦,她实在太困、太累,但她能感觉到有人在动自己。"……谁?"她呓语。

林道行顿了下,轻声说道:"我。"

他声音沙哑,依旧没有完整的语调,但佳宝一听,就心安地蹭了蹭枕头,又睡了过去。

林道行本来想问她手腕还痛不痛,见她呼吸变轻,他笑了下。

他重新拧了一块干净的毛巾,继续帮佳宝擦手臂,房门没关,他在等糖水。施开开等人过来的时候,正好瞧见他弯着腰,细心地擦拭着佳宝的手指。

黎婉茵感觉不自在。

施开开端着糖水进来,小声说:"佳宝睡着了,怎么喝?"

林道行说:"先放着,我看她有点儿低血糖,等她醒了再喝。"

施开开轻轻地把杯子放下。

老寒关心地望了眼佳宝,见她没事,他对林道行说:"你也去休息会儿,我看你也不行了。"

施开开道:"船员在放烟,说不定一会儿就有人看到这烟,所以大家现在都休息去了。"

林道行点头,又看了佳宝一眼,他正要把毛巾放下回房,忽然听黎婉茵开口:"林老师,你要不要先去吃点儿东西?厨房里还有一点儿火腿肠和生菜,要不要给佳宝弄点儿沙拉,等她醒了,正好可以吃?"

林道行瞥了她一眼,黎婉茵笑容得体。

施开开心里咯噔一下,忽然想起早前黎婉茵非要坐在林道行边上的事情,她意识到了黎婉茵对林道行目的不纯。

施开开一把挽住黎婉茵的手臂,黎婉茵一愣。

"黎姐,火腿肠在哪儿?我怎么没看到?你上去指给我。"施开开拖着黎婉茵出去,又冲林道行说,"林老师,你在这里休息一下吧,佳宝有事记得叫我!"

闲杂人转眼消失,房门被关上。

林道行挑了下眉,看了佳宝一眼。过了会儿,他回洗手间把毛巾放好,出来后往佳宝隔壁床上一坐。

床间过道窄小,他离佳宝很近,能看清她的睡颜和眼底的黑眼圈。她浅浅地呼吸着,睡得极熟,林道行又想起了那只憨态可掬又不怕人类的海狮宝宝。

他打了一个哈欠,替佳宝掖了下被子,没精神再去洗漱,往床上一倒,立即睡着了。

四周昏暗,狂风乱作,海浪在脚下翻卷。佳宝站立不稳,她呼吸困难地望着对面甲板上的人,对方半截身子已经滑出了船只,扒着甲板,他的手朝她伸来,渴盼地望着她。

佳宝感到像是被人掐住喉咙,窒息之下,她不成调地哭喊:"哥哥——"

"呼……"佳宝猛然睁眼。

室内的光线如梦中一般昏暗,耳边传来海浪声,房间似乎在轻微摇晃。

佳宝不知今夕何夕,她的胸口剧烈起伏,双目盯着天花板,直到听见一声沙哑的呼唤,她才歪过头,看向立在床边的人。

"佳宝?"林道行弯着腰,关切地注视着她。

林道行用脑过度,体力又大量流失,这一觉他睡得极沉。睡梦中他忽然听见有人叫了声"哥哥",是佳宝的声音,他立刻强迫自己睁眼,从床上翻身坐起,偏头就看见佳宝眉头紧皱,无法呼吸似的拼命喘气。

林道行一下子就清醒了,他下了地,努力把人唤醒。舒了口气,林道行问:"做噩梦了?"

佳宝嘴唇干涩,她咽了几下喉咙,口干舌燥地回他:"嗯……你怎么在这里?"她撑着床想坐起来,"他们人呢?"

林道行把她扶起来,说:"不知道,可能都在客厅。"

他把糖水拿过来,说:"先喝点儿水。"

佳宝渴极了,捧起矿泉水瓶,咕噜咕噜灌下大半,她嘴间回过味来,问:"甜的?"

林道行说:"加了糖。"

他抹开黏在佳宝脸颊、额头等处的长发。虽然现在没开空调,但海上气温偏低,睡觉不容易出汗,佳宝却出了汗。

他说:"出汗了,热吗?"

佳宝摇头,她把瓶盖合上,说:"我不热。你的嗓子怎么还这样?你别说话了。"

林道行说:"没事。不喝了?"

"不喝了。"佳宝把水瓶给他。

林道行渴了,他拿过来,仰头喝完剩下的半瓶水。

佳宝仍有些昏沉,她感觉疲惫,觉得头重脚轻,往床背靠了靠,拉起被子,望向舷窗外。

夕阳西下,快要天黑了,她竟然睡了一下午。

这一天似乎格外漫长,经历了跌宕起伏的黑夜和白天,如今四周归于平静,她的情绪也在这一觉之后沉淀了下来,心情却反而变得沉重了。

她回过头,不言不语地望着林道行。

林道行问:"怎么了?"

佳宝摇头。

过了会儿,她才开口:"救援找到了吗?"

"没有。"林道行清了清嗓子,说道。

他还要再开口,就见佳宝后背离开床头,四下里找着什么。

林道行咳了两下,问:"找什么?"

"纸、笔,电脑……"佳宝掀开被子想下床找,"你写给我看吧,别说话了。"

林道行按住她的肩膀,又拍拍她的头,让她别动。

他放下空瓶,拿起床边柜上的手机。这是佳宝的,之前他拿了她的包,她的手机没搁在包里。

佳宝才想起还有手机这东西,她接过来,用指纹解锁,再把手机给林道行。

林道行打开备忘录打字:之前船员在楼上烧东西放烟,等等看,说不定会有人看见。

他把屏幕转向佳宝,佳宝看完,仰头问他:"你觉得有用吗?"

林道行摇头,不确定。

他看了佳宝一眼,想了想,继续打字,对佳宝实话实说:海上风大,烟容易被吹散,不容易被人看到,更别说这种小火小烟,升空有限。除非放一把大火,但这不现实。

屏幕再次转向佳宝,两人一坐一站,一个说话一个打字,交流不方便,林道行坐回对面床上。

佳宝看完，再把手机递给他："你跟他们说了吗？"

林道行：没说，老寒也想得到。说多了他们压力大，这不是好事。等大家休息够了，再让他们抓紧时间找救援。

他把手机递过去，佳宝看他这样举着胳膊，或者打完一句话就要递给她，接来接去太麻烦。她动了动，想坐到他身边。

林道行的手指头抵了一下她的手臂，起身指了下她的床边，说："我坐这儿。"

佳宝往旁边挪了挪。

林道行挨着她，后背往床头一靠，舒服地叹了口气。

佳宝的右手臂离他最近，她觉得手臂有些发烫，稍微挪了挪，发现手腕又痛了起来，她蹙着眉，托了一下右手腕。

林道行朝她侧了下身，轻轻拿起她的右手，托住了问："还是动不了？"

佳宝摇头："还好，动是能动，就是痛。刚才已经不怎么痛了。"

林道行说："没脱臼就好。"他皱了下眉，"还是要早点儿上岸，带你去医院。"

佳宝默不作声地把手机往他面前一搁，林道行笑了下。

"你很累吗？"佳宝问。

林道行打字，佳宝凑过去，他打一个字，她看一个字。

很累，肌肉很酸。

打完字，佳宝长久没说话，林道行侧头看她，发现她一直盯着他。

他的目光没再移动。

佳宝的视线偏了下，似乎对这样近距离的对视有些不习惯，但她很快又望了回去，慢吞吞地说："你胆子太大了，不怕万坤开枪打中你？"

林道行笑了下，打字：还剩两颗子弹，他的枪法不可能这么准，我算着呢。

"你能算到我会跳海？"佳宝问。

林道行开口："不，赌一把。"

他顿了顿，又说道："赌你够聪明，能看懂我的暗示。"

佳宝没吭声。

林道行抚了抚她的头顶，感叹道："幸好你够聪明。"

佳宝又不说话了。

"怎么了?"林道行看着她。

"你之前在海里……绳子断了。"佳宝轻声说。

"怎么?"林道行依旧看着她。

佳宝张了张嘴,过了会儿,才继续说:"还好你最后回来了……"

她泪眼蒙眬、鼻头通红的画面浮现在了林道行的脑海,他心里说不上什么滋味,也不知如何回应佳宝的话。

他把自己的手覆在她的小手上,慢慢地张开五指,与她交叉握在一起。

四目相对,谁都没再说话。时间流逝了一会儿,林道行侧过身,抬起另一只手臂,把佳宝抱进怀里。

楼上客厅里三三两两地坐着人,施开开趴在餐桌上睡着了,最后因为胳膊发麻醒了,她头昏脑涨地甩着自己的双臂,问边上的人:"几点了?"

严严手势比"六"。

施开开低头捶打胳膊没看到,也忘了严严不讲话这回事,她又问了一遍:"几点?"

严严看着她,迟疑了一下,张嘴道:"六……"

施开开一听,回过神,偏头看向严严。严严垂眸。

施开开想说什么,又怕自己逾矩了,毕竟她跟严严不熟。她想起在赤道纪念碑和严严他们分手之后,佳宝特地叮嘱她:"严严不讲话,你也别盯着他看,否则他会害怕。"

施开开话锋一转:"你睡过了吗?"

严严点头。

"你叔叔呢?"施开开问。

等了一会儿,没等到回答,施开开拉开椅子后退,正准备回房间找佳宝,忽然就听严严语速极慢,声音微哑地说:"还、在、找、救、援。"

"哦……"施开开不走了。

她无所事事,又趴回餐桌,发现严严的视线定在了某一处,她头贴着手臂,眼睛跟着望过去——

秦霜？

秦霜穿着件救生衣，一直不安地望着外面的天色。

天渐渐黑了，风浪不见小，游艇只能被动地漂在海上。秦霜怕死，担心遇上失控的巨浪，竟然穿着救生衣防身。

施开开以为严严在仇视秦霜，毕竟秦霜当年知情不报，跟事故也有着一点点间接关系。

她虽然有时候挺闹腾，但她心如明镜。施开开想了想，说："罪魁祸首会由法律惩罚，秦霜这人虽然自私自利，看着欠揍，但她毕竟不是罪魁祸首，你还小，别带着仇恨长大。"

严严转头看她，目露诧异。

"怎么了？"施开开问。

严严摇头："我……"

施开开耐心等着。

"救生衣。"严严说。

施开开不确定地问："你想穿救生衣？"

严严又摇头，正好老寒回来休息，见到这情形，他不放心地问："出什么事了？"

施开开说："没事，严严在说救生衣。"

"救生衣？"

老寒弯下腰，问严严："什么救生衣？"

严严垂眸，轻声说道："爸爸给我穿救生衣，我贪玩，跑出去……"

老寒曾跟林道行说过，严严小时候特别调皮，十岁之前像只皮猴，聪明归聪明，但不太懂事。

严严的父母对孩子比较溺爱，五月底六月初，学校根本还没放假，他们竟然帮孩子请了假，要带他去坐邮轮旅游。

严严贪玩，自然兴奋，刚坐上邮轮，他就和父母一起参加了逃生演练。他对这个演练有些懵懂，虽然大概知道逃生的意思，但更多的，他把这当成一场游戏。

事故当晚，他一直在房间里皮着，迟迟不肯睡觉，父母被他折腾得头痛，

半夜母亲去上厕所,邮轮忽然震动,警报响起。

严严的父亲愣了下,马上给他穿上救生衣,母亲还在厕所,大声地问出了什么事。

严严对逃生演练印象深刻,他没有任何紧张感,还有点儿兴奋,想向父母显摆自己的聪明。救生衣刚穿好,他立刻蹿出房间,沿着逃生路线一路跑,等着父母来追他。

他跑上了三层甲板,依旧没看到父母,集合点就位于救生艇之下,已经近在咫尺,但他迟疑了一下,又跑了回去。

这时喧闹声愈发大了,他也听见了"Fire"之类的词。他没明白出了什么事,想去找父母,但广播警报如此急促,跑上甲板的人又神色慌张,他也产生了惧意,左右张望,手足无措。

下一瞬间,邮轮猛然爆炸,等他再次睁眼,才发现自己浮在一块板上,救生艇上的大人正尝试着把他捞起来。

老寒眼睛通红,他使劲眨了几下,摸了摸严严的头。虽然严严讲得不甚流畅,但这是老寒第一次,完整地听到了事发经过。

其他的,他已经不想再多说,他嗓音沙哑着重复:"讲话了就好,讲话了就好……"

施开开有些心酸,她别过头去。

夕阳快消失了,客房里,佳宝贴着林道行的肩膀,她的鼻子莫名发酸,想起醒来前的那场噩梦,又想起噩梦之前的危险经历。

现在风平浪静了,她还能感受到这个男人身上炙热的温度。

佳宝太瘦,林道行一只手臂就能抱起她。他有些庆幸,在这般静谧的时刻,他能抱着这样一个令他难以抗拒的女孩。

林道行亲吻着她的头发。

还是佳宝先从这静谧的气氛中抽身的,她攥着林道行的衣摆,微微抬头,说:"我们上去找他们吧?"

正事要紧,林道行点头,说:"我刚才帮你擦过胳膊和脸,你还是去洗个澡,泡过海水应该不舒服。卫生间没热水,洗慢点儿,别着凉。"

佳宝从他怀里离开,脸微微发热。她尽量把一些杂念赶出脑海,心里挂念着正经事,下床说:"你也是,我先去洗了。"

佳宝拿好换洗衣服去了卫生间,林道行也回了隔壁的房间。

水有点儿凉,适应后又暖了起来,林道行三两下洗完,走到隔壁房门口。

他出来的时候特地把门关上了,估计佳宝没这么快洗好,他也不敲门,双手插兜,靠着墙,等待着佳宝。

过了五六分钟,房门倏地被拉开,里面的人走了出来,她冲劲有点儿大,直接右拐,似乎想去隔壁房间。没注意到大门边上有人,她一下撞了过来。

林道行挡住了她的去路,佳宝一下撞上他的胸口。

"啊!"她轻轻叫了声。

林道行捧着她的右脸,大拇指刮过她的鼻子,问:"撞疼了?"

"没,不疼。"佳宝问,"你都好了?那我们上去吧。"

林道行新换的衣服被她刚洗过的头发沾湿了,他说:"再去擦下头发,还在滴水。"

"不用了,很快就能干,走吧。"佳宝扯着他的手臂就走。

他们到了客厅,才发现众人基本都在,有的在发呆,有的在吃东西,老寒眼睛发红,正跟严严说着什么。

林道行和佳宝对视一眼,走上前问:"怎么了?"

"没事。"老寒扯了下嘴角,把严严刚才说的内容重复了一遍。

佳宝感同身受,她抿住嘴唇,不让自己的情绪再次沉浸在悲痛中。

林道行慢慢地,又用力地拍了两下严严的肩膀。

施开开叹了口气,站起来说:"我先去给你们拿吃的,大家先吃点儿东西。"

现成可食用的食物不算多,但目前还能让游艇上这二十来人填饱肚子。

施开开拿来了蛋糕、面包和沙拉,佳宝更想吃沙拉,但她又想多补充点儿能量,最后还是选择了奶油蛋糕。

黎婉茵坐在不远处吃着蔬菜沙拉,她看着林道行T恤上凌乱的水渍,又看了看冯佳宝湿漉漉的长发,她一叉子戳到盘底,发出一阵刺耳的摩擦声。

随着这一声响,角落地板上躺着的两个人,忍不住开口了。

罗勇勤虚弱地说:"能不能……给我点儿吃的?"

万坤黑沉着脸说道:"我要上厕所。"

没人理他们,佳宝很快收回视线。

朱老先生刚吃完一粒降压药,他喘着气,盯着那两个人,恨恨地说:"你们做梦!"

林道行朝他看了眼。

施开开啃着面包,小声跟佳宝耳语:"他们万一尿裤子……"

佳宝低头嚼着蛋糕,说道:"地板本来就脏了,顾浩已经尿过了。"

林道行也吃着蛋糕,他和老寒食量都大,但两人都默契地没让自己吃饱。谁也不知道什么时候能得到救援。

林道行见佳宝吃完两小块蛋糕就不吃了,他把沙拉往她面前推了推,说:"再吃点儿?"

佳宝又吃了几口,彻底吃饱了。

老寒一抹嘴,看了眼外面漆黑的天色,让施开开和佳宝去把化妆品拿来。

"要化妆品干什么?"施开开问。

"我也是刚想到的,可以画个'SOS',万一走运,明天刚好被飞机上的人看到了呢?"老寒说。

施开开立刻行动。

老寒又让林道行陪他去发动机舱弄点儿机油或者烧焦的灰烬上来,黑乎乎的颜色能当墨用,这已经是没办法中的办法了。

秦霜和黎婉茵也把自己的化妆品贡献了出来,一行人用黑灰、口红、眼影等等,在三层甲板上画了一个巨大的SOS。

画完三层,几人转战四层的阳光甲板,到了楼上,却见围栏边已经站着一个人,正眺望着远处的海面。

是殷虹。

"画吧,不用管我。"殷虹说。

她知道楼下的动静。

"你一直在这里?"佳宝问。

"嗯。"

"你……站在这里干吗？"施开开下午待在客厅，是没怎么见过殷虹。

殷虹侧过身，看向佳宝几人，沉默了一会儿，她才开口："不知道巴布罗现在在哪儿。"

大海茫茫，变幻莫测。他们在游艇上有吃有喝，还有屋顶遮风挡雨，暂时能保证人身安全，可冲锋舟上什么都没有，万一遇到巨浪，冲锋舟随时可能被掀翻，舟上的人安危难测。

殷虹在这里站了很久，入眼的除了蓝色的海和偶尔飞过的鸟，再无他物。

"巴布罗……有没有受伤？"殷虹看向林道行和老寒。

林道行不方便用嗓，老寒如实回答："我们看到他的时候，他满脸是血，具体伤到了哪里，有多严重，我们不清楚。"

殷虹似乎怔了下。

老寒几不可闻地叹了口气："干活儿吧。"

几人齐心协力把用餐区的桌椅搬到边上，空出中间一块地，旁边的两架吊床没法搬走，但也不碍事。

佳宝用红色的唇釉描着边，描完剩下半支，见殷虹仍抱臂望着大海，想了想，她开口："巴布罗怎么会成为你的帮手？"

此时的冲锋舟随着汹涌的海浪起起伏伏，没有方向，也无法平衡。范丽娜忍着腿部的剧痛，和儿子紧紧抱在一起，两人的恐惧在夜色中被无限放大。

巴布罗满脸血渍，他从冲锋舟上站起来，顾浩害怕地喊："你快坐下！翻船了怎么办？"

他喊的是中文，巴布罗听不懂，他垂眸看向顾浩。

范丽娜拧了一下顾浩的手臂，压低声音说："你少说话！"

顾浩一把推开范丽娜，吼道："都怪你，要不是你，我会碰上这种事？你是个杀人犯！啊——我恨你！你怎么不去死？"

范丽娜震惊地望着儿子，不敢相信自己听到的话。她捂住嘴，泪流满面。

巴布罗没管这二人，他平衡着自己，眺望远处，担忧着游艇上的众人。

他祈祷他们能找到被他藏起来的卫星电话！

彼时,北京时间上午十点左右,公安局内的项警官正焦灼地等着领导指示。昨天下午的会议上,他把自己的调查和推论一一道出,但时间有限,他掌握的证据其实并不充分,究竟有没有说服力,他自己心中也拿不准。

正忐忑间,同事突然叫了他一声,冲他使眼色,让他看后面。

项警官转身——

"E国那边现在是晚上九点多,等那边天亮,我才能联系到E国警方。我会把殷虹目前的位置告诉他们,接下来,就等他们那边的消息了。"

游艇。

阳光甲板上灯光昏暗,为了省电,这里只开了一盏灯照明。

殷虹听见提问,将视线从远处收回,看向蹲在地上的冯佳宝。

佳宝觉得对方在思考该如何回答,她捏着唇釉,站了起来。

"巴布罗的儿子是星海号上遇难的船员。"殷虹开口,"当年事故刚出,我赶到了国外,巴布罗和我,就是在那里认识的。我恰好经营旅行社,拉加厄斯帕群岛是旅行社的主要业务之一,他又正好是岛上的当地人,后来我们就保持了联系。

"去年我从吴慧口中知道了这些事情后,联系了巴布罗。"

巴布罗和很多家属一样,丧子之痛难以愈合。星海号事故中,幸存的船员只有寥寥几人,他的儿子不幸遇难,他虽然悲痛,但始终把这场事故当作纯粹的意外,毕竟事后有过官方调查,相关责任人也接受了法律的审判。

殷虹的说法却让他的内心产生了动摇。他们家族几辈人都在海上工作、生活,他的儿子虽然才二十出头,但对大海、船只的了解,比很多年长的人都要丰富得多,儿子的自救能力应该不差。

殷虹与他说完后,希望他能从旁协助。她不需要他出面,法律问题将由她一人承担,万一警方查到他的头上,她会尽量把他的关系撇清,但巴布罗也做好了最坏的心理准备。

两人都很清楚接下来将面对的状况,只是殷虹没料到巴布罗还多做了几件事,导致了他们如今的困局。

估计是在发动机舱着火期间做的,他可能临时想到,却来不及跟她沟通。

"他不该出事。"殷虹道。

众人沉默以对。

佳宝垂眸,看了看被她画了一小半的"S",她转着手中的唇釉,道出心中所想:"有一个问题,我一直想要问你。"

殷虹洗耳恭听。

"你是怎么把我们都聚集到这里的?我和开开是自己报名的,他们两个是出差。"佳宝指了下林道行和老寒。

林道行已经放下刷子起身,他走到了佳宝身边。

殷虹勾唇:"你终于忍不住问了。"

"之前是没时间问。"佳宝道。

殷虹索性坐到椅子上,抬了下手,示意他们可以一起坐。

林道行搭着佳宝的手臂,把她带了过去,拉开一张椅子让她坐,他坐在佳宝边上。

老寒三人也走了过来,坐在他们旁边那桌。

"把你们都邀请过来,确实费了我不少脑力,我筹备了整整一年。还记得你们收到的旅行社传单吗?"殷虹问。

"我记得,你们旅行社经常在我们学校门口发传单。"佳宝说,"我们也确实是因为传单被吸引过来的,可这是不可控的,如果我们不上钩呢?"

殷虹道:"你们一开始确实不上钩,我等得也有些着急了,谁知道上个月你们就来旅行社报名了。本来我已经安排好了让你们抽奖。"

施开开问:"抽奖?什么抽奖?"

殷虹道:"抽奖送一次免费旅游,朱家那几个人,就是被这么邀请来的。"

朱楠的亲生父母各自有家,并不关心他,朱楠是被他爷爷奶奶带大的,殷虹曾经找人引二老出来旅游,可是他们年纪大了,没这个心。

朱筱尤的父母倒是劝他们趁还能走的时候出来走走。殷虹就在二老上超市购物的时候,安排了一次抽奖,专人专用,不可转不可卖。

旅费不便宜,自然不能轻易浪费,朱筱尤的父母一商量,干脆帮朱筱尤交了钱报了名,让她陪着爷爷奶奶一起来旅游。

施开心说,为什么不把这法子用在所有人身上,简单易操作。

殷虹继续道:"但我不能让每个人都抽奖,否则大家一碰面,一聊天,至少范丽娜他们三个人,就不会再上这艘游艇了。"

佳宝问:"范丽娜说过,她是为了帮她儿子戒网瘾才来的,是这样吗?"

林道行侧目看向佳宝,她自己可能没发觉,她现在问话的样子,像极了她之前坐在采访席上的模样。

殷虹回答:"没错。她的生活里全是她的儿子,她儿子网瘾重,我就找人诱导她,利用暑假带儿子来这里旅游。她和秦霜、罗勇勤三人,是最轻易上钩的。"

秦霜爱慕虚荣,这种昂贵的旅游她多听几次后,忍不住就想来尝试。

罗勇勤如今的太太是小三上位,两人去年才结婚,殷虹找人在罗太太身边蛊惑几次,说罗勇勤曾数次带前妻去国外旅游,他舍得为前妻花钱,却舍不得为现在的太太花钱。

罗太太最受不得这种比较,她作为成功上位的小三,自认应该处处比原配高一筹,罗勇勤就在她的各种攻势下败下阵来。

"万坤呢?万坤和黎婉茵是临时决定来这里的。"佳宝问。

"这要谢谢他们两个。"殷虹道。

佳宝看向林道行。

林道行开口:"你怎么能确定万坤会为了我来?万坤的想法是最不可控的。"

他用气声讲话,四周只有偶尔荡起的海浪声,倒不妨碍众人听清他的意思。

殷虹道:"没错,我不能掌握他的想法。这一年来我也用了各种方法尝试,但他没有任何旅游的打算,也从来不会参与什么抽奖,我原本已经放弃了他,有范丽娜和罗勇勤两个,加上秦霜,应该也够了,但他最后出现在这里,倒带给了我意外之喜。"

"所以你一发现他们,就马上跟他们说有三位游客不能来了,游艇上多出了空房……"佳宝狐疑地看着殷虹,"真的有那三位游客的存在吗?怎么会这么巧,他们刚好不来了?如果他们来了,那不就没房间了……你是因为万坤,取消了他们的行程?"

殷虹含笑没答。

林道行本来想开口,但马上被佳宝抢了先。

"没这三个法国人是吗?如果没这三个人,你当初为什么会跟我们说还有三位游客?游船如果空出三位,并不会让人觉得多奇怪。"

为了避免节外生枝,殷虹才没安排其他无关的旅客,他们当时尚处无知中,殷虹如果说空了三位,他们也不会多想。

佳宝皱眉,边问边思索。

殷虹道:"因为你。"

林道行等人全都不解,施开开惊讶:"啊?"

佳宝眼睛一亮:"因为我的同学?"

"没错。"殷虹说。

"什么同学?"老寒问。

施开开没理清头绪:"什么你的同学?是我们的同学吗?"

佳宝问道:"你不记得李乐斌了吗?"

"啊……"施开开早把李乐斌给忘了,"因为李乐斌也想跟我们一起来旅游,你还特意帮他问了殷虹,殷虹说已经客满了。"

因为殷虹曾经告知她们这趟旅程已经客满,最后平白无故多出三人位,自然会让佳宝二人产生疑惑,为了省去麻烦,她索性就编出了"三个法国人因航班延误而取消行程"这件事。

佳宝不得不感叹殷虹的心思缜密。

林道行端详着殷虹,通过这样一件小事,他对她的认知更深了一层。

他突然问:"赵总跟你是什么关系?"

老寒一愣,随即像是想明白了什么。

殷虹挑眉。

佳宝想问赵总是谁,但她忍着没插嘴,林道行却特意转过头来,向她解释了一句:"赵总是视频网站的老总,我的投资人。"

佳宝点头,表示知道了。

殷虹已经见识过林道行的能耐,但她还是诧异于对方整理线索的速度。

"他的女朋友,也是星海号事故的遇难者之一,当初他女友住的楼层,也

是四楼。"殷虹说。

林道行问："我在去年六月和赵总接触，他在当时已经知道我和老寒是谁了？"

"没错。"

项目今年正式敲定，开始筹备，第一站就是拉加厄斯帕群岛，时间、地点都是赵总安排的，所谓的导游也是赵总联系的。

林道行确定了自己的猜测，已没什么可问的了。

殷虹看向严严，说："我本来没想让这孩子来，但你们临时说要加他。"

她轻轻叹了口气。

老寒安抚似的拍了拍严严的背。

殷虹已经满足了众人的困惑，她站起来，有些精疲力尽地说："还有什么想知道的吗？"

佳宝没什么想问的了，她看向施开开等人。

施开开也没问题要问。

殷虹走了。

夜晚海风大，吹在身上冰冰凉凉的，"SOS"已经画好，心中的疑惑也已经知道了答案，林道行担心佳宝冷，说："走吧，回房。"

佳宝摇头："我还想坐一会儿。"

施开开也说不走了。

佳宝道："你们回去吧，我下午睡过了，现在也睡不着，我就坐一会儿。"

林道行对老寒几人说："我也坐一会儿。"

"那行，我们先回房。"老寒招呼严严和施开开跟上。

人走了，佳宝对林道行说："我是真的睡不着，你睡太少了，回去休息一会儿吧。"

林道行问："你下午睡够了？"

"睡够了，我夏天本来就睡得很少。"佳宝要求，"你打字。"

林道行没拿手机。

佳宝从口袋里掏出自己的手机。

林道行打字：你夏天一直这样？

佳宝想了想，摇头："小时候不是。"

林道行：小时候？

佳宝："五年前不是这样。"

林道行没再打字，他握着手机，看着佳宝。

佳宝咬了一下嘴唇，慢慢地说："从那个夏天开始，我晚上睡觉总做噩梦，怎么都睡不好。"

很多创伤后应激障碍患者，其实是遇难者家属。林道行握紧她的手，问："看过心理医生吗？"

佳宝点头："看过的，我后来也不做噩梦了，但一到夏天，睡眠质量还是很差。有时候我也会吃安眠药，但吃多了不好，我爸妈、舅舅他们不让我吃。"

她笑了下："没事的，我已经习惯了。"

林道行想了想，往边上一看，忽然让佳宝起来。

"干吗？"佳宝乖顺地站了起来。

林道行走到吊床边上，说："过来躺下。"

"你不是让我在这里睡吧？"

林道行点头："我哄你睡。"

佳宝心里感觉怪怪的，她走到吊床中间，看向林道行。

真的要躺？

林道行用眼神指指吊床。

"还是算了，我们下去吧。"

佳宝刚说完，忽然被一双大手掐住了腰，她双脚被迫离地，低叫一声，转眼就被放到了吊床上。

吊床受力晃动，佳宝歪倒着，一手撑着床，一手抓住林道行的肩膀。

林道行把她抱正，接着抬起她的双腿，放上吊床，佳宝只能顺势倒下。

"林道行……"

林道行把她的鞋子脱了，搁到地板上，说道："睡吧。"

"我这样怎么睡得着？"

林道行捏着吊床布，轻轻摇晃起来，说："这样呢？"

吊床一摇一摇,像是摇篮,佳宝忍不住弯起嘴角,原本沉重的心情突然生出了一丝雀跃。

林道行见她情绪变好,忍不住跟着她嘴角上扬,问:"冷吗?"

"不冷。"佳宝摇头。

起初坐那儿时还有点儿冷,这会儿她血气上涌,冷不起来了。"我要是睡着了呢?在这里吹一晚海风?"佳宝问。

林道行说:"我抱你回房。"

"那我睡了?"

林道行:"嗯,闭眼。"

佳宝闭上双眼。

伴着海浪声,她在这一下一下稳稳的摇晃中,抛却了等待救援的担忧,也忘了白天那种紧张迫人的情绪。

她能闻到淡淡的沐浴露的香味,和她身上的一样,他们都刚洗过澡。

佳宝偷偷掀起眼皮,从狭窄的缝隙中,看到一团颜色快要贴上她的眼睛。

佳宝的眼睛最敏感,她猛地闭了一下。"啊!"她轻叫,眼睛把对方的手指夹住了。

"痛吗?"林道行收回手指,立刻问。

他看见佳宝偷看,本来想点一下她的眼睛,让她老实点儿睡觉的。

佳宝捂住左眼,摇了摇头。

林道行拨开她的手,看她眼泪都出来了,他皱眉:"捅到了?"

"没事。"佳宝眨了两下眼,把分泌出来的眼泪给挤掉。

林道行拨了一下她的眼睫毛,帮她把泪珠子沾走,说:"让你睡,你这么不老实?"

佳宝侧了下身,双手枕着脸,看着林道行问:"我要是一直睡不着呢?"

林道行想了想,摸了摸她的头,说:"好好睡一觉,明天还有很多事要做,养足精神,嗯?"

佳宝明白了他的意思,明天还不知道会是什么情况,她至少要把精神养好。

"嗯。"佳宝闭眼,"你也别说话了,养一下嗓子。"

林道行一笑。

吊床又一次轻轻摇晃起来，佳宝梦中身处温暖的臂弯，这臂弯强而有力，又温柔无比。

林道行的肌肉一直处于疲乏状态，不知摇了多久，他觉得吊床上的小家伙呼吸变得平稳、轻缓了，他才慢慢停下动作。

等了一会儿，确定佳宝已经睡着，他才轻手轻脚地离开。

他没打算把佳宝抱回房间，佳宝这种睡眠情况，估计一折腾就会醒，倒不如让她在上面好好睡一觉。

他回房间拿上被子和床单，快步回到阳光甲板，把被子轻轻盖在佳宝身上。

接着，他把床单绑在两张吊床的支架上，当作屏风，把吊床包围住，确保佳宝不会着凉。

林道行太累了，他拧了几下眉心，躺到佳宝隔壁的吊床上。

床单包围着二人，夜色星空下，他们的呼吸渐渐靠近。

吊床对林道行来说太小，他的脚必须挂在衔接支架的那一节上，才能将双腿完全伸展开，因此他睡得并不舒服，意识始终处于半梦半醒状态。

中途他掀了一下眼帘，模模糊糊地看到边上的人似乎皱着眉，嘴里说着含混不清的梦话，睡得并不安稳。

林道行并没清醒，他半闭着眼，自然而然地伸出手臂，抓住边上的吊床，轻轻摇晃起来。

摇着摇着，他又睡了过去。

海风肆意，床单被吹得鼓起，布料在张扬的狂风中呼呼作响。

佳宝依恋地蹭了蹭枕头，感觉脸颊底下低低的，枕头似乎不见了，她裹紧被子，挣扎了一会儿，才把眼皮掀开一丝缝隙。

一片耀眼的白色映入眼帘，她蒙了，视线下移，她看见了一只手臂垂挂在吊床外的林道行。

佳宝愣怔着，仰面朝天望去，天色昏暗阴沉，不知道现在几点了，没见太阳。

风又鼓起帘子，丝丝凉意让她的大脑逐渐清醒。佳宝依旧躺着，她环顾一圈，然后歪过头，再一次看向边上的人。

视线中的背景是白色的，这么看去，他脖颈上的喉结像极了平原上的小山，

再往边上,下巴冒出了胡楂儿。

他嘴巴微抿,鼻梁挺拔,睫毛淡淡的,眉毛却浓黑粗犷。

他整个人手长脚长地睡着,空间狭窄,被子大半都落在外面,只有一个角盖在他的小腹上。

佳宝不知道她为什么没回房间,而是在这里睡了一晚,只知道她现在身处这片白色的小天地,抬头是天,低头是他。

佳宝支起身去捞他的被子,她刚醒来力气很小,使劲往上一提,半截被子全落在了他的肚子上。

重量一压,她把人吵醒了。

林道行睁开眼。

"吵醒你了?"佳宝小声问。

林道行第一眼看见的是天空,第二眼,他侧过头,看见的是佳宝。

她俨然刚睡醒,长发披散在肩后和胸口,被子半搭在身上,小脸蛋上有红晕。

他清了几下嗓子,问道:"冷吗?"

"你的声音好多了。"佳宝惊喜。

林道行微笑,他的嗓子还是很沙哑,无法正常说话,但至少能够发出极轻的声音。

"睡了一觉好多了。"他支起身,又问,"冷不冷?"

佳宝抱着被子摇头:"不冷,很暖和。你不是说会抱我回房间吗?"

"怕把你弄醒。昨晚睡得好不好?"林道行问。

"嗯。"佳宝的脸颊红扑扑的,晨起的红晕还没褪去,身体的疲惫似乎一扫而空,"睡得很好,很久没睡这么好了。"

她很想再躺一会儿,林道行似乎看出来了,说:"再睡一会儿?"

佳宝摇头,坐了起来,吊床跟着摇晃。虽然明知吊床不会倒,但林道行还是怕她摔了,伸手扶住她的吊床。

佳宝摸出口袋里的手机,看过时间后,说道:"已经六点多了。"

林道行抬头,看着昏暗的天色说:"今天是阴天。"

床单似乎被风吹得愈发鼓起来了,佳宝的长发被吹乱。"风好大。"她说着,下了吊床。

"慢点儿。"林道行虚扶着她的手臂，也利落地下了吊床。

"没事。"佳宝看了看天色，说，"我们快点儿下去吧。"

两人掀开床单出来，冰凉的海风吹在身上，一阵阵发冷。风急浪大，迟迟不见日出，天色看着像要下雨。

佳宝记得拉加厄斯帕群岛的夏季是很少下雨的，但愿不会下雨，否则这种浪头和风力，再加上大雨，无法控制方向的游艇不知道会再出现什么状况。

两人对视一眼，抓紧时间把床单、被子收起来，他们先去客厅看了看，万坤和罗勇勤依旧在地上躺着，一名船员和老寒正看守着他们。

"昨晚没睡？"林道行问老寒。

老寒瘫在沙发上，他搓了搓脸，说："眯了一会儿。"见那两人抱着被子，也不知道在哪儿干了什么，他心底嘀咕了两句，暂时没什么心思调侃。

"我去洗洗，一会儿来换你。"林道行说。

"不用，我不困。大家也该起了，今天还得抓紧时间。"老寒站起来伸了个懒腰，问，"你嗓子好了？"

林道行摇头，还是不舒服。

他示意佳宝，走吧，先回房。

下到客舱，林道行看着佳宝敲门，敲了两下门就开了。

"佳宝！"施开开说。

"你早就起了吗？"佳宝看了眼林道行，林道行回房了。

佳宝走进房间。

"没醒多久。"施开开气色不好，没心思八卦，就问了一句，"你昨晚睡哪儿了？"

"阳光甲板。"

"那地方怎么睡？"

佳宝没答，她摸了摸施开开的额头："你哪儿不舒服？怎么脸色这么白？"

施开开摆摆手："晕船了，这浪太大了，受不了。"

她们这艘游艇是单体的，稳定性不如双体游艇，海浪太大，颠簸的感觉会比较明显。

佳宝说:"你先上去吃点儿东西,问问他们谁有晕船药,我先洗一下。"

"没事,我等你。"施开开垂头坐在床沿,无精打采地等着佳宝。

佳宝快速洗漱好,从行李箱里取出两件长袖外套,扔了一件给施开开。

"穿上,今天有点儿冷。"

施开开听话地穿上外套,被佳宝拉着出了门。

林道行刚把严严带出房间,见到佳宝,他特意看了眼对方穿着的长袖外套,放下心来,说:"走吧。"

回到三楼,几人先去厨房找吃的。

昨天大家都太饿,吃得有些多,林道行把剩下的那些可直接食用的食材都挑到了料理台上,叉着腰,一言不发地看着它们。

佳宝拆开最后一袋吐司,吐司已经微微发硬,但不影响食用。

她给林道行一片,让他吃,林道行拿在手上,边吃边计算。

其他人陆陆续续地来到三楼,海浪太大,他们大多数人都没睡好,朱老先生尤甚。他年纪最大,这会儿脸色发青,比前一天憔悴了许多。

朱筱尤跑到厨房拿吃的,见到佳宝几人,她点了下头。佳宝把软一点儿的食物挑出来给她,林道行默不作声地看着。

回到客厅,他把吃的给老寒,见罗勇勤和万坤躺地上扯着嗓子在嚷嚷着什么,他瞧了过去。

罗勇勤说:"给我点儿吃的,我要饿死了……老婆!"

罗太太极力同他撇清关系,她躲远了些,装作没听见。

"臭三八!"罗勇勤见状暴怒,可惜他一天一夜滴水未进,根本骂不大声,"老子好吃好喝养着你,你现在就这么对我?要不是你这个贱人,我会来这里?你这臭三八……"

他不停地骂骂咧咧,一旁的万坤阴沉地扫视着众人,说:"你们现在这样,是合谋杀人,我们如果被饿死或渴死,你们以为你们逃得了干系?你们全都有罪!"

"呸——"

一口唾沫吐向了他们。

"你们这两个杀人犯,十恶不赦,有什么资格在这里说这种话!"朱老先生哆嗦着朝他们走近，怒不可遏地又朝他们吐了一口唾沫。

"爷爷,你别这样,你先喝点儿水吃点儿东西。"朱筱尤担心老人家的身体。

林道行吃完两片吐司，等了一会儿，见每个人都拿上了食物，他才开口："现在是六点半，算上今天，旅程还有六天。我们要做好最坏的打算，假如这六天我们找不到救援装置，在附近又碰不上其他船只，也没人发现我们失踪，那外界的救援，只能在六天后才到，这些吃的，撑不到第六天。"

全场沉寂下来。

"昨天大家都饿坏了，所以我们也没说，但从现在开始，大家要试着节约口粮，至少要撑过六天。"老寒站起来说道。

"你们……你们说的是最坏的情况，我们今天把整艘游艇翻个遍，不可能找不到卫星电话什么的。"秦霜看着众人道。

"万一找不到呢？你能保证吗？至少在找到救援装置之前，大家都得省着吃。"老寒说。

佳宝吃了两片吐司，肚子有了七分饱，她没再伸手拿其他的食物。

"还有矿泉水也不能浪费。"林道行补充。

老寒点头："对，淡水有限，我们什么都要省着来。"

众人的脸色都不好，如果说昨天大家还有着劫后余生的庆幸和兴奋，今天他们就被现实重重一击。

老寒拍拍手："现在还没到最坏的情况，大家伙儿都振作起来，只要找到救援的东西，不管是电话还是信号弹之类的，我们就万事不愁了。快快，大家把早饭吃完，都行动起来！"

他又用英文跟船员们说了一遍。

草草用完餐，老寒又把人员重新进行分配，众人组队开始搜索。

众人从六点半一直搜索到中午，仍旧一无所获。游艇上大大小小的地方几乎被翻遍了，按理说不可能找不到。

众人在客厅集合，黎婉茵蹙眉问道："会不会巴布罗并没有留下卫星电话？他把东西都毁了、扔了，也不是不可能。"

"不可能。"殷虹看向她，说道，"他不是这样的人。"

老寒也说:"对,他不会这么做,不说其他,难道事后他自己也不想活了?他肯定留着后手。"

林道行把找过的地方在脑中又过了一遍,马桶盖、天花板、各种可见的管道,他去过的地方并没有遗漏。

他和佳宝一起校对,佳宝怕自己漏下什么,她掰着手指头,一个一个数过去。

"吃的怎么少了这么多!"

两人被施开开的惊呼声打断。

"怎么了?"老寒诧异。

施开开从厨房走出来,道:"早上你们说要节省口粮,大家都吃得不多,我还特意数过剩下多少吃的,但我刚刚去看,东西明显少了至少三分之一!"

众人去厨房查看后一片哗然:"谁拿走了食物?"老寒直接发问。

林道行的目光从众人脸上一一扫过,看不出任何异色,见没人承认,他说:"那接下来的时间,我们先不找救援装置,先找出是谁拿走了吃的。"

"那不是太浪费时间了吗?"黎婉茵看了一圈,说,"谁拿的,希望你能马上承认,现在找救援才是最主要的事情,你拿走那些吃的有什么用?东西吃完了,救援还没到,你能活几天?"

依旧没人回应。

"之前舍寒不是分配了人手吗?"佳宝忽然开口,"我们五个人一直在一起,你们哪个队里,队友消失的时间超过了五分钟?"

她又用英语问了一遍。

众人互相打量,一名船员忽然一指:"是她!我之前有很长时间没看到她。"

顺着他手指的方向,秦霜的脸色唰地一变。

黎婉茵若非还有着身为公众人物的素质,这会儿已经骂出了脏话。

倒没想到最先骂人的,竟然是气质最温婉柔弱的朱筱尤。朱筱尤眼睛发红,气道:"你贱不贱!"

施开开一把揪住秦霜的衣领:"吃的都藏哪儿了?"

"我……我不知道你们在说什么!"秦霜挣开对方,"你们说是我拿的就是我拿的了?证据呢?"

佳宝上前："对人才要讲证据，对你不需要！"她看向杰克，"你们把吃的藏在哪里了？"

杰克一头雾水："我不知道，我什么都不知道！"

他不像作假，佳宝看向秦霜，说："原来你想吃独食？我低估了你的恶心程度。"

林道行上前，安抚似的搂了搂佳宝的手臂，说："没事，她本来就该和万坤他们待在一起，把她带过去，吃的我们慢慢找。"

秦霜眼一瞪："你们疯了！"

施开开道："林老师说得对！"

没人站在秦霜这边，连杰克都离她两臂远，秦霜气急败坏："你们以为你们一个个就高大上了？那点儿吃的能让所有人熬过三天吗？我这么做有什么错，我只是想活下去而已！"

没人在意她的呐喊，林道行和老寒若非从不打女人，他们早就抽上去了。老寒块头大，他站在秦霜面前就是压力："你到底交不交出来？少你一个，我们还能多份口粮。"

秦霜闭眼嘶喊："在我的行李箱里！"

不一会儿，船员把她的行李箱拿了上来，食物全在里面。

林道行让佳宝和施开开把厨房里的那些吃的全拿出来，食物统统被摆在餐桌上，林道行说："我们直接把吃的全分了，这对每个人都公平。"

没人有意见，这是眼下最好的办法，但愿他们能及时得到救援，否则缺食缺水，人在濒临绝境时还不知会做出什么丧失理智的事。

食物分配完，朱老先生把自己那份给了老伴和孙女，让她们多吃点儿，千万别担心，别害怕。

朱筱尤说："我少吃点儿没事，爷爷你别省给我。"

朱老先生说："我这把年纪也没几天好活了，你要照顾好自己，照顾好你奶奶。"

"你胡说什么！"朱老太太凶他。

朱筱尤说："现在还没到最坏的时候，别这样，也许我们下午就能找到电话了。"

朱老先生看着外面的大风大浪,不知什么时候,天空已经飘起了雨,甲板上像在弹琵琶,片刻不得宁静。

这大概就是屋漏偏逢连夜雨。

施开开还在晕船,老寒让她留在客厅休息,严严站在施开开旁边没动。老寒问道:"你照顾她?"

严严点头。

林道行问佳宝:"你身体怎么样?"他还记得来这里的那天,佳宝晕船也晕得厉害。

佳宝摇头:"我没事。"

佳宝不想休息,下午她跟着林道行,继续把游艇一寸一寸翻找过去。

起初她情绪还好,找到最后,她开始心烦意乱,早晨的好心情早就消失了,她的压力和紧张感比昨天更大。

到了天黑,灯亮了没多久,突然全都灭了,四周陷入黑暗。佳宝急速地喘息。

这种缓慢的折磨才最难熬,人在垂死时的心情起伏,佳宝终于有了深刻的体会。

林道行摸黑走到她面前,将她搂进怀里,把她的脑袋扣在他的胸口,低声抚慰:"没事,有我在,还有老寒,还有这么多人,不会有事的。"

佳宝情绪低落地说:"你别哄我了。"

风雨飘摇,放不了烟,甲板上的"SOS"也被雨水冲淡了,食物和饮用水紧缺,现在连辅助电源也已经耗尽。

他们已经束手无策。

"你现在饿吗?"林道行忽然问。

"不饿。"佳宝闷在他胸口说。

"渴吗?"

"还好,不渴。"

"头晕吗?"

"不晕。"佳宝不知道他为什么问这些。

"身体还有力气吗?"

"有。"佳宝抬起头,双眼适应了黑暗,她隐约能看清林道行的脸部轮廓。

"你不饿、不渴、不晕,还有力气,你活得好好的,为什么这么迫不及待地去想坏事?"林道行问。

"你是真的乐观吗?"佳宝问。

"我不悲观。"林道行说,"不到最后一刻,你怎么知道会发生什么?"

佳宝从他怀中离开,身体失去他的温度,她其实有些不适应,但她不能再往他怀里钻。

佳宝抿了抿唇。

"好了?"林道行问。

"嗯……"

黑暗中,佳宝的鼻子被拧了一下,她皱了皱眉,听见一声轻笑:"手机呢?"

佳宝摸出手机,打开手电筒,光从她手中发出,投向幽暗的前路。

林道行牵着她的手说:"走吧,今晚不找了。"

"嗯。"

佳宝跟着他的脚步,慢慢向前。

这一夜她辗转反侧,难以入眠,施开开同样没睡着。

施开开:"佳宝。"

佳宝:"嗯?"

施开开:"一点儿电都没了?"

佳宝:"嗯。"

施开开:"你说……明天会怎么样?"

佳宝:"……不知道。"

施开开:"你说,浪这么大……"她说了一半,马上闭嘴,把不吉利的话咽了回去。

佳宝知道她的意思,问道:"你饿吗?"

"啊?不饿。"施开开回答。

"渴吗?"

"不渴,怎么了?"

"有力气吗?"

"有啊，你在问什么啊？"

"如果你的想法不幸成真，记得穿上救生衣，你不饿、不渴、有力气，还会游泳，怎么样都能活下来。"

施开开："……你行的，宝贝儿！"

佳宝笑了笑。

她脑海里想着林道行在黑暗中同她说这番话时的样子，他的胡楂儿没剃，脸应该比平常多了几分凌乱，但依旧好看。

第二天，佳宝从摇摇晃晃中醒来，舷窗上挂着密密麻麻的雨珠，她看不清大海的样子。

她晚上其实没睡多久，中途睁过两三次眼睛，看到的始终是一片漆黑，此刻室内有了光线，她翻身坐起。

她看了一眼时间，还不到六点。

佳宝下了床，轻手轻脚地去卫生间洗漱，出来的时候施开开也醒了。

她让施开开进去，自己打开门走向隔壁。不知道林道行有没有醒，她正犹豫着要不要敲门，忽然发现房门有着一条缝隙，她迟疑地叩了一下门板。

没回应。

佳宝悄悄顶开缝隙，瞄向屋内。

顾浩不在，林道行一个人住，此刻他还躺在床上。

佳宝只看了一眼，就要把门关上，屋里突然传出沙哑的声音："佳宝？"

佳宝重新把门推开，轻声问："嗯？你醒了？"

"嗯……"林道行快速搓了几把脸，让自己清醒。他翻身坐起，说道，"等我一会儿，马上。"

"现在还早。"佳宝问道，"你睡觉怎么不关门？"

林道行回答佳宝："给你留的门。"

他说完走进卫生间。

佳宝站在原地，没能完全明白他的意思，但她的耳朵还是不自觉地热了起来。

十几分钟后，老寒和严严拿着食物聚到佳宝她们的房间，老寒吃得很少，他尽量在保存住体力的情况下,留出更多的食物给严严。

林道行吃得比老寒还少,老寒特意瞄了他一眼,又看了一眼佳宝,没多说什么。

佳宝看着林道行那点儿分量不可能够吃,她把自己的分出一半给林道行。

林道行看了眼她递过来的半个牛角包,笑了下,反手喂到她嘴里,哑声说:"吃你的。"

吃完早餐也不过六点半,和昨天的时间差不多,几人来到客厅。客厅中,众人的面色,基本与昨天无异。

昨天的希望如果是篝火,今天的希望,就是烛火。

老寒的精神也不太好,他扯着笑容说:"今天继续找……"

"找什么找?"秦霜唇色发白,低声绝望地说道,"整个船都翻遍了,再找,还有用吗?"

他们甚至还敲了砖块和木板,研究过是否有空心。

其实船员们比他们要了解这里,此刻连这些船员都已经垂头丧气,不抱希望了。

老寒叹气,强迫自己振作:"现在雨也差不多停了,我们待会儿就去放烟。"

殷虹的话很少,昨天一天,她说的话应该不超过十句,佳宝看得出她更加担心巴布罗。

可是他们如今自身难保。

"我们现在应该在哪里?"殷虹问道。

船员们摇头。海浪太大,这两天两夜,游艇早已不知被带到了什么地方,现在他们没任何定位装置可以查看。

秦霜咬牙切齿:"都是巴布罗!"

她音量低,只有离她最近的黎婉茵听见了,黎婉茵却没说什么,因为她们想法一致。

船员们去甲板上放烟,林道行他们几人继续去搜昨天已经搜过的地方。

林道行他们搜累了回来,依旧一无所获。

朱老先生咳嗽得气喘吁吁,朱筱尤照顾爷爷,一直守在老人家身边。

朱老先生看了看这些喝着水,一脸疲惫的年轻人,又看了看外面的天色。

又是半天过去了,雨虽然停了,但依旧风急浪高,旅程还有四天半,四天半之后,也不知道外面的人能不能及时发现他们这一行人的行踪。

希望渺茫。

他拍了拍孙女的手,强撑着坐起来,望着老寒,道:"舍先生,你能不能帮我一个忙?"

老寒愣了下,放下矿泉水瓶:"什么事?您说。"

"你的摄像机,还有电吗?"朱老先生问。

"还有一点儿。"老寒道。

"能不能,帮我拍个片子?"

老寒朝林道行看了眼,没懂朱老先生的用意。

林道行同样不解。

"不耽误你们多少时间。"朱老先生恳求,"五分钟就够了。"

老寒站了起来:"行,那您稍等。"

摄像机早被他装进包带回了房间,老寒去了一趟客房,拎着包回来,拿出摄像机架好,问:"您要拍什么?"

朱老先生没马上回答,他颤颤巍巍地扶着孙女的手起来,说道:"你们拍电视的这个,比手机好,就算进了水,视频应该也能保留吧?"

"不一定……不过内存卡防水比手机好一点儿。"老寒回答。

"那就好。"朱老先生对孙女说,"筱尤,帮我拿把椅子过来。"

朱筱尤不解。

"去吧。"

朱筱尤松开爷爷,拖着一把椅子回来。

朱老先生坐了下来,正对着镜头,问:"这就录上了吗?"

"我还没打开,现在开始?"老寒问。

"现在开始。"朱老先生说。

老寒打开摄像机。

"喀喀……"朱老先生从没在现实生活中见过这玩意儿,他适应了一下,才开口,"我现在在大海上,不知道接下来会怎么样,以防万一,我有几件事情要跟你们说。孩子们,首先不要难过。"

所有人都怔了怔,朱老先生竟然在录临终遗言。

"我活到这把岁数,吃过苦,也享过福,几十年前我送走了我的父母,我也曾经白发人送黑发人,我什么事都经历过了,现在我一身都是毛病,其实也活够了,所以你们千万不要难过。"

朱筱尤捂住嘴:"爷爷……"

"楠楠他爸妈,你们的心思都在各自的家里,我也从来不怪你们,我就希望你们还能记得楠楠的生祭和死祭,至少在那两天,能有个为人父母的样。

"筱尤她爸妈,你们两个向来孝顺,但你们对筱尤太严厉,望子成龙是每个父母的愿望,可孩子有孩子的想法,你们不能什么都自作主张替她安排。

"喀喀喀,我如果走了,也算寿终正寝,你们的妈妈比我小五岁,她还能多活好几年,你们要好好待她……"

朱老太太忍着眼泪说道:"你这个死老头子发什么疯!"

众人看着朱老先生对着镜头,叮嘱着家中晚辈,他们全都说不出话来,仿佛路的尽头已经近在咫尺,他们也看见了自己的明天。

活着的时候总是不珍惜,到终了才发觉还有太多的话没对人间说。

朱老先生讲完了,他的孙女和老伴已经泣不成声。

老寒正要关闭摄像机,忽然被人叫住——

"等等,我也想录。"

施开开离开座位,抹了一下眼泪,坐到了镜头前。

她做了几下深呼吸,表情沉静地开口:"李雨珊,你知道我有多讨厌你吗?如果我这次不能回去,你记着,我就在天堂盯着你,你要是敢对我爸不好,敢对我奶奶不好,我随时给你一个诅咒!"

老寒问后面:"李雨珊是谁?"

佳宝声音沙哑地说:"开开的继母。"

施开开从平静到义愤填膺,最后声音变得哽咽,佳宝听不下去,她一声不响地离开了客厅。

林道行一直望着她的背影消失在拐角,想了想,也从座位上起身,悄然离开。

淋过雨的甲板还是湿漉漉的,一挤吊床,水哗哗地流一地。佳宝又挤了两下,不管湿不湿,直接坐了上去。

林道行从楼梯上来的时候,听见了熟悉的歌声,坐在吊床上的佳宝正慢悠悠地晃着腿。

"上次就想问你,这是什么歌?"林道行朝她走去,"饭店里也放,你的手机铃声也是这个。"

佳宝收了音,顿了顿,晃着腿回答:"夏天的歌。"

"歌名就叫《夏天的歌》?"

佳宝摇头:"不是,只不过这首歌只有夏天才会在饭店里放。我们饭店,一个季节只放一首歌。"

"挺有意思。"林道行说。

佳宝问:"他们都在录那个吗?"

林道行:"不知道。"

佳宝:"你想录吗?"

"你呢?"

佳宝摇头:"不想。"顿了顿,她道,"我不想死,至少不想跟万坤他们一起死。"

林道行摸摸她的头:"你死不了。"

佳宝猜他又要拿昨晚那套话来对付她,她先下手为强:"我知道,我不饿、不渴、不晕,还有力气,死不了。"

林道行忍俊不禁。

佳宝也笑了。

佳宝依旧晃着腿,她低头问:"你说,万坤他们会被判死刑吗?"

林道行想了想,回答:"万坤杀了吴慧,他很大概率会被判死刑,但罗勇勤和范丽娜……"

佳宝也想得到,因为没有直接证据证明,他们要对星海号上的那几层游客的死亡负责。

重判可以，但死刑太难。

"我想过一个问题。"佳宝说。

"嗯？"

"殷虹说齐嘉俊很尊敬你，你说齐嘉俊为什么不先把这件事告诉你呢？如果是你，你一定有办法对付万坤他们。"

林道行沉默片刻，说道："他应该是原本打算告诉我的。"

佳宝的腿不晃了，她看着林道行。

"但是被朱楠制止了。"林道行说。

他们那次下班前，齐嘉俊显然有话同他讲，但朱楠拉住了齐嘉俊。他当初并不在意，如今想来，他大概能猜到那三人的心思。

齐嘉俊全心全意信任他，所以想把发现的事告诉他，但朱楠不是。

朱楠这人，也许是从小缺少父母之爱，他对人总是保持着一种距离，戒备心也比另外两人重。万坤这种领导有问题，那么林道行作为万坤手下的人，说不定也有问题。

至于冯书平——

林道行看向佳宝，慢慢说道："你哥哥在临走之前，问过我几句话，我当时没有放进心里，现在我才想起来，他问的是什么。"

"是……什么？"佳宝问。

"我曾经跟他们说过一番话。"

那天冯书平对他说："师父，你说，新闻工作者有时候就像警察，我们查寻真相，还原事实，并且会在镜头前，把真相公布于众，是吗？"

"你说过，我们做的所有工作，永远都不会没有意义，是吗？"

"是。"

"我说的是，'是'。"林道行对佳宝说。

佳宝含着泪："是……"

林道行垂眸看着她："他们可能就是听了我的话，所以去做了有意义的事。"

佳宝用手背抵住嘴。

"佳宝……"林道行轻轻地叫她。

她会怪他吗?

林道行的声音放得更轻了:"佳宝……"

"铃——"

林道行一愣,佳宝抬头。

佳宝还含着眼泪,她哑声问:"什么声音?"

"铃声……"林道行说。

像是被闷在什么地方。

佳宝跳下吊床,转头四顾:"哪里来的?"

林道行抬了下手,让佳宝安静,这声音近在咫尺。

两人屏住呼吸,围着吊床找了一圈,最后看向吊床支架,他们难以置信地对视了一眼。

林道行立刻说:"来!"

佳宝跟着他,绕到支架一边。

支架顶部的螺帽可以打开,林道行个子高,他转开了螺帽,佳宝一直踮着脚看。

"空心的。"林道行说。

他手大,根本伸不进去,铃声却愈发清晰,佳宝激动地说:"我来!"

林道行让出位置。

佳宝个头小,她伸长了手也够不着,林道行掐着她的腰肢,将她一把托起。

佳宝赶紧伸手进去,她小心试探,紧张得心脏都快要蹦出来了。

"慢慢来。"林道行叮嘱。

"嗯。"佳宝继续往里伸了点儿,终于摸到了一角,似乎是一块布料。

她往上抽,发现布料卡得很紧,她大着胆子加了点儿力道,嗖地一下,整块东西全都出来了。

是一块巾布,把什么东西包扎得严严实实,铃声就是从这里面传出来的。

佳宝打开结,终于看见了里面的东西——

"电话!还有信号弹!"林道行看向佳宝,惊喜地说。

冲锋舟在海面摇摇欲坠,舟上的人冷得嘴唇发白,哆嗦不止。

顾浩抱着自己躺在那儿,范丽娜不停地摸着儿子的额头,儿子额头滚烫,她心急如焚。

"巴布罗,巴布罗,我儿子病了,我求你想想办法,我把我的命给你,我求你救救我的儿子!"

巴布罗脸上的血渍早已被雨水冲刷干净,他又饿又渴,为了保存体力,一直没有开口说话。

范丽娜话音一落,他忽然站了起来。

"啊——"冲锋舟摇晃,范丽娜紧张地扒住船身。

"这里有人——"巴布罗大声对着远处的船只吼道。

"嗖——"

一枚信号弹,从游艇发射升空,绚丽的光芒像烟花一样夺目,佳宝从没见过这种直冲天际的色彩。

林道行挂断电话,一把将佳宝搂进怀里。

佳宝笑着把眼泪擦在他的胸口。

噔噔噔,不一会儿众人都跑了上来。"救援?救援到了?信号发上去了?"船员们叽叽喳喳地问。

林道行把佳宝松开,却仍死死握着她的手,他回答众人:"对,信号弹发出去了,这是卫星电话。"

众人疯了一般狂欢呐喊,他们难以置信,喜极而泣,这是真正的劫后余生!

甲板快被众人震破,过了很久,大家终于冷静下来,纷纷下楼等待救援。

谁都不想再回客厅,他们就守在甲板上,一直眺望着远处。

海浪依旧翻滚,佳宝把外套的衣领收紧,搓着自己的手臂,林道行紧紧搂着她,把温度传递给她,迎着海风,他们渴盼地望着天空和海洋。

不知过了多久,螺旋桨的声音逐渐清晰,大伙儿跳了起来:"这里——这里——"

佳宝拼命朝天空招手。

直升机没降下绳索,喊话让他们稍等,军舰已经驶向这里。

佳宝紧紧抱住林道行，灿烂地朝着他笑，林道行忍不住亲了一下她的鼻尖。

远处，军舰朝这里驶来，众人急切地等待着，突然一声尖叫破空而出。

"爷爷——"

佳宝和林道行回头望向船舱，不知道发生了什么。几人互相看了看，立刻朝里面走去。

"爷爷——爷爷——"

一入内，林道行立刻把佳宝扣进怀里，不让她看。

施开开也尖叫一声，下意识地捂住严严的眼睛。

佳宝把头挣出来。

"别看！"林道行说。

"我看见了。"佳宝脸色发白，转头看向血泊。

朱老先生手一松，滴着血的尖刀咣当坠地。"我这身体，怕是熬不了多久了。我看不到法律制裁他们，我死不瞑目。对不起……对不起……你们都是好孩子，对不起……"

他脚边的地板上，万坤和罗勇勤躺在血泊中，不省人事，不知生死。

朱老先生颤颤巍巍地走出客厅，望向抵达的军舰，颤抖着说道——

"审判，结束了。"

第五章

嗨,夏天,你好

四十八个小时后。

行李已经搬上快艇,佳宝回头遥望岛屿。

拉加厄斯帕群岛的白天,一半喧嚣,一半宁静。这里有着碧海蓝天,动物是岛屿真正的主人,达尔文的进化论在这里诞生。

世界本该是这种模样,美好又温柔。

"佳宝?"

"来了。"佳宝上前,扶着林道行的手登上快艇。

快艇飞速前进,船头被浪花高高顶起,容易导致乘客晕船,佳宝这回自觉地坐到了船尾。

她这两晚几乎没合眼,眼底黑眼圈浓重,但她不是个例,其余人也统统面容憔悴。

来时热热闹闹,走时少了许多人。

鲜血淋漓的万坤和罗勇勤当场被直升机送走,巴布罗和范丽娜都已获救,两人同殷虹和朱老先生一起被 E 国警方带走,朱老太太和朱筱尤都陪着一起去了。

余下的人这两晚在岛上过夜,被带到当地警署里经历了数次审问,期间办理好离岛手续,今天飞回 E 国首都,再转机回国。

早晨的时候,当地警方告知他们,罗勇勤抢救无效死亡,万坤已经度过

危险期。

佳宝的心登时一沉,她心想万坤怎么会没有死,那把刀那么长,地上的血又红又多,他怎么会逃过这一劫?

后来她又想,罗勇勤死了,朱老先生该怎么办?

她心中充满矛盾,这一上午她粒米未进。

"喝了。"林道行递给她一杯牛奶。

佳宝没胃口,也喝不进东西:"你自己喝吧。"

林道行不容拒绝地将牛奶塞进她手里:"把这先喝了,加了燕麦,能填肚子。"

佳宝勉强喝了几口。

林道行抱着双臂,闭眼靠在椅背上,稀稀疏疏的水雾落在他脸上。喝牛奶的声音停住了,他的眼皮动了动。

"殷虹和巴布罗是在这里犯的事,E 国的法律对持枪持炸药是不是会比国内判得轻?"

林道行没睁眼,他回答:"E 国持枪合法,炸药没伤到人,量刑应该不会太重,我不了解这个。"

"朱爷爷呢?"

"E 国没有死刑。"

"范丽娜和万坤呢?"

"他们两个在这里算是受害者,要审他们,只能回到国内。"

等了等,没再听见提问,林道行睁开眼。

今天是个艳阳天,七月的拉加厄斯帕群岛的气温在二十三摄氏度左右,气候宜人,太阳却还是刺目。

林道行双眼适应了一下,才看清佳宝的脸。她垂着眸,浓密的睫毛轻轻一扇,似乎有阴影投落在眼下。

哪是阴影,也不知道她多久没睡过。

林道行望向大海,再过一会儿,他们就将离开太平洋,回到陆地,重新开始平静的生活。

他忽然叫人:"佳宝。"

"嗯?"佳宝无精打采地看向他。

林道行后仰着把头伸出快艇,指着天空说:"看那儿。"

佳宝侧身扒住护栏,朝天上看:"鸟?好大……"她盯着展翅翱翔的巨鸟,灵机一动,"是信天翁?"

林道行看了她一眼:"对,是信天翁。你见过?"

佳宝摇头:"我做过攻略。"

"那你知不知道信天翁的某种含义?"

"什么含义?"

"传说每一个在大海中不幸丧生的人,他们的灵魂都会化成信天翁。"林道行轻轻地说。

佳宝一愣,她放下牛奶,探出身子,目光追随着已经远去的信天翁。风吹浪卷,在碧空之上,它冲破时间和地域的枷锁,肆意翱翔在这人世间。

佳宝的长发被海风托起,她的心也随之遨游。

坐了一天一夜的飞机,北京时间晚上十一点,佳宝终于回到了故土。

一落地,她除了见到舅舅,还见到了原本应该远在 M 国的父母。

她没打算让舅舅来接,只把大致的到家时间告诉了他,没想到舅舅不但来了,还把她爸妈也带来了。

施开开从佳宝身边飞驰过去,冲进她奶奶怀里又哭又叫,她父亲和继母站在一边,连话都插不上。

她的声音差点儿把佳宝舅舅的盖过去。

"佳宝!是佳宝!"舅舅指着佳宝,激动地冲佳宝爸妈说。

佳宝爸妈相对冷静,佳宝妈上前拉住佳宝的手臂,又摸着她的脸仔细查看:"没事吧?有没有受伤?"

佳宝爸说:"你舅舅在电话里也没说清到底是怎么回事,发生了这么大的事,你怎么能让你舅舅瞒着我们?"

佳宝小声说道:"现在已经没事了,你们没必要回来,是有工作吗?"

"不是,没工作。"佳宝妈说。

舅舅插嘴:"你转机回来本来就要停在M国,你不肯跟你爸妈说,我只好把他们都叫回来,他们是特意请假回来的。"

佳宝妈问:"你先说有没有哪里受伤,去过医院了吗?"

"没受伤。"佳宝说道,"我在医院检查过了,一点儿伤都没有。"

佳宝的父母松了口气。

佳宝爸看了眼时间,说道:"很晚了,先回去,有什么话明天再说,回去先好好睡一觉。"

"对,累不累?累的话先在车上睡会儿。"佳宝妈道。

佳宝舅舅又说:"你舅妈在家里给你做夜宵,你要是饿了,一回家就能吃。"

"走吧。"佳宝爸转身就要走。

所有人都急切地想马上带佳宝回去,没注意佳宝此刻两手空空,只单肩背了一个包。

"我行李还没到。"佳宝拉住人。

"咦,对啊,你行李呢?你怎么一个人出来了?行李丢了?"舅舅问。

"没丢。"

佳宝的行李安然无恙,此刻刚出传送带。

林道行终于等到佳宝的行李箱,他把箱子拎出。

施开开有家人来接,迫不及待地就要出去,佳宝陪她去,所以拿行李的任务就交给了林道行他们。

老寒腾不出手,施开开的行李就由严严拖着了。

黎婉茵也拿好了行李,她问老寒:"你们怎么回去?"

老寒道:"我们的车子就停在机场。"

"那……方不方便送我一程?太晚了,我不放心叫车。"黎婉茵说道。

她的父母不在这座城市,最好的朋友出差了,和其余的朋友又没有那么深的交情。

她是真不放心这么晚叫车,差点儿死过一回,她现在很怕出事。

林道行低头看手机,没有理会。

老寒为难地说:"不够坐了,我们的车子是四人位的,佳宝跟我们一起走,抱歉。"

"哦……她家里人不来接吗？"

"她没让她舅舅来接。"老寒说道。

黎婉茵勉强地笑了笑："那没事，我打车也一样。"

老寒在经历了这么多事后，虽然对黎婉茵有了一些看法，但他始终记得黎婉茵替严严介绍心理治疗师的恩情，再说对方毕竟是个漂亮女人，现在打车出事的新闻确实不少。

"这样，你待会儿上车前把车牌号拍给我，要实在担心，你一路都跟我通电话，怎么样？"他问。

黎婉茵依旧笑着："不用，那太麻烦你了。"

林道行没管这两人聊天，他拖着箱子加快脚步，不一会儿就看见了等在出口处，一直朝里张望的人。

"佳宝！"他朝她走去。

"拿到了？"

佳宝去接自己的箱子，林道行避开她的手，推着她的肩膀，让她转了一个身，说："走吧。你在车上睡一会儿，到家了我叫你。"

佳宝说："我……"

她才刚说了一个字，不远处的舅舅忽然喊了声："林先生？"

林道行贴着佳宝站着，手还按在佳宝的肩膀上，见到对面的喻老板和他旁边那对目露错愕的中年男女。他一顿，不动声色地把手放下。

"你认识这人？"佳宝妈问。

喻老板说："他就是租了饭店楼上的那个人。"

几人说着，已经走至佳宝面前。

佳宝妈二话不说地先把佳宝扯到身边，才笑着同林道行打招呼："你好，我是佳宝的妈妈。"

"您好，我是林道行。"林道行伸手。

佳宝妈同他握了握手，边上的佳宝爸问道："林道行？"

林道行将视线转向对方。

"噢,我是佳宝的父亲。"佳宝爸同样伸手,与对方相握,他问,"林先生是不是曾经在H省电视台做过新闻主播?"

佳宝妈一怔,打量林道行,记忆慢慢浮现在脑海。

佳宝爸目光如炬。他们原本就是H省人,又是新闻工作者,对新闻节目的关注比常人要多,更别说他们的儿子后来进入了省台实习。

虽然他们夫妻当年并不在省台工作,但他们对林道行也有所耳闻,对方长相出众,能力出色,圈中人对这位年轻人评价很高,不过近几年这人似乎没再做播音员。

佳宝爸没想到会在这里碰上对方,而且听对方的嗓音,明显出了问题。

林道行没有太过意外,这两位是冯书平的父母,知道他是谁并不奇怪。

"是的,四五年前我曾在H省电视台工作。"林道行回答。

佳宝妈又问:"你们是搭了同一班飞机?"

佳宝解释:"我们都是去了拉加厄斯帕群岛,他去那里出差。"

佳宝父母没料到女儿和对方竟有这种"缘分",此刻不方便多问,佳宝妈搂着佳宝的肩膀,客气地同林道行告别。

佳宝爸直接替佳宝拿过行李。

佳宝被父母搂着往前走,她回头望着林道行,做口型:"再见!"

林道行笑了下,冲她抬了抬手。

等佳宝一家人消失在尽头,林道行嘴角的笑容也不见了,他拽着行李箱,催促老寒:"走吧。"

老寒拍拍兄弟的肩膀:"反正你也不能带她回自己的窝,她爸妈来接挺好的。"

林道行甩开他的手,老寒朝黎婉茵说:"婉茵,那我送你吧?"

回程的车子中,依旧坐了四个人,只不过原本预留给佳宝的位置上坐着的是黎婉茵。

林道行坐在副驾,手机信息不断,他调成静音。

黎婉茵本来想开玩笑地说几句,比如林老师刚回来就这么忙?

但她不想再热脸贴冷屁股,索性就跟老寒聊天。

再如何车水马龙的城市,到了深夜也需要睡眠。一路畅通无阻地抵达别墅,佳宝爸妈边进门边说:"明天一早先去医院,你还说自己没受伤,这种事情怎么好隐瞒?万一有个什么,到时候后悔的是你自己!"

佳宝一直声称自己没伤,回来的时候父母碰到她的手腕,见她吃痛,才发现她的手腕出了问题,再把车内灯打开仔细检查一番,还看见了佳宝脖子上用遮瑕膏遮盖的伤口。

佳宝父母又心疼又气,勒令她吃完夜宵马上休息,明天八点起床去医院。

佳宝鹌鹑似的低着头,勉强喝掉一碗粥。

佳宝家里的房子很久没人住,这次佳宝爸妈回来也住别墅。

等佳宝回房,佳宝妈问自家大哥:"佳宝跟那个林道行很熟吗?"

喻老板啃着包子说:"还行吧,他们房子才租了一个月,偶尔会来饭店吃饭,佳宝跟林道行也偶尔会在店里碰上。"他知道妹妹在担心什么,说道,"他们平常没什么往来,佳宝还上学呢,旅行前才刚放假。我看林先生的人品是不错的,是个好人。"

喻老板并不清楚林道行还曾是佳宝哥哥的师父,佳宝爸妈也没打算多说。

佳宝爸说道:"佳宝之前有跟你说旅游碰上那人了吗?"

喻老板:"她没提过。"

佳宝妈想起林道行对佳宝的亲密样子,皱起了眉:"这人年纪太大了,如果佳宝跟他有什么,我一定不同意。"

喻老板道:"儿孙自有儿孙福,你们都是喝过洋墨水的人,怎么观念还这么老套?"

喻老板虽然没有妹妹、妹夫有文化,但他是兄长,佳宝爸妈很尊重他,向来不会和他顶嘴。

佳宝妈没再说什么,她和丈夫回房洗漱后没急着睡,丈夫开着电脑办公,她则收拾行李。

"你说佳宝和林道行究竟有没有什么?"佳宝爸看着电脑问。

"一个男人对比自己小那么多岁的女孩勾肩搭背,你说呢?不是男人素质、人品有问题,就是他和女孩关系不简单。"佳宝妈犀利地说。

佳宝爸沉默片刻,说道:"他没参加过书平的追悼会吧?"

佳宝妈手上攥着行李箱中的衣服,双眼放空了一会儿。

儿子叫了对方这么久的"师父",当年夫妻俩以为会在追悼会上见到林道行本人,谁知他从头到尾都没现身。

见微知著,这人太冷心冷情。

"晴海?"

晴海是佳宝妈的名字。

"什么?"佳宝妈问。

"拉加厄斯帕群岛的新闻传回国内了。"佳宝爸给妻子看电脑上的网页。

已经过了十二点,夜色像张大网,裹得密不透风,佳宝仍旧难以入眠。

她把空调关了,出汗后又打开,吹了会儿凉风仍觉得不舒服。

七月的一半还没过去,她却误以为已过了很久。盛夏如火,她犹如受刑,被折磨得抱着被子滚到床沿,想让自己掉下去,又害怕自己掉下去。

她莫名想念游艇上的那张吊床,白色的大吊床,两端系在结实的支架上,海风吹拂,她在摇摇晃晃中入梦。

佳宝摸到手机,解锁屏幕,没任何新消息。

他在做什么?

彼时林道行刚把手机关机。

他围着浴巾走出浴室,把手机放在沙发上。老寒关上严严的房门,走过来小声问:"多少电话?"

林道行摇头,太多了,电话都快爆了。

老寒看了眼自己的手机:"我比你好点儿,谁叫你人脉比我广?"

外媒报道的新闻已经传回国内,林道行这两个小时收到了无数电话、短信和微信,他身处这个圈子,到处都是熟人,谁都想获得第一手消息。

老寒说道:"你一个都不回,人家会不会说你太不给人面子?"

林道行手撸头发,水珠四溅。

老寒:"你一回来就装哑巴,也太区别对待了,怎么跟佳宝你就能用嘴巴说话,跟我只能用心灵感应?"

林道行没理他,翻出自己的医保卡,朝老寒示意,指指自己的喉咙。

明天先去医院看嗓子。

计划赶不上变化,第二天一早,林道行家中突然来了两名警察。

"你是林道行?"

林道行刚准备给佳宝发信息,还没来得及打完字,他先退出微信。

林道行点头。

"我们是警察。"两人出示证件,说明来意,"我们知道你们在E国发生的事,我们的同事日前已经去了E国,关于这起案子,我们还需要你协助调查。"

林道行对此有心理准备:"没问题。"他哑声道,"现在吗?我正准备去医院,能否等我看完医生?"

警察听见他的声音,皱了下眉:"暂时不行。今天凌晨三点,某视频网站发布了一段无剪辑的视频,视频中你和一个女孩,作为主持人采访了万坤、罗勇勤和范丽娜,我想,你很清楚这视频是什么,不需要我多说。

"你和这家视频网站的老总赵立晟认识,你之前去E国也是通过这个赵立晟联系的殷虹,我们没有调查错吧?现在我们需要你马上回公安局接受调查,走吧,别磨蹭了。"

老寒听见动静早已出来。内存卡在游艇上时已经交给殷虹,没想到她这么快就把里面的内容传回国内。她当初说这段采访会在各大媒体平台播放,如今的播放平台,刚好是那家视频网站。

"需要律师吗?"老寒轻声问林道行。

"暂时不用。"

"你是舍寒?"警察忽然问。

"是。"老寒回答道。

"你也跟我们走一趟吧,请你协助下调查。"

已经过了七点半,佳宝还没出门。

她缩在沙发里抱着手机,刚在对话框中打出两个字,又删除了。

她和林道行现在究竟是什么关系?

他从没对她说过什么……

但她并没有太多工夫想这些事,父母朝她走来,在她身边坐下。

佳宝放下双腿,坐好后缓缓将拉加厄斯帕群岛上的事道出。每说一句,她的心就往谷底沉一分,说到一半,妈妈把她搂进怀里。

"好了,我们知道了。"佳宝妈说。

"我还没说完。"佳宝道。

"新闻上都已经有了,剩下的我们都知道了。"佳宝爸说。

时间是治愈伤痛的良药,但没人告诉他们需要多少时间才够,他们仿佛还能看见冯书平站在沙发边欢声笑语的模样。

逝者已矣,法律将揭开这一切,佳宝父母压下难受的情绪,含笑着说道:"走吧,先带你去医院,手腕还痛不痛?"

佳宝摇头:"其实我在拉加厄斯帕群岛的医院里看过了,真的没什么事。"

"再去拍个片子,不然爸爸妈妈不放心。"

一家三口出了门,刚坐上佳宝舅舅的车准备前往医院,佳宝手机铃就响了。

她立刻拿出电话,看见的却是一串陌生号码,接起后听了两句,她看向父母。

二十分钟后,佳宝抵达公安局,她已了解采访视频被放上网的事。

路上她给林道行打电话,他没接,发微信也没回,正忐忑不安,就在公安局门口看见了林道行和老寒二人。

佳宝下意识地就要上前:"林道行……"

"佳宝?"林道行看着佳宝不怎么好的气色,皱了皱眉,下意识地就要伸手去接她,可佳宝没跑两步,就被边上的人拉住了。

"佳宝!"佳宝妈拦住女儿。

林道行神情自若地叫人:"叔叔、阿姨。"

佳宝父母客气地点了点头。

到了公安局内,佳宝被带到办公区,林道行和老寒却被带进了审讯室。

林道行在警方的客气话中入座,他率先开口:"外面那位冯佳宝她身体不太好,之前她在E国受了伤。"

还有她昨晚一定又没睡,细算下来,从回到陆地至今四天有余,她统共的睡眠有没有八个小时还不确定。

245

"希望你们不会问她太久,我担心她的身体应付不了。"林道行强调。

林道行不是犯人,警方的询问还算温和,问得差不多了,一名警官出去倒水,经过办公区时正好听见对话——

"林道行还没有问好吗?他又不是嫌疑犯,为什么要进审讯室?"

"我们警方办案有我们的原则。"

"什么样的原则要让你们这么对待一个事件受害者?就因为发布采访视频的那家网站的老总和林道行有关系?"

警察愣了下,似乎没料到这女孩会一击即中。

佳宝父母不知道女儿什么时候变得这么牙尖嘴利了,他们警告:"佳宝,怎么说话的!"

佳宝抿唇,语气有所缓和:"他的嗓子有问题,不能长时间讲话,我已经把事情经过都告诉你们了,采访视频你们也已经看过了,还有什么问题你们不如都问我,我怕他嗓子受不了。"

倒水的警察走了过来:"你俩真有意思。"

佳宝一愣:"什么?"

警察说:"他也说你身体不好,让我们别问你太久。"

"佳宝!"林道行这时从审讯室走了出来,喊道。

佳宝立刻转头,倏地起身,椅子脚在地上摩擦出刺耳的尖叫声,她像离弦的箭,冲进了林道行的怀里。

佳宝爸及时扶住快要倒地的椅子,和佳宝妈对视一眼,两人的眉头皱得能夹死苍蝇。

但他们同时又在心中无奈地叹了口气。

林道行抱住佳宝,习惯性地吻了吻她的头顶,目光和佳宝父母的撞上,他拍拍佳宝的背,再轻轻将人推出怀抱。

老寒也从审讯室里出来了。

在公安局待了一上午,他们终于能在太阳最猛烈的时候离开,刚走出公安局大门,就见闪光灯猛闪,不知从哪儿冒出了一群拿着话筒或者扛着摄像机的人。

"你是冯佳宝吗？你是星海号事故受害者之一冯书平的妹妹是吗？你对拉加厄斯帕群岛的事……"

"舍寒先生，你的大哥大嫂……"

"林道行，你曾经是万坤的下属，你对于他……"

记者们仿佛洪水猛兽，林道行反应敏捷地将佳宝按进怀里，护着她往回走，公安局内的人纷纷赶来拦住记者。

片刻后，佳宝捋了下头发，从窗口望出去，问道："他们的消息怎么这么快？"

老寒打完一通电话，放下手机，说道："还有更快的。"

林道行和佳宝看向他。

"我打听了，放出第一手资料的人是黎婉茵，她这会儿正在新闻演播厅，接受独家采访。"

黎婉茵的行为他们没空评价，现在需要解决的是眼前的困局。

警方还在调查案件，林道行几人都是圈中人，了解新闻时效性有多重要，也更清楚网络时代媒体的捕风捉影能力。

他们不想在警方声明之前制造话题。

门口记者不散，长久等下去不是办法，要突破重围很容易，就怕记者一路尾随，万一甩不开，去哪儿都是麻烦。

林道行决定把麻烦揽到自己身上，他对佳宝一家三口说："我去引开他们，你们趁机走。"

佳宝爸掂量了一下轻重缓急："不，你跟佳宝在那段视频中露了大脸，你们两个现在都尽量别出现在媒体面前，免得引火烧身。这样，我和佳宝妈妈引开他们，你们找准时机离开。"

他们夫妻做了几十年记者，太了解被记者盯上的麻烦了。

"回头我再来接你去医院，你先跟他们走。"佳宝爸对女儿说。

佳宝点头，同意爸爸的安排。

老寒说："我也去给你们开个道，反正采访视频里没我，我要是被记者逮着了，就装哑巴。"

佳宝父母考虑得更周全："你们有车吗？"

"没开来，我们刚刚是坐警车来的。"老寒道。

佳宝父母把车钥匙交给林道行。

商量妥当，老寒和佳宝爸妈先后冲出门，记者们顺利上钩。

确定不会引起注意，林道行带着佳宝迅速出门，坐上停在公安局附近的车子，两人绝尘而去。

佳宝回头望向渐渐缩小的人海，不确定地问："不会有麻烦吧？"

"不会，你要相信你父母比你更擅长处理意外情况。"林道行说。

佳宝慢慢坐好，系上安全带，看向边上的人："警察问了你什么？为什么会把你关进审讯室？"

林道行挑眉："'关进'？措辞太严重了。"

"我有说错吗？你不是嫌疑犯，为什么要进审讯室？"

林道行一笑，听出佳宝语气中的担忧和不忿，他放柔声音："没有，他们很和气，还请我喝了茶。"

佳宝道："你别说话了，要不要先去医院看看喉咙？"

"你爸妈是不是要带你去医院检查？"

"嗯。"

"我现在送你去，顺便看下喉咙。"

两个病号一起赶到医院，在机器上挂完号，两人检查的科室在不同的楼层。林道行先陪佳宝过去等，佳宝给父母打电话，可那边是忙音。

"打不通。"佳宝道。

"没人接？"林道行问。

"我爸电话没接，我妈电话忙音。"

"再等等。"林道行给老寒打过去，老寒的电话竟然也是忙音。

佳宝有点儿担心，不一会儿叫到她的号，她入内检查，随后排队拍片，手机和包都交给了林道行。

熟悉的铃声响起，室内的佳宝立刻问："是我爸妈打来的吗？"

林道行看向佳宝手机上的来电显示，说："是你妈妈。"

"你帮我接！"

林道行清了下嗓子才按接听:"您好,阿姨。"

"林道行?"电话那头问。

"是我,我现在正和佳宝在医院,她在拍片。"

电话那头沉默了。

林道行语调平缓地问:"你们现在离开公安局了吗?"

"我们现在刚走,对了,你跟佳宝说一声,让她暂时别回去,他舅舅打来电话说别墅外面蹲了记者,饭店门口也是。"

林道行皱眉:"好,我会跟她说。我那位朋友现在有没有跟你们在一起?"

"没有,他已经回去了,记者也知道了你们住的地方,他的小侄子是不是一个人在家?他应该很担心他的小侄子。"

这帮记者神通广大,速度惊人,林道行早已预料到这则新闻传回国内后会引起的爆炸程度。

星海号,遇难者家属,三名凶手,以及不论是星海号事故,还是现在这件事,涉事人员统统都与新闻媒体界有关。

所有关键词都能引爆热点。

第一,话题震撼;第二,案件还有深入挖掘的可能;第三,新闻节目向观众曝光与自身行业有关的黑幕。

从这三点就能看出,所有媒体都已热血沸腾,否则昨晚他的手机也不会被打爆。

新闻行业的竞争最讲求时效,接下来他们会无所不用其极。

在医院检查完离开,已经是下午三点半。暂时不能回去,林道行问:"找个地方先吃点儿东西?"

佳宝说:"我吃不下,你饿了吗?"

林道行不答反问:"你吃完早饭后吃过什么?"

佳宝把车内冷气的温度调低,对着风口吹,说:"没吃过东西。"

林道行看了看马路两边,把车停到边上,解开安全带:"我去买点儿,在车里吃。"

佳宝没意见,坐在车里等。

林道行挑着凉快又开胃的食物买，最后拿着抹茶口味的冷饮，以及凉皮和肉夹馍回来。

车门打开，热浪瞬间冲进车厢，佳宝把播着视频的手机放下，从林道行手里接过吃的，打开塑料袋低头看："买了什么？"

"凉皮和肉夹馍。"林道行把抹茶奶盖拿出袋子，递给佳宝，"饮料。"

佳宝插上吸管，清凉的绿色饮料从管中进入她的口腔，再入胃，她舒爽地呼了口气。

"我不要肉夹馍。"佳宝说。

"你先吃，不要的给我。"林道行瞥了眼佳宝的手机，"在看什么？"

抹茶奶盖太大，车上的杯架放不进，佳宝让林道行帮她拿着，她把手机音量调大，给林道行看视频："黎婉茵的新闻采访。"

新闻演播厅的采访是直播，现在早已结束，佳宝找到的是网上的视频。

省电视台的演播厅宽敞明亮，半弧形的桌子后，一端坐着播音员，一端坐着身穿白色职业套装的黎婉茵。

"……我的身份和他们不同，我不是遇难者家属，不是任何一方当事人，但我既然被牵连进了这件事，那就必须去面对。"

"你当时不害怕吗？"

"当然害怕，可是害怕不能自救，我希望获知真相，也希望自己和大家都能活着离开那里，所以后来我也参与了资料收集。"

"资料收集？"

"是的，要进行这样一出特殊的采访，不做足准备工作，根本无法开始，更别说进行下去。"

黎婉茵换了一个更为端庄的发型，她的语气节奏把控得很好，作为娱乐节目的主持人，如今坐在严肃的新闻直播间，她的外形和表现不禁让人眼前一亮。

"有什么想法？"林道行问。

佳宝刚要开口，吸管抵了过来，她顺从地含住，吸了一口饮料，然后说："她是当事人之一，有权利接受任何采访。"

"哦?你这么理智、大度?"

"不,我以前对她观感很好,但现在她已经被我拉进了黑名单。"佳宝低头,滑动着视频,"不过她也不会在意我的黑名单。"

佳宝理智上理解黎婉茵的举动,但情感上她无法接受。黎婉茵在镜头前提到"遇难者"时那种善良的、悲天悯人的模样,让她想起五年前新闻中一张张悲恸欲绝的脸,有苍老的,有年轻的,而她在屏幕之外,咬破了嘴唇,眼泪和着血,一起进入五脏六腑。

炽烈的阳光透进车窗,佳宝低举着的手腕在阳光下白得透光,青色的经络从手心蜿蜒至小臂,显得她单薄又苍白。

林道行和老寒在这个圈子里的朋友有很多,在医院时他就已经打听到消息。

"黎婉茵跟台里谈判,她会接受一系列的独家专访,前提是台里接下来会为她打造一档新节目。"

佳宝想了下,说道:"她这算是物尽其用?"

"这世上有各种各样的人,有的老实,有的窝囊,有的自私自利,有的就像她这样,把握一切时机力争上游。你将来会见识到更多。"林道行话锋一转,"还不吃?"

"啊?哦……"佳宝端起凉皮细嚼慢咽。

林道行拿出自己的手机,一边低头搜索,一边把抹茶奶盖往佳宝嘴里送。

林道行正在看采访视频的评论。

这视频目前已被和谐,但网上的评论却很多,有难以置信的,有讨论媒体圈黑幕的,有询问男教师强奸女学生一案的,也有人猜测是否还存在更多被新闻工作者操控的令人震惊的假新闻。

还有谈о话题之外,询问他和佳宝的身份,惊叹于他们敏捷的思维和口才,以及他们的高颜值。

林道行没留意右手边,他又把抹茶奶盖递近几分,佳宝嗷嗷待哺似的张嘴含住,吸管突然往上一捅。

"呀!"佳宝的嘴唇和鼻孔吃痛,手上的凉皮没有捧稳,往边上的扶手箱倒去。

　　林道行被浇了一裤腿的汤汁和凉皮、黄瓜丝。
　　林道行低头扫了眼，马上看向佳宝，他放下抹茶奶盖，问："很痛？"
　　佳宝捂着鼻子说："凉皮……你的裤子……"
　　林道行一边抽了几张纸巾包起裤腿上的凉皮，一边拿开佳宝的手说："我看看。"
　　"没事。"佳宝瓮声瓮气地说道。
　　鼻头有点儿红，她的嘴唇上还有辣油，林道行觉得好笑："真行，改用鼻子喝饮料了？"
　　"是你自己捅过来的，我本来都喝到了。"
　　林道行用大拇指捻了捻她的鼻头："怪我，真不痛？"
　　他再一看，佳宝的上嘴唇红得不自然。
　　"不痛。你裤子怎么办？"佳宝问。
　　林道行反问："嘴唇也被捅到了？"
　　"嗯。"佳宝抽纸巾捂了下嘴巴。
　　林道行看向车窗外。
　　目前还不方便回家，他指着不远处的一家酒店说："先去酒店处理一下。"

　　车子停在酒店停车场，下车前佳宝又多抽了几张纸巾帮林道行擦裤子上的汤汁，林道行握住她细小的手腕，制止了她的动作，面色如常地说："不用擦了，走吧。"
　　两人去前台开房，前台拿着他们的身份证，一瞧年龄，她朝两人脸上多看了几眼。
　　前台道："钟点房两小时一百，两小时不够也有三小时的。"
　　林道行最后开的是标间，在前台一言难尽的目光中，他带着佳宝坐上电梯。
　　房间很一般，装修有几分陈旧，不过还算干净，也没有难闻的气味。
　　裤子没法再穿，林道行打算去浴室冲洗一下，但手边没有干净裤子换，

他给佳宝打开空调,温度调到二十四摄氏度,说:"你先休息会儿,我去买条裤子。"

"唔……"佳宝摇头,她捧着抹茶奶盖,吐出吸管,"我去帮你买吧,你穿什么尺码?"

"买185的,会买吗?"

"会。"佳宝放下奶茶就要走。

林道行拽住她的手臂,拿出钱包塞到她手里:"拿着。"

"我有手机。"佳宝说道。

"不用你的。"林道行给她指路,"马路对面好像有男装店,你随便拿一件就行,别瞎跑。钱不够就刷卡,密码是952341。"

"知道了。"

佳宝拿着林道行的钱包出了门,下电梯时她好奇地打开钱包看了看,里面有三百元现金,银行卡倒是有好几张,不知道密码是不是同一个。

看到林道行的身份证,她抽出来,低头打量照片上面容清隽的男人。

这是她第二次看他的身份证,感受却截然不同,岁月将他的五官刻画得更加硬朗,她看着年少时的他,脑中想的却是他现在成熟稳重的模样。

林道行洗完澡,换上客房里的睡袍,拧开矿泉水,边喝边给老寒打电话。得知他们现在待在家中,楼道口有记者蹲守,他问:"你觉得他们今天会离开吗?"

"难。"老寒在电话那头烦躁地说,"这帮家伙现在就是蚊子闻到了血腥味,不叮上几口怎么舍得离开?我又不能一巴掌拍死他们!"

林道行优哉游哉地说:"都是半个同行,稍微客气点儿。"

"你转性了?你别说风凉话,你是避出去了,我现在连门都出不了,你给我出个主意,怎么把外头那些人弄走!"

门铃响,林道行走去开门,对电话那头道:"你当我是神仙?腿长在他们身上,弄走一个还会来一个。这两天先看看情况,热度要是一直不退,我们就换个地方住。"

林道行侧身让佳宝进来,把大门关上。

佳宝提了提塑料袋给他看，买好了。

林道行见佳宝额头有汗，也不怕脏，直接上手帮她抹了两下，下巴一抬，让她去床上坐。

老寒听着电话那端背景安静，又出现了关门声，问："你们现在在哪儿？"

林道行拿出塑料袋里的裤子说："酒店。"

"进度这么快？"

林道行听出了对方语气中的震惊，他顺手把塑料袋放到桌上，说："你刚才应该跟我们一起去趟医院。"

"干啥？"

"看看脑子。"林道行冷冷地说道。

通话结束，林道行放下手机，看向坐在靠窗那张床上的佳宝。

佳宝坐在床尾，正对着空调，她按着空调遥控，把温度调到十八摄氏度，又把扇叶调到最下，冷风将她的发丝吹得上扬。

忽然面前出现一道人墙，堵住了空调吹出的风，佳宝仰头。

林道行抽走她手里的遥控，把温度和扇叶往回调，说道："你这几天睡得少吃得少，还一个劲儿吹冷风，想生病？"

"哪儿这么容易生病，我体质很好。"佳宝想去拿遥控。

林道行躲开她的手，半举着遥控说道："跑步都能又晕又吐，睁眼说瞎话？"

佳宝抢不到遥控，视线正对上林道行袒露着的胸口。

刚才大门一开，她其实已经愣了下。林道行刚洗过澡，短发还湿着，不知道男人是不是不喜欢擦水，他露在睡袍外的皮肤上还挂着清亮的水珠，从锁骨一直到胸口。

白色的睡袍长及膝盖，他穿着湿漉漉的一次性拖鞋，浓黑的腿毛杂乱无章。

她看了一眼就把塑料袋举起给他，遮挡住自己的视线。

这会儿他近在咫尺，手臂上举时睡袍又敞开了几分，佳宝看见了他胸肌的形状……

她迅速低头："好了，我不动了。"说完，她又抬头，"你不去试下裤子？不合适还能去换，我跟店家说好了。"

她的头一低一抬，气息就在他的胸腹间游移，林道行往后退了一步，说：

"我去换衣服。"

他转身走向卫生间,把遥控搁到桌上,警告道:"别碰空调。"

"知道了。"佳宝双脚晃了晃,脚后跟轻轻蹭着卡其色的地毯。

不一会儿浴室门开了,佳宝正歪着身子坐着,左腿一弯,斜斜地搁在床上。打量着林道行,她问:"还合适吗?"

黑色的休闲中裤,没什么花里胡哨的口袋和装饰,林道行挺满意:"很好。"

"花了一百四十九元。"

林道行把塑料袋里的钱包拿出来,一枚硬币掉到地上,他笑了下,轻轻扔给佳宝,正中她的腿弯处。"给你玩。"

他这话似曾相识,佳宝记起他在游艇上时扔了一支香烟给她,当时他对她说的话,也是"给你玩"。

像把她当小孩……

佳宝捡起硬币,捏在手指间把玩,朝林道行脸上看了两眼,她依旧不确定他们两人之间的关系。

手机从今早开机后一直静音,林道行正皱眉回复熟人的微信,没看见佳宝的目光。回完信息,他依旧没调回声音,把手机搁到桌上,问:"要不要看电视?"

"不要。"佳宝盘腿坐在床尾,耷拉着脑袋刷新闻。

网络上铺天盖地全是这次的拉加厄斯帕群岛事件,她和林道行、黎婉茵的照片被众媒体当作新闻封面,一天不到的时间,她姓甚名谁,在哪个学校读书,念的是什么专业,等等,都被媒体挖了个底朝天。

"吃蛋糕吗?"

同学和老师发来的微信数不胜数,佳宝边回边捻弄自己的上嘴唇,心不在焉地说:"不吃……"

林道行走近蹲下,扒开她捻嘴唇的手,果然,她上嘴唇的左边肿起了一小块。

林道行皱眉:"嘴巴肿了。"

"没事。"佳宝无所谓地说,"很快就能消掉的。"

"里面有没有出血?"

佳宝感受了一下:"没有。"说着,她又低头回复微信。

林道行见她忙着打字,不妨碍她,他坐到了另一张床上,单臂枕在脑后,支着一条腿,靠着枕头半躺下来。

他看着手机上的各种新闻,又翻了一遍黎婉茵今天那段采访的文字版,最后他回复视频网站赵总的微信,答应对方明晚见。

他一边思考,一边不由自主地望向斜对面床上的人。

她盘腿坐着,柔顺的长发披散在背后,黑色牛仔短裤的裤管偏松,一只脚底板对着他。

他这角度只能看到她的侧脸,她左手抵着下巴,食指时不时地刮一下上嘴唇。

林道行清了下嗓子,起身下床,佳宝抬头,林道行经过她身边时,手掌按了下她的脑袋。

"喝水吗?"他问。

"不要。"佳宝想起来,"你该吃药了。"

"嗯。"林道行取出药丸,就着矿泉水喝了两口,放下矿泉水瓶,他又拿起还剩一小半的抹茶奶盖,问道,"奶茶还喝不喝?"

"不喝了,喝不下。"

林道行含住吸管,盯着佳宝,吸了几秒,饮料转眼见底。

佳宝听着他嘬空杯的声音,她心神不宁地松了下脚,被她搁在脚边的硬币,顺势被抵向前,落在地毯上,一丝声音都没发出。

佳宝弯腰去捡,视线中出现了男人的两条腿,早先湿漉漉的一次性拖鞋已经半干了。

她的手没碰到硬币,被对方抢先了一步。

佳宝直起腰,目光平视,林道行蹲在床边没有起身。

他把硬币放到佳宝腿边,佳宝用左手去拿,碰到硬币,林道行盖住她的手。

"嘴唇到底痛不痛?怎么老揉它?"林道行问。

佳宝左手被按,不能习惯性地去捻嘴唇,她说:"不痛。"

"那怎么老揉?"林道行又问了一遍。

"有点儿不舒服而已。"

"哦。"林道行说。

佳宝有些紧张,不知道该怎么接话,她的右手腕有伤,左手又被林道行的手盖着,整个人好像被束缚住了,不得自由。

忽然听到林道行问:"你是我女朋友?"

佳宝一怔,脑袋发蒙,心跳的咚咚声却清晰可闻,像迎面来了个越级跳,这种反问她该怎么接?

"呃……"她的脸热了起来。

林道行说:"你的发声还要改进。"

佳宝:"啊?"

"'呃'和'嗯'不分。"林道行低声说完,身体前倾,轻轻吻向佳宝的上唇。

佳宝屏住呼吸,躯干、四肢统统僵硬,红肿的那一小块地方像充了血。

"别用手揉……"林道行离开她的嘴唇,轻声说。

佳宝的手指下意识地动了动,林道行盖着她的手用力,又往下压了一分。

他向前,又碰了下她的上唇,然后一点儿一点儿轻啄,从左边往中间,触碰着她的唇。

他紧紧贴着她柔嫩的双唇,轻声说道:"再发一遍声。"

没头没尾的一句话,佳宝却听懂了,她颤颤地说:"嗯。"

"颤音了……"

佳宝的嘴角忍不住上扬,她微微张嘴调整发音:"嗯……"

戛然而止,林道行闯进她的牙关。

汗珠从他的颈后滚落,紧张的肌肉逐渐放松,呼吸交错,气血上涌,他渐渐站起来,弯着背,低垂着脖颈,两手掐着她的双腕。

佳宝只能后仰着承受,在快要倒下床的那一刻,她的喉咙里发出一声闷哼。

林道行睁开眼,一顿,他离开她的嘴唇,捧起她的右手腕说:"对不起,我忘了。"

"不痛……"佳宝顿了下,觉得又柔又哑的声音仿佛不是自己的,她涨红了脸。

林道行看了看她,低下头,吻住她的手腕,沿着青色经络慢慢往上,亲

257

吻她白得透明的手臂。

酥酥麻麻的感觉像蚂蚁爬过，佳宝忍不住抽了下，又不想抽出。

她左手抓住林道行的肩膀，从床上跪起，离他近了，她亲了下他的脸颊。这一吻使她紧张得喘不过气来。

林道行静默了一秒，看向她的双眼，她的双眼水润、清澈，带着几分紧张地望着他。

犹如恶兽捕食，他一把叼住她的双唇。

两人食髓知味，夕阳西下，林道行不得不将人推开，佳宝坐在床上，浑身发烫地往床头一扑，把脑袋埋进枕头。

半晌，林道行从卫生间出来，坐到佳宝床上，把人捞起，佳宝别扭又自觉地靠着他的胸口，林道行搂着她的肩膀，轻吻她的发心。

佳宝犯困，打了一个哈欠，林道行低声道："睡会儿？"

"嗯……"佳宝拒绝，半坐起来四下里寻找。

"找什么？"

"我的手机。"

林道行看了看，从地毯上捡起手机。

佳宝的后脑靠着林道行的胸口，先给父母发了一条微信，再慢慢回复其他信息。

"开开说她也被记者找了。"佳宝说道。

"嗯。"林道行的手指轻揉她的嘴唇。

"你什么时候回去？"佳宝问。

"你爸妈怎么说？"

"他们还没回……回了。"佳宝看完信息，说道，"他们说今晚让我别回别墅，他们待会儿过来。"

"来这里？"林道行问。

"嗯。"佳宝边看手机边说，"让我再开一间房，他们今晚陪我睡酒店。"

林道行拍拍佳宝："我去前台问问。"

佳宝离开他的胸口。

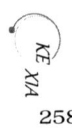

没有相邻的房间,林道行索性开了一个家庭套房,付了房费,他带着佳宝去楼上的套房等。

佳宝吃着抹茶蛋糕,挖了一勺给林道行,林道行不爱甜食,让佳宝自己吃。

佳宝喂给自己,问他:"那你刚才怎么喝奶盖?"

林道行神情自若地说:"口渴。"说着,他又朝蛋糕示意,"给我一勺,我尝尝。"

佳宝重新挖了一勺,林道行吃进嘴里,说:"还不错。"

吃完蛋糕,他们又等了十分钟左右,佳宝父母终于带着换洗衣服赶到了。

佳宝去开门,林道行站在佳宝身后叫人:"叔叔、阿姨。"

佳宝爸妈跟林道行打了声招呼,放下袋子,对佳宝说:"今晚先住酒店,明天我们找个钟点工,去把御景洋房的房子收拾一下,你明天先过去。等什么时候记者不蹲人了,你再回你舅舅那儿住。"

御景洋房的房子是几年前佳宝从 H 省来到这里后,父母卖了老房买的。但父母长居国外,她又喜欢跟舅舅一家住,所以那里一直空着,不知积了多少灰。

佳宝蹙眉问:"这么严重吗?舅舅家都不能回了?"

外界已经炸窝,记者们都疯魔了,佳宝几人刚回国,近期最好别和记者直接对上,至少要等警方从 E 国调查回来,看警方那边怎么说。

佳宝爸妈解释完,又道:"我们明天就要回 M 国,你一个人住那儿要注意安全。"

佳宝一怔:"哦……"

林道行侧目看向佳宝,她失落的表情不明显,但他能听出她语气中的细微变化。

佳宝爸爸说道:"本来我们也想多陪你几天,可是后天开始的首脑会谈,我和你妈必须全程跟进。"

佳宝妈妈说:"对不起。"

夫妻俩都是驻 M 国的时政记者,很多时候都身不由己。

佳宝已经习惯了,无所谓地说:"知道了,没事,你们忙你们的,明天几点的飞机?"

"明天下午五点。"

林道行说:"叔叔阿姨不介意的话,明天我送你们去机场。"

佳宝爸妈对视一眼,没有马上开口。

佳宝问林道行:"你明天有空?"

林道行:"有空。"

"那就他送吧。"佳宝对父母说。

林道行弯了下嘴角,不打扰他们一家三口相聚,离开前他说他的房间就在楼下,让他们有事就找他。

等人走了,佳宝妈妈把佳宝拉到身边坐下,问道:"我和你爸明天就走了,你老老实实跟我们说,你和林道行是什么关系?"

佳宝老老实实地回答道:"他是我男朋友。"

佳宝妈看向佳宝爸,佳宝爸坐到沙发上,语重心长地问:"你知道他多大了吗?"

"二十九,我看过他的身份证,他的户籍是H省,我们是同乡。"佳宝答。

佳宝靠向沙发背,反问父母:"你们为什么不喜欢他?对于一个你们并不了解的人,在初见面时就妄下判断,是不是有违新闻报道的原则?记者不是应该全方位了解事情后才做出公正的报道吗?"

佳宝父母大半年没和女儿近距离接触,怎么都没想到女儿会变得这么伶牙俐齿。

但佳宝父母并没有被她问得哑口无言,佳宝妈妈说道:"记者是记者,我们在你面前的身份是父母,父母还要跟儿女讲什么新闻报道的原则?"

"哦,我以为你们一直都是记者。"

佳宝父母愣了愣。

佳宝说完,看着父母的神色,心中有点儿懊恼。

"你们饿不饿?"佳宝补救。

佳宝父母一笑:"有点儿饿了,你想吃什么?"

"叫点儿外卖吧。"佳宝说。

外卖送到,一家三口静静地吃饭,佳宝爸妈时不时往佳宝碗里夹菜。吃完后佳宝收拾桌子,佳宝妈妈看着她弯腰捡餐盒的侧影,和丈夫对视一眼,

决定不再多说什么。

孩子还年轻,感情随时会变,多说无益。

第二天上午,佳宝爸妈先开车回别墅替佳宝拿行李,林道行等着老寒过来,再带着佳宝去御景洋房。

老寒拎着一包衣服,说道:"我先陪严严去心理咨询室,这几天不回家了,刚刚好不容易把记者甩开。"

林道行问:"住工作室?"

"嘿,聪明!工作室租了不能浪费,住那儿比住酒店划算。"老寒说道,"你的衣服在后备厢,你想回去就回去,不想回去就一起来。"

"知道了。"

林道行先将老寒和严严送到心理诊所,再开车带着佳宝去御景洋房。

钟点工已经把房子收拾干净,佳宝父母也把佳宝的行李带了过来,林道行陪同他们一起吃完午饭,下午三点送他们去机场。

佳宝父母登机前,林道行双手递上两张自己的名片,佳宝父母接过来,没有对他多说什么。

佳宝伸长脖子,直到看不见父母了,她的肩膀上才搭下一只手。

"走了?"林道行问。

"嗯,走吧。"佳宝和他去取车,问,"你回家还是回工作室?你工作室在哪儿?"

"都不回,我约了人。"

"约了几点?来得及送我回去吗?"

"来不及了,快到时间了。"

佳宝打算让林道行半路放下她,她可以自己回。

"你和我一起去见他。"林道行忽然说。

"嗯?见谁?"佳宝诧异。

"赵立晟。"

赵立晟今年三十五六岁，穿西装打领带，五官端正，发型梳得一丝不苟。他能在这个年纪成为一家大型视频网站的老总，已不能简单地称作年轻有为。

佳宝觉得从穿衣打扮上看，赵立晟比林道行更像一名新闻主播。

两秒钟前，穿着T恤和中裤的林道行一手搭着佳宝的椅背，一手给她舀了一勺虾仁。放下勺子，他看向姗姗来迟的赵立晟道："赵总，不介意我们先点了菜吧？"

赵立晟一笑："当然不介意，是我迟到，这顿我请，二位再多点几个菜。"

赵立晟同时伸出手："实在是不好意思，我迟到了半个小时。"

林道行站起来与他握手，佳宝仰头看了林道行一眼，也跟着站了起来。

"如果是网站服务器问题，其实你们应该料想到，提前扩容，做足准备。"林道行说。

赵立晟也不尴尬，笑容自然："你别说，我公司那群工程师今晚还在加班，经验需要慢慢累积啊。"

林道行一笑："冯佳宝，应该不用我向赵总介绍了。"

赵立晟向佳宝伸手："你好，冯小姐。"

"你好，"佳宝望着对方，"久仰大名，赵总。"

她和林道行提前五分钟到达这家中餐馆，六点十分时林道行直接招来服务生要求点菜。

佳宝问："不等了吗？提前点菜不好吧？"

"我对别人的耐心就十分钟。"林道行瞥向佳宝的肚子，"不是肚子叫了？"

佳宝有些丢脸地捂住肚子，林道行笑着问："想吃什么？"

"虾仁。"佳宝立刻答道。

等餐的间隙，两人拿着手机刷新闻，"视频网站崩了"这条热搜，占据了微博热搜榜第六的位置。

流量骤增，服务器显然撑不住。

佳宝猜测这位赵总之所以迟到，应该就是在解决服务器的问题，但她和林道行都猜错了。

赵立晟脱下西装外套递给服务员，边解着衬衫袖口，边入座，说："我今

晚迟到倒不是因为公司的事,我刚从公安局出来,没来得及通知你,只能再次说声抱歉。"

林道行拿着茶杯的手一顿:"警察今天才找你?"

"嗯。"赵立晟点着头,让倒完茶的服务员离开,包间的门被关上,他才说:"我知道警察昨天找过你,今天我已经把我知道的都告诉了警方,相信他们不会再怀疑你。"

林道行从未担心过这点,他喝了一口茶,捧着杯子问:"菜够吗?"

"我够了。"赵立晟照顾在场唯一的女士,"冯小姐需要加菜吗?"

"不用,多谢。"佳宝礼貌地说。

"那我们直接进入正题。"林道行放下杯子。

赵立晟含笑说道:"今天我有问必答。"他伸了下手,"请。"

林道行开门见山:"你在这件事中扮演的是什么角色?"

赵立晟垂眸想了想,回答:"大概算是……不知情的配合者?"

他和殷虹是在星海号事故后,认领遇难者尸体时相识的。

他的女友那年二十七岁,在H省广电集团做副导演,十多岁时父母双亡,她靠着助学贷款熬过本科,接着考研,研究生毕业后一个人在职场打拼。

他们相识于一档综艺节目,在她踏上星海号旅途的三个月前,他向她求婚成功。

"我和你是在去年年中认识的,记得吗?"赵立晟问。

林道行默认。

"在我和你的项目基本谈成之后,殷虹联络我,她并没有对我说任何事情,只是请我帮她两个忙。"赵立晟道,"第一个,是请你和舍寒前往拉加厄斯帕群岛……"

"第二个,让你通过你的网站,播放采访视频?"林道行接话。

"是。"赵立晟说,"前天凌晨,殷虹的丈夫拿到视频后马上传给了我,为了避免夜长梦多,我没做任何处理,直接发布在了网站上。不管你信不信,我对她具体要做的事,怎么做,确实是一无所知的。"

"但你依旧十二万分的配合。"林道行抱臂靠着椅背。

赵立晟笑了下,扫了眼坐在林道行边上的小女孩,说道:"如果她将来在某场意外中身亡,而你远在异国他乡,不但无能为力,最后连她的尸体都辨认不清,只能做DNA配对。你煎熬了四五年,忽然某天,有人请你帮忙做两件对你来说是举手之劳的事,这事跟那场意外有关,或许也跟你女朋友的死亡有关,但具体的,你就什么都不清楚了。你会怎么做?"

林道行撩起眼皮,望着赵立晟。

"角色互换一下,冯小姐,如果是你呢,你会怎么做?"赵立晟忽然问佳宝。

佳宝沉默以对。

"显然,沉默也是默认的一种。"赵立晟拨弄着桌上的筷子,眼帘低垂着说,"人其实很自私,违法的事情我不会做,我还有好几十年的日子要过。但我也不是什么圣人,我没办法无动于衷,或者说,我也受够了折磨,想要得到某种解脱。所以我是顺势而为。"

他看向林道行:"我确实不清楚殷虹的具体做法,我没想到她这样一个普普通通的中年女人会这么……"

他想不出合适的形容词,勉强说道:"会这么激进。"

赵立晟接着正色道:"对于你和舍寒,我真心感到抱歉,是我利用了你们。"

这顿饭吃了一个多小时,饭后三人走出餐馆,热浪已在黑夜中消散,临别前,佳宝忽然问赵立晟:"赵总,你现在解脱了吗?"

赵立晟一愣,站在灯火阑珊处回答:"解脱了。"

赵立晟坐车远去,消失在密集的车流中。夜色下,未来的方向变成未知。

"你刚才怎么没答应他继续合作?"佳宝问身边人。

赵立晟在用餐过程中表示出继续合作的意愿,希望林道行的项目能够进行下去,林道行的回复却模棱两可。

"同情他?"林道行反问。

佳宝摇头:"他明知道会让你和舍寒遇险,但还是自私地配合了殷虹。"

林道行挑眉。

佳宝说:"他话里有漏洞和逻辑错误。他先说他很自私,所以不会做违法的事,后说没想到殷虹会这么激进。他首先想到了'违法',那怎么会料不到殷虹会有激进行为?他其实应该这么说——

"他没想到殷虹会这么激进,当然,现在他知道了整件事的经过,如果事情重来,他不会做违法的事,因为他很自私。但他又不是圣人,做不到无动于衷,所以他可能还是会做一个'不知情的配合者'。

"赵立晟说的基本都是实话,只不过他把自己说得太无辜,他应该是真不清楚殷虹要做什么,但这趟旅程的危险,他显然早已预见。"

佳宝仔细琢磨了一下,问林道行:"这么说是不是挑不出毛病了?"

林道行"啧"了声,拧她脸颊:"就你机灵!"

佳宝弯唇,忽又收起笑容,食指按住林道行的喉结:"从现在开始,你讲话别发出声音。"

"你……"

佳宝用力一按:"振动了!都说了别发出声音。不知道自己的嗓子要养?"

"抬头。"

手指没感觉到振动,他挺听话,佳宝抬头,嘴巴被蜻蜓点水地亲了一下。

佳宝笑得眉眼弯弯,林道行本来想告诉她可以上车了,见她这副模样,他忍不住又亲了亲她的酒窝。

"走了!"他扣着她的后颈,压低声音在她耳边笑着说。

佳宝坐着林道行的车回到御景洋房,车停在单元楼楼下,她解着安全带问:"你明天要工作吗?"

"最近都不工作,休息。"林道行说。

"你今晚在哪儿住?"

"待会儿先去工作室看看。"

"要上去坐坐吗?"佳宝问。

"不了,你上去吧,到楼上跟我招个手。"林道行说。

"哦。"佳宝打开车门。

"明天想吃什么早饭?"

"嗯?"佳宝回头。

"早饭。"林道行重复。

"甜豆浆、小馄饨,再来几个生煎包,我舅舅做的那种。"佳宝不客气地点单。

265

"买来你全吃完！"林道行说。

"一起吃啊，你难道不吃早饭吗？"佳宝理所当然地道。

林道行一笑，用大拇指擦擦她的脸颊："那等着我。"

"嗯。"

凌晨两三点佳宝才睡着，醒来时天还没亮透，在床上干躺了十几分钟，明明有倦意，却还是无法入睡。

她索性起床打扫卫生，把钟点工扫过的地方重新打扫一遍，直到角角落落纤尘不染，她才在大汗淋漓之后洗了个澡。

顶着一头湿发，她躺上沙发迷迷糊糊地合眼，忽然一阵门铃响，她一个激灵："来了——"趿着拖鞋，她冲到门口把门打开。

林道行只觉得阳光带着露珠扑面而来，他弯起嘴角："这么快？"

"我在沙发上。"佳宝给他拿拖鞋，接走他买来的早饭，见他还带了笔记本电脑过来，佳宝问，"怎么还带电脑来了？"

"没什么事做，今天在你这儿待着。"

"噢。"佳宝含笑。

"刚洗过澡？"林道行换鞋进来。

"嗯。"

也许是刚洗过澡显得精神，林道行也看不出她昨晚有没有睡好。

心满意足地吃过早饭，佳宝窝在沙发上，一边继续看相关新闻，一边跟施开发微信聊天。

林道行坐在她旁边，腿上垫着抱枕，手指滑动笔记本电脑。

佳宝握着手机偎过去："你在看什么？"

林道行打开左臂，顺手把她圈进来，继续翻动网页："旧新闻。"

"旧新闻？"

"我在查罗勇勤和沈智清一起做过的所有新闻。"

佳宝抬头。

林道行慢条斯理地说道："男教师强奸幼女案已经明朗，万坤还说了一件开发商的案子，但他当时并没认命，只是为了让我们放松警惕。他既然没认命，

他会全说实话?"

"你怀疑他们做的事不止这两起?"佳宝问。

"人的贪欲无穷无尽,他们那三个人的胃口都不见得小。你还记不记得范丽娜说她是因为离婚,才迫不得已做了这事的?"

"嗯。"佳宝道。

"那你记不记得,范丽娜说过,她的离婚官司打了两年?"

佳宝思索:"也就是说……两年可能是一个范围?"

"嗯,先限定两年查起。"林道行说。

佳宝坐直了一些,说道:"我帮你。我能做什么?"

林道行想了想:"把你的电脑拿来。"

佳宝拿来电脑,林道行指给她几个查寻页面,两人通力合作,一直忙到下午,晚上叫了外卖。

之后几日,两人如是进行着这项工作。

这天林道行敲下键盘,手一顿,停在半空,他忽然想起朱家人说过,朱楠在临行前的那段时间,整夜整夜地看新闻。

有什么新闻可看?反复看教师强奸案的新闻?

也许,他如今在做的,正是朱楠当时做的。

林道行放空片刻,轻轻地吐口气,转头想跟怀里的人说话,却见她不知什么时候已经闭上眼,腿上的笔记本电脑快歪倒下来,她的手却还搭在键盘上。

林道行的左臂一直环着她,见状也不敢乱动,他小心翼翼地抬了下腿,腿上的枕头顶住了她的笔记本电脑。

他吻着佳宝的头顶,接下来的两个小时,他一直保持着这种僵硬的姿势。

一周多后,警方那边传来消息,要求林道行和佳宝再去一趟公安局,补充案件细节。

这次去的不光是他们两人,还有施开开等人,以及如今风头正盛的黎婉茵。

黎婉茵妆容精致,戴着一副黑色墨镜,从车中下来,朝老寒点点头,老寒面无表情地回了一下,黎婉茵一怔,又无所谓地弯了下嘴角。

她的事业迎来高峰,气质与之前截然不同,施开开走在黎婉茵后面,对佳宝说道："我挺佩服她那张嘴的，能把你和林老师的光芒给压下这么多，明明她在采访中都没露脸，可现在一大半的观众都把她当成了正义有担当、机智又勇敢的'检察官'了。她那档新节目，好像就是什么侦探类的？专为她量身定做，人设女版柯南！"

佳宝问："你追她的节目了？挺了解啊。"

"一期都还没播呢，现在只有一个先导片。"

一行人补充完资料，同时打听了一些案件细节，警方只说殷虹和朱老先生将在E国接受调查和审判，万坤和范丽娜将被带回国内接受调查。

离开公安局前，林道行把一个U盘交给警方，里面是他和佳宝夜以继日地查找到的所有可疑资料。

警方极为重视，六月初，省内刚下达通知，推行访调对接工作，要求无新增积案，无历史陈案，而这个U盘里的陈案，敲响了他们的警钟。

H省和本省是兄弟省份，许多情况密不可分，加之百姓关注、媒体施压，接下来的大半个月，警方没日没夜地专攻万坤几人的案子。

终于在八月上旬的这一天，新闻界掀起了一场轩然大波。

警方通报称，目前已确认四起利用新闻牟利案。第一起是男教师以被诬告强奸为由申请国家赔偿金案。

第二起是包庇开发商案。

第三起是制造假新闻，配合某餐饮店击垮竞争对手，在竞争对手的餐厅里制作"卫生脏乱差"的新闻。

第四起是制造假英雄，某建筑内发生大火，保安吴某冲进火场救人，事后其获得各类表彰、奖励。实际情况却是，进火场救人者是当场牺牲的保安李某，吴某实则是被救者。

万坤、罗勇勤、沈智清、范丽娜，是一个以新闻牟取不当利益的四人犯罪团伙，上述四起案件，四人共牟利二百九十万。

警方同时更正一起发生于本年六月一日的自杀案，四人犯罪团伙的牵头人万坤，杀害吴某（女）后，将案件伪造成自杀。

目前警方对这四人的调查仍在进行中。

警方通报后,外界哗然,群众开始质疑新闻媒体的公信力,指责新闻媒体最擅长颠倒是非、煽风点火,为博眼球夸大其词,误导他人。历年假新闻被众人一一翻出,假新闻的受害者们在当年受尽辱骂,或事业尽毁,或家庭破裂,虽然事后得到澄清,但造成的伤痛究竟有没有愈合,无人知道,也没人关心。

他们早已被时间遗忘。

而制假的新闻平台,从未道歉,从不愧疚,也从不用负责。

佳宝这半个月以来,最常做的事就是翻看各种新闻和新闻下的评论,她有时茫然,有时义愤填膺,有时又斗志昂扬。她登录学校的官网查看自己接下来三年要学的课程,有各种与播音相关的普通话发声课程和形体课程,也有新闻采访等课程。

她很想问问林道行,可具体要问什么,她又说不清。

林道行正开着车,见边上的人一副心事重重的模样,他问:"想什么呢?"

佳宝摇摇头:"没。"

"马上就到公安局了,你午饭还没吃,要不要先吃点儿东西?"林道行问。

"不了,等出来再吃。"

过了会儿,林道行轻声说道:"别紧张。"

"嗯。"佳宝勾了勾林道行按在变速杆上的手。

她这次是以受害者家属的身份来到公安局的,接到警方的电话时,她正对着电脑发呆。

她其实已经做好了心理准备,真相她已基本清楚。到达公安局后,警方对她说:"据万坤交代,朱楠几人之所以会发现强奸案的问题,是因为朱楠和受害女生以前是校友,朱楠父母离婚后,他才转学跟着他爷爷奶奶生活,所以他小时候就知道这起案子。当时男教师出狱后声称被冤枉,朱楠应该在那会儿就关注了这事,不知道怎么就被他查出了问题。

"至于在星海号邮轮上……"

警察照顾佳宝的情绪,尽量简单、平稳地说:"你哥哥他们在邮轮上是听到万坤打了一通电话,万坤在跟人暗示一起新闻的'价值',大概因为听了这个,你哥哥他们没忍住,在邮轮上找了他们的领导,也就是主任王树江,把他们调查到的情况向主任说了。"

佳宝无法抑制自己的情绪,她手发抖,脖颈上的筋根根暴起,林道行用力搂住她的肩膀,使劲搓了搓她的手臂。

佳宝摇头,克制地说:"我没事……"

警察难过地叹了口气:"他们放的那把火,责任很难认定,但是你放心,我们会继续调查,有消息我们会再通知你。"

佳宝问:"万坤的身体怎么样?"

万坤谋杀吴慧一案,详情并没被通报出来,但佳宝几人已从警方口中得知,吴慧原本准备在六月一日星海号事故五周年之际告发万坤,万坤索性一不做二不休将她杀害,以绝后患。

警察说:"他的身体已经没事,那一刀没有伤到他的要害,他和范丽娜会接受法律的制裁。"

佳宝低垂着头,和林道行一起向警方道谢。

回去的路上,佳宝让林道行半道停车。

"怎么了?"林道行问。

佳宝指指公园:"我想去荡秋千。"

林道行好笑,秋千这玩意儿他从小就没碰过,小时候他不屑这种幼稚东西,长大了更不会想去坐。

林道行看了看附近,说道:"我去买点儿吃的,你边吃边荡。"

他最后买回两盒寿司,陪佳宝走进公园,找到秋千。

正午太阳最猛烈,没什么小孩来这里玩,佳宝坐到秋千上,林道行坐在她边上。

佳宝脚一蹬,轻飘飘地荡了起来,转头看旁边,林道行一米八多的大个子挤在小小的秋千里,看着有些可怜兮兮。

佳宝忍不住扑哧一笑,林道行撩了她一眼,趁她荡了几个来回,又一次下来时,他一把拽住她的秋千。

"啊——"佳宝低叫,双脚抵住地,指责林道行,"我会摔着的!"

"有我在,怎么会摔着你?"林道行说得理所当然。

佳宝辩不了。

林道行把寿司盒递给她:"先吃饭,吃了饭再玩。"

他像个操心的大家长。

佳宝听话地打开盒子,接过林道行递来的筷子。她夹起生鱼片寿司,扔进林道行的饭盒里,又把他饭盒里的牛油果寿司夹到了自己的碗里。

林道行说:"挑食。"

见佳宝喜欢水果类的,他把杧果口味的也夹给了她。

佳宝吃不了几口就饱了,她光挑着食材吃,留下一个个小米团子。"林道行。"

"嗯?"

"我把菜吃光了,怎么办?"

林道行扫了眼,把自己饭盒里的菜料挑给她,说道:"吃吧,饭团给我。"

佳宝翘着嘴角,毫不留情地将菜吃完,果真只留下饭团给他。林道行一口一个,三两下把寿司清空。

佳宝抽了张纸巾擦嘴,双脚下地,走到林道行面前,替他也擦了擦嘴。

林道行挑眉。

佳宝俯下头亲他,林道行好笑,揽住佳宝的腰,将吻加深。

"妈妈,亲亲!"

"哎哟……走走走,我们去那里玩。"

佳宝跳得比兔子还快,她面红耳赤地耷拉着头,恨不得往泥土里钻。林道行笑着欣赏了一会儿,上前搂着她安抚:"他们没看见你长什么样。"

佳宝仍觉得丢脸,偷瞄四周,没再见其他人,她坐回秋千上,又轻轻荡了起来。

林道行把饭盒扔进旁边的垃圾箱,问:"不嫌热?"

"热啊。"

"这么喜欢玩秋千?"

"我这几天没怎么睡好。"

林道行看向她。

"上次睡得最舒服的那回,还是在游艇上睡吊床那次。"佳宝道,"秋千跟吊床差不多。"

林道行走到她面前,半蹲下来,吻吻她的眼睛。

佳宝最怕眼睛被动,她将眼闭得死死的。

最后林道行琢磨了一下,把佳宝带上车,往稍稍不平的路上开,结果佳宝果真在摇晃的车中睡着了。

林道行不知该好笑还是该心疼,他把车内的空调调高几度,守了佳宝一下午。

在警方通报之后,采访视频终于被解禁,各大网络平台、卫视、地方台,相继播出采访片段,分析这一次骇人听闻的重大新闻。

令人意外的是,网友们在围绕案情讨论之外,还为林道行和冯佳宝二人开通了CP超话,这二人对罪犯的采访精彩绝伦,他们的默契和各种眼神交流也让网友们认定他们之间有异样的情愫。

粉丝莫名增加,各种新闻记者的邀约电话和电邮不断,林道行和佳宝不堪其扰,连晚上出来看电影都要戴鸭舌帽。

本来想戴口罩,但显得太此地无银三百两。

林道行的鸭舌帽是佳宝买的第二顶。佳宝喜欢清新的绿色,夏天看着凉爽,第一顶帽子她就买了绿色,林道行收到后看了看这一对绿色的情侣帽,沉默良久。

他其实不信什么胡说八道,但生平第一次,他向胡说八道妥协,勒令佳宝重新去买。

佳宝后知后觉地反应过来,重买的时候她其实很想问店主,明知道"绿帽子"的意思,为什么还会销售绿色的情侣帽?

林道行对佳宝买的第二顶藏蓝色的帽子还算满意,两人坐在电影院里,电影开场前,他们在帽檐下轻声低语。

帽檐压低,视线范围变得狭窄,像是缩在了二人的小世界。佳宝偶尔一抬头,还会和林道行的帽檐撞上,她觉得有趣,慢慢靠近他,两人的帽檐上

下交叠。

可是互相顶到底了，无法再靠近，两人之间还隔着至少一拳的距离。

林道行按住佳宝的帽子，敏捷地将自己的鸭舌帽一摘，低头钻进佳宝的帽檐下，含住她的双唇。

几秒就撤，若无其事地离开，林道行重新戴上帽子。

佳宝抿住嘴唇。电影开场，她的手被林道行握着，时不时被捏两下，林道行好像玩上了瘾。

佳宝忽然抽了抽，让林道行放开。

林道行偏过头，嗯？

佳宝无声地说，电话。

林道行松开她，佳宝这才从包里拿出手机，把施开开的来电摁断，给施开开发微信。

佳宝："我在看电影，有事？"

施开开："你有没有看新闻？快去看！"

佳宝："什么新闻？"

施开开："黎婉茵又作妖了！"

佳宝找到时间最近的热门新闻，看了看后，她皱眉摇摇林道行的手臂。

林道行看向她，佳宝把自己的手机递过去。

黎婉茵这段时间通告繁忙，动不动就上头条。这次她接了某档综艺，在风景优美的农村钓鱼、做饭，享受世外桃源的美好。

夜里蝉鸣声声，她和其余明星坐在葡萄藤下欣赏月色，畅聊工作和生活。谈及她上个月的惊险旅途，一个人说道："他们四个人当中，只有一个是女人，也已经结婚生子了，我看到之后很诧异，她就像是我们去逛菜市场的时候见到的普普通通的那种姐姐、阿姨或者妈妈。"

其余人附和："是啊，真的很难想象，可是外表不能给一个人下定义。"

黎婉茵感慨地说："其实可恨之人也有可怜之处。"

黎婉茵没有一味讲求正义，在这期节目中，她表现出了身为女性的柔软，她说范丽娜身为一个母亲，为了自己的儿子，踏上了歧途，这样的人可恨也可怜。

这件事她在之前的采访中并没提及,节目播出后,争论也随之而至。

又过了两日,范丽娜的儿子顾浩的一段采访视频被某新闻平台放上网络。

顾浩消瘦了很多,他在镜头前诉说着游艇上的那段经历,他的母亲如何保护他,在同巴布罗一起坐在冲锋舟上,漂泊在汪洋中的那两日,母亲又是如何替他遮风挡雨的。

他回忆儿时,叱骂自己不孝,痛哭流涕地祈求能再一次看到母亲。

争论如火如荼,观众们的评论两极分化。

总有一些"特别善良"的人,在阳光照不见的死角,诉说害人者的悲惨经历,同情害人者的人生。

越来越多的网友认为,范丽娜并不是主犯,她情有可原,社会讲求情理法,情在前,法在末,量刑的参照物不能仅靠那一本《刑法》。

施开开气得和网友展开了一场大战。

她是直播平台的主播,有一定的粉丝数量,粉丝问她对此事的看法,施开开真想骂"看个屁",但她克制住了自己的暴躁,和粉丝有理有据地说了自己的看法。

粉丝却骂她毫无同情心。

施开开气笑了,隔着屏幕和人大战一场,她把手机一撂,对佳宝几人说:"真有意思,这是什么世道,黑都能说成白,这帮人有种去法院门口举牌子示威啊!"

严严递给她一杯水,施开开咕噜咕噜喝完。

佳宝不言不语地低头滑动手机,施开开把清空的水杯还给严严,问道:"你看什么呢,怎么不理我?"

佳宝顿了顿,抬头说:"之前不是有很多媒体找我吗?"

"嗯。"施开开点头,"也找我了。"

佳宝看向林道行:"我想上电视说话,你们觉得怎么样?"

施开开一愣:"你要接受采访?"

老寒拿毛巾擦着脸走出洗手间,说道:"接受采访? 那你采访做完,估计

那帮记者也不会再阴魂不散地盯着我们了,老行,"老寒看向林道行,"咱们改天就能回家!"

他们已经在工作室里待了二十多天,工作室有卫生间,也有床,勉强能凑合,但毕竟不是正经住房,没有家里舒服。

今天大伙儿聚在工作室里吃午饭,顺便聊聊这几天的新闻。

施开开是第一次过来,佳宝早前已经跟着林道行来过一次。

林道行和老寒的工作室位于商业中心,团队有十多人,不算多,但也不算少,工作室场地很大。

此刻佳宝坐在棕色沙发上,仰头看林道行。

林道行抽走她的手机,放到茶几上:"你上节目后想说什么?"

佳宝道:"说事实。"

林道行在她旁边坐下,问:"黎婉茵说的不是事实吗?"

佳宝一愣。

"她哪句话撒了谎?"林道行又问。

施开开抢答:"她夸大了自己的功劳。"

"不,"老寒放下毛巾,给自己倒了杯水,说,"她没夸大自己的功劳,是观众们放大了她的功劳。"

施开开一想,对!

黎婉茵说的每一句话,都没有把功劳揽在自己身上,只是她说话技巧太过卓越,所有人看完节目,都认为她是除了林道行和佳宝之外,付出最多的人。

林道行看着佳宝:"你还没回答我,黎婉茵说的是不是事实?"

"是。"佳宝说道。

"顾浩呢?顾浩在视频里说的,是不是事实?"

"是。"佳宝承认。

"那你打算在采访中说些什么?"林道行问。

"说关于我这部分的事实,我不能让网上的人听信顾浩的一面之词。"佳宝道,"舆论扩大到一定程度,多少会影响法庭的判决,我不能让范丽娜获得一丝轻判的机会!"

"你这部分的事实?"林道行弯下背,两肘抵着大腿,双手合十,侧头看向佳宝,慢条斯理地说道,"你是冯书平的妹妹,是受害者的家属,网友也许会同情你,但这并不耽误他们同情顾浩和范丽娜。你甚至有可能会受到伤害和辱骂,受害者家属遭受的网络暴力还少吗?受害者家属的身份首先会让你遭受到支持范丽娜那些人的一波攻击!"

佳宝说道:"我不会的,我知道该怎么说,就算遭到网络攻击我也不怕!"

见林道行不认同,她据理力争:"是你说的,观众有权知道事实背后的深意,我会把深意告诉他们!"

林道行双手一捏,面颊肌肉不自觉绷紧,他不再看佳宝:"不是学会发声就会面对镜头,你发声都没学好,别折腾。"

佳宝一怔。

最后两人沉默着不欢而散。

佳宝坐着施开开的车回家,没让林道行送。施开开驾驶着车子,不确定地问:"你们俩这算是吵架吗?"

"嗯。"

"哦……一般人看不出来你们这是吵架吧?你们这两个人,一个是曾经的播音员,一个是未来的播音员,这吵架风格,也算是与众不同,世间罕有了,哈哈哈。"

佳宝没被逗笑。

施开开无趣地嘟嘟嘴,把人送回家,让佳宝有事给她打电话。

佳宝整个下午就待在家中哪儿都没去,林道行没来电话、微信,她也不在意。

佳宝心里仍觉得极不舒服。她认为她的想法并没有错,范丽娜也不值得同情。

佳宝趴在餐桌上,下巴被硌出了印子,手机忽然一振,她等了一会儿才捞过来。

她一看手机,不是林道行的微信。

佳宝揉着下巴上的印子打开对话框,是同学发来的信息,让她加油,努力继承她哥哥的遗志,他们永远支持她!

佳宝一愣,问了一句,在同学的指引下,她打开了一篇传遍朋友圈的文章。

这文章写得感人肺腑,说冯书平是播音系的一名实习生,他的妹妹冯佳宝,小时候的愿望并不是当主持人,但因为哥哥热爱播音事业,于是在哥哥过世后,她为了完成哥哥的心愿,学习了她并不喜爱的播音主持,立志将来要坐上新闻主播台,替她的哥哥播报新闻。

佳宝默默看完,放下手机。

夏天的傍晚总是火烧火燎,炙热的太阳落下,空气中才勉强出现一丝凉意。

林道行心不在焉地把车停在佳宝家楼下,拿起手机,想了想,输入文字。

输入了一半,他又把字都删掉。

他打开车里的抽屉,把老寒留在这里的烟盒拿出来,抽出一支烟含进嘴里,按下打火机,火光明明灭灭,他却迟迟没有将烟点着。

太久没抽烟,他已经不习惯烟味。

其实他本来就不爱抽烟,这坏毛病戒了也好。林道行把烟塞回盒里,抬眼看楼上。

那层楼没亮灯,现在已经十点多,估计佳宝已经上床了。

林道行又坐了一会儿,慢慢发动车子。

手机突然响了,他拿起电话,来电显示是一串陌生的国外的号码。

林道行拧眉接起:"喂?"

他的嗓子没全好,仍有轻微沙哑,音量放得很轻,不能大声说话。

电话那头的人确认道:"林道行?"

"是我……佳宝妈妈?"林道行的辨音能力极佳。

"是的,我是佳宝的妈妈。"电话那头的人说道。

林道行正襟危坐:"您好阿姨,是不是有什么事?"

"佳宝跟你在一起吗?"佳宝妈问。

"没有,她没跟我在一起。怎么了?"

"我之前打她电话,一直没有人接,发信息给她她也不回,我刚才问她舅舅,她也没跟她舅舅在一起。"

林道行往楼上看了眼,一边打开车门下车,一边说:"她可能是睡着了,是不是有什么事?"

"她哪儿会这么早睡着,再说她睡眠浅,我这么多电话打过去,她不可能一个都接不到。她会不会跟她朋友在一起?你有没有她朋友的联系方式?"

"我现在在佳宝楼下,我上楼看看。佳宝是不是有什么事?"林道行又问了一遍。

"今天朋友圈里有篇文章,写的是佳宝哥哥和她……说她是继承她哥哥的遗志所以才学播音。佳宝和她哥哥感情非常好,所以我担心她……"

"知道了。"林道行站在电梯口,电梯停在高层迟迟不动,他转向楼梯,说,"我现在上去,见到佳宝后再给您回电话。"

手机一挂,他快步跑上楼。

佳宝住在十五楼,林道行一口气冲上去,按了半天门铃,始终没人开门,隔着门板也听不到里面有一丝动静。

佳宝也没接他的电话。

他气喘吁吁地走到电梯口,拨通老寒的手机,问他有没有施开开的联系方式,老寒从严严那里拿到了施开开的手机号。

林道行的电话拨过去,施开开一头雾水:"佳宝?这么晚了佳宝怎么可能跟我在一起?怎么了,佳宝有什么事?"

"没事,佳宝如果找你了,你就给我回个电话。"说完他直接挂断电话,坐电梯回到楼下。

林道行站在车门边环顾四周,想了想,他在小区里找了一圈,夜深人静,小道上没一个人影,只有几只野猫偶尔跳出。

林道行回到车上,开车离开小区,沿路寻找,没见到任何跑步者的身影。

他又来到小饭店,佳宝舅舅已经不做夜宵生意,小饭店门口空空荡荡。

林道行一路开一路打佳宝的手机,起初他还很冷静,条理清晰地定下寻找的方向。可是时间流逝,佳宝电话不接,人影不见,这份冷静最终慢慢消失,林道行加快油门,风驰电掣地驶向他能想到的最后一个地点。

到了公园门口,他猛踩刹车,下车小跑着呼喊佳宝的名字。

"佳宝——"

"冯佳宝——"

"佳宝——"

他的声音沙哑低沉,音量提不上去,无法传远,随风飘逝的声音传进佳宝耳中,佳宝望向四周,宛若错觉。

树上蝉鸣聒噪,她好不容易静下的心,又被这错觉扰乱。

佳宝低下头,轻轻蹬一脚,秋千架缓缓摇曳。

在这摇曳声中,她似有所感,慢慢把头抬起,望向前方的小路。

小路上站着个人,月影下身形高大,像堵厚墙,稍顿了下,猛然朝她逼近。

佳宝双脚点地,秋千停止晃动。下一刻,她的脸忽然被人捧起,凌乱的吻胡乱落下,又凶又用力,她被亲得生疼。

那天她被他从海中救起,他也是这样,在她的脸上盖下无数印章。

她那时各种情绪交杂,很快遗忘了这种感觉,此刻再次被用力亲吻,她闭上眼,抓着林道行的手臂轻声说:"我没事,我没事……"

林道行吻住她的双唇,舌入内,佳宝箍住他的脖颈。

林道行将人抱起来,公园夜色下,气息暧昧。

许久,林道行在她的嘴唇上用力咬了一口。

"唔……"佳宝闷哼。

"怎么这么不懂事?"林道行哑声教训。

佳宝其实有点儿莫名其妙,她红着脸问:"你怎么跑到这儿来了?"

林道行看着她湿漉漉的双眼和嫣红的嘴唇,避开了视线,接着用大拇指擦拭着她的嘴唇,低声说道:"想问你件事。"

"什么?"

"还剩半个多月就要开学了,你上学期期末考试的成绩查了吗?"

"我忘了……"佳宝蒙了。

林道行一笑。

两人坐在长椅上查成绩。

佳宝赤脚一提,盘腿缩在椅子上,把手机给林道行看:"看,都及格了!"

林道行一瞥:"普通话语音和发声的成绩就这么点儿?"

佳宝说道:"别拿我跟你比,我不是年级第一。"

林道行轻敲她的脑袋:"没出息!"

佳宝往他肩膀一靠:"你真是来问我成绩的?"

"你手机呢?"

"没带。"

"大晚上出门不带手机?"

"我就跑会儿步,从这里回去也用不了半个小时。"佳宝说道。

林道行无奈:"以后不管去哪儿,手机都要带着,别这么晚一个人跑步。"

"我出门的时候才九点半,还早……"见林道行不赞同地看了过来,佳宝点头,"好。"

林道行把她揽进怀里,问:"又睡不着?"

"嗯……"

林道行沉默了一会儿,亲吻佳宝的头顶,低声说:"对不起。"

"干吗说对不起?"

"我中午对你说的那些话……"

佳宝不是不明事理、无理取闹的人,她摇摇头说:"不,我知道你是为我好。我是受害者家属,当然会认为范丽娜不值得同情,但旁观者不是当事人,他们可以自诩为中立者。我知道的,我很大可能还是会被这些所谓中立者攻击。"

不但得不到她想要的结果,还会受到伤害。

"不是。"林道行说。

佳宝抬头,不解。

林道行理了理她散乱下来的碎发,慢慢地说:"以前读书的时候,我有一位十分尊敬的师长,我和他的三观理念基本相合,只有对于新闻的某个观点,我们看法不一。

"他认为新闻要绝对公正,不能掺杂任何个人意见,简单地说事实是最好的。因为人有劣根性,多数人爱起哄,看热闹不嫌事大,遇事还会墙倒众人推。如果新闻中掺杂了其他东西,那新闻工作者就会成为帮凶。

"但我不认同他的说法。"

佳宝小声说道:"我知道,你认为观众有权了解事实背后的深意。"

林道行凝视佳宝,含笑着说道:"对。"

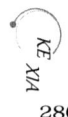

佳宝回过味来:"是不是因为我中午顶了你这句话,所以你不高兴了?"

林道行摇头:"不是不高兴。"他想了想,"应该是……万坤他们利用新闻牟利,也可以说是他们在新闻中掺杂了个人意见,把带有刻意倾向性的新闻呈现给了观众,才会导致舆论的失控,造成冤案。"

"而我把我的理念带给你的哥哥,还有朱楠和齐嘉俊,他们听了我的话,多做了许多事,他们的死亡,我也需要负一部分责任。"

佳宝一怔,握住林道行的手。

她想起那天在阳光甲板上,他问她会不会怪他,她那时没来得及回答,因为卫星电话响了。

原来他不是在问她,他在心里已经对自己定了罪。

林道行低头看佳宝握着他的手,轻声说道:"我没去参加他们任何一个人的葬礼。"

"我知道。"

林道行看向她。

"你如果去参加过葬礼,不会认不出殷虹和朱家人。"佳宝说。

林道行沉默了几秒,继续说:"我以为我不太在意别人,碰上什么事都能冷静,不会感情用事,但其实不是。"

面对朋友的死亡,他没办法做到无动于衷,面对佳宝,他更加无法冷静以对。

"我那时没表现出任何情绪,照常上下班,可是事事我都很不习惯。他们三个小子以前找我喝酒、吃饭,约了我好几次,我都没去。他们活着的时候我没给过他们几分好脸色,他们死了我也什么都做不了。"

林道行捏着佳宝的小手,低头说:"我不知道去了他们的葬礼能说什么,我最怕看见别人哭哭啼啼……所以我谁的葬礼都没去。"

明明他的话语很简单,但佳宝的眼睛还是热了,她把眼泪逼回去,坐直了,说道:"我有话要反驳!"

林道行一顿:"嗯?"

佳宝道:"新闻本身就具有倾向性,怎么可能做到绝对公正?不往深里说,就说浅的,每天出现在电视上的那些新闻,本身就是人选择的结果,播什么,由人来决定，这不就是一种倾向性吗？

"事实怎样，多数人都会自己看，黎婉茵说的是事实，顾浩说的也是事实，可他们的事实是真的吗？"

佳宝点着林道行的胸口："你扪心自问，你真认同他们的事实？把事实背后的深意告诉观众，不好吗？"

林道行拿下胸口的小手，点住佳宝的嘴唇："你这嘴皮子，不当主持人可惜了。"

"是吗？"佳宝转身，靠进林道行怀里。

林道行稳稳地抱着她，问："想睡了？"

佳宝摇头。

"为什么突然出来跑步？手机也不带？"

佳宝没答。

林道行吻了下她的额头："嗯？"

佳宝这才慢吞吞地说："我想安静会儿。"

林道行等着她继续。

"朋友圈有篇文章，说我是继承了哥哥的遗志。"

她果然看到了那篇文章，林道行摸摸佳宝的头发，问道："是这样吗？"

佳宝看向天空，说道："我爸妈做了半辈子的记者，一年中有大半年他们都不在家，家里只有我和哥哥两个人。

"我哥高中的时候跟我说，他以后学播音，当新闻主播不像记者那样需要东奔西跑，能一直陪着我。你说，我哥哥的志愿真的是播音主持吗？"

林道行没答："所以你准考证掉了也不捡，你认为这不是你哥哥的志愿？"

佳宝不吭声。

林道行一笑："你果然听见我喊了你的名字。"他掐了下佳宝的下巴，"害我追你两条街！"

佳宝忍俊不禁，逃开他的手："你怎么就这么巧现在那儿，还捡到了我的准考证？"

"我来这边办事。"林道行说，"那天我约了赵立晟谈项目。"

佳宝一愣，原来一切，都是从那时开始的。

林道行想到什么,又说:"如果不是你刚好叫冯佳宝,我也不会学雷锋。"他是看到了这个总是出现在冯书平口中的名字,才难得做了这样一件好事。

"准考证是你故意扔的吗?"林道行问。

佳宝摇头:"不是,不小心掉的。"但她知道准考证掉了,索性顺应天意,随它躺在马路上。

林道行抱着佳宝,轻轻晃了晃,思索片刻,他道:"佳宝,你哥哥热爱播音。"

"你怎么知道?"

"否则他不会这么拼命工作,也不会把我的话记得这么清楚。"

佳宝沉默。

"你呢,你喜欢你现在所学的吗?"林道行问。

佳宝抬头看他。

"别为了其他人而活,你应该学你自己喜欢的专业,未来这么长。"

佳宝慢慢地点了下头:"嗯。"

又坐了一会儿,林道行拍拍她:"回去了?"

"好。"佳宝起身。

林道行拉住她的手臂:"先给你爸妈回个电话。"他把手机递给佳宝。

佳宝不解。

"你爸妈也看到了那篇文章,担心你,电话打到了我这儿。"林道行解释。

佳宝接过手机,却迟迟没动。

林道行问:"你舍不得他们走,但为什么又不说?"

"他们……"佳宝想了想,说,"今年哥哥的忌日,他们又没回来。他们总是很忙,哥哥以前的学习工作,他们也没怎么关心过。"

佳宝低头:"但我也知道他们很难受,一直在逃避。他们也很爱我,还逼我学了潜水,就怕我遇到什么意外。只是别人的爸妈不是这样的。"

"佳宝,其实每对父母都不一样,你爸妈以工作为主,但也不能因为这点就说他们不称职。"林道行低声说道,"陪伴最多的,其实是彼此的伴侣。"

林道行笑了下,下巴一点:"先给他们回个电话。"

佳宝用林道行的手机向父母报了平安,林道行将她送回御景洋房,陪佳宝上了楼。

佳宝想给他拿喝的，林道行拽住她的胳膊，推她进房间："几点了？赶紧睡。"

"睡不着。"

"我陪你睡着再走。"林道行说。

佳宝不吭声了，在房间里干站了一会儿，说道："我还没洗澡。"

"去吧。"

佳宝没洗头，快速洗完澡回到床上，林道行躺坐在她旁边，把灯关了，轻拍她的头："睡吧。"

月光清淡，房内家具轮廓都是淡淡的。林道行闭目养神，过了许久，他才发现听不见佳宝的任何呼吸，他睁眼转头，对上半明半暗中一双明亮的眼睛。

"睁着眼睛睡？"林道行哑声道。

"唔……"佳宝脑子一转，说，"你同意我上电视吗？"

林道行说："不同意。"

佳宝清醒了，半坐起来："为什么？你同不同意我都要去做。"

林道行把她按回去："我去，你老实待着。"

佳宝用眼睛瞪着他。

林道行用手盖住她的双眼："先给我老实睡觉。"

手心处睫毛轻眨，挠得他痒痒的，林道行警告："还不闭上眼？"

过了一会儿，像是安静了，林道行轻轻把手拿开，佳宝快速睁大双眼。林道行气笑了，按住佳宝的肩膀，俯身将她吻住，后半程佳宝四肢挣扎。这夜，林道行最后在沙发上窝了半宿。

又是新的一天，夏日清晨，阳光明媚，佳宝在沙发前将人唤醒，林道行把她一捞，双腿将她困住，强迫她陪他躺了十五分钟。

赖床结束，佳宝翻出备用牙刷，趁林道行在卫生间刷牙的时候，她说："林道行，我想试试。"

林道行看向站在卫生间门口的佳宝："试什么？"

佳宝说："试试播音。"

这天是八月二十三日，周五，林道行带佳宝前往目的地。

ON AIR 亮起，林道行站在玻璃窗的另一边，听着佳宝的声音缓缓流出——

"听众朋友们你们好，我是冯佳宝。"

导播分给林道行一支烟，林道行笑着举了下手心，谢了。

导播问："这么多年都没学会抽烟？"

林道行说："学了个不伦不类，前段时间戒了。"

导播指指喉咙："嗓子能好吧？"

"能好。"

"多喝水，水治百病。"导播胡言乱语。

林道行和导播很熟，这家电台是他参加实习的第一家单位。

他看向坐在直播间里的人，有那么一瞬间，他恍若看到了过去。

主持人："你为什么会选择来我们电台？"

佳宝："我想回归播音的本质，将我的声音传递出去。我不希望以一名遇难者家属的身份面对听众，我想作为一名未来的新闻工作者，和大家聊一下我对这件事的看法。"

主持人："我们都知道，万坤他们都是从事新闻工作的。"

佳宝："是。万坤曾是一名新闻播音员，罗勇勤和沈智清是记者，范丽娜也是新闻采访部的一员。

"从某种意义上来说，他们是许多现在从事新闻工作的人的前辈。

"我学的是播音主持专业，重在学习发声，但发声只是一种技巧，很多更深层的东西，课本上学不到。人有百种，看法则有千种。

"我好奇一个问题，想问问收音机前的大家。"

主持人："哦？什么问题？"

佳宝："新闻的意义，究竟是什么？"

佳宝牢记林道行曾对她说的，播音要有对象感，她深深望着玻璃对面的林道行。

林道行含着笑，目不转睛。

这个周五的夜晚，所有人都记住了冯佳宝的声音。

这期电台节目播出之后,同情范丽娜的声音逐渐减少,佳宝遭遇过几名陌生网友的谩骂,但这些谩骂已经无足轻重。

八月的最后一个周六,上午。

林道行和佳宝来到H省墓园,他半蹲着,将百合花放到墓碑前,抬眼,第一次看到黑白照中的冯书平。

冯书平如五年前那般青春洋溢。

"哥,爸妈说下个月回来看你。"佳宝蹲下,给哥哥擦拭照片,"林道行,你师父,还认不认识?"

林道行笑了下,抽走佳宝手上的抹布,说道:"我来。"

他轻轻替冯书平擦拭照片,佳宝坐在碑前,细声细语地同哥哥聊天。

"林道行。"

林道行抬眸,嗯?

佳宝站起来,示意他看前面。

林道行转头。

斜前方的某块墓碑前,是朱老太太和朱筱尤。

佳宝又让林道行看后面。

几级台阶之外的某块墓碑前,站着一个面容陌生的中年男人,距离远,他们看不清对方的五官,但这人一直看着他们。

对方向林道行和佳宝二人和善地点了点头。

佳宝和林道行心中有了猜测。

朱筱尤扶着奶奶慢慢走来,含着笑对佳宝二人说道:"我爸妈在E国陪我爷爷,我爷爷刚申请了保外就医。"

佳宝关心地问道:"朱爷爷身体很差?"

朱筱尤点头:"嗯,很差。他虽然身体很差,但精神还不错。"顿了顿,她又说道,"网上的新闻和评论我都看了,万坤死定了,我相信范丽娜也会得到应有的惩罚,她不会有好结果!年底肯定会有正式判决!"

佳宝点头:"嗯!"

朱筱尤腼腆地笑笑:"我和奶奶先走了,那边是我哥哥的墓,没想到我哥和你哥离得这么近。"

佳宝挥手和她告别。

时间不早了,她和林道行也要赶高铁回去。

"走了?"她问。

林道行把东西收进袋子,走上前拍拍冯书平的墓碑,轻轻地说道:"我会照顾好佳宝,放心。"

两人沿着台阶下去,经过陌生人时,林道行站住:"齐先生?"

陌生男人愣了下,随后看向林道行:"你好,林先生。"

"殷女士最近怎么样?"林道行问。

"还可以,我们的律师对案子很有信心。我明天还要飞到E国陪她。"

林道行点头:"对了,有件事我忘记问殷女士了,不知道你是否方便回答。"

齐先生一笑:"我太太叮嘱过我,如果碰见你,你要问什么,让我有问必答。"

林道行笑道:"殷女士还是这么料事如神。我想问,你怎么会和吴慧的丈夫成为牌友?"

"就这事?"

"对。"

"我太太说,让吴慧的丈夫再多输几次,看能不能套出吴慧更多的话,所以我就想办法和王杰成了牌友。"

"原来如此。"林道行说。

"还有其他问题吗?"

"还有一个。"

"哦,是什么?"

林道行注视着对方,问:"你太太有癌症吗?"

佳宝一愣,看向林道行,却听齐先生答道:"没有,她没癌症。"

佳宝诧异,林道行一笑:"明白了,谢谢。我们先走了。"

"再见。"齐先生说。

林道行牵着佳宝的手慢慢离开。

佳宝还没回过神,她小声问林道行:"你怎么知道殷虹没有癌症?"

"你在那几天,听过她咳嗽吗?"林道行问。

佳宝回忆,摇头说:"没有。"

"所以她是装的,装咳嗽,让我们所有人都相信她命不久矣,真的会跟我们同归于尽。达到了目的,把我们全都唬住之后,就没有咳嗽的必要了,估计在那种紧要关头,她也想不起来还要咳嗽。"

佳宝回忆殷虹在飞机上掏出药瓶,和黎婉茵同房时假装咳嗽,她轻声说道:"殷虹这种人,心思缜密得可怕。"

林道行揉揉她的头:"都过去了,以后也用不着再见她了。"

"嗯。"

回程时,坐高铁需要两个小时,佳宝明天开学。林道行趁还有时间,准备多陪陪佳宝,下午把她带去了公园。

找到一块树荫茂密的地方,林道行从野餐包里掏出一张吊床,抖开后将它的两端绑在大树上。

佳宝好奇:"你什么时候买的?"

"前两天,试试!"林道行拍拍吊床。

佳宝咬了下嘴唇,迫不及待地坐到上面,提腿一转,舒舒服服地躺下,朝着林道行笑:"舒服!"

林道行摸摸她的头,笑着问:"要什么,我给你拿。"

"拿杯喝的,再把我包里的书给我。"

林道行替她取了,他站在一边低头发微信。

他的一个在电视台工作的朋友如今在拉加厄斯帕群岛拍摄万坤一案的专题片,林道行请对方帮一个小忙。

发完信息,林道行走向吊床,拉住一边说:"我上来了。"

佳宝使劲往边上挪了挪,林道行三两下上去,躺到她身边,手臂打开,佳宝自觉地枕着他的手臂躺下。

佳宝翻了一页书,林道行瞄了眼,问:"看的什么?"

佳宝回答:"十六型人格测试,施开开上回落在我行李箱里了,我一直忘记还她了,明天回学校再还。"

"十六型人格?"林道行翻了下封面。

佳宝想起来，问道："你要不要做下测试？"

林道行无所谓，他捞起挂在吊床一端的包，拿出一支笔，佳宝翻到测试页，让他自己打勾。

他打完勾，佳宝捧着书替他算分。

林道行的微信有新消息，佳宝听见信息提示音，无意识地扭了下头，谁知林道行却把手机屏幕按在胸口，不让她看。

佳宝试探着问道："赵立晟？"

赵立晟昨天刚把项目赔偿款打给林道行。

"不是。"林道行说。

"哦……"佳宝继续低头算分，余光瞄向林道行。

林道行不动声色地勾起嘴角，虽然没再躲着她，但也让她看不着。

佳宝把分算完，对照答案，心中一叹，果然如此。

"算完了？"

"嗯。"

"我是什么人格？"

佳宝给他看："INTJ。"

林道行阅读注解，看完后，笑着说："在世界人口中占比只有1.5%？你呢？"

佳宝说："我的人格很普通。"

林道行让她指一下，佳宝无奈地指向ISFJ，很难走出往日阴影。

林道行看完，表情没任何变化，他亲了亲佳宝的脸颊，又来了一条微信。

这回是语音，佳宝就躺在林道行旁边，不可避免地听见了那头说的话。

是个男人，对方说："你确定你把明信片扔进邮箱了？真没有，我快把邮箱拆了，人老外都当我神经病盯着我瞧呢！"

林道行听完皱眉。

佳宝抿嘴笑，见他又低头打字，她摇了摇林道行的手臂："哎……"

"嗯？"林道行停下动作朝她看。

"你看。"

佳宝翻到书本的最后一页，里面夹着东西，她拿起绿色卡片，对林道行说：

"我前天收到的,是从意大利寄来的,被一个意大利人抽走了。"

林道行撂下自己的手机,仰头看了会儿茂密枝叶间的阳光,猛地翻身罩住佳宝。

"唔……"

吊床摇晃得厉害,头顶的树叶簌簌抖落。

明信片从佳宝的指间掉落,细碎的阳光点缀着上面遒劲有力的文字。

一句专属于夏天的歌词,和一句问候。

盛夏的你在树梢,我接住你落下的笑。

嗨,佳宝,你好!

番外
一

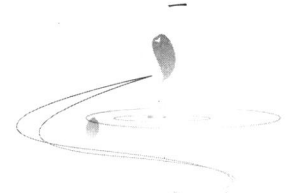

大二开学，佳宝仿佛脑袋上顶了一个电灯泡，走到哪儿都会引起师生的围观，连食堂大婶打菜时也会多给她半勺肉，趁机问她八卦。后面排队的同学没一个催促的，离得近的几人直接占据佳宝左右的位置，竖起耳朵，双眼放光。

佳宝待人不像林道行，想不给人面子就不给人面子，她向来未语先笑，对谁都友善。

大婶的问题答或不答都难办，佳宝也是鬼机灵，凑近窗口，神秘兮兮地说道："警察说案子还在侦办，什么都不让我往外说，一个字都不许提。"

她那一脸认真样，大婶不得不信，小声惊叹："哎哟，这么严重啊。"

佳宝严肃地点着头，是啊，就是这么严重。

总算打完饭了，佳宝端着托盘找到施开开。施开开以手挡额，左瞄右扫，压低声音说："知道跟你坐一起需要多大的勇气吗？我未来六十年的勇气都贡献给你了！"

佳宝夹起一块土豆放到嘴里，又塞一口饭，含混不清地问："要给你折现吗？"

施开开说道："那倒不用，我们什么关系啊，谈钱多庸俗！你把你支付宝密码告诉我就行了。"

佳宝掏出手机摆到桌上，大方地说道："密码哪儿够，我手机也给你！"

施开开乐不可支，正要继续说，视线一瞥，她打招呼："嘿！"

佳宝扭头，见是李乐斌，她拿着筷子的手冲对方摇了摇。

李乐斌和室友端着托盘走近两人桌边，问："边上有人吗？"

施开开道："没人，坐吧。"

李乐斌坐在佳宝边上，冲她笑了笑，打量着她的气色："网上有人说你病了，看来又是谣言。"

佳宝说："别信网上的。"

"造谣一张嘴。"施开开轻飘飘地说道。

李乐斌认同："我差点儿也跟你们去了拉加厄斯帕群岛，我爸妈看了新闻，烧了三天高香，一直念'阿弥陀佛'。"

他又庆幸又遗憾，庆幸自己没遇险，又遗憾……他瞄了眼佳宝。

佳宝和施开开互相看了眼，没告诉李乐斌，殷虹布的局注定他去不了那趟旅程。

"我奶奶也给我烧香拜佛了。"施开开玩笑似的说，"感觉这两个月经历了一遍人生，也算不枉此生了。"

李乐斌的室友夸张地说道："我的天，小姐姐真乐观！"

几人被他逗笑。

"对了，"李乐斌吃了几口饭菜，问佳宝二人，"过两天话剧社招新，你们去不去？"

"这么快又招新了？"时间过得真快，佳宝戳着筷子感叹。

"是啊，感觉就睡了一觉的工夫，再睡几觉估计就得毕业了。"李乐斌打趣。

佳宝抿嘴笑笑，问李乐斌："招新你去？"

"嗯，我去。"

"你呢？"佳宝问施开开。

施开开想去凑热闹，反问佳宝："你去不去？"

佳宝说道："我就不去了。"她怕被围观。

李乐斌闻言，迟疑着说道："社长的意思是，希望你能去。"

"嗯？"佳宝看向李乐斌。

李乐斌扯了个笑容:"就那样嘛,有个噱头,社长想尽可能多地吸引眼球,让我来做说客。事先声明啊,去不去都随你,不用搭理社长,我就在你面前走个过场。"

佳宝最后仍决定不去,话剧社的社长抓破脑袋,最后想出一个折中的办法,询问佳宝:"能不能把你的形象印成小卡片,当成我们话剧社的代言人?"

这么出风头的事佳宝当然不干,社长只差跪求了:"不止你,我们所有骨干人员的照片都会印成小卡片,拜托拜托,这就是一种宣传手段啊!"

佳宝最终妥协,在设计卡片的过程中她还和社长较了一番劲。

林道行这一周和老寒跑了一趟外地,今天刚回,他带着在路上买的小蛋糕开车来到佳宝的学校。

车停在传媒大学门口,林道行看一眼时间,应该快放学了,他给佳宝发了一条微信,说在校门口等她。

十分钟过去了,没收到回信,林道行敲了敲方向盘,打开车门走了下去。

久没走进校园,这一进,他脚步迟缓,看着一张张青春洋溢的脸,又打量着四周的建筑。

他的母校不是这里,可是专业相关,他对这里并不陌生,读书时他也曾来过几回,这里的老师他也认识几个。

走了一会儿,他站在树下,又给佳宝发了一条微信。想了想,他翻出佳宝的手机号,手指刚要碰到拨号键,忽然一沓纸洋洋洒洒地在四周散开。

"你扯什么扯!"不远处一个抱着一摞东西的黑衣男生说。

对面的眼镜男说道:"哎哟,我错了,我错了,快捡!别被风吹光了!"眼镜男又抱怨,"要不是你不给我看,我会用力扯?"

黑衣男说道:"看什么看,别吹到湖里了!"追了几张回来,他气道,"真想揍你!"

眼镜男挥着几张两寸大小的小卡片,邀功道:"你刚还想偷藏,当我瞎啊?喏——"

他扔出一张:"少一张又不会被他们发现,这张归你了,看你刚刚那着急样。"

小卡片轻飘飘的，被风一吹，落在林道行脚边。林道行没打算捡，他垂眸一瞟，挑了下眉。

"这妖风！"眼镜男嚷嚷。

"你这贱手！"黑衣男生骂了一句，追着卡片过去，却见树下的高大男子弯腰拾起了卡片。

"这是我的，谢谢！"黑衣男生奔到林道行面前。

小卡片上是一幅卡通少女形象，卡通设计逼真，长发少女清纯可爱，一侧还写有"冯佳宝"三个字。

眼镜男把其余掉在地上的纸张、卡片都捡了起来，朝黑衣男喊："李乐斌？"

林道行捏着小卡片，轻轻晃了几下，目光定在黑衣男生李乐斌脸上，不动声色地问："你的？"

"是的，谢谢！"李乐斌盯着卡片，伸手要拿，却见对面的人手指一翻，不像要归还的样子。

他愣了下，这才抬头看向对方。

先前急着捡东西，李乐斌一直没顾上看这人长什么样，只感觉树下的人个子挺高。此刻他的视线落在对方脸上，一眼认出了对方："你……你是林道行？"

眼镜男跑了过来，正好听见李乐斌的话，他打量着树下的陌生男人，呆滞地说了声："我的天……"

"认识我？"林道行泰然自若地问。

"呃……不，不认识。不是……"李乐斌太吃惊，大脑死机，半天才找回言语，"我在新闻上看过你，看过你和冯佳宝的那段采访。"

林道行慢悠悠地拿卡片敲着手心，问："你是佳宝的同学？"

"你怎么知道？"李乐斌诧异，"我是冯佳宝的同班同学。"

林道行两指夹着卡片，忽然向侧前方抬了下手："这位同学，"他将卡片向下晃了晃，"我不想入镜，请放下你的手机。"

他说话的口吻不容置疑，偷拍被抓包，眼镜男讪讪地放下手。

李乐斌回头看了下室友，向林道行致歉："不好意思，我朋友做事不过脑子。"

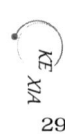

眼镜男被好友损了，也不恼，厚着脸皮对林道行说："抱歉。我这就是太激动了，您那段采访视频我看了五六遍，我太崇拜您了，没想到今天能看见我的偶像！"

眼镜男双眼放光地靠近林道行。

林道行一笑。

如春风化雨，眼镜男激动得面红耳赤。

"你也是佳宝的同学？"林道行问。

"是是是，我也是冯佳宝的同学，我叫王翔！"眼镜男自报家门。

林道行扫了眼王翔捧在手中的东西，问："这些是什么？"

"哦，这是我们社团的宣传资料。"王翔回答。

"社团？"

"我们话剧社，这是我们话剧社的招新宣传资料。"李乐斌解释。

林道行想起暑假前佳宝又是穿高中校服，又是抱回一只大鹅，看这招新资料，佳宝在这社团混得有模有样的。

他捡起王翔抱着的资料堆上的几张卡片，翻了翻说："你们社团挺别出心裁的。"

王翔笑道："这个创意我们社团独一份！"

林道行问："这种卡片印了多少？"

"没多少，我们资金有限。这卡片质量好吧？可以当钥匙扣用！"

"到处发？"

"不是，来我们社团报名的才有，数量有限，先到先得。"

林道行把卡片放回资料堆，评价道："有点儿意思。"

"是吧！"王翔笑得像个傻子。

李乐斌盯着林道行还拿在手里的那张卡片，迟疑地说道："呃，这张……"

"我替佳宝拿了，她应该有份吧？"林道行直接将卡片攥进手心。

李乐斌和王翔都愣了下。

李乐斌不由得想起网络上说林道行和佳宝谈恋爱的传言，前几天施开开还说造谣一张嘴，谁知紧接着，就听林道行说："我来接佳宝放学，你们知不知道她现在在哪儿？"

"我们也不清楚,我给您在群里面问一声。"王翔立刻掏手机。

"不用了,我打电话吧。"林道行解锁手机,手机屏幕还停在拨号页。

李乐斌也不是故意看的,两人离得近,树荫下又没反光,屏幕字大,他视力好,对方也没避着,他自然而然地就看见了"佳宝"两个字后面的括号。

昨天的日期,括号里是2。

前天的日期,括号里是3。

林道行还没往下翻,估计还有。

李乐斌没料到自己的眼神这么好,考试偷看别人的卷子时,自己的眼睛怎么没有这么好?

李乐斌不是滋味地看着对方把手机贴在耳边,听他喊出"佳宝"两个字。

这人看着严肃,不像好相处的,可笑起来却有几分温柔,这是成熟男人的特质吗?

"我在车里等你,校门口。"林道行打着电话,跟他们抬了下手示意,慢悠悠地朝校门口走去。

王翔望着远去的背影,说道:"太帅了,看他那说话的劲儿,那语气,那姿态,我都要动心了!你说,我追上去求个合影他会不会答应?"

"滚。"

王翔转头看着兄弟,反应过来了,安慰道:"你这一脸受到打击的死样子是怎么回事?他们可能只是朋友关系,你喜欢你就追啊!"

李乐斌垂头丧气。

林道行回到车上,对着挡风玻璃,举着卡片细看。他试着挂在车内后视镜上,拨了一下,卡片呼呼转圈。

这玩意儿报名就有,先到先得,他心里其实不太舒坦。

按下车椅,他跷起腿,双手交叠枕在脑后,半躺下来,冲卡片吹了一口气。

卡片又晃了两下,上面的小人在阳光下一闪一闪。

静止了,他又用力吹口气,卡片再次晃动,如此反复四回,车窗外突然贴上一张笑脸。

林道行弯起嘴角,起身打开隔壁车门,外头的人噔噔噔绕圈跑过来,屁

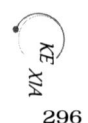

股一着皮椅,就拿下单肩包抱怨:"热死我了。"

"谁让你跑的?"他抽了两张纸巾给她。

佳宝擦着额头上的细汗,伸手调节空调的温度:"天气热,跟我跑没关系。"

啪!

林道行打下她的手。

"嗷……"佳宝捂手背,歪头瞪罪魁祸首。

"夏天都过了能有多热,不知道现在医院有多少感冒发烧的病人?"林道行把温度调回去,"再装!"那么轻地一下,能把她打痛就怪了。

但他还是捞过她的手,亲了亲她白皙的手背。

佳宝歪在椅子上,笑着问他:"你直接过来的吗?没回家?"

"嗯。"

"舍寒呢?"

"回去了。"林道行把后座的袋子提过来,放到佳宝的腿上。

"什么?"佳宝问。

"蛋糕。"

"怎么买蛋糕了?"佳宝打开塑料袋,取出里面的小盒子。

"周六严严生日,老寒刚去订了个蛋糕,我顺便给你带一个。"

佳宝拿起勺子问:"严严十六岁生日?你们给他单独庆祝还是叫别人?"

"老寒的意思是叫上你和施开开。"

"好啊,那我明天去给他挑个生日礼物。"佳宝舀起一勺蛋糕,喂给林道行。

林道行不想吃甜食,但看在佳宝的面子上,他勉强张嘴,谁知勺子猛一下缩了回去,抬眸,佳宝含着蛋糕勺笑眯眯地看着他。

林道行好笑地拧拧她的脸:"幼稚!"

"唔……"佳宝逃开,忽然抓起挂在后视镜下的卡片,"嗯?这个你哪儿来的?"

"捡的。"林道行发动车子。

"哪儿捡的?这是我们话剧社印的,我还没见过成品呢。"佳宝摘下来,低头翻转着卡片。

"李乐斌掉的。我记得你之前提过,他本来也想跟你一起去旅游?"林道行问。

林道行记性很好,李乐斌这个名字佳宝只在游艇上提过一次,他就记住了。

佳宝咬着勺子歪头看向林道行,想了想,她点头:"嗯。"

"你们班上几个话剧社的?"

"四个,我、施开开、李乐斌,还有另外一个男生。"佳宝回答。

林道行开着车点头。

佳宝靠近。

她吐气时有一股忙果奶油的清甜,林道行目不斜视地问:"怎么了?"

"你不问了?"佳宝盯着他的侧脸,小声问道。

林道行用手指轻叩几下方向盘,忽然侧头,快速嘬了她的脸一下。

佳宝立刻远离他,脸热热地警告:"你开车呢!"

林道行舔掉嘴唇上的奶油,反警告她:"那你老实点儿。"

佳宝一路老老实实地把蛋糕吃完。

回到御景洋房,林道行叫了两份外卖,去卫生间冲了把脸,出来后他打开笔记本电脑,支着条腿坐在地板上办公。

佳宝切了一盘哈密瓜,叉起一块递过去,林道行盯着电脑,歪头咬住。

"这么忙?"佳宝坐在沙发上问。

"早做早了,我不喜欢拖。"林道行敲打键盘。

佳宝无所事事,刚开学,她没什么功课要做,这就是社会和校园最明显的差异。

背后没再发出声音,林道行忙到一半才想起回头。

佳宝双腿曲起坐在他身后的沙发上,握着手机,见他看来,她抬眸回了个笑。

两个小酒窝像他指头戳下去的小山坳,林道行握住她的小腿,在上面亲了亲。

小腿第一次被亲,佳宝有点儿酥酥麻麻的感觉,很不自在,还没调整过来,她的腿突然被人拉了一下。

林道行把她的小腿拉了一下,拍拍她:"过来。"

佳宝不解。

林道行握住她的脚腕,把她的小脚放到他腿边,又说了一遍:"来。"

佳宝离开沙发,在他的眼神示意下,慢慢靠向他。

林道行挪开位置,让佳宝坐到他身前,他在她背后将人环住,指着电脑屏幕说:"你也是业内人士,来给点儿意见。"

"我?"

"嗯。"林道行自顾自地讲解他的项目,"这次我们去了……"

佳宝盯着电脑,耳边是林道行低沉的解说,这感觉和课堂不同,林道行讲得很仔细,佳宝也分析得很认真,尽量把自己那些幼稚的意见都说了出来。

说得口干舌燥,佳宝有些不好意思:"你当我瞎扯吧。"

"什么瞎扯?"林道行搂着她,拍拍她的手臂,"这样,你要有时间可以来我工作室帮忙,虽然跟播音没什么关系,但我们的圈子差不多,你多掌握点儿东西,对将来有好处。"

佳宝心动,立刻点头答应,林道行看着佳宝的样子就欢喜,一周多没见面,他搂着她,好好亲了一会儿。

夜深人静,林道行的车子才缓缓驶出小区。

单元楼旁,喻老板看了眼时间,已经十点半了,他皱眉跟电话那头的人说:"这个……林道行确实刚走。"

"你看!"远在大洋彼岸的佳宝妈妈料事如神,她忧心忡忡地说,"大哥,你亲自见过了,不是我杞人忧天吧?我不是反对佳宝谈恋爱,但她现在才大二,林道行这人都成精了。现在新闻热度已经冷却下来了,我实在不放心佳宝再一个人住。"

喻老板对林道行的印象其实非常好,他不如别人有文化,也不是个合格的生意人,最多会炒几个菜,但他看人眼光准,他相信林道行的品行。

但他确实不太相信男人的本性,何况林道行正是血气方刚的年纪。

因此没犹豫多久,第二天,喻老板就给佳宝打了一通电话,让她搬回别墅住。

佳宝听舅舅说完,立刻说道:"现在记者还没完全撤,回别墅好吗?"

"热度已经冷却了，"喻老板照搬佳宝妈妈的话，"就算还有记者，也就小虾两三只，好对付。你还是回别墅吧，我和你舅妈好照顾你。"

佳宝搓着书本的一角，小声说道："我觉得自己住也还好，舅舅，我想再自己住段时间。"

喻老板硬气地说道："不行，你一个人住我不放心，家里来个小偷你怎么办？就这么说定了，你回来住，今天晚上我跟你舅妈提早关店，来帮你搬家！"

"那也别这么快……"佳宝阻拦，"过了明天吧，明天严严过生日，给他过完生日我再搬。"

番外

二

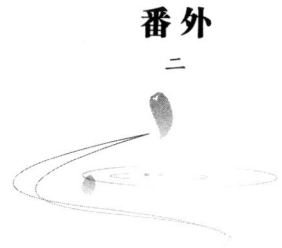

周六,佳宝在饭店内闻到桂花香,她使劲嗅着,问舅妈:"今天做桂花糕了?"

"没有啊。"舅妈替佳宝打包餐盒,扎紧塑料袋,她笑指门口,"怪不得有香味,你看开开手上拿着的。"

佳宝回头。施开开站在大门附近,手拿一株桂花,轻轻敲打严严的脑袋。

严严比同龄人发育迟,看起来像十二三岁,个子比施开开矮半个头。老寒说严严头几年病情反复,胃口差,情绪差,在长身体的年龄没能好好补充营养,他们舍家就没个子矮的人,他在严严这年纪已经一米八了。

因此他对严严很愧疚,尽量不强迫严严做自己不喜欢的事,比如严严不想上学,上半年他索性替严严办了休学。

从拉加厄斯帕群岛回来之后,老寒带严严看过心理咨询师,严严的情况明显好转了很多,他跟严严商量上学的事,严严点了头。

老寒欣喜若狂地和林道行在暑假那两个月托人找关系,把严严塞进了本市一所中学,重读初三。严严显然对这个年级有意见,但这回老寒没迁就他,让他老老实实参加明年的中考。

黄色小朵的桂花从严严额前落下,严严皱了皱眉,没有对施开开的行为做出反抗。

"你刚到?"佳宝问施开开。

"啊,刚到,林老师说你下来打包饭菜,我来帮你。"施开开又敲了严严两下,拿着桂花枝从他身边走过。

严严在原地停顿了半秒,慢慢跟上她。

"不用帮忙,我一个人可以拿。"佳宝让舅妈不用一个个扎口袋,反正要带上楼,随便装一下就行。她问施开开,"怎么把小寿星带下来了?"

"一起来帮你呗!"施开开侧头看严严,"哦?"

严严不作声。

"桂花哪儿来的?好香。"佳宝盯着桂花问。

施开开放在鼻尖使劲嗅嗅:"不知道,严严给的。给你?"她把桂花递给佳宝。

严严不动声色地瞥了一眼施开开,垂眸看脚尖。

"我不好拿。你拿着。"佳宝拎起打包盒,"走吧,都好了。"

施开开替她拿一只袋子,手上不方便,她又把桂花枝塞给严严。

舅妈笑着跟严严挥挥手:"严严生日快乐!"

严严抿着嘴角,点了下头。

隔热的软玻璃门帘还没收起来,午餐高峰期还没到,帘子掀起又落下,两个客人说着话进来。

"这里的菜不错。"一人说。

另一人打量环境:"这就是你跟你家周扬常来的那家?"

"对。"

施开开原本走在最前面,她突然停下,后面的严严不小心撞到了她的背。

佳宝看了眼施开开的背影,笑着跟客人打招呼:"你有一阵没来了。"

"之前我来过两回,没碰上你。"

说话这人穿着一件黄色大V领中袖衬衫,下着白底几何印花短A字裙,脚踩一双六厘米的高跟鞋,一身打扮优雅又干练。

她是饭店的熟客,叫赵姮。

舅妈热情相迎。舅妈家别墅的装修队就是赵姮帮忙介绍的,项目经理姓温,

认真负责,别墅装修得令舅妈十分满意。

舅妈笑着招呼人:"快坐,看看要吃什么,你是好久没来了,是不是在忙房子装修?"

"我的房子还没交付。"赵姮含笑着说道,她回头叫闺密,"雨珊?"

李雨珊的目光落在前方的小姑娘身上。

家里两部车,她的车送修了,今天出门原本想开丈夫的车,可被眼前的人捷足先登,连招呼都不打一声。

她的婚姻先甜后苦,上有难对付的婆婆,下有任性的继女,从前她还劝赵姮要谨慎,可赵姮才是苦尽甘来之人,至少今年春天重新买了房,男友虽然又去了国外,但最晚年底就能回国,且以后长期待在国内。

家家都有难念的经,李雨珊只能自我安慰,别跟小孩子计较。

"这么巧?"李雨珊对施开开说。

施开开甩她一个白眼,回头催人:"快走……"不承想严严离她这么近,她差点儿撞上严严。

退开一步,她催促:"快点儿,菜别凉了!"

佳宝是见过施开开后妈的照片的,她认出了李雨珊,没想到对方和赵姮竟然是朋友,她朝赵姮点了下头:"我先走了,你们慢慢吃。"

赵姮只在闺密数年前的婚礼上见过闺密丈夫的女儿,小孩子变化快,她没认出长大后的施开开,但见此情景,她也猜出了对方的身份。

赵姮颔首。

施开开拽住佳宝的手臂,拖着人走出饭店,严严神色莫名地打量了一下李雨珊,跟在后面离开。

楼上林道行和老寒正在厨房研究菜谱,两人难得下厨,手艺不精,黄瓜丝切成黄瓜条,把盐当成味精,抽油烟机都不记得开,一股焦煳味飘进客厅。

严严打开门,桂花香都压不住这怪味。佳宝手扇风进屋,得意地说:"还好我有先见之明!"

林道行拿着锅铲走出厨房,扫向佳宝拎着的打包袋,估计"加餐"要变成主餐,他夸道:"鬼机灵!"

303

他上前帮佳宝拿走袋子,扶住她的胳膊,让她换鞋别摔了。

佳宝换上拖鞋,走进厨房,越过老寒,先把抽油烟机打开,打量着料理台,她让老寒把围裙摘了。

老寒赶紧摘下围裙,递给佳宝:"靠你了!"

他又拍拍林道行,迅速开溜。

林道行斜睨他一眼,把厨房门拉上,问佳宝:"你行?"

佳宝系好了围裙,说道:"待会儿你得叫我'师父'。"

林道行笑了,亲亲她的额头:"差一面镜子,让你看看自己这得意样!"

"别小瞧人!"佳宝刷锅、倒油,"我师承我舅舅!"

唰——

菜下锅,热油跳跃。

林道行第一次在佳宝的指挥下做这做那,菜出锅前,佳宝舀起一勺让林道行试味,林道行细嚼慢咽。

"怎么样?"佳宝仰头问。

林道行站在她背后,手扶灶面,像把人圈在怀里,看着佳宝不言语。

"怎么样啊?"佳宝又问一遍。

林道行慢悠悠地说:"你舅舅手艺确实不错。"

佳宝:"啊?"

林道行点头。

佳宝笑着咬了下唇,回头盛菜,说道:"夸我!"

林道行替她端盘子,瞥她一眼。

佳宝小下巴一扬。

林道行忍俊不禁,夸她:"大师傅!"

"你这什么夸法!"佳宝笑道,"端出去!"

林道行把菜端去餐桌,回来后继续帮佳宝打下手。

佳宝问:"施开开在做什么?"

"不知道。"林道行出去时没看人,看了也不会留意施开开,"要叫她?"

"不是。"佳宝摇头,想起什么,她手上的动作慢下来,小声说道,"对了,

我明天搬家。"

林道行菜切到一半,偏头看她。

"舅舅说让我回别墅住,现在记者已经没那么多了,他说我一个人住不安全。"

林道行想了想,没说什么:"明天我有空,送你回去。"

"哦。"佳宝继续炒菜。

林道行盯着佳宝的侧脸。

她怕热,厨房油烟重、温度高,她鼻头已有细汗,她炒菜的动作并不是很利索,显然下厨次数不多,难得做的菜口味极佳。

她家里人对她也是千宠万宠。

林道行垂眸,思忖片刻,抽了张纸巾,走到佳宝身边,替她擦拭鼻头上的汗。

佳宝回他一个灿烂的笑容。

林道行笑了下,扶住佳宝的头,在她额角连亲几口。

佳宝轻轻撞他:"别……我炒菜呢。"

林道行最后在她脸颊上用力一亲,把声音都带了出来,佳宝做贼心虚,往玻璃门外瞟。

林道行抽走她的锅铲。

佳宝:"嗯?"

林道行叫她让开,他拿着锅铲,敲敲炒锅,说:"你帮我下料,我来炒。"

佳宝立刻下指令:"快翻一下!"

一小时后,饭菜齐端上桌,从饭店拿来的卤味也装了盘,老寒摆上生日蛋糕,拆开一张纸,准备替严严戴上生日帽,严严眼疾手快地闪开。

"别躲啊,小寿星得戴上这个!"两年没给小家伙正经过生日,老寒对严严的十六岁生日很重视。

施开对这房子很熟悉,从前她经常和佳宝窝在这里。先前情绪不佳,她一直躺在沙发上玩手游,熟悉感让她毫不见外。

她的表情全在脸上,开心就笑,不开心就不笑,此刻见严严对生日帽避如蛇蝎,她忍俊不禁。

严严没再躲,他皱着眉头,任由金色的生日帽落在自己头顶。

老寒带头唱生日歌,给严严拍了几张照片,严严许愿,吹熄蜡烛,露出浅浅的笑容。

众人拿出生日礼物,让严严拆开看。

林道行送他一部任天堂掌机,老寒送他一个手办,佳宝昨天放学后和施开开挑了半天礼物,最后买了一整套男装、男鞋。

老寒活得粗糙,带孩子也不精细,严严的穿着总是灰不溜秋的,没有少年人的色彩。

老寒看见这些衣服、鞋子,眼睛一亮:"哟,这比我买得好,好看!"

轮到拆施开开送的礼物了,佳宝转头趴到林道行的肩膀上,身子一耸一耸的。

她似乎在偷笑,林道行挑眉瞥她一眼,顺手搂住她,等看清施开开送的礼物后,他"呵"一声,去看严严的表情。

严严抿紧嘴角,神色严肃,手捧厚厚一叠中考练习册。

施开开自得其乐,拍拍严严的肩膀,语重心长地说道:"小家伙,好好读书知道吗?"接着,她又掏出一个大红包,拍在练习册上面,"中考要是考得好,我再给你包个大的!"

老寒笑完了,哄严严:"还没谢谢大家呢。"

严严已经能说话,只是说话的次数不多,他轻声道谢:"谢谢林叔叔、佳宝姐。"他瞥向施开开,轻声说道,"谢谢。"

吃完生日餐,众人一起收拾桌子,林道行端着餐盘经过严严身边,停下脚,侧头说了一句:"可以直接叫她'佳宝',别叫'佳宝姐'。"

严严慢吞吞地点头。

佳宝喝了两杯红酒,回到家中,脸颊上的两坨红还没褪去。

林道行帮她收拾明天带回别墅的东西,卫生间里有他的毛巾和牙刷,上次他在沙发上留宿过一晚,这两样就是那回拆的。

佳宝捂着肚子,趴在卫生间的门框上,双眼失焦地望着林道行手上的毛巾。

"这个……"林道行才说两个字,门边的人突然鼓嘴冲了进来,蹲下扒住

马桶。

　　林道行半跪在地,不停地抚着佳宝的后背,又给她接了一杯水。

　　佳宝漱完口好多了,林道行皱着眉说道:"两杯红酒就醉了?胃难不难受?"

　　佳宝摇头:"没醉,就是胃有点儿不舒服。"她一会儿捂胃,一会儿捂肚子。

　　林道行扶她起来:"要不要先洗洗?"

　　"嗯,我要洗澡。"

　　"我去给你弄点儿解酒的东西。"

　　佳宝洗完澡,实在没精神吹干头发,直接回房间躺下。林道行端着梨子和梨子水进卧室,让佳宝先吃梨,再喝水。

　　佳宝吃了小半个梨,把水都喝了,放下杯子,她又蔫蔫地倒回床上。

　　林道行看着她这个样子,叹口气,拿来吹风机,站在床边给她吹头发。

　　佳宝难受,听见噪声心烦意乱,闷进被子里说:"不要吹……"

　　"你这样明天更不舒服,收拾干净再睡!"林道行去掀她的被子。

　　佳宝第一次冲他发脾气,她在被子底下用力蹬床:"我不要!"

　　林道行也是第一次见识佳宝的小脾气,之前她一直很懂事,就算两人有争执,那也是有起因的。这回她却无理取闹,说变脸就变脸。

　　林道行平常没什么好脾气,换作别人,他早就甩脸了,可佳宝不同。

　　他猜她有情绪憋在心底,他也同样。

　　林道行坐在枕边,隔着被子掰佳宝的肩膀,低声说:"不想搬就不搬,我去跟你舅舅说。"

　　闷在被子里发脾气的佳宝不理他。

　　林道行的嘴唇贴着被面,哄着:"不搬了,嗯?"

　　佳宝猛地掀开被子,林道行躲闪不及,眼睛被甩到,他眼睁睁地看着床上的人冲了出去。

　　林道行立刻追上。

　　"哕——"佳宝再次扒住马桶,吐得天翻地覆。

　　林道行这回不再认为她是醉酒,他跪到佳宝身边,抚着她的背,绷紧声音问:"哪里不舒服?"

佳宝摇头，说不出话来，她靠住林道行的胸口，眼泪簌簌地往下掉："我难受……好痛……"

此刻的佳宝无助又可怜。

林道行拿毛巾替她擦嘴，贴着她的脸，将她抱紧："去医院，走！"

说完，他就站起身，架着佳宝的胳肢窝，一把将她提起。

"自己能不能走？"

"嗯。"佳宝流着泪点头。

林道行拿上手机和钥匙，问佳宝病历卡，佳宝说留在别墅没带来。

林道行不再管这个，带着佳宝下楼，等人坐进车中，他站在门边，替她扣好安全带，捧起她的脸，用力亲走她落下的眼泪："很快就到，不痛。"

佳宝擦去泪痕："嗯。"

飞车到达医院，林道行替佳宝挂急诊，等候的过程中他一直抱着她，终于轮到佳宝，经验丰富的医生检查了一会儿就说："估计是阑尾炎。"

林道行的双脚忽然有了落地的实感，一旁的护士看他衣服的前后领都湿了，额头、鼻梁全是汗，诧异地问："外面这么热？今天不是二十摄氏度都不到吗？"

林道行没有回答这个问题，领着佳宝去拍了片，最后确诊为急性阑尾炎。医院没床位，医生建议他们去其他医院看看，阑尾炎一般在七十二小时内完成手术就没危险。

林道行等不及，他替佳宝擦了擦汗，在工作室的群里发了一遍消息，又挨个儿给他在这座城市的老同学和朋友打电话，他手机贴着耳朵，嘴唇贴在佳宝的额头上，不住地低声安抚。

他又打了一通电话给佳宝的舅舅，问他们在哪家医院有熟人。佳宝舅舅只会炒菜，不擅长人情往来，就算饭店熟客中有医生，他也不会知道，他在电话中着急要来，林道行打断他："等等，我有电话。"

切到新来电，听完老同学的话，林道行松了口气："谢了！"

他带着佳宝回到车上，半小时后赶到另一家医院，顺利入住并进行手术。

佳宝舅舅赶到医院时，正见林道行站在手术室外，撩着T恤擦脖子上的汗，

袒着胸膛和后背。

他还是第一次见林道行这么没形象。

麻药效果没过,佳宝感觉自己被抬上了病床,等她能睁眼时,窗外还是白天,她分不清时间,茫然四顾。

"佳宝?"

"佳宝!"

佳宝被包围着,她的眼珠左右转,问:"我的阑尾割了吗?"她的声音听着很虚弱。

"割了,昨天下午就割了。"林道行弯下腰,"你睡了一晚上,现在感觉怎么样?"

佳宝体会了一下,诚实地回答道:"没什么感觉……"

昨天她还又痛又吐,一觉醒来,除了头还有点儿沉,其他什么感觉都没有。

舅舅、舅妈舒了一口气,总算不用再提心吊胆。

"几点了?"佳宝躺着问。

舅舅说:"还不到七点。"

佳宝:"你们今天不开店了吗?"

舅妈说道:"早饭不供应了,我们晚点儿再过去。你今天手术第一天,也不方便吃什么,我给你熬了点儿米汤,明天再给你弄点儿好吃的。"

"不能瞎来,"舅舅说道,"这一个礼拜只能吃流食。给佳宝弄点儿鱼汤、鸽子汤,熬点儿粥、做点儿面条什么的。"

"哦,好。那我明天一早去买新鲜的。"

夫妻俩商量着,又说起给佳宝请个护工,他们可以送三餐过来,但一直陪着却不现实。可护工到底不是自己人,还是不太放心。舅舅决定:"不然这几天你照顾佳宝,店里我一个人来。"

"那哪儿行,两个人都不一定忙得过来。"舅妈反对。佳宝要是她女儿,她倒能不那么仔细,但佳宝是外甥女,她不能不照顾好,舅妈迟疑着说道,"要是实在不行,干脆这几天先关店吧。"

"不用……"佳宝否决,"只是割了个阑尾而已,我一个人没问题,你们早、晚来一下,中午我可以吃医院的饭。"

"你上洗手间不方便。"最主要的是这个问题,舅妈蹙眉。

林道行刚通知过医生佳宝已醒,他打断这三人:"先给佳宝请个护工,我时间比较自由,照顾佳宝我来,但我厨艺不好,佳宝的三餐还是要劳烦舅舅、舅妈。"

舅舅听着林道行的话,总觉得哪里有点儿怪。

佳宝直点头:"就听林道行的!"

女大不中留……

舅舅和舅妈还能说什么?

"那我们待会儿就去找护工,你先回去?我和她舅妈都在。"舅舅对林道行说。

"我上午没什么事,我先留在这儿。"林道行回。

"你昨晚陪了一夜,还是先回去休息吧。"舅舅说完,冲佳宝说道,"昨天我陪了你上半夜,下半夜的时候他来换的我。"

佳宝只在自己被移动的时候醒过一次,后来发生过什么她全不清楚。

她看向林道行,轻声说道:"那你回去休息吧,舅舅和舅妈陪着我就行了。"

林道行说:"不用,我又不是没睡。下午我要去趟工作室,到时再走。"

林道行一锤定音,谁也拿他没辙,舅舅和舅妈只好随他去,他们早点儿回店里正好能准备今天开店的食材。

等舅舅和舅妈走了,佳宝慢吞吞地喝着米汤。

早晨七点多,阳光温柔和煦,窗外枝叶招展,风像是在跟人打招呼。

佳宝的发丝被吹起,她把头发拨到耳朵后,小声问:"你吃早饭了吗?"

佳宝住的病房是双人间,隔壁躺着一位老太太,佳宝先前没留意,几人讲话有些大声,似乎把老太太吵醒了,这会儿老人家正在看电视。

林道行坐在陪护用的折叠床上,发送着手机邮件,说道:"还没。"

"不饿吗?你去买点儿吃的吧?"

林道行放下手机,抬眸说道:"我买了不馋你?"

佳宝舀了舀这清汤寡水,说:"你在外面吃完再回来。"

"不急,我有吃的。"林道行说,"你先吃完,等会儿我去联系护工。"

佳宝实在吃不下,勉强吞了几口,林道行靠上前,手臂搭在床沿,瞥一眼她的小碗,说:"给我一口。"

"嗯?"

"啊——"林道行张嘴。

佳宝舀起一勺米汤喂给他。

林道行尝着味道说:"现在日子太好,早几十年老百姓连米汤都喝不起。"

佳宝说道:"说得你好像过过苦日子似的。"

"我是没过过,但见过不少。我跟老寒前几年去山里扶贫,有户人家,姐弟俩只有一双鞋,不合脚也只能轮着穿,把泡面汤当山珍喝。"

佳宝问:"一双鞋怎么穿?平常光脚?"

"还有一双是夏天的鞋子,夏天一双鞋,冬天一双鞋。再给我一口。"林道行说。

佳宝又喂给他一勺。

"这味道也不差,你仔细尝尝,米香很浓。"林道行说。

佳宝慢慢地喝:"你再说点儿你以前的事给我听吧。"

她对林道行从前的工作、生活其实一点儿都不了解,只知道他在电视台的工作经历,曾经的辉煌,可后来这五年他去过哪些地方,认识过哪些人,她一无所知。

林道行乐意跟佳宝说话,他想到什么说什么,一上午就这么过去了。

中午的时候,舅妈过来送汤,施开开买来一堆水果,林道行又陪了佳宝一会儿才匆匆离开。

晚上护工陪床。

护工阿姨四十多岁,睡觉打鼾,鼾声虽然不算太大,但佳宝睡眠向来浅,再加上隔壁老太太的陪床人是她的儿子,一个五十多岁的男人,佳宝实在不适应,强迫自己闭眼,可还是无法入睡。

佳宝看向隔壁,老太太倒是睡得挺香。

佳宝给林道行发微信:"你到家了吗?"

他晚上七点多来,刚走不久。

佳宝等了一会儿才收到回复。

林道行："刚洗完澡，你还没睡？"

佳宝："睡不着。"

林道行："最近不是能睡着了吗？"

佳宝："护工打鼾，老太太的陪床人是她儿子……怪怪的，我睡不着。"

林道行："我过来。"

佳宝一愣，立刻回复："你别来！"

佳宝等了一会儿，没消息。她又发一条："你不用来，我待会儿就睡着了，你别吵到别人！你明天还要上班！"

生怕林道行真会过来，她躲进被子，拨通对方的电话。

"你没出来吧？"她小声问道。

"刚换好衣服，还没来得及出门。"

佳宝："你别来了，我一会儿就睡着了。我现在有点儿困了。"

他在家中放下车钥匙，笑道："真有能耐，说困就困。"

知道佳宝在哄他，他也不为难她，躺上床，想到她说的那句"我现在有点儿困了"，他又忍不住笑起来，跟个傻孩子似的。

次日，天还没亮，林道行就醒了，洗漱完下楼，小饭店也才拉起卷帘门。

佳宝舅舅见到他，有点儿发愣："这么早？"

打过招呼，等到高汤煲好，林道行带着保温盒赶到医院。

佳宝被噪声吵醒，迷迷糊糊地睁开眼，一眼就看见林道行皱着眉，附近有人走动，是老太太和她儿子。

林道行见佳宝醒了，眉头松开，笑道："早。"

"早……这么早？"佳宝刚醒，嗓子有点儿沙哑。

林道行喂给她半杯水，说："快七点了，给你带了早饭。"他低声问，"困不困？我让他们动作轻点儿，你再睡会儿。"

原来他是因为这个皱的眉……

佳宝含着笑摇头："不困，我要吃东西，我饿了。"

佳宝周六入院手术，住院时间要一周，施开开今天到学校后先帮佳宝请

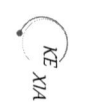

病假,佳宝没来上课,最先发现的是李乐斌。

李乐斌在第一堂课铃声刚响时问施开开:"冯佳宝呢?"

"逃课了。"

铃声还在响,李乐斌以为自己听错了:"啊?"

施开开笑道:"阑尾炎,动手术了。"

"严重吗?"李乐斌关心地问道。

"要住院一个礼拜,不严重。"

李乐斌想了想,问:"她在哪家医院?"

施开开的视线在他脸上游移,还没想好要不要告诉他,边上的女同学闻言,好奇地问道:"冯佳宝阑尾炎手术了?"

这下施开开不用再迟疑,班里要好的几人商量着放学后一起去探望佳宝,让施开开带路。

施开开图方便,今天照旧把家里的保时捷开了出来,其余同学坐公交去医院。她和李乐斌、王翔都是话剧社的,关系其实挺要好,既然大家都要去探病,她不介意顺路捎上这两人。

车子刚开出不久,施开开忽然接到老寒的电话。

"本来我打算待会儿和严严一起去看望佳宝,但工作室临时有事,老行不在,我又走不开,你能不能帮我去接下严严?我估计他手机没电了,电话关机,他还在学校等着我呢。"

"没问题。"施开开一口答应。

她看了眼时间,中学应该早放学了,她怕严严等着急了,一脚油门踩下去,李乐斌和王翔双双拉住扶手。

王翔求生欲强烈:"大姐,咱不着急啊——"

尘土飞扬,保时捷刹停在中学门口,施开开一眼就看见了等在传达室旁边的小可怜,她按下车窗,招手呼喊:"严严——"

严严穿着校服,背着书包,抬眸望去,愣了下,然后快步上前,立在车门边,以眼神询问。

"我来接你放学。"施开开大拇指戳着后面,"上车,跟我一起去医院!"

严严抿嘴笑,视线越过施开开,看见副驾坐着个男人,他顿了下。

"快点儿啊。"施开开拍拍他的校服,"怎么有灰?"

严严退后一步,走过去打开后座车门,一愣,又有一个男人。

王翔赶紧把屁股往隔壁挪,热情招呼:"上来吧,小朋友!"

严严默默地坐上车。

尽管绕了路,施开开他们仍旧比坐公车的同学先到。几人在医院门口买了点儿水果和牛奶,找到病房,施开开领着众人进门,刚踏进房内,她的脚步就是一停。

老太太和她儿子都不在,病房里只有佳宝和林道行两人。

佳宝耳朵痒,让林道行把她包里的钥匙拿出来,钥匙扣上挂着一根挖耳勺,她要挖耳朵。

林道行翻找出来,手指刚好按到挖耳勺的电源,这玩意儿还带电筒……

"你还买玩具?"

"什么玩具……"佳宝一边挖耳朵,一边说,"就是挖耳勺,带光能看清耳朵。"

"你自己挖怎么看清耳朵?"

佳宝无语。

林道行笑了下:"躺下来。"

"嗯?"

林道行抽走佳宝的挖耳勺,坐到床边,把佳宝的脑袋放到他的腿上,低垂着头,小心翼翼地替她掏耳朵。

佳宝舒服得闭上了眼,没多久就昏昏欲睡。房内没人,林道行亲亲她的嘴角,佳宝的嘴角翘得愈发高了,小声说:"还有一边。"

"知道。舒服吗?"

"舒服。"

两人同在床上,姿态亲密,头贴得极近,这一幕恰好被门口四人撞见。

"喀喀。"施开开用力清嗓子。

佳宝睁眼,迅速离开林道行的大腿。

"慢点儿!"林道行扶她,"小心伤口。"

李乐斌眼前一黑,不想再跨进去。王翔将人拽住,友谊第一啊兄弟!

"听说你阑尾炎开刀,我们来看看你。"

"多谢。"林道行替佳宝说话,接过对方送来的礼品,"你们随便坐,这儿有凳子。"

没多久,其余的同学也到了,双人间小病房被挤得下不去脚,施开开不占地方,先一步带着严严溜到外面,打算去逛逛草坪。

她刚才看得耳朵痒痒,从包里拿出了和佳宝同款的挖耳勺,一边掏耳朵,一边跟严严说:"等他们走了,我们再上去,晚点儿送你回去怎么样?"

严严点头。

过了会儿,见施开开要把掏耳勺放回包里,严严指了指。

"嗯?"施开开抬起手,"你要这个?"

"嗯。"

"给。"施开开一笑。

严严也想边走边掏耳朵,被施开开制止了:"小心把耳朵捅穿!"

严严停下来。

"去那边坐。"施开开领着严严坐到草坪里的椅子上。

她伸了个懒腰,仰头看火烧云,后背懒懒地靠在椅子上,说道:"看着这天,我想吃麻辣烫了。"

严严看着她。

"你饿不饿?"施开开问。

没等到严严回答,她面前突然歪过来一颗脑袋,施开开愣了下。

"帮我掏。"严严说。

施开开拿过他递来的挖耳勺,不确定地说:"我没帮人掏过耳朵……"

"掏。"严严说道。

"那你别动。"

这姿势不好掏耳朵,施开开让严严再靠下来些,严严慢慢靠到施开开膝头。

施开开起初有点儿不适,但膝盖离人最远,维持着安全距离,这点儿别扭很快就被她忽视了。

她低下头,小心地为严严掏耳朵。

火烧云愈烧愈烈，慢慢侵蚀着这片天。

当晚林道行没走，他让护工回去，将床帘子拉开，躺上折叠床。

病房内已经熄灯，窗帘没拉，楼外路灯的光能让佳宝看清折叠床上的人。

林道行分明闭着眼，出口却道："还不睡觉？"

"你怎么知道我没睡？"佳宝小声说。

"那你睡了吗？"

"没有。"

林道行勾唇，睁眼望向侧边："眼睛闭上，老实睡觉。"

佳宝听话闭眼，林道行手枕脑后，重新入睡。寂静的深夜，呼噜声愈发重，走了一个打呼噜的护工，没想到老太太的儿子接了棒。

林道行再次睁开眼，朝床上望去，床上的人脸颊贴着枕头，小拳头抵在腮边，双眼大睁，正看着他。

林道行翻身坐起，靠近病床："被吵着了？"

"嗯，"佳宝轻声说，"他昨天没打呼。"

总不能半夜三更把人弄醒，说他打呼，让他离开吧？林道行也无能为力，他坐上床，掌心贴住佳宝的耳朵，说："将就睡吧，明天给你弄个防噪耳塞。"

他的掌心温热，噪声被阻隔在外，只有一些微弱的嗡嗡声，佳宝用脸颊蹭了蹭他的手心，说："你躺下来。"

病床小，林道行小心翼翼地躺下，半边身子没着力，看着佳宝。

佳宝伸长脖子，亲了一下他的嘴唇："晚安。"

林道行一笑，伏在她上方回吻，最后恋恋不舍地徘徊在她的唇边，低语道："晚安。"

他的掌心贴着佳宝的耳朵，后背抵着床头柜，不知不觉睡了过去，等听见窸窸窣窣的动静，他才从睡梦中醒来。

早起准备上厕所的老太太的儿子，眼神暧昧地打量着林道行和佳宝，见林道行睁开了眼，他压了压手，体贴地点头，表示"我懂"。

接下来的几日，林道行公司、医院两头跑，每夜陪床。周日佳宝出院，林道行开车来接，舅妈也陪着一起，把佳宝送回了御景洋房。

客厅里还放着小行李包,舅妈看在眼里,没说什么。她在厨房把煲汤材料全都放在汤锅里,让林道行一小时后关火,交代完她匆匆回到饭店。

饭店里忙得脚不沾地,舅妈抽空提了几句林道行,舅舅没作声。用餐高峰期过去后,他将油手在围裙上抹了抹,拨通佳宝妈妈的电话,也不管什么时差不时差,劈头盖脸就说:"你们夫妻俩成天瞎指挥,有本事就给我辞职回来照顾你们的女儿,佳宝在医院受罪的时候你们在哪儿?我跟你嫂子不用做生意?还不是全靠林道行,他又当爹又当……"

用词不当,他及时闭嘴,接着继续狠狠数落一通,最后说道:"这几天佳宝还要养身体,她住御景洋房挺好,离饭店近,我们送饭也方便,回别墅谁给她弄吃的?先住着,等她身体养好了,再让她回别墅!"

佳宝已经请了一周病假,周一她带着伤口勉强回学校听课,有些课程听得云里雾里。林道行来接她放学的时候,她趁机提问,林道行边开车边解答,回去后让她掏出课本,顺便替她补课。

佳宝深感林道行的专业水准不逊于她的老师,有时一两句话就能让她听懂。

她大一时其实在得过且过,如今她不想再混日子,决心认真学习,只差悬梁刺股。林道行看在眼中,等佳宝伤口渐好,他立刻把她赶到工作室。

佳宝听老寒提过许多次林道行工作时的样子,比如凶神恶煞,比如不假辞色,她能够想象,但想象毕竟不如亲眼所见,更不如亲身体会。第一周时,佳宝就挨了骂,她咬牙求教;第三周时,她已经能和林道行争得面红耳赤。

很少有同事敢和林道行争执,佳宝也知道,她不过就是仗着林道行喜欢她,所以才敢这样坚持己见。

佳宝发觉自己有工作狂的潜质,不知道她是本性如此,还是和林道行相处久了的缘故。有时想出一个创意,她会拉着林道行商量到凌晨一两点,时间太迟,有两回林道行就在客厅将就一晚,后来佳宝把次卧整理出来,重新买了床上用品,充作客房,让林道行偶尔留宿。

舅舅终于憋不住了,找到机会跟佳宝说:"要不,你现在搬回别墅吧?"

他觉得对待孩子还是不能太放任,眼看快要过年了,佳宝的伤口也好得不能再好了,年轻人该适当收收心,接受一下长辈的监督。

佳宝现在又要上学,又要兼职,她其实更愿意独立生活。

她从舅舅闪烁的神态中看出了端倪,但总不能跟舅舅说,她知道分寸,不会和林道行越界吧?

她脸红耳热,模棱两可地回了一句,先准备年货吧。

过年要准备许多东西,这天她和林道行去挑选新年贺礼。

"严严最近喜欢打篮球……给他买点儿运动装备吧?"佳宝建议。

老寒最近总是激动得老泪纵横,严严的性格越来越好,还去参加体育活动了,只是运动劲头有点儿猛,前不久伤到了膝盖,行动不便。严严上学他可以负责送,放学时间他实在无法配合,中间有几次他拜托施开开接人,施开开讲义气,有时连严严的晚饭也一并包揽了。

佳宝还是从施开开口中得知严严最近的喜好的,新年贺礼自然要挑严严喜欢的送。

林道行没意见,佳宝不懂运动装备,林道行一手挑选,顺便帮佳宝家将过年走亲访友的礼物也买了,还问佳宝爸妈喜欢什么。

佳宝说:"他们不抽烟不喝酒,喜欢看书、看电影。"

林道行想了想:"我去找找绝版的书籍、影碟,他们应该会喜欢。"

佳宝偷瞄他,他要给她爸妈送年礼?

"看什么?"林道行瞥她。

"没……"佳宝掏钥匙开门,给林道行拿拖鞋。

林道行把一堆年礼搁到地板上,换着拖鞋说:"给我倒杯水。"

"哦。"

佳宝去厨房倒水,捧着水杯出来,递给林道行,说:"对了,舅舅让我过年前搬回别墅。"

林道行嘴唇抵着杯口,顿了顿,"哦"一声,仰头把水一饮而尽,喝完放下杯子,往沙发上一靠,慢慢脱着外套。

佳宝面朝着他,曲起一条腿,靠在他旁边:"有件事我一直忘记问你了。"

"什么事?"林道行此时脱下了一只袖子。

"记不记得我上回阑尾炎?"

"嗯?记得,怎么了?"

"我好像听你说过什么,不想搬就不搬……"

林道行动作一顿。

佳宝歪着头,说道:"我那时就觉得莫名其妙,你这话没头没尾。你为什么突然这么说?"

林道行盯着她,慢慢扯下袖子,再扯下另一只,把外套搁到旁边,慢条斯理地评价:"得了便宜还卖乖。"

佳宝双眼亮闪闪:"嗯?"

林道行挽起衬衣袖口,朝她勾勾手指,佳宝靠近,长发垂落在他的大腿上。

林道行一把掐住她的腰,指头一挠,又去亲她最敏感的眼睛,佳宝低叫,紧紧闭上双眼,笑嘻嘻地挣扎。

佳宝人小,逃起来像条鱼,滑不溜秋,林道行费了点儿力才把人制住,将她困在沙发靠背前,低声警告:"别动!"

佳宝的头发乱成了鸡窝,她喘着气,撩开挡着眼睛的发丝,林道行扣住她的手腕:"还动?"

佳宝眨眼睛:"我的头发……"

林道行替她拿开头发。

佳宝又眨了几下眼睛,她笑累了,让林道行起来,林道行没动。

"下周我爸妈过来看我,陪我去接机?"林道行哑声说。

"接机?"要见他父母,合适吗?

林道行看出了佳宝的犹豫,他目光幽深,轻轻地掐她的下巴:"我们的关系会有变数吗?"

佳宝摇头,她不愿意有变数。

"那早晚都要见,怕什么?"

佳宝不承认:"谁怕了!"

林道行轻笑:"好,你胆子最大。"

说完,他利落起身,背对佳宝,拿起水杯,去厨房倒水,说:"什么时候搬回去,跟我说一声,我帮你理东西。"

"哦……"佳宝赖在沙发上,脸微红,望着他的背影。

林道行知道佳宝听懂了,佳宝也明白林道行的意思。

她刚才感觉到了,但林道行克制住了。

佳宝抓起靠枕,把脸埋进去。林道行倒了杯水,斜靠在厨房门框上,含着笑盯着沙发上的人。

周五下午,离春节还有一周多,林道行开着车,和佳宝一起前往机场。

寒风被阻隔在窗外,车内暖融融的,风口对着佳宝,佳宝用掌心去摸风。

车载广播正播报新闻,万坤案将于明日终审,万众期待。

这一年的尾巴,终将迎来这份审判的最终结果。

林道行看了眼佳宝,她摸着风,像个孩子。

"好玩吗?"他问。

"好热……"佳宝轻声说道,"像夏天那么热。"

番外
三

大三开始，佳宝经林道行牵线，进入电台实习。

这家电台正是当初佳宝接受采访的那家，也是林道行当年实习生涯的起点。

林道行手把手地教佳宝主持技巧和职场生存技能，佳宝的起点比许多人高，成长速度也如火箭。

林道行不光自身优秀，教人的本事也是一流，这一年中，多家电视台向他抛出橄榄枝，连大学也曾邀请他，但他全都谢绝了。

这会儿他正在国外录制节目，佳宝的白天是他的晚上，两人已经数月没见面，平常只靠手机交流。

夜里佳宝洗漱完，躺在床上给林道行发出视频邀请，许久没人接，她挂断视频，先忙论文。

十多分钟后手机响起，佳宝接通，身在地球另一端的男人开口就问："怎么不吹头发？"

佳宝已经习惯了林道行的各种操心，操心她的吃喝，操心她的学业和工作，还操心她的健康。她不答反问："你忙得过来吗？"

林道行当时正好在忙，回答："有什么办法？认命。"

佳宝佯装生气："你什么意思？"

林道行说："自己去想。"

佳宝一愣,什么意思?

可惜想到现在,她也没想明白。

佳宝撩撩头发说:"半干了。"

林道行不认同:"现在不是夏天,头皮不吹干容易生病,先去把头发吹了。"

佳宝不乐意:"我要跟你说话。"

"你说,边说边吹。"

佳宝不愿下床,她抱住枕头赖在床上,林道行无奈:"回来收拾你。"

佳宝笑嘻嘻地问:"你什么时候回来?"

"圣诞节前。"林道行说。

"好久……"

"想我了?"

佳宝承认:"嗯。"

林道行笑道:"我尽快回来。"

"尽快能多快?"

"要我帮你看看论文吗?"

"不用。"她手上这篇论文很重要,交稿时间在十一月底。

"算了,我先帮你找点儿资料。"

"我的成绩有这么差吗?"佳宝坐起来,"我上学期还拿了奖学金。"

林道行敷衍:"嗯,厉害。"

佳宝知道不能跟他争论成绩,论学习,十个她也比不过他。

佳宝开始说正事:"对了,今天我碰见我们台长,他问你什么时候回来,想请你重操旧业。"

"你帮我回了。"林道行拒绝得很干脆。

佳宝绕着睡衣的抽绳,问:"你真的不想再做主播?"

"不想。"

"真的吗?"

"真的。"

"真的?"

林道行笑了："怎么，你希望我重新做主持人？"

佳宝摇头："你想做什么随你自己的心意。但是……你真的不想再做主播？"

林道行这几天很忙，两三天没剃胡子，整个人看起来有些蓬头垢面，十年前如果他看到自己现在这副模样，一定难以置信，但时间就是这么奇妙。

时间是海洋，谁都不知道会从中捞上来什么，也许是一个答案，也许是一段回忆，也许是未来的万花筒。

他从海洋中捞出的，就是"现在"。

"以前刚离开主播台的时候，我很不甘，确实也颓废过一阵子。但是你看，我们每天都在往前走，现在我看到的风景比以前更好。"林道行调转摄像头。

佳宝看见了碧海蓝天和异国风情。

"有机会把你也带出来。"林道行说。

佳宝笑："嗯。"

"我尽早回来。"

"嗯……"

"不懂的地方先勾出来。"

离论文交稿时间还早，佳宝打算先把论文搞定，这样才有更多时间工作。虽然有时分身乏术，但她极其享受这种忙碌。

施开开最近在忙考研，身边有资源，她不打算浪费，买来一堆炒栗子哄佳宝帮忙。

佳宝因为林道行的关系，在圈里认识的人也渐渐变多，她让施开开再请她喝一杯奶茶。向林道行打听了一下，她为施开开介绍了几个学兄、学姐。

林道行看人的眼光向来很准，佳宝这个闺密算是一个例外。他以前觉得施开开挺闹腾，行事作风大大咧咧，有些不着调。但其实施开开学习极其用功，目标也十分明确，玩归玩，该认真的时候绝不放松，比从前的佳宝要严谨得多。

佳宝说道："当然，你再跟她多熟悉一点儿，就会发现她有多面性了。她以前甚至每天看两个小时的新闻，学着新闻主播的样子，把当天的新闻重新播一遍，你读书的时候有她这么刻苦吗？"

林道行:"……"

佳宝难得赢他一次:"所以别总说你当年的丰功伟绩,施开开的学习成绩也是年级前十名,她不是靠智商取胜的,全靠悬梁刺股!"

但有些话佳宝没对林道行说,比如施开开这样看着闹腾不着调的人,为什么会玩直播挣钱,为什么会这么拼命学习。

但施开开这份悬梁刺股的劲,在这个秋天中断了。

施开开的奶奶意外离世,她和家人发生争执,被她父亲狠狠打了几巴掌,她从那个家中搬出,改了名字。

姓氏换不了,她亲生母亲也姓"施",名换了,新的身份证上,她叫"施索"。

佳宝想,这个名字是什么意思,流离失所吗?施开开说道:"没什么意思。"

佳宝很久没哭了,和林道行在一起后,她有人哄,有人宠,再也没什么解决不了的烦恼,但那一天,她背着施开开泪如雨下。

她想,在施开开的时间海洋里,捞出来的,究竟是什么?

番外

四

时间的海洋,永远不会静止。

大四结束,好友们各奔东西,佳宝与一家电视台正式签约,林道行当年意外中断的那档综艺节目,也将在今年播放完第二季。

这档节目围绕着世界上的十二座岛屿展开,拉加厄斯帕群岛是其中之一。集数为二十四集,分两季播出,去年已播放第一季。

佳宝每回都准时收看,看得入了迷。厉害的人,无论做什么都厉害,林道行的这档节目收视率节节攀升,第二季即将收官,网友纷纷要求第三季,制作方没有回应,林道行的名字再次被推上热搜。

"你真不做第三季了?"佳宝问。

林道行洗完澡,边擦头发,边说:"看情况。"

"什么叫'看情况'?"佳宝吃着薯片问。

她如今正式做了新闻主播,最初的经历和林道行当年几乎相似。她的长相太出众,出现在严肃的新闻主播台上,立刻吸引了无数眼球,网上每天都能看到讨论她的话题,经常有网友强烈要求她换发型。

新闻主播的发型太老气横秋。

佳宝的长发只有他能看见。林道行喝着水,坐到佳宝身边,撩了下她披散着的长发,问:"这几期节目都看了吗?"

"看了。"佳宝咔嚓咔嚓咬薯片。

"看出什么问题了吗?"

"嗯?"佳宝放下手,认真地问,"节目有问题吗?"

"我是问你有没有看出什么问题。"

佳宝摇头:"没啊。"

林道行沉默。

"怎么了?"

林道行:"再好好看看。"

佳宝没懂他的意思,离收官还剩两周,她这几天反复观看之前的节目,每次好奇问林道行,林道行都不正面回答,只说:"等最后一期你还没看出来,我再告诉你。"

佳宝犯倔,拿出钻研的劲每天抽时间一帧一帧地找,在最后一期播出前,她愣怔在了电脑前。

最后一期的播出时间在周五晚上九点,林道行早早收工,去佳宝的住处陪她看节目。

佳宝在大四时搬出别墅,重新住进御景洋房,这段时间林道行的个人物品也一点点搬了过来。

晚上两人守在电视机前,佳宝抱着靠枕沉默不语,林道行给她准备了小零食,问她:"怎么不吃?"

佳宝摇头。

林道行侧目:"怎么了,心情不好?"

佳宝嘴巴闷在靠枕里,摇头否认。

林道行看不清她的表情,替她拆了一包果脯,拿出一粒喂到她嘴边:"以后尽量吃健康点儿的,少吃薯片。"

佳宝像只仓鼠,离开靠枕,快速叼走果脯。

节目开始,两人专注地看向电视机。一个多小时后,已近尾声,林道行看向佳宝。

佳宝没反应。

林道行叹口气,深呼吸,即将开口——

在片尾曲中,他听见了佳宝的声音,轻飘飘的,似羞似怯。

"我愿意。"

林道行呼吸停滞。

两人对视。

他用了两年时间,在每一座岛屿上,留下一个字母。有的出现在画面中的钥匙扣上,有的出现在嘉宾拿着的抱枕上,有的出现在水杯上。

每一件带字母的东西,都有一个短暂的特写镜头。

十二座岛屿,十二个字母——

Jiabao,jiehun.

"你说的看情况是什么意思?"

"你要是没发现,我可能会再制作一季。"

"你这算不算假公济私?"

"你说呢?"

"我在问你。"

"要吗?"

"什么?"

"自己看。"

"等一下,你别转移话题。"

"那你要不要?"

"什么东西?"

"你不觉得现在少了些什么吗?"

月上柳梢,窗外知了声声,窗内,他为她戴上了戒指。

番外

五

婚后,林道行将蜜月旅行定为邮轮游。

邮轮啊……

佳宝问他:"你没心理阴影?"

林道行反问:"什么阴影?"

佳宝说:"我们那次多惊险啊,差点儿没命,你忘了?"

"哦。"林道行点头,"没忘,挺好的,那次挺值的。"

好吧,她懂了,她没意见。

可是上了邮轮后,林道行有意见了!

佳宝已经做了两年主播,从少女变成职场女性,名气越来越大,爱慕者遍地。

现在,爱慕者出现在了海上,在林道行眼皮子底下对林太太献殷勤。

林道行以前接她下班时,偶尔会见到她办公桌上的花和礼物,多数是不相识的观众所赠,他心里虽然不舒服,但向来不动声色,礼物帮佳宝捐献了,花则随手送人。

如今出现了真人,他自然做不到无动于衷,上前表明佳宝的已婚身份,谁知对方竟然说:"我知道,我等着佳宝离婚。"

林道行的脸色瞬间黑如锅底。

回房后,林道行问佳宝时语气低沉,佳宝听出了他的不快。

她也没料到那人竟然口无遮拦,她跟对方根本不熟,只是在工作中接触过两次而已。

林道行听完她的解释后依旧黑脸。

这是度蜜月,佳宝充满期待,没想到才第三天就要对着黑脸睡觉,哄也不行。

佳宝生气,把枕头扔到地上,故意说道:"你睡地板!"

林道行二话不说躺到地板上。

这回佳宝真生气了。

林道行第二天才发现事情的严重性。

他其实昨晚已经后悔,可如今是盛夏,佳宝睡着了,他不敢弄出动静把人吵醒,只好干躺在地板上,眼睁睁地望着床上的人。不知不觉睡着了,醒来他才发现佳宝已经不在房间。

林道行四处找人,最后在甲板上发现了佳宝,可佳宝却对他视而不见。

林道行道歉,佳宝望着大海说:"晚了。"

只有这两个字,她再没话对他说。

林道行在她身边守了半天,跟进又跟出,抓着头,毫无办法。可他也知道理亏的是自己。

他望着茫茫大海,想了想,忽然叫住一名船员:"邮轮开到什么地方了?"

二十分钟后,船员把佳宝引到甲板,佳宝一见到站在船头的林道行,转身就要走。

林道行冲上前:"等等!"将她按住,"你站好,别动!"

佳宝甩开他的手。

"站好了,听话!"

佳宝板着脸,不知道他要干什么,她站在原地没动。

林道行把人稳住,跑回船头。

佳宝一头雾水。

329

林道行望了眼大海，又看向对面的船员，船员听着对讲机，朝他做了一个手势。

"这里是东经一百八十度。"林道行开口。

所以呢？佳宝不解。

"这里是日界线，你站在昨天！"

佳宝瞪着他。

"你说'晚了'，那现在呢？昨天是我不好，我不该冲你发火……"

他话还没讲完，对面的人就跑了过来。

佳宝一把搂住他。

林道行将人抱住，勒紧双臂："对不起，佳宝。"

"嗯，"佳宝含着笑说道，"原谅你了。"

邮轮慢慢驶向"昨天"，所有不愉快的，都将重新开始。

所有愉快的，都已经开始。

后记

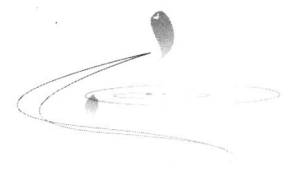

《渴夏》的时间线,是 2019 年的夏天。三年前,小佳宝为赵姬和周扬端来一盘花生米,饭店里放着《春起》这首歌;三年后,小佳宝长大,她的故事也就此展开。

我曾在《春起》的后记里提到过,四季的故事不尽相同,春天是平淡的柴米油盐,是成人世界的求生、挣扎。

夏天迎来了这样一场审判。

不知道大家有没有意识到一件事,我们每天都会接触哪些事物?

衣食住行,学习工作,还有呢?

还有新闻。

无论是网络、电视抑或是道听途说,或者只是电脑上跳出的一个弹窗,都有新闻的影子。

我们从各种各样的新闻中了解世界的变化,可是新闻其实需要我们自己进行筛选和分辨。

在自媒体越来越繁荣的今天,似乎谁都能发表"新闻",微博上时常出现"等反转"这三个字。

很多人不再相信第一时间看到的新闻,我也是。

可是"等反转"这三个字,原本就不应该和新闻有所关联。

于是在这个夏天,我写了一个关于审判的故事,借助"检察官"(林道行、佳宝)、原告(朱家人等)、被告(万坤等),开启了这场关于新闻的真实与新闻人的良心的审判。

审判结束了吗?

似乎结束了,罗勇勤死亡,万坤和范丽娜受审。

可是,直到番外,都没有写明万坤和范丽娜的法庭终审结果。

审判远没有结束,因为现实还在继续。

《渴夏》的故事,暂时告一段落,秋天即将开始,每个人都有不同的人生。接下来的时间海洋里,不知道会捞上来什么。

金丙

写于 2019 年 4 月 26 日